修订版 | 第四辑

蒋勋说红楼梦

蒋勋 著

中信出版集团 · 北京

目录

第三十一回　撕扇子作千金一笑　因麒麟伏白首双星

第三十二回　诉肺腑心迷活宝玉　含耻辱情烈死金钏

第三十三回　手足眈眈小动唇舌　不肖种种大承笞挞

第三十四回　情中情因情感妹妹　错里错以错劝哥哥

第三十五回　白玉钏亲尝莲叶羹　黄金莺巧结梅花络

第三十一回

撕扇子作千金一笑
因麒麟伏白首双星

小说的圆满状态

从第一回开始我就许诺，就这样跟大家一起读着《红楼梦》慢慢变老。有经验的朋友都知道，《红楼梦》在人生的不同阶段阅读会产生不同的感觉。一般的畅销书，读完你不会有再读的愿望。可一部好的小说在启发人生的领悟方面，真的可以历久弥新，虽然小说本身的故事是固定的，可是因为你个人的人生经验的变化，这些故事能提供完全不同的启迪和思考。文学要做到这一点其实很不容易，它要求写作者不能只注意情节的铺排，更要注意故事与人生的对话和互动。很多写作者急着在小说里告诉读者自己对待人生的态度，读者对他的看法只能单方面吸收。《红楼梦》之所以令人百读不厌，是因为它所提供的人生经验只是现象，就像一个球状物，能让人从不同的角度看到不同的东西。你在青少年时可能看到的是这一面，中年、老年看到的则是另一面，具备这样的圆满状态的小说，我看迄今为止恐怕只有《红楼梦》了，它真的可以让一个人在青少年读了以后，中年又读，老年再读。

我曾经特别喜欢读陀思妥耶夫斯基的《卡拉马佐夫兄弟》，最近几年不怎么想读了，觉得已经够了。可是很奇怪，《红楼梦》就在我这一次讲的时候，又有很多感受不太一样了。我常想：作者为什么要写那么多琐碎的细节？而且，这些细节为什么一定要到你人生的某个阶段才能看到？很显然，还有很多细节可能要等到我更成熟，人生历练更多的时候才会看到。我想，正是这一切使得《红楼梦》变成了文学史上最奇特的创作。当然，我们知道作者的初衷并不是想当作家。如果曹雪芹就是宝玉的话，他其实就是一个在生活中穿衣、吃饭、结交朋友的普通人，等到自己的家被抄、繁华不再的时候，他坐在桌前，开始回想自己一生中吃过什么、穿过什么、认识过哪些人……这个动机非常特别，是作者对自己一生所经历的小小事物的回忆。这里所谓的小小事物，其实并不见得真有大小之分，可能就是他曾经拿过的一个瓷碗，因为它消失了，作者特别想在记忆里重现这个碗的质地、大小、花纹……

《红楼梦》之所以让一般小说无法企及，是因为它本身是一场大回忆，而且这个回忆完全处于无目的状态，这个状态是一般的文学课堂上不会鼓励的。如果你去读小说创作班或者欣赏班，老师会告诉你小说有结构，情节该怎么铺排，人物该怎么处理……所以用《红楼梦》做小说的范本并不合适，因为作者完全不在这些规矩里，他只是有一搭没一搭地在记录自己的回忆。这也是《红楼梦》改编的电影、戏剧、连续剧都不怎么令人满意的原因，它们通常很难拍到我们觉得最重要的部分，那些部分恰恰是没有重大事件发生的琐碎细节。

橡皮擦都擦不掉的记忆

前面我们讲过发生了一些事：天很热，王夫人正在午睡，小丫头金钏儿在旁边帮她扇扇子、捶腿。宝玉看到金钏儿一面捶腿，一面打盹儿，就过去轻轻地碰了一下她的耳环坠儿……这是一个画面，大概很少有哪个影视导演拍出过这个画面，因为他们觉得这不重要，王夫人睡个午觉有什么可拍的？可当你阅读这段文字的时候，很多不可思议的童年记忆会冒出来。小时候我妈妈睡午觉，我们就常蹑手蹑脚跑去看她有没有睡着。我每次读到这些细节，都会奇怪作者怎么会写到这些东西。如果我要写作，一定有个计划，这个计划里绝对不会包括这么琐碎的细节。可是刚才叙述的那一段，却是非常精彩的一篇散文，午后、闷热、午睡的母亲、礼教、小男孩的情欲，这种情欲没到偷看 A 片那么严重，只是拨弄了一下女孩子的耳坠儿。第一次看《红楼梦》可能会忽略这些画面，多看几次，你才能意识到这些画面正是这部小说最迷人的部分，它是我们每个人都曾经有过的记忆，《红楼梦》能帮我们把已经遗忘的某些画面找回来。这些画面在你的人生里并不是最伟大的部分，可能是一个伟人在回忆自己的一生时根本不可能提到的部分，可是它们对于一个人来讲是重要的。我们从小听到的伟人故事，都是些很了不起的、富有教育意义的内容。《红楼梦》不是一部伟人传记，只是一部"人的传记"。一个人的生命里最真实的部分，集中体现在那些好像用橡皮擦都擦不掉的记忆里，这是《红楼梦》给我的一个指引。

我常常会问自己，如果我的一生用橡皮擦一直擦，究竟有哪些东西是无论如何都擦不掉的？最后，你会发现那些擦不掉的画面并不见得多伟大，很可能你忘不掉的一个下午，母亲在睡觉，你轻手轻脚走到她旁边，对着她耳朵吹气之类的调皮。试着想想，一个人如果真有所谓临终，在呼吸、心跳都将停止的时候，脑波里最后闪现的画面会是什么？像唐太宗、乾隆皇帝这样的人，他一生有很多惊人伟业，可临终时闪现的是那些伟大事迹呢？还是一些别人觉得根本不重要的事？正是这些不重要的部分才应该属于文学。《红楼梦》的精彩在于它充满了擦不掉的空间跟画面，正是它们让我们重新审视生命的价值。

最大的领悟是彻底的谦卑

三十一回讲了一件很奇特的事情，主角是晴雯。宝玉这段时间有点倒霉，用现在的话讲就是有点“衰”，碰到了很多不太顺心的事。先是因为碰了一碰金钏儿的耳坠子，惹得妈妈打了金钏儿；然后又因看一个女孩在蔷薇花底下画“蔷”被大雨浇成落汤鸡，一脚踢得袭人吐了血；又因为说话不得体得罪了宝钗和黛玉。因为心里闷闷不乐，说话就有点冲。晴雯的个性与袭人截然不同，袭人是忍辱、圆融；晴雯则嚣张、跋扈。在宝玉跟晴雯发生冲突之后，袭人尽量地委曲求全，晴雯却唯恐天下不乱。作者的厉害之处在于，就算你读上十几次还是弄不清楚他到底喜欢袭人还是晴雯，他对袭人的委曲求全和晴雯不怕把事情闹大这两种人生现象不加任何褒贬和判断。其实，人最大的谦卑莫过于能意识到身边所有的人你其实都无从判断，能明白每个人都是在用自己的方式实现自我，很多写作者做不到这一点，说实话，我自己也做不到。我刚才用到一个词叫“谦卑”，文学创作最大的领悟就是彻底的谦卑，它意味着你看到一个生命，虽然不能理解，甚至并不认同，可是你却明白和尊重他的生活方式。

撕扇子作千金一笑

这一回的回目是“撕扇子作千金一笑”，古代有种扇子是用绢做的，扇面画得很漂亮。像贾家这种贵族家庭，扇子一定讲究得不得了。扇骨多半是用鸡翅木或者象牙做的。晴雯不小心把扇子弄在地上跌断了，宝玉心里不爽，骂了晴雯。晴雯很不服气，就说过去多少玛瑙、瓷器、玉器打碎你都没事，一把扇子你就发这么大的脾气。可见这种贵族人家，根本不把贵重物品当回事。记得我带妈妈去台北“故宫”，看到乾隆年间的瓷器，我妈说，这东西以前你外婆家好多，我每次发脾气就摔几个。我很惊讶，本来是想收藏的，那一刻忽然觉得这件事很荒谬。

后来，宝玉对晴雯说：如果撕扇子能让你开心，你就撕扇子也无所谓。大家注意，正统的儒家绝不会同意这样的观点，认为这简直是暴殄天物。而宝玉却觉得“千金一笑”非常难得。

这里用了一个典故，当年，周幽王宠爱褒姒，她是“一笑倾人城，再笑倾人国”的美女。褒姒生性不喜笑，但她一笑有百二十种媚态。因此，为了博得她一笑，周幽王曾以千金征集能让美人欢笑的点子，这便是“千金难买一笑”的典故的由来。但耗去很多钱财，尝试了很多办法，诸如召乐工击钟鼓、品竹弹丝，或命宫人进歌舞，或让人撕帛以取悦，可她就是不笑。后来，朝中有大臣献上一主意，这便是有名的“烽火戏诸侯”。周幽王故意将烽火燃起，看到诸侯们纷纷赶来，褒姒站在城楼上哈哈大笑。当时烽火相当于空袭警报，表示京城危急，后来当战争真正爆发，烽火再燃的时候，诸侯们以为又是儿戏，按兵不动，西周由此而亡。

小时候妈妈给我讲这个故事时，就说你将来不能爱这样的女人，可是我当时却觉得这个周幽王真过瘾，甚至觉得美原来可以如此惊动人间。这个古老的儒家教训人的故事中，还隐藏了一个非常微妙的意向——美竟然这么难得。“撕扇子作千金一笑”是非常颠覆儒家正统的，现实生活里我们绝对不敢认同这样的观念。中国历代的美人故事中都隐藏着美跟道德的矛盾，一方面是儒家的教训，认为爱上美女是不祥的、会亡国的；可另一方面又对此有点鼓励，觉得千金一笑是比国家还重要的。比如《长恨歌》里的“从此君王不早朝”，想想看，有什么事情可以让你早上不再想去打卡了，那个事情也许在别人看来太不值得了！其实“撕扇子作千金一笑”，或者“从此君王不早朝”讲的就是这类事情。

好的文学一定会触到人性的根本，由此引发读者更深入地思考。在现实中，我们都不敢扮演“从此君王不早朝”的角色；可是在文学里，它会鼓励你为实现自己心灵的美放弃很多现世的名利。现世所有人都追求的东西，不一定是“我”想要的，而只是大家认为你应该要的，你考第一名，上第一志愿，拿高薪水……所有人都认为你这样做才是对的，可是有一个弗洛伊德讲的“本我”，却很可能从来就没有真正活过。所以当唐明皇“从此不早朝”的时候，可能是忽然找到了“本我”，本来他一直是个好皇帝，到五十二岁时忽然觉得好累，决定要去找自己真正想要的东西。《长恨歌》之所以每次读你都会很感动，是因为你自己心里面也有不想早朝的基因。这个基因在《红楼梦》里晴雯撕扇的时候忽然跑出来了，“千金难买一笑”是古人的教训，可是它会变成你在现世当中的内心冲突，这是《红楼梦》里值得一读再读、三读四读的一段，它讲的是非常细微的人性。

回归人之常情的关怀

这一回从袭人开始，夜里袭人肋骨疼得在床上翻来覆去地呻吟。宝玉掌了灯去看，结果发现她吐在地上的是一口鲜血，两人都吓了一大跳。“袭人见了自己吐的鲜血在地，也就冷了半截”，因为她“想着往日常听人说：‘少年吐血，年月不保，纵然命长，终是废人了。’”想到这句话袭人特别难过，“不觉将素日想着后来争荣夸耀之心尽皆灰了”。身体状况真的会对人的价值观有很直接的影响，记得大学时我有个同学非常好强，总是考第一名。有一次我去看他，正好碰上他忽然胃痛，在地上打滚。后来他跟我说，胃痛的时候，觉得自己什么都不想要了。有很多朋友人生观的转变是因为身体，尤其在处于事业巅峰的中年，忽然发现身体出现不好的征兆，他会一改原来那个努力争强的状态，回来做真正的“自我”。

大家一直认为袭人是个最能忍辱、最不争强的丫头，对不对？其实她骨子里最是争强好胜的，只是她外柔内刚，一般人看不出来而已。她表面上那么圆润，实际是因为她觉得自己的身份已定。此时她就觉得心都灰了，“眼中不觉滴下泪来”。宝玉看她哭了，也不觉心酸起来，就问：“你心里觉的怎么样？”宝玉很会疼人，问出的话总是很贴心。袭人明明心里很难过，还是勉强笑着说：“好好的，觉怎么呢？”这就是袭人的个性，换作是晴雯可能早就叫起来了。

“宝玉的意思，即刻便要叫人烫黄酒，要山羊血黎洞丸来。”“黎洞丸”是古代的一种中成药，有点儿像我们现在常用的“云南白药”，里面有血竭、三七、儿茶、雄黄等十几味中药，黎洞丸吃的时候要用黄酒来服，是当时一般家庭必备的。袭人立刻拉着他的手，笑着说："你这一闹不打紧，闹起多少人来，倒抱怨我轻狂。"注意，"轻狂"的意思是不守本分，袭人只是一个丫头，一点点小病，就闹那么多人起来为自己服务，肯定会惹出闲话。袭人从不恃宠而骄，宁可忍痛也不想让人觉得自己招摇。所以她说："分明人不知道，倒闹的人知道了，你也不好，我也不好。"可是大家不要误会，她绝不是不要强，她要的是更远、更大的未来。

她建议宝玉说："正经明儿你打发小子，问问王太医去，弄点子药吃吃就好了。人不知鬼不觉的可不好么？"这是袭人的习惯，她讲话的口气，永远是商量而不是命令，总能让人感觉你是主人，最后裁决的是你。其实真正会做副手的人，最后都会加上这句："我们这样做好不好？"注意，这种话王熙凤绝对不会讲，她从来不会用"好不好"这种句式；林黛玉也不会，甚至连宝钗也不会，只有袭人才这样说话，但结果是宝玉几乎什么事都听袭人的。

宝玉听了觉得有理，也就罢了，到案上斟了茶，给袭人漱口。"袭人知宝玉心内是不安稳的，待要不叫他伏侍，他又必不依，二则定要惊动别人，不如由他去罢，因此只在榻上由宝玉去伏侍。"这都是袭人懂事的地方，她明知宝玉不该来服侍她，可是又知道如果拒绝，宝玉一定难受，结果一个晚上宝玉都没有睡觉。大家注意，这种关系颠覆了清代社会的阶级界限，在当时，一个男主人是绝对不可以这样无微不至地照顾一个丫头的。但作者根本就没有什么等级观念，他认为这是人之常情。《红楼梦》就是因为回归了这种常情，才变得如此动人。

一大早，"宝玉也顾不的梳洗，忙穿衣出来，将王济仁叫来，亲自确问”。王济仁是太医，宝玉亲自问他袭人的伤该怎么办，这个王太医心里一定觉得我是给皇帝看病的，一个丫头受伤你干吗这么紧张。如果是王夫人他绝对不敢这么敷衍，所以只是简单问了问缘故，说就是伤损，便说了一个丸药的名字，“怎么服，怎么敷”。注意这两个字，“服”是内服，“敷”是外敷。宝玉记了以后，回到大观园就依方调治。

聚和散的人生哲学

接下来就是端午节了，“蒲艾簪门”，现在过端午节家门口还会插蒲草和艾草。端午前后是虫子最多的时候，蜈蚣、蜘蛛、蝎子等百毒都开始生长，因为蒲跟艾气味比较重，有除虫的功效；同时人们认为蒲跟艾的形状又有点儿像剑，绑在门口可以除邪祟的。“虎符系臂”，就是用香草做成一个老虎形的香囊，其实那个香本身也是除虫的，古代做成老虎的形状，是因为老虎有辟邪的意义。

“午间，王夫人治了酒席，请薛家母女等赏午。”宝玉见宝钗淡淡的，不跟他说话，知道是昨天得罪了她的缘故；王夫人看宝玉没精打采，想到是因为昨天金钏儿的事；黛玉看到宝玉懒懒的，以为他昨天得罪了宝钗，心中也不高兴，所以也就懒懒的；本来凤姐儿是最喜欢热闹的，可是因为昨天王夫人跟她说了宝玉和金钏儿的事，觉得这件事情非同小可，也不敢乱讲话了。王熙凤一不说话，这顿饭就完全冷场了。在场的人各有心事，贾迎春、贾探春、贾惜春这三个姐妹，看到众人都无意思，便也都无意思了，大家坐了一坐就散了。

端午节大家吃了一顿不怎么开心的饭，作者接下来讲的是聚和散的人生哲学。宝玉天生喜欢热闹，恨不能每天都有聚会。林黛玉则刚好相反，“天性喜散不喜聚。他想的也有个道理，他说：‘人有聚就有散，聚时欢喜，到散时岂不清冷？既清冷，则生伤感，所以不如倒是不聚的好。比如那花开时令人爱慕，谢时则增惆怅，所以倒是不开的好。’”黛玉的感觉有点像佛家，她觉得如果花开到最后会有谢，不如根本就不要开。佛家讲的“涅槃”和“不受后有”，就是说要跳出轮回，不再要将来，因为只要是人，就有生老病死，而跳出轮回的涅槃就是“寂灭”，是四大皆空，这个“空”是今世、来世都不要了。民间对涅槃的理解多是误解，认为它是生命的圆满，其实涅槃恰恰是什么都没有，跟儒家的理解刚好相反。

黛玉常在“人以为喜之时，他反以为悲”，她总是比别人先悲哀，别人看到的是繁华，她看到的则是繁华之后的幻灭。“那宝玉情性只愿常聚，生怕一时散了添悲，比如那花只愿常开，生怕一时谢了没趣；只到筵散花谢，虽有万种悲伤，也就无可如何了。”其实我们知道曹雪芹就是宝玉，他是在筵散花谢之后，再来写当时的繁华的，肯定对此还有很多眷恋。他特别爱黛玉也是因为黛玉简直像个仙人，很早就知道一切事物都是短暂的繁华而至幻灭。个性如此不同的两个人成为知己，是因为他们对生命的眷恋是一样的，只是表现形式不同，一个认为情这么深，将来会难过，不如不要开始；另外一个觉得情这么深，就让它开始，只是希望它能够维持久一点。这是对情的解释的一体两面。

晴雯的放肆

“因此，今日之筵，大家无兴散了，林黛玉倒不觉得，倒是宝玉心中闷闷不乐，回至自己房中长嗟短叹。偏生晴雯上来换衣服，不防又把扇子失手跌在地下，将股子跌折。”注意，通常宝玉回家换衣服、梳头、洗脸都是袭人伺候，她照顾宝玉这么多年没有一点儿闪失，结果晴雯一上来就出事了，把扇子碰到地上跌断了扇骨子。宝玉叹了口气说：“蠢才，蠢才！将来怎么样？明儿你自己当家立事，难道也是这么顾前不顾后的？”这算是宝玉口中说出的重话了，如果是袭人听了可能无所谓，一个丫头被主人骂两句有什么关系，况且宝玉也是好意，意思是说在我们家无所谓，你将来自己当家立业也这么粗心大意可怎么办。晴雯却马上翻脸了，冷笑道：“二爷近来气大的很，行动就给脸子瞧。前儿连袭人都打了，今儿又来寻我们的不是。要踢要打凭爷去！”

下面的这句话很重要，能看出这个家庭富有到什么程度，或者说用人已经没有规矩到什么程度。一个丫头竟然说：“就是跌了扇子，也是平常的事。先时连那么样的玻璃缸、玛瑙碗不知弄坏多少，也没见个大气儿，这会子一把扇子就这么着了。”这话听起来有点吓人，现在的玻璃杯不是什么贵重东西了，要知道清朝时中国的玻璃是从希腊和波斯进口的，非常珍贵。宝玉才说了一句，晴雯就讲了一大堆，她说：“何苦来！要嫌我们就打发我们，再挑好的使。好离好散的，倒不好？”这就有一点泼辣了，她明知道宝玉心软得不得了，大概是吃定他了。宝玉听了这些话，“气的浑身发颤”，一个主人竟被用人气得发抖，说：“你不用忙，将来有散的日子！”

袭人听见了，赶快过来跟宝玉说：“好好的，又怎么了？可是我说的‘一时我不到，就有事故儿’。”这话说得没错，平常都是袭人在打理怡红院的上上下下，基本上滴水不漏。可是晴雯生性好强，喜欢跟别人比，听了这话心里当然不舒服。如果你家有两个用人，恐怕也会出这种事。“玛丽亚”说我一不在，你“索菲亚”就出事，“索菲亚”听了当然会不高兴。于是晴雯就冷笑道：“姐姐既会说，就该早来，也省了爷生气。”接下来的话就更锐利了：“自古以来，就是你一个人伏侍爷的，我们原没伏侍过。因为你伏侍的好，昨日才挨过窝心脚；我们不会伏侍的，明儿还不知是个什么罪呢！”这个丫头的嘴巴真是不饶人，她讽刺袭人说，你服侍得那么好，到头来还不是挨了窝心脚。“袭人听了这话，又是恼，又是愧，待要说几句话，又见宝玉已经气的黄了脸，少不得自己忍了性子。”袭人永远是那种“忍了性子”的人，在这个人际关系复杂的大家族里，她绝对是个息事宁人的高手。她推晴雯道：“好妹妹，你出去逛逛，原是我们的不是。”被人挖苦到这种地步了，她还是没有一点恶意，反而用“好妹妹”来称呼晴雯。大家如果有兴趣可以试试，如果哪天有人跟你发生冲突，你开口先用“好什么什么”称呼他，他大概也就算了。

可要注意，这一句话又有错了，因为她说的“我们”是指“我跟宝玉”，当时社会的阶级差别很大，丫头是不能跟主人随便说“我们”的，袭人不知不觉地把自己跟宝玉说成是一头的了。“晴雯听他说‘我们’两个字，自然是他和宝玉了，不觉又添了醋意，冷笑几声，道：‘我倒不知道你们是谁，别叫我替你们害臊了！’”你看大观园里有多复杂，我有时候真的蛮同情宝玉的，身边这些女孩子没一个是好惹的，常常因为一点小事就闹得天翻地覆。看这个晴雯有多厉害：“便是你们鬼鬼祟祟干的那事儿，也瞒不过我去，那里就称起‘我们’来了。”在第六回里宝玉和袭人曾上过床，大家都认为人不知鬼不觉，可是《红楼梦》里很少有隐私，晴雯在这个时候一下就冲口而出：“正明公道，连个姑娘都还没挣上去呢，也不过和我似的，那里就称‘我们’了！”现在我们可能不太懂得这话的厉害，古代的尊卑界限很严，一个用人要想一夜之间乌鸦变凤凰，没那么容易！她的意思是你袭人离做宝玉的太太还早着呢！袭人羞得脸紫涨起来，知道是自己说错话了。

袭人的包容

宝玉说：“你们气不忿，我明儿偏抬举他。”意思是你不是吃醋吗，我将来就真的娶她，这有点要小孩子脾气了。“袭人忙拉了宝玉的手道：‘他一个糊涂人，你和他分证什么？况且你素日又是有担待的，比这大的过去了多少，今儿是怎么了？’”袭人特别害怕别人觉得宝玉对她偏心。因为在这种大家族当中，人际关系太复杂，袭人非常了解其中的奥妙，一旦被人认为得到主人的偏爱，就会受到打压或遭到暗算，所以她赶紧阻止宝玉。晴雯就冷笑说：“我原是糊涂人，那里配和你说话呢！”袭人就说：“姑娘”，开口叫晴雯姑娘，就表明她要用规矩说话了，“姑娘倒底是和我拌嘴呢，是和二爷拌嘴呢？要是心里恼我，你只和我说，不犯当着二爷吵，要是恼二爷，不该这么吵的万人知道。”这里指明我们的身份是很低卑的丫头，对主人不满是不能让别人知道的。“我才也不过是为了事，进来劝开了，大家保重。姑娘倒寻上我的晦气。又不像是恼我，又不像是恼二爷，夹枪带棒，终久是个什么主意？我就不多说，让你说去！说着便往外走。”“夹枪带棒”是说你东刺一下、西刺一下，到底想干什么？袭人严肃起来了，意思是你再怎么闹也要有分寸。

宝玉跟晴雯说：“你也不用生气，我也猜着你的心事了。我回太太去，你也大了，打发你出去，可好不好？”注意，所有的丫头一听到要打发出去就完蛋了，一旦被赶出去，就表示她做了见不得人的事，便只有死路一条。“晴雯听了这话，不觉又伤起心来，含泪说道：‘为什么我出去？要嫌我，变着法儿打发我出去，也不能够。’宝玉道：‘我何曾经过这个吵闹？一定是你要出去了。不如回太太，打发你去吧。’说着，站起来就要走。袭人忙回身拦住，笑道：‘往那里去？’宝玉道：‘回太太去。’袭人笑道：‘好没意思！认真的去回，也不怕臊了？’”在这个时候，袭人的态度是无论如何都不能赶晴雯走，因为这意味着怡红院里发生了一件大事。袭人是贾母派来照顾宝玉的，她一直认为自己的最大责任是要保证怡红院里平安无事，所以此时她反而开始替晴雯说话了。她说大家还是不要再闹了，你就是真要赶晴雯走，也等她气过了以后，我们好好说。袭人非常理性，遇事从不情绪化。刚才被晴雯讽刺到那种程度，换个人巴不得趁机报复，最好能打一顿然后赶走才解恨，可是袭人完全相反。但我想提醒大家的是，这个包容里其实含有自私的成分，她是准备做宝玉的太太的。她心里面没有说出来的话是，我怎么能跟一个丫头一般见识？她说：“这会子急急的当一件正经事去回，岂不叫太太犯疑？”宝玉说：“太太必不犯疑，我只明说是他闹着要去的。”晴雯哭道：“我多早晚闹着要去了？饶生了气，还拿话压派我。只管去回，我一头碰死了也不出这门儿。”你看，连晴雯这么刚烈的丫头也服软了，因为被赶出去就意味着没有活路。

我的心使碎了也没人懂

宝玉道：“这又奇了。你又不去，你又闹些什么？我经不起这吵，不如去了倒干净。”本来，宝玉要赶晴雯出去就是有点作态，我们知道宝玉个性的柔弱，肯定做不出这样的事来。大概因为气急了，他坚持要去回明王夫人。“袭人见拦不住，只得跪下了。碧痕、秋纹、麝月等众丫环见吵闹，都鸦雀无闻的在外头听消息，这会子听见袭人跪下央求，便一齐进来都跪下了。宝玉忙把袭人扶起来，叹了一声，在床上坐下，叫众人起去，向袭人道：‘叫我怎么样才好！这个心使碎了也没人知道。’说着不觉滴下泪来。”宝玉身边一大堆丫头，每天争风吃醋之类的事情不断，宝玉对她们每个人都很关心、体贴。这个场景其实蛮好玩的，看到眼前跪了四五个丫头，主人竟然说：“我的心使碎了，你们也不会懂。”

后来这件事情就不了了之，林黛玉来了，她“笑道：‘大节下怎么好好的哭起来？难道是为争粽子吃争恼了不成？’宝玉和袭人嗤的一笑”。袭人懂事，很有人缘，黛玉和她也很好。“黛玉道：‘二哥哥不告诉我，问你就知道了。’一面说，一面拍着袭人的肩，笑道：‘好嫂子，你告诉我。必定是你们两个拌了嘴。告诉妹妹，替你们和劝和劝。’”黛玉管宝玉叫哥哥，这里叫袭人嫂子，很显然是把她许配给宝玉了，袭人就说：姑娘你别胡闹了，你一个做姑娘的干吗叫我一个丫头“嫂子”。大观园的少男少女之间，有着非常微妙的关联，黛玉很明白地说：“你说你是丫头，我只拿你当嫂子。”这就说明大家知道或不知道，都有点想把宝玉跟袭人弄成一对，当然，袭人对宝玉来说既像姐姐又像妈妈，照顾到无微不至，通常男主人结婚的时候，陪嫁的丫头就是袭人这样的角色。“宝玉道：‘你何苦来替他招骂名儿。饶这么着，还有人说闲话，还搁的住你来说他。’”刚才袭人只说了个“我们”，晴雯就不高兴了。袭人笑道：“林姑娘，你不知道我的心事，除非一口气不来死了也倒罢了。”黛玉笑道：“你死了，别人不知怎么样，我先就哭死了。”宝玉笑道：“你死了，我作和尚去。”黛玉将两个指头一伸，抿嘴笑道：“作了两个和尚了！我从今后都记得你作和尚的遭数儿。”前几天宝玉刚说过黛玉死了他要做和尚的。

同盟的快乐

“一时，黛玉去后，就有人说‘薛大爷请’，宝玉只得去了。原来是吃酒，不能推辞，只得尽席而散。”宝玉到了晚上才回来，带了几分酒意，踉踉跄跄地回到怡红院。“只见院中早把乘凉枕榻设下”，因为天气太热，宝玉有时候就睡在院子里的凉榻上。“榻上有个人睡着。宝玉只当是袭人，一面在榻沿上坐下，一面推他，问道：‘疼的好些了？’”这么晚回来，又醉了酒，宝玉还是挂念着袭人的伤。“只见那人翻身起来说：‘何苦又来招我！’宝玉一看，原来不是袭人，却是晴雯。”这一段很有趣，如果是袭人，说出的话一定很温柔，可晴雯是那种一点就着的性格，意思是我们不是闹翻了吗，你干吗又来碰我！

“宝玉将他一拉，拉在身旁坐下”，注意，这是很有趣的动作转换，有时候肢体本身就是一种语言，表示早晨的事情已经过去了，我不想再跟你闹了。然后笑着说：“你的性子越发娇惯了。早起就是跌了扇子，我不过就说那两句，你就说上那些话。说我也罢了，袭人好意来劝，你又括上他，你自己想想，该不该？”宝玉讲的都是真心话，觉得晴雯该有所反省。晴雯当然早知道是自己不对，可她是绝不会认错的，所以就转移话题说：“怪热的，拉拉扯扯像什么！叫人来看见像什么！我这身子也不配坐在这里。”听起来还是有点醋兮兮的。宝玉就说：“你既知道不配，为什么睡着呢？”宝玉是在故意讽刺她，这个床明明是为宝玉设的，丫头本无权躺在上面，晴雯再无话可说，便“嗤”的一声笑了。现在，两个人完全好了。十几岁的小男孩、小女孩就是这样，吵得快，好得也快。

晴雯说：“你不来，便使得；你来了，就不配了。起来！让我洗澡去。袭人、麝月都洗了澡。我叫了他们来。”晴雯表面上这么说，实际上内心里还有点在撒娇、斗气。这时，宝玉的毛病又犯了，宝玉说：“我才又吃了好些酒，还得洗一洗。你既没有洗，拿了水来，咱们两个洗。”我一直说宝玉不想长大，他从小就是跟这些姐姐妹妹一起洗澡、睡在同一个床上的，总觉得那里面有一种亲，宝玉一直想留住的这种肌肤之亲，它是在身体没有发育、没有性别界限之前儿童之间的亲情。现在如果一个男主人回到家，忽然跟家里的菲佣“玛丽亚”说，我们一起洗澡吧，真的会让人吓一跳。可是我们不了解宝玉的年龄，跟这些人一起长大的过程中，有他童年的回忆，洗澡就属于回忆的一种。

晴雯的回答非常好玩，她摇摇手说：“罢，罢！我不敢惹爷。还记得碧痕打发你洗澡，足有两三个时辰，也不知道作什么呢。”两三个时辰相当于现在的四五个钟头，“我们也不好进去的。后来洗完了，进去瞧瞧，地下的水淹着床腿，连席子上都汪着水，也不知是怎么洗了，笑了几天。”回想小时候还可以跟别人一起洗澡的时候，那真是一个很好玩的仪式，可以互相泼水、胡闹。大家可以回忆一下你的孩子，两个小男孩加一个女孩一起洗澡时，浴室里肯定是乱七八糟的。晴雯说的这一段很暧昧，我们也不知道宝玉到底是长大了还是没长大，跟碧痕两人在浴室里也闹得天翻地覆。一般人都会把宝玉解读成一个色眯眯的角色，可我一直觉得《红楼梦》的另外一个解读是他不想长大的童年回忆，一听说人家要洗澡，他就很兴奋。这个习惯在你变成大人以后，当然觉得很奇怪。

晴雯不肯跟他一起洗，说："我也没那工夫收拾，也不用同我洗去。今儿也凉快，那会子洗了，可也不用洗了。我倒舀了一盆水来，你洗洗脸，通通头。才刚鸳鸯送了好些果子来，都湃在那水晶缸里呢，叫他们打发你吃。"注意，"湃"字现在不太用了，记得小时候我们社区很少有人家用冰箱，最早的冰箱就是个木头箱子，买一块用草绳绑着的冰块放在里面。更早的时候是放在井里或者水缸里用凉水"湃"着。他们家有个专门"湃"水果的水晶缸。宝玉就说："既这么着，你也不许洗去，只洗洗手，来拿果子吃罢。"你看，他不洗澡，也不准别人洗，只有小孩才会这样喜欢很多事情一起做。

我的童年跟现在年轻朋友的童年就不太一样。现在的小孩都有自己的房间，我们小时候因为家里面很少有厕所，所以连上厕所都约好多同学一起跑到山坡上去，大家在那里排成一排，其中有一种同盟的快乐。我读《红楼梦》的时候，一直非常同情宝玉的孤独，他一直觉得很多事情要大家一起做才行，你要洗澡我也要洗，你不洗我也不洗了。吃果子是另外一个共同的仪式，类似儿时玩伴一起扮家家酒。

千金难买一笑

晴雯笑着说："我慌张的很，连扇子还跌折了。"晴雯心里仍有气，心说你早上还骂我蠢才，我"那里还配打发吃果子？倘或再打破了盘子，更了不得呢"。宝玉就说："你爱打就打，这些东西原不过是借人所用，你爱这样，我爱那样，各自性情不同。比如那扇子原是扇的，你要撕着玩也可以使得，只是不可生气时拿他出气。就如杯盘，原是盛东西的，你欢喜听那声响，就故意的打碎了也可以使得，只是别在生气时拿他出气。这就是‘爱物’了。”

有没有发现这跟我们刚才讲的褒姒、周幽王的故事是连在一起的，宝玉幸好没长大，长大恐怕又是一个周幽王。这是一种非常颠覆儒家的哲学，在这个哲学背后，有个我们说不太清楚的逻辑——人的开心千金难买。所以“从此君王不早朝”这句话就看你怎么去理解了，你可以认为是批评，因为他因此而亡国；也可以认为是赞美，因为唐明皇从此不用再做自己不想做的事了，对他来讲，“早朝”其实没有那么重要。所以宝玉这个哲学其实蛮特别的。

“晴雯听了，笑道：‘既这么说，你就拿了扇子来我撕。我最喜欢撕的。’”宝玉听了，就把扇子递给她。晴雯果然接过来，就“嗤的一声，撕了两半”。这个扇子如果交到袭人手上，她绝不会撕，因为袭人是非常儒家的，崇尚理性，知道拿捏分寸；可晴雯则是天生的老庄，身上有种逍遥的气息，说撕就撕。这种个性在儒家的文化氛围里是一个悲剧，因为她没有那么隐忍。儒家的文化一直强调“忍”字的重要；老庄的哲学则倡导活出自我的率性跟自由，这本来就是人生中的一对矛盾。

在当今社会，让大家看《红楼梦》，或者讲“从此君王不早朝”，我一点都不担心，因为我知道我再怎么讲，你回家也不会撕扇子，明天还会照样乖乖去打卡。因为我们在座的各位受儒家的影响太大了，已经基本上不会有非分之想，我们这个民族的创造力其实在很多时候受到这个规矩的限制。通常读《红楼梦》的人都不会欣赏撕扇子的举动，我想提醒大家注意，这是《红楼梦》里惊心动魄的片段，因为它颠覆了我们一贯遵守的规矩，忽然让我们意识到，人活着“一笑”是多么难得。回想一下，自己一生什么时候为自己的“一笑”花过心思？有没有想过哪一天给自己一点赏赐？常听人说，我这一辈子就为了丈夫，为了太太，为了妈妈，为了孩子，为了……有时候我会问这些朋友，你什么时候也为自己一次啊！他会忽然呆住，大概已经活得忘记自己喜欢什么了。《红楼梦》给我们的最大提醒是，人一定要保有真正属于自己的那个部分，才不会觉得委屈。人要到一定年龄，才能读懂“撕扇子作千金一笑”，因为撕扇子是个象征，只有做了自己真正想做的事，这一生才值得，这是《红楼梦》非常重要的主题。

接着就“嗤嗤又听到几声”。宝玉在旁边笑着说：“响的好，再撕响些！”正说着，麝月来了，笑着说：“少作些孽罢。”这是典型的儒家立场，意思是你们怎么能这么糟蹋东西？宝玉就赶上来，一把把麝月手里的扇子也抢了过来递给晴雯，晴雯接了，也撕了几半，两个人都大笑，麝月很生气：“这是怎么说，拿我的东西开心儿？”宝玉笑着说：“打开扇子匣子你拣去，什么好东西！”你看，他们家连扇子都成箱地装。

麝月说：“既这么说，就把匣子搬了出来，让他尽力的撕，岂不好？”这是很极端的话，可说这种话的人，是永远不会这样去做的，这其实是很有趣的对比。宝玉说：“你就搬去。”麝月道：“我可不造这孽。他也没折了手，叫他自己搬去。”

底下这段写得最妙，晴雯笑着靠在床上说：“我乏了，明儿再撕罢。”像不像褒姒？褒姒在历史上永远是坏女人的典范，我们的传统文化很害怕这样的女人，其实听到褒姒的故事时，你真的会觉得褒姒很美、很动人。我在自己的小说《新编传说》里，就很大胆地把她改写成类似希腊神话里的海伦那样的美女，我总觉得我们的文化需要一个颠覆性的看法，让大家的心里拥有一种平衡的力量，哪怕是内心的那些压抑仅仅能在文学艺术中得到一点排解也好。如果在文学里你曾撕过扇子、做过晴雯，那到生活中你就好好地去做麝月吧！宝玉说："古人云，'千金难买一笑'，几把扇子能值几何！"举目望去，社会上拥有权力、财富的人有多少？可有几个是真正开心的？到最后你会心生悲悯，我想，那也是《红楼梦》的悲悯。

史湘云的童年记忆

第二天中午，王夫人、薛宝钗、林黛玉还有贾迎春几个姐妹在贾母房中坐着，有人来回："史大姑娘来了。"

我们管贾母叫史太君，史湘云是贾母侄孙女，贾母很疼她，她从小就住在贾家，那时黛玉还没有来，湘云是宝玉更早时候的玩伴。后来湘云的爸爸妈妈去世，她便回了自己家。就在这个时候黛玉进了贾府，所以黛玉跟湘云之间也有一个结，好像是黛玉代替了湘云。下面我们会看到，史湘云身上有个金麒麟，我们一直在讲金玉良缘，有玉的人要有金的人来配。之前大家都认为宝钗有个金锁，所以是配宝钗。可是三十一回的回目是"因麒麟伏白首双星"，说的是这金麒麟注定了两个人将会白头偕老。一般人都认为曹雪芹的小说原来的结局是湘云跟宝玉结婚。上一回里在道观，宝玉从一盘子的东西里挑了这个金麒麟，只是因为史湘云也有一个。现在史湘云也带着她的很多童年回忆回来了。"史湘云带领许多丫环、媳妇走进院来。宝钗、黛玉等忙迎至阶下相见。青年姊妹间经月不见，一旦相逢，其亲密自不消说得。一时进入房中，请安问好，都见过了。贾母因说：‘天热，把外头的衣服脱了罢。’”本来到人家里做客，穿的衣服是比较正式的，现在不需要那么拘谨了，史湘云就赶快起身宽衣。王夫人就笑着说：“也没见穿上这些作什么？”那史湘云说：“都是二婶婶叫穿的，谁愿意穿这些。”史湘云的爸爸妈妈去世后，是叔叔在照顾她。这其中已经暗含了一个问题，叔叔婶婶对她不怎么好，史湘云有很强烈的孤独感，可贾府的人对她都很好，所以她特别喜欢来贾家。

宝钗在旁边笑着说：“姨妈不知道，他穿衣裳还更爱穿别人的衣裳。”童年的心理很奇怪，我不知道大家有没有这样的记忆，小时候非常爱穿别人的衣服。换衣服本身在戏剧里代表着角色的转换，这个角色转换包括希望做比自己大的人，或者希望自己是另外的性别。童年的时候，因为对自己角色的不确定，会有很多类似的行为，我们常常看到一个小女孩穿爸爸的皮鞋，或者一个小男孩穿妈妈的高跟鞋。《红楼梦》虽然没有直接写心理学，事实上却是一本了不起的心理学小说。人在自我尚不完整的时候，是会尝试着做各种模仿的。大人如何看待小孩这种模仿非常重要，比如一个小男孩看到妈妈化妆，就会趁妈妈不在的时候，拿妈妈的口红去涂。如果妈妈觉得这是大逆不道而责骂他，这个男孩就会对自己扮演的角色被阻碍有很深的记忆，他的角色转换意识就会受到挤压。

史湘云就非常喜欢穿男孩衣服，“可记得旧年三四月里，他在这里住着，把宝兄弟的袍子穿上，靴子也穿上，额子也勒上，猛一瞧倒像是宝兄弟，就是多两个坠子。他站在那椅子背后，哄的老太太只是叫‘宝玉，你过来，仔细头上挂的灯穗子招下灰来迷了眼。’他只是笑，也不过去。后来大家撑不住笑了，老太太才笑了，说‘倒扮上小子好看了。’”这说明拒绝长大的意念不只在宝玉身上，在史湘云身上也有，史湘云也有属于自己的童年记忆。

《红楼梦》中的童年回忆让作者觉得特别美好，那个世界中没有界限、没有差别，可以任意扮演各种角色。

林黛玉接着说："这算什么。惟有前年正月里接了他来，住了没两日，下起雪来，老太太和舅母那日想是才拜了影回来"，注意"拜了影"现在不太用了，过去祠堂里供着的祖先画像叫"影"，活着的人一般不画像，只有死去的祖先才有像。每月初一、十五去拜祖先祠堂叫"拜影"。"老太太的一个簇新的大红猩猩毡斗篷放在那里，谁知眼错不见他就披了，又大又长，他就拿了个手帕子，拦腰系上，和丫头们在后院子里扑雪人儿去，一跤栽在沟跟前，弄了一身泥水。"大家回想史湘云以前的这些事情，都笑起来。童年的史湘云至少扮演了两个角色，一个是宝玉，一个是贾母，儿童的世界里有个戏剧的元素可以随时转换角色。可一旦成人，我们的样子就被固定了，但这并不意味着想转换的元素消失，它依然还在，只是变成了潜意识，就是弗洛伊德所说的被我们压抑了的自我，他认为人扮演多重角色本来就是自我的正常现象，这种现象在童年时表现得非常突出。

宝钗就问跟史湘云的周奶妈："周妈，你们姑娘还那么淘气不淘气了？"周奶妈也笑了。迎春笑道："淘气也罢了，我就嫌他爱说话。也没见睡在那里还是叽叽呱呱，笑一阵，说一阵，也不知那里来的那些话。"这也是小孩儿个性，睡在床上会一直说话，什么时候睡着的都不知道，其实那些话根本没有任何实质性内容，只是那声音会变成一个记忆，证明有个人在你旁边。王夫人说："只怕如今好了。前日有人家来相看，眼见有婆婆家了，还是那么着？”这里点出大概才十三岁的史湘云已经相亲了。

相亲

当然，古代相亲年龄本来就很早，女孩子大概都在十五岁以前相亲，尤其是这种大家族，很可能是因为政治、商业的原因，更需要提早相亲。湘云的爸爸妈妈不在了，可能她的叔叔婶婶希望借着湘云的婚事结交权贵。宝玉最大的哀伤，就是这些女孩子到一定年龄就得嫁人。相亲是一个界限，意味着人长大了，该男女有别了。

贾母问湘云说，你今天来是要住下来，还是玩一玩就回家去呢？周奶妈回说：“老太太没有看见连衣服都带了来，可不住两天？”史湘云就问：“宝玉哥哥不在家么？”宝钗笑着说：“他不想着别人，只想宝兄弟，两个人好玩的。这可见还没改了淘气。”贾母说：“如今你们大了，别提小名儿了。”这里已经有点要给她们立大人的规矩了。刚说着，宝玉就来了，笑着说：“云妹妹来了。怎么前儿打发人接你去，怎么不来？”王夫人就说：“这里老太太才说这一个，他又来提名道姓的了。”刚刚说完不要讲小名，宝玉就叫云妹妹。记得过去看的才子佳人的故事，最情色的部分就是洞房花烛夜妻子告诉丈夫自己小名的时候，因为害羞，扭捏很久都说不出来的样子。这里说不能叫小名，是因为女孩一旦要嫁人的时候，小名就成了隐私，就要开始有点忌讳了。

林黛玉说：“你哥哥得了好东西，等着你呢。”这个东西大家记得吗？就是那个金麒麟。黛玉又吃醋了，所以干脆先下手为强，抢先说出来。

湘云说："什么好东西？"宝玉不好意思直接回答，就说："你信他呢！几天不见，越发高了。"湘云笑着问："袭人姐姐好？"宝玉说："多谢你记念。"湘云什么人都不问，只问袭人，她跟袭人的关系特别好，这里实际上点出了袭人做人的成功。湘云说："我给他带了好东西来了。"说着，拿出一个挽着疙瘩的手帕子来。

人情的细微变化

我们现在大概没有这个习惯了，记得小时候送礼，常常把饼干、水果等礼物用一个布包袱包起来，日本和韩国现在还有这个习惯。宝玉就说："什么好的？你倒不如把前儿送来的那种绛纹石的戒指儿带两个给他。"之前史湘云曾托人带了几个绛纹石的戒指，送给黛玉、宝钗和几个姑娘。史湘云说："你看这是什么？"一打开，果然就是上次送来的绛纹石戒指，一共有四个。

大家就觉得有点儿奇怪，林黛玉说："你们瞧瞧，他这主意！前儿一般的打发人给我们送了来，你就把它也带了来，岂不省事？今儿巴巴的自己带了来，我当又是什么新奇东西，原来还是它！真真你是糊涂人。"但湘云的解释非常好："你才糊涂呢！我把这理说出来，大家评一评，谁糊涂？给你们送东西，就是使来的人不用说话，拿进来一看，自然就知道是送姑娘们的了；若带他们的东西，这得我先告诉来人，这是那一个丫头的，那是那一个丫头的，那使来的人明白还好，再糊涂些，丫头的名字他也不记得，混闹胡说的，反连你们的东西都搅糊涂了。若是打发个女人素日知道的还罢了，偏生前儿又打发小子来，可怎么说丫头们的名字呢？横竖我来给他们带来，岂不清白。”湘云的意思是，这么费劲我不如自己带来更清爽。我不知道大家了解不了解，我们觉得袭人在《红楼梦》里很重要，可实际上袭人只是众多丫头里的一个，宝玉房里光丫头就有十几个，湘云实在不方便托一个男用人给丫头带东西，这里面有尊卑的界限。湘云把四个戒指放下说：“袭人姐姐一个，鸳鸯姐姐一个，金钏儿姐姐一个，平儿姐姐一个。”四个都是跟她很要好的丫头，袭人是宝玉的丫头，鸳鸯是贾母的丫头，金钏儿是王夫人的丫头，平儿是王熙凤的丫头。她还不知道金钏儿已经被赶走了，旁人在大庭广众中大概也不方便说这个事。

宝玉觉得史湘云说得利落，就说：“还是这么会说话，不让人。”这下子，林黛玉又吃醋了，冷笑了一声：“他不会说话，他的金麒麟也会说话。”她总觉得别人有个金麒麟，她没有，所以一直在这个“结”上面打转，说完就走了。这话大家谁都没有注意听，只有薛宝钗抿嘴一笑，这是非常微妙的写法，宝钗也是喜欢在这种事情上动心思的人，作者把几个人之间的情结，表现得非常细致。

《红楼梦》越读，就越觉得如果错过一句，就会错过很多东西。宝玉听见了，自己后悔又说错了话，看到宝钗一笑，由不得也笑了。宝钗忙起身走开，去找黛玉了。

大家想想看，这么细微的戏如果拍电影的话该怎么拍？这个瞬间史湘云的反应，林黛玉的反应，宝玉的反应，宝钗的反应，几个人完全是在打哑谜，到底该怎么用镜头表现？侯孝贤拍的《海上花》中吃饭的那场戏，梁朝伟在最后面，可全部内心活动都写在了他的脸上。很多朋友看完说，一顿饭吃了那么久，哪有什么戏啊？岂不知其中的眼神、嘴角都是戏，只是如果你习惯了很粗糙的表演方式，根本就看不到细节。和《红楼梦》一样，侯孝贤的电影也细腻到你不能错过任何一个小镜头，边吃爆米花边看，就会错过很多东西。好莱坞的电影是可以吃着爆米花看的，因为它多数是大场景，不容易忽略。可是《红楼梦》则需要细看，比如这一段讲的全部是内心的活动，恐怕只有经过一定历练的人，才能懂得《红楼梦》中这些细微的人情。

阴阳的流转互动

贾母跟史湘云吃了茶，休息了一下，贾母就说："瞧瞧你的嫂子们去。园里也凉快，同你姐姐们去逛逛。"按过去的礼数，到人家做客，家里的长辈是都要拜访一下的。湘云答应了，就把三个戒指包上，起身要瞧凤姐等人去，众奶娘、丫头跟着她，先到凤姐那边谈笑了一会儿，又到大观园里去看了李纨，少坐片刻，最后就要到怡红院来找袭人了。湘云跟她的丫头、奶妈说，你们不必跟着了，只留下翠缕服侍就是了。过去大家小姐出门，身边奶妈、丫头一大堆，这也是一个阵仗，表示一种气派。湘云觉得袭人是自己的儿时玩伴，不需要这么大的排场。

其他人都走了，湘云的贴身丫头翠缕问："这荷花怎么还不开？"史湘云说："时候没到。"翠缕道："这也和咱们家池子里的一样，也是楼子花？"重瓣双蕊的花叫"楼子花"，这种花的品种比较特别，可以在植物园里人工培育。湘云说："他们这个还不如咱们的。"我们知道，贾家、史家、薛家、王家是当时有名的四大望族，其中的史家非同小可，湘云是在比较，觉得贾家的荷花还没有她们家的开得好。

底下是一段很有趣的小姐与丫头的对话，这个小姐本来就爱说话儿，好为人师，而翠缕这个丫头又偏偏一根筋，脑子常常转不过弯儿来。“翠缕道：‘他们那边有棵石榴，接连四五枝，真是楼子上起楼子，这也难为他长。’湘云道：‘花草也是同人一样，气脉充足，长的就好。’”古代相信一种叫“气”的东西，其实就是风水，比如刚开张的餐厅如果气很旺，来的人就很多。“翠缕把脸一扭，说道：‘我不信这话。若说同人一样，我怎么不见头上又长出一个头来的人？’”

“湘云听了，由不得一笑，说道：‘我说你不用说话，你偏好说。这叫人怎么好答言？天地间都赋阴、阳二气所生，或正或邪，或奇或怪，千变万化，都是阴、阳顺逆。多少一生出来，人罕见的就奇，究竟理还是一样。’”从这里能看出，湘云已经读了些书，《易经》、《老子》、《庄子》都有讲阴阳，中国哲学基本上是围绕“阴阳”两个字做文章的，可是“阴阳”很不容易懂。表面上看，阴和阳似乎是对立的，可在《易经》里，阴和阳是互相转化的一体两面。

“翠缕道：‘这么说起来，从古至今，开天辟地，都是些阴阳了？’”翠缕一根筋，一定要打破砂锅问到底。湘云笑着说：“糊涂东西，越说越放屁。什么‘都是些阴阳了？’，难道还有两个阴阳不成！‘阴’‘阳’两个字还只一字，阳尽了就成阴，阴尽了就成阳，不是阴尽了又有个阳生出来，阳尽了又有个阴生出来。”但凡接触过《易经》的朋友都知道，阴阳是此消彼长的关系，就像冬天过去是春天，本身是因气在流转，生死之间也是如此。中国哲学跟西方宗教的最大区别，就在于它认为万物是由阴阳本身的互动而生的。我们看到的太极图，黑的部分有一个白点，白的部分有一个黑点，意思就是阴中有阳，阳中有阴，所有东西都不是非黑即白，而是在互相转化的，正中有邪，邪中有正；爱中有恨，恨中有爱……一切吉凶祸福都不是绝对的。《易经》的核心就是解释事物周而复始、循环轮转、此消彼长的规律。

“翠缕道：‘这糊涂死了我！什么是个阴阳，没影没形的。我只问姑娘，这阴阳是怎么个样儿？’”假如这个丫头去上《易经》课，大概也蛮累的，她听不明白却又特别想弄明白，显然史湘云跟丫头的关系很好，一直很耐心地给她解释，她知道前面讲得太抽象了，再具象一点儿就比较容易懂了。于是湘云继续说：“这阴阳，可有什么样儿，不过是个气，器物赋了成形。比如天是阳，地就是阴；水是阴，火就是阳；日是阳，月就是阴。”

翠缕听了很高兴，说：“是了，是了，我今儿可明白了。怪道人都看着日头叫‘太阳’呢，算命的管着月亮叫什么‘太阴星’，就是这个理了。”翠缕总算有个具体的“阳”可以联想了，她一下子想起了算命的管月亮叫“太阴星”。我们现在以月亮计算的历法叫作阴历，以太阳计算的历法叫作阳历。湘云笑道：“阿弥陀佛！刚刚的明白了。”翠缕说：“这些大东西有阴阳也罢了，难道蚊子、虼蚤、蠓虫儿、花儿、草儿、瓦片儿、砖头儿也有阴阳不成？”湘云说：“怎么没有呢？比如那一个树叶儿还分阴阳呢，那边向上朝阳的就是阳，这边背阴覆下的就是阴。”这个知识对绘画的朋友来说很重要，初学画的人，画的叶子全是一个颜色，慢慢的，他就知道叶子阴阳面的颜色是不一样的。宋画在表现叶子翻飞的时候，会用重青绿和浅青绿色分别去点。翠缕听了点头说：“原来这样，我可明白了。只是咱们这手里的扇子，怎么是阳，怎么是阴呢？”湘云就说，正面的是阳，反面是阴。翠缕真是个好学的学生，一路追问到底。

因麒麟伏白首双星

“翠缕又点头笑了，还要拿几件东西问，因想不起个什么来，猛低头就看见湘云宫绦上系的金麒麟”，故事又回到金麒麟上了。翠缕“便提起来笑道：‘姑娘，这个难道也有阴阳？’湘云道：‘走兽飞禽，雄为阳，雌为阴；牝为阴，牡为阳。怎么没有呢！’”这里是在暗示这个金麒麟与后来湘云、宝玉的婚姻有关。翠缕道：“这是公的，到底是母的呢？”湘云道：“连我也不知道。”动物的造型当然也是有雌雄的。大家如果留心就会知道，庙门口的狮子就是分公母的。我们儿时最早的性教育大多是从庙宇开始的，大概在幼稚园的时候，大家到庙里时就会去辨认哪个是公狮子，哪个是母狮子，母狮子的脚下一般会有只小狮子。

“翠缕道：‘这也罢了，怎么东西都有阴阳，咱们人倒没有阴阳呢？’”一个傻丫头，问到的却是非常有趣的东西，因为讲到人的阴阳，就跟生殖有关了。湘云有点儿不好意思了，就照着翠缕脸上啐了一口说：“下流东西，好生走罢！越说越说出好的来了！”刚才王夫人说她要相亲了，表明她已经开始有性别意识了，丫头问到人的阴阳，她实在不知如何开口解释。“翠缕笑道：‘这有什么不告诉我的呢？我也知道了，不用难我。’”翠缕有点憨憨傻傻的，心说你不说我也知道，“姑娘是阳，我就是阴”。湘云忍不住用手帕捂着嘴哈哈地笑起来，翠缕说：“说是了，就笑的这样！”湘云就说：“很是，很是。”翠缕说：“人规矩，主子为阳，奴才为阴，我连这个大道理也不懂得？”湘云就笑着说：“你很懂得。”这是《红楼梦》里最不起眼的一个小片段，它描述的是一个爱讲话的主人跟一个喜欢打破砂锅问到底的丫头之间非常精彩、也非常真实的对话。《红楼梦》里最耐读的就是这类片段。

两个人“一面说，一面走，刚到蔷薇架下，湘云道：‘你瞧那是谁掉的首饰，金晃晃在那里。’”翠缕赶快捡起来攥在手里说：“可分出阴阳来了。”她先看了湘云的麒麟，最后才把自己捡的那个东西给史湘云看，“湘云举目一验，却是文采辉煌的一个金麒麟，比自己佩的又大又有文采。”史湘云觉得奇怪，怎么这个麒麟会跟她的一样，“因麒麟伏白首双星”，是说有一对金麒麟，已经暗示了将来它们是要配对的。捡到的这个金麒麟是宝玉的，比较大，而且文采辉煌，应该是雄的；湘云的那个比较小，应该是雌的。这一段中绝对有作者的暗示，所以很多人觉得后来宝钗跟宝玉的结婚，是有问题的。最近有考证者说，后四十回不是高鹗补的，而是曹雪芹的原作，我想很少有人会相信，因为后四十回写得实在很差，而且有很多问题没有解决。怎么可能写了“因麒麟伏白首双星”，最后又没有白首，一个细心到这个程度的作者，怎么会忽略这种大事？

湘云正拿着金麒麟出神，宝玉来了，说：“你两个在这日头底下作什么呢？怎么不找袭人去了？”史湘云赶紧把麒麟藏起来，说：“正要去呢。”这个藏起来当然是有点儿害羞，她知道这东西是一对的，一时不知道该怎么处理。到了怡红院，“宝玉因笑道：‘你该早来，我得了一件好东西，专等你呢。’”刚才林黛玉故意刺他，他没好意思拿出来，当着黛玉的面，宝玉不太敢表现跟史湘云的亲近。说完，就在身上摸掏，结果每个口袋都查过了，没有。宝玉“阿呀了一声，便问袭人‘那个东西你收起来了么？’”袭人说：“什么东西？”宝玉说：“前儿得的麒麟。”袭人说：“你天天带在身上的，怎么问我？”宝玉听了，就手一拍说：“这可丢了，往那里找去！”可见这个麒麟让史湘云捡到真是一个暗示，作者是在讲注定的缘分。史湘云这才知道手上的金麒麟是宝玉掉的，就问他说，你什么时候也有了一个麒麟。宝玉说：“前儿好容易得的呢，不知多早晚丢了，我也糊涂了。”就在宝玉怅然若失，觉得有点遗憾的时候，史湘云说：“幸而是玩的东西，还是这么慌张。”说着就把手一撒，笑道：“你瞧瞧，是这个不是？”宝玉一看，“由不得欢喜非常”。

这一段是《红楼梦》里非常重要的一个伏笔，宝玉的金麒麟恰恰被史湘云捡到，凑成了 对。而且特别是这之前让史湘云跟翠缕谈阴阳的问题，来暗示所有的东西都是要配对的。我相信作者如果继续写下去，一定有很多安排，不至于草率到最后让宝钗糊里糊涂地嫁给宝玉了。

我非常希望大家读《红楼梦》时可以从中读到更多的细节，看到这些细节的时候，才能意识到作者穿针引线的功夫有多么惊人，任何一个小小的针脚，他都不放过。三十一回从史湘云与翠缕说阴阳，到结尾处的湘云捡到了麒麟，都是不着痕迹的铺排和暗示，给人天衣无缝的感觉。

第三十二回

诉肺腑心迷活宝玉
含耻辱情烈死金钏

人物的多面性

三十二回里最动人的情节是宝玉第一次对黛玉说出了真心话。很多人以为只要两人相爱就一定会讲真话，岂不知真爱反而会让彼此把真心掩藏。宝玉最早是跟史湘云一起长大的，后来认识了黛玉，接着就来了宝钗。我们知道他跟宝钗很好，跟史湘云也很好。人一生中的朋友，是很难比较谁好谁坏的，可只有和某个人的情感到了一定程度，彼此才能建立不可取代的特殊关系，这种关系很难用理性去分析。《红楼梦》里曾多处写宝玉跟黛玉爱恨交织的纠缠，在这一回里，作者第一次正面写出了他们为什么会成为知己，为什么黛玉在宝玉心目中是宝钗和湘云无法替代的。

上一回写到史湘云专门带了绛纹石的戒指送给袭人，从她们两人的谈话中能看出薛宝钗跟林黛玉性格的不同，袭人看到戒指就跟史湘云说，这个戒指宝姐姐已经给过我了。可见，宝钗一直很刻意地在经营人际关系，我们不能说她的刻意有什么不好，只是贾府上上下下对她的那种称赞，让人觉得她有点在做公关。一个人圆润到了没有人说你的不是，其实也蛮累的。与宝钗相比，黛玉就是真性情，有人特别喜欢她，有人特别讨厌她。这里都是一些小小的暗示，《红楼梦》总在不经意间透露出人物性格的某种特征。它们是人的多面性的体现，很难说它是好是坏。

宝玉珍惜的人性价值

史湘云把自己捡到的金麒麟拿出来给宝玉看，宝玉很高兴地问："亏你捡到了，你是那里捡的？"史湘云不直接回答问题，却说："幸而是这个，明儿倘或把印也丢了，难道也就罢了不成？"注意，这里的"印"是指官印，中国古代这种大户人家的男孩子，是注定要经过科举考试然后做官的，当时官僚的第二生命大概就是"官印"了，因为它代表了人的身份和社会地位。可宝玉的反应却是："倒是丢了印平常，如果丢了这个，我就该死了。"这里已经埋下了史湘云跟宝玉冲突的伏笔，宝玉最讨厌的就是动不动就提读书做官。在他看来，丢了麒麟才该死，他最眷恋的始终是人情。

大家如果用心体会，就能看到《红楼梦》里有很多类似的对比：人活着，一方面要看重社会为我们提供的价值；另一方面也要珍惜我们自己看重的价值。小津安二郎的电影《东京物语》表现的是工业发展给当时的东京带来的变化，原来伦理中的人与人之间那种天长地久的关系，渐渐地在现代社会的浮躁、匆忙中消失了。这部电影没有评价对错，只是说母亲已经发出病危通知了，可在铁路局做事的儿子却始终非常忙，实际上他对母亲一直很关心，在电报里不断地问母亲是不是真的病危了。这种事也很可能会发生在我们身上，在这种时候我们也会想，如果要请假的话，该从什么时候请起。这就跟古代的伦理有很大的区别了，在古代只要双亲有一点小病，子女就要守在身边。母亲临终的时候没能守在身边，成了《东京物语》里那个儿子终生的遗憾。这部电影的主题是：在社会转型过程中，人接受了经济发达社会的主流价值，却遗失了亲情。

这里宝玉的一句“印丢了这也平常”，显然说明这个孩子的价值观和当时的主流价值观差距很大，在他眼里，做官、官印不过是外在的、强加于人的价值，而晚上听到袭人疼得睡不着觉，拿起灯来去照顾她，才是人发自内心的真情，是最值得做的事。所以《红楼梦》越往后读，越觉得宝玉身上有一种厚重的人情，当这种人情跟现实社会发生冲突的时候，对它的坚持就变成了“怪僻”或者“痴”。

湘云和袭人的姐妹情谊

“袭人斟了茶来与史湘云吃，一面笑道：‘大姑娘，听见前儿你大喜了。’”三十一回里我们就知道才十三岁的史湘云，已经有人给她找婆家了。显然，这个事情很快就在贾府传开了，一般的大家族都很喜欢谈论哪个女孩子要找婆家，或者哪个女孩要结婚了。袭人说的“大喜”就是指找婆家，史湘云马上红了脸，“吃茶不答”。当今的很多女孩子都蛮大方的，我的好多女学生会主动跟我说，我妈最近又安排我相亲了。甚至还有个性更健朗的女生，会直接问妈妈，你怎么最近都没有帮我安排相亲？最起码能趁此机会出去大吃一顿。可过去的女孩子只要碰到这类事情就很害羞。史湘云的性格应该算蛮大方的，可是碰到这类事，她的反应也是“红了脸，吃茶不答”。

袭人说："这会子又害臊了，你还记得十年前，我们在西边暖阁住着……"十年前她们也就是三五岁的孩子，可能整天在一起玩家家酒，大家扮新娘新郎结婚什么的，谁都不会觉得难为情。"西边暖阁"，是冬天为贾母特别准备的烧炕的暖房。宝玉和湘云是贾母最疼爱的孙辈，小时候就睡在那里面，而袭人是照顾他们的丫头，当时大家玩在一处，根本没有主仆的概念。袭人没有说出湘云当时说了什么，大概是我将来结婚一定要嫁个什么样的人之类的。史湘云笑着说："你还说呢。那会子咱们那么好。"

我一再强调《红楼梦》最眷恋的就是童年，这些孩子长大以后，多少都遭遇了人生中的不如意，湘云也一样。她说："后来我们太太没了，我家去住了一程子，怎么就把你派了跟二哥哥；我来了，你就不像先待我了。"如果你对童年有某种记忆，就会强烈感受到长大过程中的很多不快。鲁迅很有名的小说《故乡》中就写到了这个东西。他小时候最崇拜的人就是他家佃农的儿子闰土，闰土是乡下长大的小孩，常常给他讲乡下无穷无尽的稀奇事，捕鸟、看瓜、捡贝壳……在富家少爷眼里，这种人是很棒的角色。分手后，闰土一直是鲁迅对故乡的最深记忆，若干年后再回故乡，他最想见的就是闰土。没想到闰土一见他，竟然让儿子跪在地上称他"老爷"。鲁迅这篇小说的最大感伤是童年时记忆中的英雄不见了，《红楼梦》里也一直在讲这种感伤。在儒家文化背景下的中国社会，童年真的是非常美好的，因为只有在童年时，人和人之间才没有界限。湘云觉得我当年没有把自己当小姐，你也没有把自己当丫头，大家是平等的，可如今我再回来，你都不像以前那样待我了。袭人这个人是有分寸的，觉得自己是个丫头，人长大了，就不能再像以前那么亲近了，湘云却对此感到遗憾。

袭人笑着说："你还说呢。先姐姐长、姐姐短哄着我替你梳头洗脸，作这个，弄那个。"有没有感觉袭人服侍史湘云，也有点儿像姐姐在照顾妹妹。"如今大了，就拿出小姐的款来。你既拿小姐的款，我怎么敢亲近呢？"其实袭人是在跟湘云开玩笑，可是这种玩笑的分寸很难拿捏，因为年龄的关系，她们既像朋友，又像主仆，界限一直不是很清楚。就像我们上一回里读到林黛玉看到袭人哭了，就安慰她说：不管别人怎么样，我总是把你当嫂子看待。这种话其实很暧昧，想想看，如果你明明是一个用人，有人却说反正我把你当嫂子待，你到底是被抬举了，还是往后的行为该小心些？因为这个抬举很可能引起周围人的打压。这些表达的微妙之处，是处在当下不够细致的人际关系里的我们不太容易懂的。

听了袭人的话，史湘云急得念起佛号来，她是个非常率性的姑娘，觉得这太冤枉她了，马上辩白说："阿弥陀佛，冤枉冤哉！我要这样，就立刻死了。你瞧瞧，这么大热天，我来了，必定赶来先瞧瞧你。你不信，你问问缕儿，我在家时时刻刻，那一回不念你几声？"她的话没有讲完，袭人跟宝玉赶快就劝她："玩话你又认真了，还是这么性急！"袭人开这种玩笑，史湘云真的很难过，她是绝对没有这种分别心的人。所以她才会说："你不说你的话噎人，倒说人性急。"

"一面说，一面打开手帕子，将戒指递与袭人。"记得我母亲、姐姐她们那时常说"手帕交"，指的是女孩子之间很要好的关系，大家会把自己心爱的、珍贵的东西用手帕包起来，这其中有点私密的感觉。袭人非常感谢，说你前几天带了戒指来送给宝钗、黛玉她们，我已经得着了。你今天又亲自送了来，这种绛纹石戒指没有几个钱，可我知道你的心真。

显然，袭人是有点想补偿刚才对湘云的冤枉。

宝钗做人的周到

史湘云问："是谁给你的？"因为她上次带给好几个人这种戒指，王熙凤、宝钗、黛玉、李纨等人都有。袭人说："是宝姑娘给我的。"不细看很容易忽略这一句，作者在这里点出了宝钗做人的周到，一个小姐，得到礼物后先给用人，这个用人一定觉得自己受到了抬举和重视，会一辈子感激不尽的。薛宝钗是贾府中的后来者，可很快就在贾府中超越了林黛玉而深得人心，是因为她的公关做得太好了。用"公关"这个词是不是妥帖另说，宝钗一直蛮用心地在经营自己的人际关系是事实。

湘云听了，笑道："我只当林姐姐给你的。"接下来就是史湘云对人的评判了，她说："我天天在家里想着，这些姐姐们再没有一个比宝姐姐好的。"你看，林黛玉一下子就被比下去了。一个戒指，看上去很随意，其实影响蛮大的。古书里常说的"施小惠"，就是给一点小东西，在关键时刻是管用的，对手底下的人尤其管用，因为他会觉得自己被关注，很温暖。湘云就说："可惜我们不是一个娘养的，我但凡有这么个亲姐姐，就是没了父母，也是没妨碍的。"说着眼圈就红了。这里透露了史湘云内心的孤单，父母去世后，叔叔婶婶对她并不好，接下来大家会知道，只有宝钗看出了她的委屈和难处，所以湘云说自己如果有这么一个亲姐姐就好了，至少有人可以替她说话。

"宝玉道：'罢，罢！不用提这话。'"宝玉不喜欢看到别人难过，可史湘云却讽刺他说："提这个便怎么？我知道你的心病，恐怕你的林妹妹听见，又怪嗔我赞了宝姐姐。可是为这个不是？”意思是，我说宝姐姐好，你不高兴啊？前面已经有好多次，一旦有人赞美宝钗，黛玉就会很难过，她多多少少总是要和宝钗比较的。“袭人在旁‘嗤’的一笑，说道：‘云姑娘，你如今大了，越发心直嘴快了。’”湘云绝对是那种心里想什么，嘴巴就说什么的人。宝玉笑着说：“我说你们这几个人是难说话，果然不错。”宝玉的意思是，你们几个都是哪壶不开偏提哪壶，专门讲这种让人不开心的、刺激人的话。“史湘云道：‘好哥哥，你不必说了，叫我恶心。只会在我们跟前说话，见了你林妹妹，又不知怎么了。’”史湘云真是口无遮拦，大家都知道宝玉的软肋，他爱黛玉真的爱到了这种地步，这个无法无天的混世魔王，一碰到黛玉就蔫了，这大概就是宿命中的一物降一物吧。

袭人赶快把话岔开了：“且别说话，正有一件事还要求你呢。”史湘云问，什么事？袭人说：“有一双鞋，抠了垫心子……”古代的女孩子在家都是要做针线活的，整天绣花、缝衣、做鞋。“抠了垫心子”，是指如果你打算在鞋面上绣一只蝴蝶，就要先用剪刀在鞋面上抠出一个镂空的蝴蝶的样子，底下再做个垫子，比如在绿色的缎子鞋面上镂空后衬上粉红色的缎子，这只蝴蝶就是粉红色的了。因为宝玉有洁癖，衣服、扇套子、鞋子一定要他身边的人亲自做，所以袭人整天都得替他做针线，而他的东西又常常一出门就被小厮们抢光，袭人就有点忙不过来，于是拜托史湘云说，有双鞋我已经抠了垫心子，可是这两天身上不好，没有办法做，你能不能替我做做？可见她们的关系非比寻常，真有点像亲姐妹一样。现在你家用人肯定不会说：我这几天身体不好，你能不能帮我做做菜？

史湘云笑着说：“这又奇了，你家放着这些巧人不算，还有什么针线上的，裁剪上的，怎么叫我做起来？你的活计叫谁做，谁好意思不做呢。”贾家养着一大堆的奶妈、丫头，手工都很好，你只要开口，谁都不会推辞，怎么会找我做？“袭人笑道：‘你又糊涂了。你难道不知道，我们这屋里的针线，是不要那些针线上的人做的。’”这一点大家可能不太容易懂，“我们这屋里”指的是宝玉，职业工匠的针线活，宝玉一律看不上眼。宝玉喜欢在贴身之物上赋予人情，他的扇子套、玉上的穗子，都是袭人、黛玉、宝钗等人做的，在他看来，“物”本身没有什么了不起，“物”里面要有人情才会觉得亲。所以大家一定明白，袭人忙的只是宝玉一个人的针线活儿。

湘云的心结

湘云听了就知道是宝玉的鞋，便笑道：“既这么说，我就替你做了罢。只是一件，你的我才做，别人的我可不能。”注意她的条件，她是故意在将袭人的军，暗示说如果是宝玉的鞋我就不做。

袭人就笑了说：“又来了！我是个什么，就烦你做鞋了？实告诉你，可不是我的。”这就是袭人懂事的地方，意思我是个丫头，哪里敢叫你帮我做鞋，要做当然是替宝玉做。有没有看到，两个人都不提宝玉的名字，袭人知道如果说是宝玉的，湘云更不做了，所以她说：“你别管是谁的，横竖我领情就是了。”史湘云就说：“论理，你的东西也不知烦我做了多少，今儿我倒不做了的原故，你必定也知道。”到这里就更明显地表明这两个人之间姐妹般的情谊，但大家有没有发现这话很微妙，大意一点就读不懂。因为她已经在相亲了，马上就要有婆家，不能再随便替男人做鞋了。

当然，还有一个原因是史湘云听说她帮宝玉做的东西被林黛玉给剪坏了，史湘云冷冷地笑着说：“前儿我听见把我做的扇套子拿着和人家比，赌气又铰了。”扇子是古代文人手里把玩的物件，不论什么季节，文人的手里都习惯捏把扇子，它是一种身份的代表，扇子不用的时候要用很漂亮的绣花套子装起来。史湘云曾替宝玉做过一个扇套，被林黛玉给剪坏了。她说：“我早就听见了，你还瞒我。这会子又叫我做，我成了你们的奴才了！”宝玉赶快就解释说：“前儿的那事，本不知是你做的。”袭人也赶快补充说：“他本不知是你做的。是我哄他的话，说是新近外头有个会做活计的女孩子，说扎的出奇的花，我叫他们拿了一个扇套子试试看好不好。也就信了，拿出去给这个瞧给那个看的。不知怎么又惹恼了林姑娘，便铰了两段。回来他还叫赶着人做去，我才说了是你做的，他后悔的什么似的。”袭人没有跟宝玉说这扇套子是史湘云做的，只说是最近来了一个女孩子，手工很好，宝玉当然也识货，看了也一个劲儿地赞赏。在黛玉的面前说起竟然有女孩子的手工做得这么好，林黛玉一下子就火了，一把抓过来剪断了。林黛玉的个性蛮有趣的，从心理学上来讲，应该叫作“剪刀情结”，她喜欢把很多东西一刀两断。黛玉骨子里有种傲气，总觉得自己的东西是最好的，当有人想要来挑战的时候，就会惹恼她。这个情结我们称其为“宁为玉碎，不为瓦全”的毁灭倾向。很多人会觉得这种人好麻烦，可非常奇怪，宝玉特别欣赏黛玉个性里的这种自尊、高傲和洁净。

史湘云知道自己做的东西被林黛玉剪了，当然不高兴，心说我好端端地替你做的东西，怎么就平白无故地被毁了。史湘云就说：“这越发奇了。林姑娘他也犯不上生气。”我的花绣得好，她生的什么气？可见两人个性差别真大，史湘云很率性，根本不懂林黛玉跟宝玉之间的情，更不理解黛玉的那种与生俱来的毁灭倾向，就说：她既然会剪，就叫她做啊！袭人说："他可不做呢。饶这么着，老太太还怕他劳碌呢。大夫又说道：'好生静养才好。'谁还烦他做？旧年好一年的工夫，做了个香袋儿；今年半年，还没见拿针线呢。"贾母常常交代大家千万不要累着黛玉，因为她身体不好。所以林黛玉也有点仗着这一点，慢慢地自己也认同了这种很柔弱、大家都要疼她宠她的角色。

正说着，有人来回说："兴隆街的大爷来了，老爷叫二爷出去会。""兴隆街的大爷"就是贾雨村。

心中好不自在

大家还记得贾雨村吗？《红楼梦》就是从他开的头，本来他只是住在小破庙里的一个穷书生，是甄士隐给了他进京赶考的盘缠，才得以考中进士做了官。初踏仕途，因为不懂官场规矩而遭人参劾，丢官后，他到苏州做了林黛玉的家庭教师。林黛玉的妈妈去世后，黛玉的父亲就拜托他护送林黛玉进京投奔贾府。后来，贾雨村就用远方亲戚的名义投帖给贾政，借着贾府的势力东山再起。几经历练的贾雨村变得非常精明，特别知道自己该怎么往上爬。宝玉最厌烦的就是这种人，根本不想见他。可每次老爸有客人来，他都要变成一个表演者。

记得我小时候也是，最倒霉的是我会背唐诗，一有客人来，爸爸就说，我儿子会背唐诗，没事儿就叫我出来背，背多了就变成习惯了。我有个朋友，爸爸是牙医，特别得意自己把儿子的牙齿弄得很好，所以这个朋友最痛恨的就是家里一有客人来，爸爸就说：你出来，张开嘴巴，让伯伯看看你的牙。他后来读医学院时跟我说，我绝对不要选牙科。小孩子身上就是会有很多这样有趣的情结。

宝玉听说贾雨村来了，要找他出去，“心中好不自在”。这个“心中好不自在”是因为跟姐姐妹妹玩的时候他回到了童年，一旦被拉出去，就要做大人，要对对子、背唐诗，几乎全是考试。仅仅一线之隔，在怡红院，他是小孩，可以跟湘云、袭人们乱侃；一到客厅，他就是大人。一听说要见客，袭人赶快去拿衣服，在古代见客是件大事，要换上礼服。宝玉一面蹬着靴子，一面抱怨说：“有老爷和他坐着就罢了，回回定要见我。”有客人来，就得穿礼服、打领带、穿靴子，去应付考试，当然很烦。史湘云一面摇着扇子，一面笑着说：“自然你能会宾接客，老爷才叫你出去呢。”当然因为宝玉会背唐诗，又会对对子，这是老爸最大的骄傲。宝玉说：“那里是老爷？都是他自己要请我去见的。”其实宝玉早就看穿了贾雨村的内心，觉得他非常虚伪、世故，他太懂官场文化了，知道要攀缘、巴结贾家，只走贾政那条路还不够，还得跟下一辈的宝玉也搞好关系。

我们小时候都了解这种家教，儒家文化认为对小孩子的教育，最重要的是要懂得进退揖让。现在的年轻人不太了解，记得当时我们家只要有客人来，小孩是一定要出来见客的，不出来会挨打的。见客本身就是一场考试，你要学会察言观色，知道该叫伯伯还是叫叔叔。平常读的书，在这个时候都能用上，倒茶时规不规矩，递茶时是不是用双手，爸爸妈妈都在旁边监督着。倒完茶还要应酬几句，说伯伯您坐，我要做功课了。如果继续跟人聊下去，说电影《无间道》有多好看，又会挨一顿打。这是当时父母教育子女一种重要的方式，父母是通过接人待物观察你是不是懂得、熟悉了大人的那套东西。我们小时候经过这方面的训练，后来到了成人世界里还蛮得心应手的。

宝玉对这些东西是很反感的，觉得很辛苦、很累。湘云说："'主雅客来勤'，自然你有些惊他的好处，他才只要会你。"如此有地位身份的客人会常来见你，一定是因为你也有品位。宝玉说："罢，罢！我也不敢称雅，俗中又俗的一个俗人，并不愿同这些人往来。"注意，这里又是一个颠覆，我们称有教养为"雅"，宝玉却说我是"俗中又俗的一个俗人"。连用三个"俗"字，说明在作者眼里，当人家都去附庸风雅的时候，"俗"反而是真性情。"雅"是贵族文化培养出来的人，大家都很仰望他，礼服、剧院、排场……但真正从那种文化里出来的人，能一眼看透其中的虚伪，反而觉得跑到夜市去吃路边摊更过瘾一些。曹雪芹是比较贴近民间的，对贵族文化并没有多少好感，书中类似的批判很多。

这原是混账话

接下来，史湘云跟贾宝玉之间的冲突发生了。湘云笑着说："还是这个情性，改不了。如今大了，你就不愿读书去考举人进士的，也该常会会这些为官作宰的人们，谈谈讲讲些仕途经济的学问，也好将来应酬世务，日后也有个朋友。没见你成年家只在我们队里搅些什么！"湘云知道宝玉不爱读书，不愿意考科举，更不愿意做什么举人进士，觉得你至少应该常常和这些"部长"们见见面，有机会跟他们做做朋友，谈谈仕途经济的学问，宝玉最讨厌的就是这句话。注意一下，古代的"经济"和我们现在的概念不太一样，我们现在的经济是跟财政、财务有关，古代则是"经世济民"的意思，就是要做一个国家或者社会的管理者，对社会整体有所贡献叫“经济”。湘云意思是说你也不是小孩子了，也应该出去见见客人，增长见识。况且这些人都是做官的，你也该懂得做官的那套道理了，这话惹恼了宝玉，因为宝玉最恨的就是别人要他去做官。注意一下，湘云比黛玉还小一点点，才十三岁，已经知道将来在官场上，人脉很重要。其实这话也不太像史湘云说的，她本来是个大大咧咧的女孩，大概是觉得自己都要相亲了，潜意识里是个大人了，应该劝劝宝玉了。

宝玉听了，一下就翻脸了，话说得非常难听，本来他很少这样发脾气的，他不再叫云妹妹了，而是说：“姑娘请别的姊妹屋里坐坐，我这里仔细脏了你知经济学问的。”这简直等于说，你滚吧，我这个屋子很脏，我也不是什么雅人，你要说做官，要谈国家大事，请到别的地方谈吧！我常常想，假如宝玉生在当今社会大概也蛮难过的，眼看着周围的人天天开口闭口谈政治，他肯定要疯掉了。这当然与曹雪芹的个人经历有关，他在延续四代的荣华富贵里长大，极其痛恨厌恶官场的这种互相攀附勾结，所以他宁可在袭人生病的时候为她扇扇子，跟这些姐姐妹妹混在一起，也不愿跟官场有一点牵连。

这个时候，湘云当然有点儿难堪，袭人就赶快打圆场说：“云姑娘快别说这话。上回也是宝姑娘也说过一回，他也不管人脸上过的去过不去，就‘咳’了一声，拿起脚来走了。”我觉得《红楼梦》里用得最好的就是动词，我们常说“拿”起东西来就走，很少会说脚“拿”起来就走，可是这个“拿起脚来就走”很传神，表示一点都不迟疑、不犹豫。我们在现实世界里很难做到像宝玉这样，不信大家可以试试看，下次你在饭桌上，一听有人在那里谈选举，你肯定做不到“拿起脚就走”，怎么也得应付两句。可是宝玉却不管那么多，你只要一谈这个，他拔腿就走。“这里宝姑娘的话也没说完，见他走了，登时羞的脸通红，看他说不是，不说又不是。幸而是宝姑娘，那要是林姑娘，不知又闹的怎么样，哭的怎么样呢。”这当然很不礼貌，人家是来做客的，劝你几句也是好意，但宝玉特别不能容忍年纪轻轻就不谈梦想，而去谈这么世俗的事情。

在袭人看来，宝钗真是了不起，别人这样侮辱她，她还这么有涵养、有气度，但有趣的是，同样的事我们可以完全从反面去看。记得小时候第一次看《红楼梦》时很喜欢宝钗，觉得她又懂事又大方，现在想想其实蛮可怕的，才十几岁，她就已经没有什么脾气了，已经被磨炼到只有礼教，没有性情了。我们都知道礼教并不坏，可是一个人只有礼教没有性情会很可怕，也很可悲，年轻人是该有点真性情的。袭人显然很佩服宝钗：“提起这些话来，真真宝姑娘叫人敬重，自己讪了一会子去了。我倒过不去，只当他恼了。谁知道后来还是照旧一样，真真有涵养，心地宽大。谁知这一个，反倒同他生分了。”“这一个”，是指宝玉，因为宝玉在跟前，她不太好意思明说，现在我们明白宝玉为什么跟黛玉这么亲了，也知道他为什么跟宝钗虽好，却总有距离了，他觉得你们要做大人，就去做好了。眼下，宝玉和湘云之间也发生了同样的事。我们刚才说过，宝玉身边最重要的三个女性，现在已经明显分出亲疏来了。

袭人说：“那林姑娘见你赌气不理他，你得赔多少不是呢。”前面我们都领教过，宝玉在林黛玉面前一次一次地道歉，她都不见得原谅。袭人是在比较，说你看宝钗多了不起，如果是林姑娘还得了，早就闹翻天了。可是宝玉却说：“林姑娘从来说过这些混帐话不曾？”这真让人大吃一惊，在他眼里，劝人读书、做官、应酬之类的话一律是“混账话”，他很讨厌湘云跟宝钗年纪轻轻就开始满脑子这些东西。

这话刚好被站在外面的林黛玉听到了，有一天你听到自己最爱的人，在别人面前讲到“这个人是我的知己”时，大概会感动得心都要碎掉了，所以黛玉在外面哭得无法进门了。因为之前两个人一直在纠缠，都想弄清楚你到底爱不爱我？如今忽然听到宝玉在别人面前说，林妹妹说过这么混账的话吗？如果她也这样说，我不会跟她这么亲的。显然宝玉已经认定黛玉跟自己是最亲的，我觉得这其中不完全是爱情，更多的是知己的感觉。宝玉认定他的内心只有黛玉知道，其他人都不懂。

其实，这些内容不是一般人能读懂的，我们多多少少都会觉得宝钗、湘云也没有什么错，为什么宝玉的反应会这么激烈？大概只有从作者自身的遭遇来看，他对官场太过厌烦，早就彻底看透了它的龌龊。他觉得任何一个人，尤其是在年纪还小的时候，只要沾到一点点这种习气，他就不想跟这个人再来往了。

深情的素面相见

袭人和湘云就只好自己解嘲说，你看我们劝他读书、考试、做官，原来是混账话。我们现在也常会跟朋友的孩子说，好好读书，要考第一名什么的，幸好你没有碰到宝玉，否则他拿起脚就走，你一定很尴尬。我们必须换一个角度看才能懂得《红楼梦》的意思，这世上没有几个人能做到永不妥协，可实际上如果你跟每一个小孩都说考第一名，那谁来考第二名？所以我们说的那些貌似鼓励的话中，有很多不真实的成分，最后它们就变成了大人世界里虚伪的应酬和客套。宝玉完全把这个东西看穿了，觉得那些应酬、客套里没有一点点真实的对人的关心，所以他才会表现得如此极端。

“原来林黛玉知道史湘云在这里，宝玉一定要赶来，说麒麟的原故。”黛玉的心里记挂着那个金麒麟，最后还是忍不住过来看一看这两个麒麟到底会发生什么事。“因此心下忖度着，近日宝玉弄来的外传野史，多半才子佳人，都因小巧玩物上撮合，或有鸳鸯，或有凤凰，或玉环金佩，或鲛帕鸾绦，皆由小物而遂终身。”古代的《武则天外传》等才子佳人的故事，其中都用麒麟、鸳鸯、玉珮、扇子这些东西做信物，现代社会大概就是手机之类的了。黛玉和宝玉一起偷看过这些禁书，所以知道“多半才子佳人，都因小巧玩物上撮合”。

这在戏台上最典型的就是《拾玉镯》，傅朋喜欢上了孙玉姣，便故意把玉镯丢在地上，这个玉镯就变成了他们日后的信物。《长恨歌》里面的信物是杨贵妃插在头上的金钗。“今忽见宝玉亦有麒麟，便恐因此生隙，同史湘云也做出那些风流佳事来。因而悄悄走来，见机行事，以察二人之意。”黛玉看到宝玉有麒麟，就觉得事情不妙，史湘云和宝玉都有麒麟，不是摆明了要配成一对吗？她“悄悄走来”，是想看看宝玉和湘云到底会干什么。在她的潜意识里，她看到一个画面一定是：宝玉拿了一个金麒麟，湘云也拿了一个金麒麟，两个人慢跑着靠近，那是非常完美的才子佳人的画面。黛玉心里有个结，总觉得自己和宝玉的关系中存在某种威胁。

“不想刚走来，正听见史湘云说经济事，宝玉又说：‘林妹妹不说这样混帐话，若说这话，我也和他生分了。’”本来她的潜意识里觉得会看到湘云跟宝玉，没想到宝玉在湘云面前竟然说自己最爱的人是黛玉。作为一个被爱的对象，站在门外的黛玉，此时的心情真是五内俱焚。这一段真的很美，两个彼此有深情的人，忽然间素面相见了。这之前两个人一直是用假面互相试探的，此时终于听到真话了，而且这真话是当事人不在场的情况下说的。这种话我们通常真的很难听到，宝玉竟然一点不怕史湘云吃醋，就那么直接说："林妹妹就不像你这样子。"假设你有一天听到朋友在很多人面前说：我朋友才不像你们这样子！你大概也会掉眼泪吧？因为他非常懂你。《红楼梦》讲的情深就是这种互相不需要任何解释的"懂得"。我常想，一个人无论如何都要让自己在一生里面有机会听到这样的话，不管在什么状况下听到。如果听到，你一定看看自己是什么反应，体会一下刹那间心情的复杂。

最美的深情相对

刚才提到宝玉在屋里跟湘云、袭人聊天，刚好黛玉在外面，"听了这话，不觉又喜又惊，又悲又叹。所喜者，果然自己眼力不错，素日认他是个知己，果然是个知己。所惊者，他在人前一片私心称扬于我，其亲热厚密，竟不避嫌疑。所叹者，你既为我之知己，自然我亦可为你之知己矣；既你我为知己，则又何必有金玉之论哉；既有金玉之论，亦该你我有之，则又何必来一宝钗哉！"因为黛玉一直耿耿于怀的是，宝钗有金锁，湘云有金麒麟，她却什么都没有。

读到这里，大家有没有感觉只有"深情"才是最重要的东西，情到深处是不需要寄托在那些有形的东西上的，这对传统的戏曲、小说里才子佳人的所谓信物也是一种颠覆。黛玉又想到伤心事：自己父母双亡，连个能替自己做主的人都没有，史湘云还有叔叔婶婶替她操持相亲。就算和宝玉注定能在一起，自己身体这么糟糕，恐怕难以久延岁月，最终还是悲剧。你看，黛玉听了这句话，一刹那间内心翻腾起多少东西，可见遇到知己并不完全是快乐。林黛玉思前想后，最后哭到没有办法进门，只得“一面拭泪，一面抽身回去了”。

作者真是会铺排，特别像电影里的蒙太奇。屋里的宝玉正在换衣服、穿鞋子，同时还在骂湘云，此时黛玉赶到门口，听到了那句话，其间还穿插着黛玉的心理描述，几个场景发生在同一时间段。接下来这场戏写得极漂亮，是所有爱情戏里最美的一段。

你放心

“这里宝玉忙忙的穿了衣服出来，忽抬头见了林黛玉在前面慢慢的走着，似有拭泪之状，便忙赶上来，笑道：‘妹妹往那里去？怎么又哭了？又是谁得罪了你？’”宝玉的口气总是这么温柔，常常从后面赶上来问：“妹妹你到哪里去，怎么又哭了？”这种话在第一次看的时候，会觉得只是普通的问候，黛玉葬花的时候他也这样问过。可是慢慢地听到宝玉不断重复这句话，你会觉得这个人到人间仿佛就是为了来讲这句话的。林黛玉在心情这么复杂的时候，又听到了这样的问候，便勉强笑道：“好好的，我何曾哭了。”注意，黛玉平常对宝玉很少有好气，但因为刚才偷听到的那句话，此时内心变得特别柔软。这段对话特别温柔，两个人都动了真情。

宝玉就笑了笑说：“你瞧瞧，眼睛上的泪珠儿未干，还撒谎呢。”一面说，“一面禁不住抬起手来替他拭泪”。注意这个画面，一个十几岁的男孩子特别心疼一个女孩，看到她流泪，在还不知道理由之前，只是想替她擦眼泪。特别注意“禁不住”这三个字，因为宝玉跟黛玉都大了，男女有别，已经不能随便地触碰对方了。可是宝玉“禁不住”，就像一个小孩子看到同伴哭了，忍不住要去帮他擦眼泪一样。黛玉就骂他说：你干吗？动手动脚的？现在我们不太容易懂这个，过去的礼教非常严。宝玉身上拒绝长大的部分在这个动作里又呈现出来了，他觉得我们小时候可以，现在为什么不可以？这是《红楼梦》里最大的悲剧，小孩子的长大就意味着要遵守社会给他们定的规矩。

“林黛玉忙向后退了几步，说道：‘你又要死了！作什么这么动手动脚的！’宝玉就笑着说：‘说话忘了情。’”他觉得很抱歉，自己说着话，一失神就忘了情，“不觉的动了手”。我不知道这些话能不能让我们对宝玉这个孩子有所原谅。他的很多动作和行为都被认为是犯规的，其实他只是忘了情，仿佛忽然回到了童年时光，“也就顾不的死活”了。

“林黛玉道：‘你死了倒不值什么，只是丢下了什么金，又是什么麒麟，可怎么样呢？’”发现没有？刚才的柔软不见了，原来的林黛玉又回来了，一旦恢复原来的状态，她就变得很锐利，动不动就一腔醋意。本来她大热天里跑过来，就是为了看看他们两个到底要干吗，是不是真的要配成一对了。

“一句话又把宝玉说急，赶上来问道：‘你说这话，到底是咒我还是气我呢？’”宝玉觉得他对她一片真心，她总是不懂，一直用这种话来激他，所以才又急又气。“林黛玉见问，方想起前日事来，遂自悔自己又说造次了，忙笑道：‘你别着急，我原说错了。’”注意，黛玉是从来不会认错的，尤其在宝玉面前。如今，高傲的黛玉认错了，这是两个人第一次真心相待，她说：“这有什么的，筋都暴起来，急的一脸汗。”一面说着，“一面禁不住近前伸手替他拭面上的汗”。注意，这是第二个“禁不住”，刚才是宝玉，现在是黛玉“禁不住”。大家觉不觉得这是最美的画面，人一生至少应该有一次这样的“禁不住”，不管你在什么年龄。刚才黛玉还说，“你要死了，你动手动脚的”，现在她自己也忘了男女之别，两个人都回到了童年的、纯粹的真性情中，这其中没有任何礼教可言。礼教跟性情的根本区别在于，性情是发自内心的率性，礼教则是来自外界的限制。这个场景被外人看到不知道会演绎出什么八卦，可是他们根本不在乎了。作者一直认为外在所有的限制，都不如发自内心的一点点真性情可贵。我们年轻的时候读不懂，觉得这只不过是场爱情戏，甚至有点肉麻。可是现在你会觉得这恰恰是最动人的地方。

宝玉就呆在那里，“瞅了半天，方说道‘你放心’三个字”。大家可以试试看，在这个世界上找个人，对他说一次：“你放心。”这是《红楼梦》里很惊人的表达，长久以来，他们明明彼此相爱，又是知己，却始终没有用真心相待。此时宝玉突然冒出一句“你放心”，没头没尾，很像禅宗里的棒喝。宝玉觉得自己只有这三个字好讲，因为深情是无法替代，也说不清楚的。禅宗公案里面，常说的其实也就是“你放心”三个字，它告诉你，是你自己制造了很多焦虑和纠结，其实一切并没有那么严重。人生所有的“贪、嗔、痴、慢、疑”都是由“不放心”而起。

“林黛玉听了，怔了半天，方说道：‘我有什么不放心的？我不明白这话。你倒说说怎么放心不放心？’宝玉叹了一口气，问道：‘你果不明白这话？难道我素日在你身上的心都用错了？连你的意思若体贴不着，就难怪你天天为我生气了。’林黛玉道：‘果然我不明白放心不放心的话。’宝玉点头叹道：‘好妹妹，你别哄我。果然不明白这话，不但我素日之意白用了，且连你素日待我之意也都辜负了。你皆因总是不放心的原故，才弄了一身病。'" 这里很有趣，如果用禅宗的说法这叫“机锋”，就是有话不直接说，而是点到为止，这个“放心”就像针灸一下子扎准了穴位，说到了点子上。宝玉说你的忧郁、悲凉、幻灭，都是因为你没有放下那个心，总觉得没有安全感，整天生气流泪，才把身体搞得一塌糊涂。“‘但凡宽慰些，这病也不得一日重似一日。’林黛玉听了这话，如轰雷掣电，细细思之，竟比自己肺腑中掏出来的还觉恳切。”这是三十二回里最动人的“情”的描绘，人在一生当中，哪怕只听到过一次这样的话，感受过一次这样深切的关心，就值了。所以黛玉只觉得“竟有万句言语，满心要说，只是半个字也不能吐，却怔怔的望着他。此时宝玉心中也有万句言词，一时不知从那一句上说起，却也怔怔的望着黛玉”。

我想，这种画面恐怕很难在影视里表现。无论用慢镜头，还是弄柔焦都没有用，就是两个人呆呆的，你看我，我看你，一句话都讲不出来。“两个人怔了半天，林黛玉只咳了一声，两眼不觉滚下泪来，回身便要走。”心事到了最真的时候，已无话可说。“宝玉忙上前拉住，说道：‘好妹妹，且略站住，我说一句话再走。’林黛玉一面拭泪，一面将手推开，说道：‘有什么可说的？你的话我早知道了！’”这是林黛玉最懂得宝玉的一次，“你要说的话我早都知道了”，好像不是这一世，是上辈子就知道了。如果我们回到《红楼梦》开头的那个神话，大家还记得她来世上就是为了拿自己的眼泪来还他的，知道这个人是自己的宿命，也知道自己来人间就是要把欠他的东西还完。真写到动人处，作者用墨反而很淡，几乎不着痕迹。黛玉嘴里说着，头也不回地走了，只留下宝玉一个人在那里发呆。

宝玉的肺腑之言

宝玉呆在那里，根本不知道黛玉已经走了，还继续沉浸在自己说心里话的场景中。就在这时候，袭人发现宝玉没有拿扇子，急着送出来。可见每一个人的爱，表达的方式都不一样，袭人觉得把宝玉梳头、洗脸、吃饭、冷热都照顾到就是“爱”；对黛玉来说，爱是要还上辈子没有还完的东西。

袭人远远看到林黛玉跟宝玉站在一起，后来黛玉走了，宝玉还站在那边不动，“因而赶上来说道：‘你也不带了扇子去，亏我看见，赶了送来。’宝玉出了神，见袭人和他说话，并未看出是何人来，便一把拉住，说道：‘好妹妹，我的这心事，从来不敢说，今儿我大胆说出来，死也甘心！我为你也弄了一身的病，这里又不敢告诉人，只好掩着。只等你的病好了，只怕我的病才得好呢。睡里梦里也忘不了你！’”这段话旁人听了是会吓一大跳的，因为这是真正的肺腑之言。如果在高雄的街头，你随便抓住一个人说这种话，他一定会吓昏过去，因为人的真心是可以惊天地、泣鬼神的。宝玉这个正在发育中的男孩子，就这样把自己对黛玉的眷恋跟爱和盘托出了。

“袭人听了这话，唬得魂消魄散，只叫‘神天菩萨，坑死我了！’”很显然，袭人跟宝玉之间的爱，绝对不是黛玉那个层面上的，她对宝玉的爱是非常理性的，属于姐姐或妈妈的那种情感，不是前世欠了今生要还的那种爱，这之间的差距非常大，她根本听不懂这话是什么意思。

作者的手法真是惊人，这个话宝玉是对着袭人说的，我们根本不知道黛玉听到这话是什么反应，这么动情的话，作者偏偏不让黛玉听到，而是让一个不相干的人听到。袭人跟宝玉发生过性关系，但其实并不亲，只是尽心照顾而已。所以袭人一听这话，吓坏了，“便推他道：‘这是那里的话！敢是中了邪？还不快去？’”提醒他老爸跟客人在等你呢，还不赶快去。“宝玉一时醒过来，方知袭人送扇子来，羞的满面紫涨”，我想如果换作是你，把那种心里话错讲给不相干的人听，也肯定要羞死了。只好“夺了扇子，便忙忙的抽身跑了”。

“这里袭人见他去了，自思方才之言，一定是因黛玉而起，如此看来，将来难免不才之事，令人可惊可畏。”大家看，袭人担心的是什么？她怕的是宝玉没出息，这基本上和湘云的看法是一致的。“想到此间，也不觉怔怔的滴下泪来”，袭人为什么流泪？大家可以想象一下，她把一生都托付给宝玉了，可如今看到他因为一个女孩儿弄的一身都是病，如果将来成了个不才之人，自己该怎么办？其实每一个人的流泪都有不同的动机。黛玉从来不想这些，她和宝玉是前世的因缘。这是差别很大的感受，在《红楼梦》中，作者常用这样的方法来对比。所以，袭人便“心下暗度，如何处治方免此丑祸”。注意“丑祸”两个字，从袭人的角度看，黛玉跟宝玉的这个关系是一桩“丑祸”。可是作者不见得这么认为，他写的是一段很美的真情。我们能不能在这个世界上看到真情，全看你是从“丑祸”的角度还是从“真情”的角度去打量一件事。唐玄宗爱上杨玉环，在史书里是丑祸；在白居易的《长恨歌》里就变成了真情。文学的最大好处是这两个角度它都会写到，作为读者，你拥有很大的自由去进行阅读的诠释，这是《红楼梦》最有意思的地方。

宝钗的心机

“正猜疑间，忽见宝钗从那边走来，笑道：‘大毒日头地下，出什么神呢？’”我觉得很有趣，《红楼梦》读久了，到最后你就会知道这个时候来的一定是宝钗，这是很奇妙的铺排，就在宝玉跟黛玉的真情被袭人认为是“丑祸”的时候，宝钗出现了。袭人看到宝钗，不好意思说刚才发生了什么事情，“忙笑道：‘那边两个雀儿打架，倒也好玩，我就看住了。’”《红楼梦》里常有这种顾左右而言他的事情。“宝钗道：‘宝兄弟这会子穿了衣服，忙忙的那里去了？’”

大家有没有读出宝钗的心机？她不是刚刚到，可能已经在旁边待了很久了。《红楼梦》很有趣，几乎每个人都想把事情搞清楚，各自都有一些私密之事，可是这个私密往往很快就能被别人知道。“我才看见走过去，倒要叫住问他呢。他如今说话越发没了经纬，我故此没叫他了，由他去罢。”宝玉跟黛玉之间刚刚发生了惊心动魄的一幕，肯定没有心情应付宝钗，所以宝钗说他“越发没了经纬”。“经纬”是织布时的纵线和横线，是有秩序的。她的意思是说，宝玉最近说话怎么总是有一搭没一搭，没头没脑的。“袭人道：‘老爷叫他出去。’宝钗听了，忙道：‘哎哟！这么黄天暑热的，叫他做什么！别是想起什么来生了气，叫出去教训一场。’”我们知道，宝玉每次被爸爸叫出去，都要挨骂挨打，大家都有点同情他。袭人就跟她解释说：“不是这么，想是有客要会。”宝钗笑着说：“这个客也没意思，这么热天，不在家里凉快，还跑些什么！”宝钗批评别人大热天还到处乱跑，全忘了自己也正在乱跑。细读的话，能体会到作者此处细微的讽刺。“袭人笑道：‘倒是你说的是。’宝钗因而问道：‘云丫头在你们家做什么呢？’”有没有感觉到宝钗其实也是为麒麟的事来的，记不记得第一次说出湘云有个金麒麟的就是宝钗，当时黛玉还讽刺她说，宝姐姐对于人身上戴的金、玉这些东西特别有感觉。此时她打听湘云显然也是出于这个目的。

“袭人笑道：‘才说了一会子闲话。你瞧，我前儿粘的那双鞋，明儿叫他做去。’宝钗听见这话，便两边回头，看无人来往”，注意宝钗的动作，她讲话前先到处看看，显然这话是不该让别人听到的。“便笑道：‘你这么个明白人，怎么一时半刻的就不会体谅人情。’”她批评袭人说，你如此聪明怎么也这么不体谅人，袭人听到这话当然会吓一跳，因为袭人是很懂事的。“我近来看着云丫头的神情，再风里言风里语的听起来，那云丫头在家里竟一点儿作不得主。”你别看她是一个小姐，在家里大事、小事都要听凭别人安排，大概爸爸妈妈不在了，就没有靠山了。大家可以看到宝钗是多么善于察言观色，是她第一个看出“云丫头在家里竟一点儿作不得主”，贾府里没有一个人知情，连贾母都不知道。

本来这种贵族人家，都会雇很多做针线的人的。可“他们家嫌费用大，竟不用那些针线上的人，差不多的东西多是他们娘儿们动手”。这样史湘云的压力就很大，因为刺绣本来就很慢，姑娘们的刺绣又不同于外面的职业工人，很讲究，所以就显得格外辛苦。“为什么这几次他来了，他和我说话儿，见没人在跟前，他就说家里累的很。”宝钗跟人很亲，亲到让别人在她面前透露出轻易不讲的心事。史湘云只跟宝钗透露了自己很累，一个贵族小姐有一大堆的丫头伺候，怎么会累？所以宝钗“再问他两句家常过日子的话，他就连眼圈儿都红了，口里含含糊糊，待说不说的”。她的意思是湘云想说可是又不好意思说，一个大家闺秀可能觉得家丑不可外扬。宝钗说:“想其形景来,自然从小儿没爹娘的苦。我看着他,也不觉的伤起心来。”所以宝钗说,你还拿东西给她做,难道不知道她现在很为难吗?

袭人听见这话,“将手一拍”,说:“是了,是了。怪道上月我烦他打十根蝴蝶结子,过了那些日子才打发人送来,还说:‘这是粗打的,且在别处哝着使罢,要匀净的,等明儿来住着,再好生打罢。’”经宝钗提醒,袭人才恍然人悟,原来湘云已经不像以前那么悠闲了,在家里做别人的东西,是会挨骂的。“如今听宝姑娘这话,想来我们烦他,他不好推辞,不知他在家里怎么三更半夜的做呢。”袭人觉得有点儿不安,自己不知道史湘云的处境,还一直麻烦她。“可是我也糊涂了,早知是这样,我也不烦他了。”宝钗就说:“上次他告诉我,在家里做活计做到三更天,若是替别人做一点半点,他家的那些奶奶、太太们还不受用呢。”这是经宝钗透露出来的信息,可见宝钗笼络人手段的厉害。

可到最后,宝玉的鞋子什么的就都变成宝钗在做了。所以《红楼梦》你越看得多,就越害怕,看似不经意的地方,作者都有伏笔。你甚至会疑惑宝钗到底有没有夸张,史湘云在家里面的遭遇是不是真的有那么严重。这里面有些东西很微妙,在不同年龄段,你会有不同的解读。我在小学五年级第一次读《红楼梦》时,最喜欢的就是宝钗,觉得她把所有的事情都揽过来做。可是很奇怪,年龄越大你越觉得这个人真不简单。她似乎总是在该出现的时候出现,而且出现后该说的话、想要的结果,好像总是在她的安排和设计当中。但我还是希望大家了解,这不是好坏的问题,而是说这个人很复杂,她的心机之重、城府之深,是我们难以想象的。

金钏儿投井自杀

“袭人道：‘偏生我们那个牛心左性的小爷，凭着小的大的活计，一概不要家里这些活计上的人作。我又弄不开这些。’”我很喜欢“牛心左性”四个字，一个好的文学家用词会非常传神，就是像牛一样拗，我要你往右，你偏要往左，这其中包含着对宝玉怪脾气的无奈。宝钗马上就接过来了，“笑道：‘你理他呢！只管叫人做去，只说是你做的就是了。’”她的意思是说你不会骗他说是你做的？“袭人笑道：‘那里哄的信他？他才是认得出来呢。说不得，我只好慢慢累去罢了。’”宝玉的厉害在于他的品位太高了，他一眼就能认出是不是外面的工匠做的。“宝钗笑道：‘你不必忙，我替你做些如何？’”你看，如此轻描淡写，宝钗就把宝玉的东西接过去了，这就是她想要的结果。袭人就笑着说：“当真这样，就是我的福了。晚上我亲自送过来。”

“一句话未了，忽见一个老婆子忙忙走来，说道：‘这是那里说起！金钏儿姑娘好好的投井死了！’”《红楼梦》的编排非常有趣，就在大家已经忘掉金钏儿的时候，隔了几回忽然提到金钏儿跳井自杀了。本来只是一个小男孩逗了逗一个丫头，这个丫头就被判定为勾引主子，挨了一巴掌后被赶了出去，到这时大家才意识到这个事件酿成了多大的悲剧。儒家社会里的道德评价是比法律还严厉的，所有人都会对她指指点点，以致整个社会都封锁她，造成的压力超乎我们的想象，会弄得她没有办法活下去。金钏儿投井大概是《红楼梦》里面第一个大的悲剧，从此以后这个家族就开始走下坡路。

“袭人唬了一跳，忙问‘那个金钏儿？’那老婆子道：‘那里还有两个金钏儿呢？就是太太屋里的。前儿不知为什么撵他出去，在家里哭天哭地的，也都不理会他，谁知找他不见了。才刚打水的人在那东南角上井里打水，见一个尸首，赶着叫人打捞起来，谁知是他。’”这个家族大概觉得一个少爷调戏丫头不太好听，所以要编出一些谎言，周围的人并不知道到底为什么要撵她出去。金钏儿的死当然是个悲剧，原本是宝玉先去逗她的，她的分寸拿捏得也很好，可是王夫人这个做母亲的从不觉得自己儿子有什么不对，所以最后打的不是宝玉而是金钏儿。金钏儿个性刚烈，觉得自己蒙受了不白之冤，就选择了我干脆死给你们看！她的死变成了一个弱者最后的也是唯一的批判，而且她选择了贾府东南角上的井去跳，有点儿以死抗争的意思。

“他们家里还只管乱着要救活，那里中用了！”因为是好几天以后才被发现的。“宝钗道：‘这也奇了。’袭人听说，点头赞叹，想素日同气之情，不觉流下泪来。”注意，宝钗跟袭人对金钏儿的死的反应不一样，宝钗只是觉得奇怪，好端端的为什么要自杀？袭人对此却有点儿赞赏，她觉得金钏儿有骨气，死也不受这种羞辱！因为袭人是丫头，对金钏儿的遭遇感同身受，明白丫头一旦被侮辱意味着什么，她的流泪实际上是同病相怜，觉得金钏儿的命运很可能也是自己的命运。

“宝钗听见这话，忙向王夫人处来安慰。”我相信宝钗一定知道金钏儿为什么跳井，这个时候她首先想到的是去安慰姨妈。

宝钗安慰王夫人

王夫人确实很不安，她特地包了五十两银子给金钏儿家，又把金钏儿的妈妈叫来安慰，并说要以小姐之礼安葬金钏儿，还急着给她找衣服，想用这一切来弥补内心的不安。可是宝钗进来以后，王夫人的不安和愧疚在慢慢减少。

“却说宝钗来至王夫人房中，只见鸦雀无闻”，这个时候没有人敢讲话，一个丫头跳井死了，这是不得了的事。“独有王夫人在里间房内坐着垂泪，宝钗便不好提这事，只得在旁坐了。”宝钗的教养真是很惊人，不该说话的时候绝不说话。“王夫人便问：‘你从那里来？’宝钗道：‘从园里来。’”王夫人主动问话了，宝钗还是闭口不谈此事，因为很可能长辈不愿意讲这件事情，随便打探的话是失礼的。“王夫人道：‘你从园里来，可见你宝兄弟？’宝钗道：‘才倒看见他穿了衣服出去了，不知那里去。’”王夫人之所以想到宝玉，是因为这件事情跟宝玉有关。王夫人此时心里可能有点怪宝玉，觉得都是这小子惹的祸，有点对不起金钏儿。“王夫人点头哭道：‘你可知道一桩奇事？’”宝钗竟然可以忍住不问，一般小孩子遇到这种事很难做到这一点，但古代大家闺秀的训练就是大人不讲，绝对不能问。王夫人只好自己说：“金钏儿忽然投井死了！”这时宝钗才说：“怎么好好的投井？这也奇了。”王夫人只好说谎，她不能跟宝钗说是宝玉调戏了金钏儿，这种事传出去太不好听。“王夫人道：‘原是前儿他把我一件东西弄坏了，我一时生气，打了他几下，撵了他下去。只说气他两天，还叫他上来，谁知他这么气性大，就投井死了。岂不是我的罪过。’”

其实人最大的反省是来自于对生命的“不忍”，王夫人虽然说了谎，可她的不安却是真实的，总觉得金钏儿的死是由她而起。我们也不知道王夫人当初赶金钏儿走，是不是真的想过几天再叫她回来，但此时她一定觉得，早知道这样，真该还叫她回来。金钏儿是王夫人手下一个非常得力的丫头，她们彼此相处得也很好，没想到因为这么点小事，就惹了这样一个大祸。

大家看宝钗的反应：“宝钗叹道：‘姨妈是慈善人，固然是这么想。’”她先捧王夫人，说你是心善才会这么想。“据我看来，他并不是赌气投井。多半他下去住着，或是在井跟前憨玩，失了脚掉下去的。他在上头拘束惯了，这一出去，自然要到各处去玩玩逛逛，岂有这样大气的理！纵然有这样大气，也不过是个糊涂人，也不为可惜。”仔细读宝钗的这段话，能看出很多机关，她的意思是说我们是大户人家，规矩很严，丫头都管得很好。她一出去，就太随便了，所以会掉到井里。哪有人会为了这些小事置气，如果真是这样，那肯定是个糊涂人，这样的人死了也不值得可惜。“王夫人点头叹道：‘这话虽然如此说，到底我心不安。’宝钗叹道：‘姨妈也不必劳神念念于兹。若十分过不去，不过多赏他几两银子发送他，也就尽主仆情了。’”注意宝钗的话，她提醒王夫人你们是主仆关系，一个丫头死了，你多送她几两银子尽点主仆之情就可以了，干吗因为这点事情把自己弄得那么不开心。

表面上看，宝钗成功地安抚了王夫人内心的不安；可从更深的层面看，王夫人真的再也没有机会反省、检讨自己了。本来修佛的意义是在于对所有生命的不忍，可这个“不忍”被宝钗糊弄了一下就消失了，宝钗的圆融常会让人觉得害怕，一个人的死亡带给王夫人的那种不忍和反省，就这样被她轻而易举地转换掉了。

现世做人的成功

“王夫人道：‘才刚我赏了他娘五十两银子，原要还把你妹妹们的新衣服拿两套给他妆裹。谁知凤丫头说可巧都没有什么新做的衣服，只有你林妹妹作生日的两套。我想你林妹妹那个孩子素日是个有心的，况且他原也三灾八难的，既说了给他过生日，这会子又给人去妆裹，岂不忌讳。因为这么样，我现叫裁缝赶两套给他。要是别的丫头，赏他几两银子就完了，只是金钏儿虽然是个丫头，素日在我跟前比我的女儿也差不多。'口里说着，不觉流下泪来。"王夫人的表现，不完全是说她们素日很好，很像母女，更根本的原因是她觉得自己冤枉了金钏儿，想以此赎罪。

宝钗赶忙说："姨妈这会子又何用叫裁缝赶去，我前儿倒作了两套，拿来给他岂不省事？"大家有没有看出宝钗的厉害？她聪明到能让所有的事情都在她的设计当中，她一直在笼络所有的人，让人觉得她厚道到连这种事情都不忌讳，而刚才姨妈恰好说了怕林妹妹忌讳，她赶紧就说我刚好有两件新衣服。然后又说：金钏儿活着的时候穿过我的衣服，我们的身材一样。"王夫人道：'虽然这样，难道你不忌讳？'宝钗笑道：'姨妈放心，我从来不计较这些。'一面说，一面起身就走。王夫人忙叫了两个人来跟宝姑娘去。"

在这一回中，前面是宝玉跟黛玉讲的真心话，后面是宝钗跟王夫人讲的一个大家闺秀的客套和应酬，后者只是现世中做人的成功。作者很细心地在安排某种对比：黛玉跟宝玉是前世的缘分和因果，所以一个会说："你放心"，另一个说："你要说的，我早知道了。"可宝钗只有这一世的因果，她在现世里有很多的纠缠，她的所谓设计和安排的结果是失去了真心。包括前面讲的"撕扇子作千金一笑"、"因麒麟伏白首双星"，作者都是在做对比。前面是一个"活宝玉"剖腹掏心地说出肺腑之言，后面是"死金钏"以死明志，宝玉和金钏儿的真情，作者是赞美的。有没有发现这一回宝钗没有上回目？她演的这么多的戏，在作者眼里不过是虚应故事而已。

“一时，宝钗取了衣服回来，只见宝玉在王夫人旁边坐着垂泪。”宝玉已经知道金钏儿死了。“王夫人正才说他，因宝钗来了，却掩了口不说了。”王夫人大概正在骂他，宝钗来了就不说了，她觉得宝钗不该知道这事。“宝钗见此景况，察言观色”，注意，宝钗最喜欢察言观色，永远知道此时该不该讲话，或者该讲什么话。这样的人生其实很累，失去了生命里最可贵的直率和真情。她已经知道金钏儿的死，跟宝玉有关系。“早知觉了八分，于是将衣服交割明白。”这个“交割”用得真好，现在股票交易都用“交割”这个词，宝钗处理事情就是“交割”，你也可以说她很理性、很世故、很大度。《红楼梦》中的很多词汇细读会觉得非常有趣，“交割”这个词很难用到黛玉身上。林黛玉总是那么纠缠，总觉得有解不开的东西，就是因为有真情在，你没有办法用理性来处理；如果是宝钗就可以马上“交割”清楚，一个人没有真情的时候其实就是“交割”，在每件事情上衡量轻重，人与人之间只是利害关系，这样的人生大概也蛮可怕的。

第三十三回

手足眈眈小动唇舌
不肖种种大承笞挞

深刻的缓慢阅读

《红楼梦》已经讲到三十三回，我想能够坚持下来的朋友，大概并不想把这本书很快读完。当今社会的生活节奏明显加快，包括阅读在内，甚至有专门的机构在教大家如何速读。最近有个书店办周年店庆，邀我去做一个演讲，我的题目就是“缓慢的阅读”。这绝不是动机上的逆势操作，是我真的感受到了缓慢阅读的必要性。最近，这个书店还举办了“一百本读者最喜欢的小说”的投票活动。当然，这种民众的投票不见得准确，至少在答案出来以后，我认为的台湾战后最好的两个小说家的作品，都没有在里面。可是有趣的是，统计报告显示，四十岁到五十岁人选的五本小说中，排第一名的是《红楼梦》；三十岁到四十岁人选的五本小说，二三四名跟前面的都不一样，但第一名也是《红楼梦》；二十岁到三十岁的读者也选五本小说，第一名还是《红楼梦》。看到结果，我吓了一大跳，我想《红楼梦》可能是缓慢阅读的最有说服力的例子，因为不同的年龄层、不同的族群，都能通过阅读感受到它的魅力。

如今我们的生活里充满了消费品，那多半是些用完就扔的东西，就连很多文学、艺术也有点儿要变成消费品了，常常看到很多悚动的东西变成文字、图像，在媒体上呈现，可没过多久人们就忘掉了。我想，大家一定也想给自己选几本可以在一生当中阅读的书，如今，能够让你在家里某个角落，随时边看窗外的风景边细品的书，大概也就那么几本：《唐诗三百首》、《宋词三百首》、《庄子》、《老子》、《红楼梦》……它们不是消费品，而是我们在缓慢的阅读里能跟自己的人生进行对话的书。这就是缓慢阅读的意义。

在座的朋友读《红楼梦》已经持续了将近一年的时间，相信大家至少感觉到这本书给我们留下了多么深刻的印象，让我们看过以后还想再看。如今，这样的小说真是越来越少了，因为现在的大多数作家本身都把持不住，很容易在自己的作品里放进一些悚动的东西：暴力、情色……可是我们知道，凡是诉诸感官的东西，无论多强烈也很难持久，好的小说必须具备一种能让人的心灵或者生命沉淀下来的力量。

细读人性

三十三回发生了一个重大事件——宝玉遭到了父亲的痛打。这个十四岁左右的男孩子的真性情跟他父亲的礼教约束之间的冲突，终于在三十三回里爆发了。很多朋友小时候都挨过父母的打骂，因为小孩子难免做错事，但我们都知道父母不过是点到为止。可让我们感到意外的是，贾政这次是真想要把宝玉打死的。有很多红学考证者就在这上面大做文章，我曾看过一篇论文，说贾政不是宝玉的亲生父亲，否则下手绝对不会这样狠。可我相信人世间有各种不同的亲子关系，贾政身上背负了贾家世代做官的重责大任，他平常每天都在讲忠孝，讲儒家伦理，别人当然要看你是怎么教育自己孩子的，所以某种意义上说，他把教育孩子也看成一种对外宣传的面子工程。所以贾政很可能连打孩子都带有表演的成分，用“表演”这个字眼也许重了一点，但在古代的世家文化中，为了维持在官场上的威严和虚荣，其中难免有要做给别人看的成分。我常常想，如果当时旁边没有外人，贾政还会不会下手这么狠。刚开始贾政叫小厮们打，可是面对自家的少爷，下人很难拿捏轻重，可能一般下手都比较轻。这个时候贾政就一定要做给大家看了，他把所有人都踢开，自己上手，打到最后，轻重已经无法控制了。

宝玉挨打事件让我们看到一种很奇特的亲子关系，王夫人赶到现场后，劝阻丈夫的理由并不是宝玉不该打，而是一个让人吃惊的理由：我如今只剩一个宝玉了，你打死他，我将来靠谁？可见大人在教育孩子的过程中，都是有私心的。《红楼梦》的精彩在于它写出了非常细致的人性，如果不细读，就不太容易理解。

宝玉挨打的原因

金钏儿的死对宝玉是非常大的打击，因为她是和他从小一起长大的。宝玉身上最可爱的地方，就是他一直没有什么主仆观念，这跟他还是个孩子有关。古代社会等级非常森严，宝玉的屋里用了那么多丫头，按说这些人都是他的下属，他是可以要打就打、要骂就骂的。可是宝玉从来没有逞过主人的威风，他甚至帮丫头梳头、端洗脸水。因为这些女孩子卖到贾家来，大概也就是八九岁、十来岁，宝玉觉得她们是他最亲的人，甚至比爸爸还要亲。如今，金钏儿因他而死，我们可以体会一下宝玉五内俱焚的心情。在最难过的时候刚好碰到了爸爸，贾政对儿子说话从来就没有好气。若在平常，宝玉会很机灵地周旋，比如知道爸爸要考《四书》、《五经》，赶快背几句给他听也就过关了。可是因为这天的心情实在太糟糕了，根本没有心思应付父亲，就引发了父亲更多的愤怒。

而此时，刚好另外一个事件爆发。之前宝玉被薛蟠请去酒廊喝酒，席间认识了刚刚蹿红的戏子蒋玉菡，艺名叫琪官。在古代社会，优伶戏子的地位非常低，一旦人长得漂亮，戏又唱得好，大多会被大户人家包养，要常常挨家去唱堂会，然后收一点赏钱。他们完全要看别人的脸色行事，绝没有像我们今天的表演艺术家这么高的社会地位。而且在古代，包养你的人到底是欣赏你的艺术才能，还是想染指你的美色，其实很难分清楚。

宝玉一看到英俊的人就喜欢，这是青春期对所有美的一种眷恋，后来，蒋玉菡就和宝玉互换了汗巾子，等于是两个人交换了信物。在三十三回中，汗巾子事件爆发，真正包养蒋玉菡的人是忠顺王府的王爷，蒋玉菡人很伶俐，因此深得王爷的宠爱。可是这一阵子蒋玉菡突然不见了，后来忠顺王府得知和蒋玉菡常来往的是贾府那个含玉而生的公子，所以这个王爷竟然派他的长史官到贾家来要人，这是宝玉挨打的第二个原因。贾政痛打宝玉的理由很有趣：你玩别的戏子也就算了，你竟然敢动忠顺王府的人。当时那个长史官就在旁边，贾政有点故意要说给他听。我觉得小说在表现社会现象的丰富和细致方面是历史无法抵达的，就是读几部清史，也读不到这种社会学方面的第一手资料。

手足眈眈，不肖种种

这一回篇幅比较短，文字并不多，可因为有大事发生，所以作者采用了悬疑的手法，一步一步逼近宝玉的挨打。我们先看一下回目："手足眈眈小动唇舌。"这个"手足"是指兄弟，也就是宝玉同父异母的弟弟贾环。其实孩子之间的这种对立，完全是大人关系的转移，王夫人和赵姨娘妻妾之间的很多争斗，很容易转移到宝玉和贾环身上。本来宝玉是个很磊落的人，可他一直受宠，没有受什么委屈，贾环却动不动就被人骂，他觉得自己之所以不受待见，都是因为有个宝玉。

我相信这一定是曾经发生在曹雪芹身上的真事儿，古代的这种大家族关系太复杂了，各房之间斗争之惨烈是惊人的。其实现在也常见这种情况，翻翻报纸就能发现，财产过亿的家族几乎都上过法庭，每当这个时候我就会觉得蛮庆幸的，幸好自己没有那么多钱。我想这种大家族中的关系已经不完全是伦理，还涉及很多的利益。赵姨娘一直是被压在底层的妾，心里有很多的恨，报复心当然强。我在前面曾提过，一个家庭也好，一个团体也好，一个社会也好，永远要注意其中的受委屈者。很多时候我们容易忽略卑微者，只觉得贾环很坏，可如果我们能找到贾环背后的委屈，就会对他心存悲悯。我觉得作者很了不起，如果贾宝玉就是曹雪芹的话，他就是那个被贾环一再陷害的人。可是他在写贾环的时候，并没有指责贾环有多坏，而是尽量让我们看到贾环之所以变成这样的原因。一部小说最了不起的地方在于它能让你习得对人性的担待。这样一来，当你在社会上看到充满怒气和怨恨的脸的时候，就能体贴到他背后的原因，找到了那个原因，人性的结才能解开。好小说永远不会告诉你说人是天生坏，或天生好的，而是让你看清好坏的缘由。

本来贾政已因蒋玉菡之事怒火中烧，看到贾环在外面乱跑，就喝住了他，贾环便趁机告了宝玉一状，“手足眈眈”很明显是“虎视眈眈”。贾环一直伺机要整宝玉，这下终于逮到机会了，便“小动唇舌”，说哥哥强奸妈妈的丫头未遂，导致那个丫头自杀，这明显是要置宝玉于死地；“不肖种种”，指的是宝玉，父亲历数他的种种不肖：在外流荡优伶，在内奸淫母婢；“大承笞挞”，是说宝玉被父亲痛揍了一顿。

好小说总能让人看见人性的真相

我们来细读文本：“却说王夫人唤上他母亲来”，这个“他”就是金钏儿，与三十二回接上了，王夫人把金钏儿的妈妈叫来了。“拿几件簪环当面赏与，又吩咐请几众僧人念经超度。”因为人就这么不明不白的死了，肯定有很多冤气，所以要请和尚念经来超度她。大家看金钏儿母亲的反应：“他母亲磕头谢了出去。”在她看来，女儿死了就死了，竟然还得到簪环，又请了和尚来念经，所以要磕头来谢主人的恩宠。可见古代社会的礼教也好、伦理也好，根本没有任何法律可言，也不讲什么人权，基本上是“君要臣死，臣不得不死”，然后还要喊：“万岁万岁万万岁！”

“原来宝玉会过雨村回来听见了，便知金钏儿含羞赌气自尽。”金钏儿含羞赌气自尽，是因为宝玉引发的一个悲剧。我们知道本来什么事也没有发生，可大家可以想象街坊四邻会怎么说这件事，说不定会夸张到说金钏儿已经怀孕了，实际上只是碰了碰耳环而已，可见封建礼教的杀人已经到了不可思议的程度。宝玉“心中早又五内摧伤”，宝玉对生命本来就有一种不忍，有一种天生的爱，其痛苦可想而知。“进来被王夫人数落教训，也无可回说。”妈妈也开始骂他了。本来当场妈妈并没有教训他，而是不由分说地打了金钏儿。现在这个丫头自杀了，妈妈回头便开始骂儿子，人性一般就是这样，母亲在疼儿子的时候，总觉得儿子本来很好，都是让别人挑唆坏了的。我们在自己家里都会遇到这种情况，母亲通常会说都是因为儿媳妇，儿子才跟她疏远了。这其中有很多心理学层面上的“结”，好小说总会让人看到人性的真相。宝玉被妈妈数落得无话可说，“见宝钗进来，方得便出来”。

宝玉出来以后，“茫然不知何处”，不知道大家有没有这样的经验，要是赶上哪天心情特别郁闷，根本不知道要到哪里去，就那么垂头丧气地逛来逛去。“信步来至厅上”，厅上是贾政会客的地方，宝玉平常宁可绕远路，也绝不会走这里的，这天他实在是心事太多，六神无主了，竟然走到了厅上，“刚转过屏门，不想对面来了一人正往里走”，看到作者手法的精到了吧？他没有直接告诉你来的是谁，却让你感觉到宝玉根本已经丧魂落魄了，有人都走到跟前了，他竟全然不知。

宝玉的六神无主

“对面来了一人正往里走，可巧儿撞了个满怀。只听那人喝了一声‘站住！’”连续几个句子下来，这个人到底是谁还是没说清楚，因为宝玉处于失神状态，这个人已经跟他撞了满怀，喝他站住了，他还不知道究竟是谁。也许读者都比他敏感，知道此时老爸该出现了，宝玉却浑然不觉。这是非常高级的写作技巧，如果说可巧碰到了贾政如何如何，就不会如此精彩了。这就是文学的层次，无论是用语言叙述一个故事给别人听，还是用文字去描绘一个场景，都要让人有身临其境的感觉。

“宝玉唬了一跳，抬头一看，不是别人，却是他父亲”，他失神的样子完全被爸爸看到了，“早不觉倒抽了一口气，只得垂手在旁站了。”贾政就开始骂他了：“好端端的，你垂头丧气咳些什么？”又追问他说：“方才雨村来了，要见你，叫你那半天才出来。”还记不记得宝玉为什么好久才出来，因为刚好碰到黛玉，两个人讲了半天心里话，才耽搁了见客。这在古代是非常失礼的事，父亲已经很不高兴了，出来以后他的心绪还停留在跟黛玉说话的场景里，无法立刻转换成官样文章。所以贾政说：“既出来了，全无一点慷慨挥洒谈吐，仍是葳葳蕤蕤。”“慷慨挥洒谈吐”是说你去社交场合这种地方，不管真的假的，至少讲话要漂亮，举止要潇洒。宝玉沉浸在自己的心事中，完全没有心思应酬，因为所有应酬讲的都不是真心话。大家如果熟悉官场，就会明白官场语言的奇怪，常常是大家一顿饭吃下来，没有一句话是真正摸心的，只是表面上得体漂亮，没有任何把柄可以抓。我想大概古今中外的官场都差不多，就连法国也一样，官场上的法文完全是另外一套体系，圆润之极却不关痛痒。这是宝玉一直非常痛恨的东西，若在平常他或许还能应付应付，心里有事的时候则完全无心应对。贾政之所以看宝玉处处不顺眼，是觉得你将来要做官的，如果连这些都不会，这个家不是要败在你手里了吗？

他说宝玉“葳葳蕤蕤”，“葳葳蕤蕤”一般是讲植物很蓬勃地生长，有在风里摇摆的意思。如果是我，可能会用“畏畏缩缩”，可是作者用了“葳葳蕤蕤”，是形容宝玉躲躲闪闪、无所用心的那种感觉。“我看你脸上一团思欲愁闷气色，这会子又咳声叹气。你那些还不足，还不自在？无故这样，却是为何？”从父亲的角度来讲，我给你提供了最好的吃穿，你还有什么不满足的？可是宝玉此时是在哀悼一个丫头的死亡，他觉得人世间最美的东西都集中在这些少女身上，人一长大以后，就变得污浊了。我们一再强调《红楼梦》对青春的眷恋，宝玉喜欢的是少年的单纯，这是他跟父亲之间的最大冲突。

“宝玉素日虽然口角伶俐”，平常宝玉口才很好，挨了骂还可以辩白几句，父亲也就放过他了。“只是此时一心总为金钏儿感伤”，不知道大家读到这里，会不会想到从另外的角度来观照这件事，在一个以男性为中心、讲究尊卑界限的伦理社会里，如果是一个喜欢玩弄丫头的男主人，多少丫头死了对他来讲也不是多大的事，而宝玉却一心总为金钏儿感伤，这其实是人对人的情感。

前一阵子台北上演《长生殿》，戏中表现了唐明皇对杨贵妃之死的不忍，这个戏是跟曹雪芹的祖父曹寅一起写剧本的洪昇在康熙年间写成的。其实历史上的唐明皇在杨贵妃死的时候，到底是什么反应，我们并不知情，你也许会觉得这个皇帝蛮薄情的，一个女人，牺牲就牺牲了。在父权社会里，女性根本就是可以随时牺牲的角色，像过去的和亲政策，摆明了让你去就是做女间谍，必要的时候你是要牺牲的。西施、貂蝉、王昭君全是女间谍，四大美人有三个是间谍，只有杨贵妃算是单纯的美女。大概从《长恨歌》开始，她们为男性做了一点点婉转的掩饰，从“宛转蛾眉马前死”到“君王掩面救不得”，是“掩面”这两个字救了皇帝，因为其中有不忍的成分。更多的戏曲小说，男性对女性的死亡是没有任何感觉的。你想想，他有三千个备选，干吗要对一个人“掩面”？所以我们说，从《长恨歌》到《长生殿》到《红楼梦》，这些文学强调的是人对人的情感，而不是阶级对阶级的，或者男性对女性的。对比一下金钏儿的妈妈，女儿死了，妈妈拿了赏物，只想到磕头谢恩，竟然一点不觉得委屈。可是宝玉却为金钏儿感伤，甚至没有心情去回答父亲。因为看到一个生命就这样被糟蹋、委屈，宝玉自己也不想活了，他的痛苦可能比金钏儿还要深切。

通常我们会把这种情感简化成宝玉爱着很多女孩子，其实这是对生命本身的悲悯。在宝玉看来，任何一个生命都不应该如此被践踏、侮辱，他的最大痛苦是人世间怎么总是发生这种事情，所以他“恨不得此时也身亡命殒，跟了金钏儿去。如今见了他父亲说这些话，究竟不曾听见，只是怔怔的站着”。“不曾听见”是了不起的句子，父亲讲的完全是官场文章，而此时他真正关心的是跟他息息相关的一个逝去少女的生命，所以竟听不见他父亲的话，只是站在那里发呆。

忠顺王府长史官的造访

“贾政见他惶悚，应对不似往日，原本无气的，这一来倒生了三分气。”本来没什么，只是抓来随便骂一骂，看宝玉的那个样子，不觉火就上来了，这是宝玉挨打的第一个原因。正在这个时候，第二件事情火上浇油：“忽有回事人来回：‘忠顺亲王府里有人来，要见老爷。’”注意作者的铺排，这一天注定是宝玉倒霉的日子，倒霉的事一件接着一件。第一件是因金钏儿的死失魂落魄，碰到父亲。现在又来一件事情，忠顺王府有人要来见老爷。“贾政听了，心下疑惑，暗暗思忖道：‘素日并不与忠顺府来往，为什么今日打发人来？’”

古代的官场也有它的派系，我一直觉得这个事情，背后有一些东西是可以挖掘的。作者并没有明讲，只说与他们素日并无来往。记不记得北静王、南安郡王都跟贾家有关系，秦可卿出殡的时候，几个王爷都到了，可里面没有忠顺王。这个王爷很可能跟贾家有什么过节，或许是一个在政治上支持“蓝”，一个支持“绿”，总之我相信这其中有政治的因素。有了宝玉招惹忠顺王爷宠爱的戏子这根导火线，他就可以趁机整你了。

贾政毕竟是部长级的官员，一个王爷为了找一个戏子跑到人家家里去，其实是很失礼的。可是等一下你看到长史官的表现，会吓一大跳，简直有点恐吓的味道了。

贾政“一面想，一面命‘快请’”，因为是王爷家的人，得罪不起。“急走出来看时，却是忠顺府长史官，忙接进厅上坐了献茶。”“长史”最早设于汉代，其执掌事务不一，但多为幕僚性质的官员。有点儿像我们今天的秘书长或幕僚长，曹雪芹在此借用了古代的官名，清朝已经没有长史官这个名称了。注意，长史官的地位并不高，可贾政对王爷派来的人特别礼遇，特地请坐献茶。

“未及叙谈”，是指应酬话还没有说，官场上总是要有点委婉的，先讲一些无关紧要的话叫叙谈。可这个长史官既不说天气好坏，也不问你最近身体如何，便直截了当地说：“下官此来，并非擅造潭府，皆因奉王命而来。”这是典型的官场语言，“擅”是鲁莽，深宅大院叫“潭府”，就是你们这么大的豪宅，我连递名帖通报都没有，就直接闯进来，有点冒犯了。过去大户人家间的来往，怎么也应该通报一下。其实他的忽然造访，就是有点要查一下你们有没有私藏人犯。“有一件事相求。看王爷面上，敢烦老大人作主，不但王爷承情，且连下官辈亦感谢不尽。”话说到这份儿上，已经很严重了。“贾政听了这话，抓不着头脑，忙赔笑起身问道：‘大人既奉王命而来，不知有何见谕，望大人宣明，学生好遵谕承办。’”读到这里是不是觉得很有意思，不要忘了，本来贾政是朝廷的一品大员，属于高官了，可这个官毕竟是皇家聘用的，跟真正的皇族还是有区别的。他之所以对一个长史官这么谦恭，而且自称学生，是因为慑于背后王爷的威力。他听出长史官话里有话，知道一定有什么得罪的地方，希望他明说，“谕”字就是你就尽管吩咐吧！长史官便冷笑道：“也不必承办，只用大人一句话就完了。”这完全是狐假虎威，仗着背后的势力，他连朝廷的一品大员也不放在眼里。

下面他讲出来的事情，如果发生在今天，你大概会笑翻掉。等于说某某王爷，忽然因为一点私事跑到某个部长家里去兴师问罪，说我们喜欢的一个歌手，最近怎么会跟你的儿子在一起呢？

老王爷包养戏子

他说“我们府里有一个做小旦的琪官”，“我们府里”是指琪官是被他们包养了的，不然的话，一个唱戏的怎么成了你们府里的。“一向好好在府里，如今竟三五日不见回去，各处去找，又摸不着他的道路，因此各处察访。这一城内，十停人倒有八停人都说，他近日和衔玉的那位令郎相与甚厚。”

“下官辈听了，尊府不比别家，可以擅来索取，因此启明王爷。”他的意思是说，你们家不是普通人家，如果换个人家就直接捉拿了。“王爷亦云：‘若是别的戏子呢，一百个也罢了。’”看来这个王爷还不止包养了琪官一个，别的戏子可能很快就失宠了。大家要特别注意，过去这种大户人家绝对不是随便包养人的，这个人要既不给他惹事，又能在场面上应酬得体。所以他说："只是这琪官随机应答，谨慎老成，甚合我老人家的心，竟断断少不得此人。""谨慎老成"是指他不会把你的私生活拍了照，拿到杂志上去发表。这里通过长史官的嘴暴露出清代官场的惊人内幕，也能看出当时戏子的社会地位。这话很像一个老王爷的口吻，说我年纪大了，身边需要这样一个小男孩陪着。"故此求老大人转谕令郎，请将琪官放回"，希望命令你的儿子将琪官放回。这是很重、很难听的话，虽然导火索是两个小男孩在恋爱，可是背后却是官场上的争斗，贾政很可能因此丢了乌纱帽。

《红楼梦》很有趣的地方是，读到这里你也许觉得宝玉真是糟糕，怎么在外面搞这些乌七八糟的。可是作者其实是借此来讲官府的可怕，如果你觉得宝玉跟琪官的事情不像话的话，那位王爷的行径更可耻，他是用权力和财富去包养戏子的，至少宝玉跟琪官还是自由恋爱。在不同的年龄读这一段，会有不同的反应。"一则可慰王爷谆谆奉恳，二则下官辈也可免操劳求觅之苦。"王爷反复叮咛一定要找回琪官，你看我们这几天多辛苦，"说毕，忙打一躬"。

"贾政听了这话，又惊又气，即命唤宝玉来。"宝玉第二个挨打的理由出现了。宝玉也不知是何缘故，赶快出来，贾政便问："该死的奴才！你在家不读书也罢了，怎么又做出这些无法无天的事来！"读到这里，我们会以为爸爸骂他是因为他在外面跟戏子乱混，可竟然不是，他说："那琪官现是忠顺王爷驾前承奉的人，你是何等草芥，无故引逗他出来，如今祸及于我。"这段话大家如果细品，就能从中读出一个旧时代官僚的辛苦，他的意思是说，琪官是忠顺王爷包养的人，你是什么东西，竟然敢去引逗他。就算你要恋爱，也该去找一个对一点的，怎么能去触犯王爷，特别是“如今祸及于我”。现在可能很多人不容易懂，他有可能会因此丢官，因为王爷是得罪不起的，这才是重点。所以这一回表面上看是父亲在教育儿子，可是背后讲的是人对权力的欲望。

红汗巾子事件

宝玉听了，吓了一跳，忙回答说：“实在不知此事。究竟连‘琪官’两个字不知为何物，岂更又加‘引逗’二字！”宝玉说不知“琪官”为何物，是在说谎，但“引逗”当然没有，琪官跟宝玉是两相情愿，所以才会使个眼色，一起离席的。作者并没有隐瞒他们之间的关系，可是他让我们看到从大人的世界去看这个事情的时候，他们之间的情感就变质了，所以宝玉说着就哭了。

这个长史官绝对是厉害角色，“未及贾政开言”，他就开始逼宝玉了。“长史官冷笑道：‘公子也不必掩饰。或隐藏在家，或知其下落，早说了出来，我们也少受些辛苦，岂不念公子之德？’宝玉连说不知，‘恐是讹传，也未见得。’”长史官继续冷笑说：“现有据证，何必还赖？必定当着老大人说了出来，公子岂不吃亏？既云不知此人，此人那红汗巾子怎么到了公子腰里？”宝玉腰上的汗巾子一眼就被长史官认出是琪官的。“宝玉听了这话，不觉轰去魂魄，目瞪口呆，心下自思：‘这话他如何得知！既连这样机密事都知道了，大约别的瞒他不过，不如打发他去了，免的再说出别的事来。’因说道：‘大人既知他的底细，如何连他置买房舍这样大事倒不晓得了？’”宝玉这才讲出真话，可见他跟蒋玉菡真的变成好朋友了。蒋玉菡可能不甘于一直被包养的命运，在被包养的过程中积攒了些银子，便在乡下买了几亩地，置了房产，希望将来有朝一日可以成家立业，脱离苦海。可是他们这种身份的人，要想从良特别不易，我们大概可以想象他最后可能还要被忠顺王府抓回去。宝玉只好说：“听得说，他如今在东郊离城二十里有个什么紫檀堡，他在那里置了几亩田地、几间房舍。想是在那里也未可知。”

好，终于达到目的了。这个长史官步步紧逼，其实就是要打听琪官的下落。长史官听了就笑着说：“这样说，一定是在那里。我且去找一回，若有了，便罢；若没有，还要来请教。”这个长史官无礼到这种程度，没打招呼就来，最后连个告辞也不说，撂下一句狠话就走了，可见这两家的关系一定不怎么好，否则不会这么失礼。

贾政此时气得目瞪口歪。一面送出那个长史官，一面回头命宝玉：“不许动！回来有话问你！”接下来，第三个事件发生了。

贾环小动唇舌

宝玉这天大概真的应该去算一个命，遇到了一连串的倒霉事。贾政回身要整宝玉的时候，看到贾环带着几个小厮在院子里乱跑，这种大户人家要求公子要有很好的教养。贾政就喝命小厮：“快打，快打！”贾环看见父亲，“吓的骨软筋酥”，赶快低头站住。贾政便问他：“你跑什么？跟着你的那些人都不管你，不知往那里逛去，由你野马一般！”然后就喝命叫跟上学的人来。“贾环见他父亲盛怒，便乘机说道：‘方才原不曾跑，只因从那井边一过，那井里淹死了一个丫头，我看见人头这样大，身子这样粗，泡的实在可怕，所以才赶着跑了过来。'”“小动唇舌”开始了。

大家注意一下，《红楼梦》里每一个人的语言都有特色，记不记得前面薛蟠形容西瓜有多么大，鱼有多么长。贾环跟薛蟠一样，自身没有什么学问，词汇很贫乏，只能说头泡得这么大，身子泡得这么粗。“贾政听了惊疑，问道：‘好端端的，谁去跳井？我家从无这样事情，自祖宗以来，皆是宽柔以待下人——大约我近年于家务疏懒，自然执事人操克夺之权，致使生出这暴殄轻生的祸患。若外人知道，祖宗颜面何在！’喝命快叫贾琏、赖大、来兴。”

“小厮们答应了一声，方欲去叫，贾环忙上前拉住贾政袍襟，贴膝跪下道：‘父亲不用生气。此事除太太房里的人，别人一点也不知道。我听见我母亲说……’说到这里，便回头四顾一看。”注意一下，这完全是一副小人嘴脸，有话不好好说，而是看着四周，显然是要告状了。贾政懂了，“将眼一看众小厮”，小厮们马上往两边退去。“贾环便悄悄说道：‘我母亲告诉我说，宝玉哥哥前日在太太屋里，拉着太太的丫头金钏儿强奸不遂，打了一顿。那金钏儿便赌气投井死了。'”好的小说会让读者自己做评判，而不直接说谁是谁非。之前的事读者是知情的，可是现在竟变成了强奸不遂，可见社会上关于某个事件的讹传，会像滚雪球一样，滚到最后使大家都相信这是真的，让当事人百口莫辩。贾环跟他母亲都有一腔的委屈要报复，当然不会错过这个机会。贾政当即气得“面如金纸”，大喝“快拿宝玉来”！

“一面说，一面就往书房里去，喝命‘今日再有人劝我，我把这冠带家私一应就交与他与宝玉过去！我免不得做个罪人，把这几根烦恼鬓毛剃去，寻个干净去处是了，也免得上辱先人、下生逆子之罪。'”之前他每次要打宝玉，总有人来劝，所以他的意思是这次谁再劝我，我就和他拼了。打死宝玉，我索性出家做和尚去，此时，贾政已经对宝玉完全绝望了。

有辱门风，满面泪痕

在座的各位在成长的过程中一定多少都挨过父母的处罚；为人父母以后，也一定处罚过自己的孩子；做小孩挨爸爸打的时候也都得到过祖父母的保护……在宝玉挨打的过程中，我们能看到贾政跟宝玉、王夫人跟宝玉、贾母跟宝玉祖孙三代非常有趣的亲子关系。更有趣的是贾母赶来后对贾政的指责，我想这大概也是传统的伦理社会中非常典型的亲子关系。西方人肯定无法理解这一切，但国人只要稍微有点三代一起居住的经验，就会很熟悉这种既要教育，又要疼爱的复杂关系。作者把握得最好的就是小说的层次和语言，大家可以用这一章做范本，写一篇自己挨打或者打孩子的作文，看看自己能不能也写得这么有趣。

贾政在《红楼梦》里出场的机会并不多。可是他一出场，语言绝对是官场上的，比如经常使用那种对仗的句子，前面说宝玉“在外流荡优伶，在内奸淫母婢”，现在又说要打死宝玉，以免“上辱先人，下生逆子”之罪，这简直像是判案的语言。另外，在儒家的伦理中，一个人存在的主要价值，就是要上对得起祖先，下对得起后代；这跟西方完全不同，西方的人生价值是立足在每个个体的自我完成上的。

“众门客、仆从见贾政这个形景，便知又是为宝玉了，一个个都是啖指咬舌，连忙退去。”作者的语言既简练又精准，把旁边的用人吓得不敢作声的形象容貌刻画得入木三分。“那贾政喘吁吁的直挺挺坐在椅子上，满面泪痕”，为什么贾政反应如此激烈，因为他担负着家族的使命，贾家好几代的富贵不能断送在他手中。他难过的是没有把孩子教育好，这意味着他在儒家的伦理中背负了很大的罪责。作为一个父亲，孩子做了错事，你心疼他，希望把他教好时的心情，跟贾政坐在那里气喘吁吁、泪流满面，觉得他有辱门庭的愧疚之间是有很大差别的。所以他“一叠声：‘拿宝玉！拿大棍！拿索子捆上！把各门都关上！有人传信往里头去，立刻打死！’”这里连续用了三个“拿”字，表明贾政催促大家打宝玉的急切心情。过去宝玉挨打，大概总有人通报，结果往往还没打成贾母就赶来了，所以这次贾政说把门关上，谁敢给贾母传信立刻打死，大家都有一点害怕了，“众小厮只得齐声答应，有几个来找宝玉”。

文学的黑色幽默

“那宝玉听见贾政吩咐他‘不许动’，早知凶多吉少，那里承望贾环又添了许多的话。正在厅上干转。怎得个人来往里头去捎信，偏生没个人，连焙茗也不知在那里。”宝玉急得像热锅上的蚂蚁般转来转去，希望能有个人来帮他的忙，可偏偏身边一个人也没有，连最贴身的书童焙茗也不知道去哪儿了。正在这时，来了一个老嬷嬷，宝玉喜出望外，觉得自己这下有救了。可作者的厉害之处在于，此时出现的这个老嬷嬷偏偏毫无用处。“宝玉如得了珍宝，便赶上来拉他，说道：‘快进去告诉：老爷要打我呢！快去，快去！要紧，要紧！’”本来宝玉因为着急，话就说得有点语无伦次，偏赶上这个聋嬷嬷把“要紧、要紧”听成了“跳井、跳井”，她就笑着牛头不对马嘴地打岔说:“跳井让他跳去,二爷怕什么?”这是文学里的一种黑色幽默,就是在一个最紧张、最恐怖的时刻插入一个玩笑。

作者完全懂得这个技巧,在这么紧张的危急时候,忽然弄出来一个耳聋的老嬷嬷,让读者感觉既紧张又松弛。大家都知道电影里的蒙太奇手法,常常是这边杀人的刀子就要砍下去了,那边的当事人还毫不知情,观众急得要死。有个电影叫《盲女惊魂记》,要杀她的人就在身边了,可因为看不见,她还在那里若无其事地哼着歌。文学、戏剧中需要的就是这种一紧一松、一张一弛的节奏调整。“宝玉见是个聋子,便着急道:‘你出去叫我的小厮来罢。’那婆子道:‘有什么不了的事?老早的完了。太太又赏了衣服,又赏了银子,怎么不了事的!’”老嬷嬷在那边自言自语,跟宝玉要她做的事情不搭界。

宝玉被打

“宝玉急的跺脚,正没抓寻处,只见贾政的小厮走来,逼着他出去了。”已经来不及了,宝玉只好来到贾政面前,“贾政一见,眼都红紫”,可见爸爸被宝玉气到了什么程度。“也不暇问他在外流荡优伶,表赠私物,在家荒疏学业,淫辱母婢等语”,有没有发现都是四个字四个字一组,做官的人一定要会用四字,官场的文字都是口号式的,讲究对仗的,不管是“杀猪拔毛”还是“戒急用忍”。只喝命:“堵起嘴来,着实打死!”

“小厮们不敢违拗,只得将宝玉按在凳上,举起大板打了十来下。”用人们当然不敢真打,要知道,宝玉是少主人,万一出了差错谁来负责?所以虽然是贾政的命令,下手也不敢太重。于是“贾政犹嫌打轻了,一脚踢开掌板的，自己夺过来，咬着牙狠命盖了三四十下”。注意，作者在写大板子打下去时没有用“打”，而是用“盖”字，“盖”显然是用整个身体的力量在打。

《红楼梦》里的动词用得非常漂亮，如果找一个比较新的角度来研究《红楼梦》，我认为完全可以从文本上着手，比如把其中所有的动词挑出来做些研究，你将更能感受到这部小说语言的精彩。其实写文章最难用的就是动词，因为它常常会重复。为什么这个时候作者要用“盖”字？是因为它连发音和平仄，都跟动作有关系，这个动词一出来，整个句子都活起来了。从“打”的“三声”到“盖”的四声，连重量都不一样。《红楼梦》里这些美妙和精彩的细处，不细体会很容易滑过去。

“众门客见打的不像了，忙上前夺劝。”众门客觉得这样打下去真的要打死了，才上来抢他手中的板子。贾政根本不会听，他说：“你们问问他干的勾当可饶不可饶！素日皆是你们这些人把他酿坏了。”“酿”字有点一直在宠着他、护着他，以致导致不可收拾的后果的意思。“到这步田地还来解劝。明日酿到他弑君杀父，你们才解劝不成！”平常这些门客总是在适当的时机劝贾政不要再生气了，或者下手轻一点。可是如今贾政说你们再护着，他接下来就要弑君杀父了，这在儒家看来绝对是大逆不道，这已经是很重的话了，旁人就不好再劝了。

就像前面提到的，贾政此时越来越像是表演了。我一直觉得如果旁边没有这些人，他不一定会这样子。因为他旁边有这么多人，在讲了弑君杀父以后，下手的时候必须更狠，他就是要作态让身边的人看到，即使是我的儿子，我也要维持正义。

王夫人的为难

大家知道劝不住，就赶快退出来，找人进去给信儿。“王夫人不敢先回贾母，只得忙穿衣出来，也不顾有人没人，忙忙赶往书房中来。”此时，王夫人最为难的是夹在儿子跟丈夫之间，在父权社会，一个妇女是无论如何也不敢违拗自己的丈夫的，所以她不敢立刻就去告诉贾母，只好自己赶往书房。“慌的众门客、小厮等避之不及”，这一点也许大家不了解，过去女眷一出来，男客是要回避的。

“王夫人一进房来，贾政更如火上浇油一般”，刚才我说的表演就是这个意思，他是要做给别人看的，先是打给门客看。现在宝玉妈妈来了，更要打给妈妈看，所以“那板子越发下去的又狠又快。按宝玉的两个小厮忙松了手走开，宝玉早已动弹不得了”。周围的人大概觉得王夫人是个救兵，赶紧放开手宝玉就可以跑了，岂不知宝玉已经根本没有办法动了。接下来大家通过王夫人跟贾政的对话，可以看到一个古代的妻子在儿子被丈夫痛打时的为难。

“贾政还欲打时，早被王夫人抱住板子。贾政道：‘罢了，罢了！今日必定要气死我才罢！’”意思说你要来劝，就是要把我气死。“王夫人哭道：‘宝玉虽然该打，老爷也要自重。况且炎天暑日的，老太太身上也不大好，打死宝玉事小，倘或老太太一时不自在了，岂不事大！’”王夫人的方法很委婉，先肯定丈夫做的是对的，接着又搬出了婆婆。她知道硬拼不行，只能绕着圈子来保护宝玉，说老太太是最疼宝玉的，万一她有个好歹该怎么办？“贾政冷笑道：‘倒休提这话。我养了这不肖的孽障，已不孝；教训他一番，又有众人护持；不如趁今日益发勒死了，以绝将来之患！’”

本来王夫人没有来，还没到这个地步，王夫人一来，他更来劲了，摆明要做给她看，发展到勒死算了。

“王夫人连忙抱住哭道：‘老爷虽然应当管教儿子，也要看夫妻分上。我如今已将五十岁的人，只有这个孽障，必定苦苦的以他为法，我也不敢死劝。今日越发要他死，岂不是有意绝我。’”大家注意，这其中有一个儒家的伦理。古代丧礼上的“先妣先考”是要靠儿子来追奉的，没有亲生儿子的女性是不能入宗祠的。长子已经死了，就因为有个宝玉，王夫人还可以在那些妾面前有点风光，这个“绝我”的意思就是指这些东西。

“既要勒死他，快拿绳子来，先勒死我，再勒死他。”这种话我小时候在社区里常能听到，很多家庭一吵架这种话就出来了。有时候《红楼梦》里的语言会吓你一跳，几百年了，夫妻吵架也好，亲子吵架也好，竟然还是这种模式，几乎没有什么变化。我从来没听到过法国的家庭吵架时说，“你要勒死他，你先勒死我”。你去读普鲁斯特、福楼拜的小说，里面绝对没有这种语言。西方人喜欢从语言符号学入手研究社会学和伦理学，罗兰·巴特、福柯等人都从事这种研究，可见小说的语言真是研究一个社会最好的资料。

就算在中国，男性也很少说：“你要勒死他，你先勒死我。”女性却常常这么说，因为女性的生命当时多半是附属在另一个生命上的，一旦那个生命不存在了，她也就没有存在的意义了。“我们娘儿们不敢含怨，到底在阴司里得个依靠。”有没有发现这完全是女性最委屈的语言，就是那个时代“君要臣死，臣不得不死；父要子死，子也不得不死；夫要妇死，妇也不得不死”的翻版。王夫人说完，就爬在宝玉身上大哭起来。“贾政听了此话，不觉长叹一声，向椅子上坐了，泪如雨下。”有没有发现，在这种时候一哭二闹三上吊还真起作用，贾政的心也软了。

哭的都是自己

“王夫人抱着宝玉，只见他面白气弱，底下穿着一条绿纱小衣皆是血渍。”这个时候妈妈才想起看看儿子被打成什么样子了。大家注意，这一段作者写得非常惊人，有个细节是，作者竟然会想到宝玉穿着一条绿色纱内裤，我不相信宝玉平常都是穿绿内裤的。可是这天一定得穿绿色的，如果是咖啡色，红色的血就显不出来；而且一定要是纱的，因为纱很薄，血渍容易透出来。我认为作者肯定会画画，因为他特别懂得色彩，懂得调动人的视觉。这个细节真可谓神来之笔，在打得这么惨的时候还产生了一个美学，建议大家以后挨打的时候都换上这种绿纱内裤，打出的血痕加上绿色的陪衬，简直就像牡丹的红花衬着绿叶。

王夫人“禁不住解汗巾看”，《红楼梦》的作者必须不断转换角色，刚才他是贾政，下手狠得不得了；这个时候，他又变成了王夫人，是一个母亲在打量自己疼爱的身体，等看到宝玉“由臀至胫，或青或紫，或整或破，竟无一点好处，不觉失声大哭起来：‘苦命的儿吓！’因哭出‘苦命儿’来，忽又想起贾珠来，便叫着‘贾珠’哭道：‘若有你活着，便死一百个我也不管了。’”如果我是宝玉，听到妈妈说这种话，一定觉得很恐怖。她意思是说，如果哥哥还在，打死一百个宝玉我也不在乎。有没有发现绕来绕去还是儒家伦理，对于这个妇人来说，最重要的是她得有个儿子。这种话读起来会感觉毛骨悚然，好像她不是在疼宝玉，而只是在担心自己的身份和地位，在顾忌自己是不是有个儿子在。《红楼梦》其实一直在区别两个东西，单纯的、真正的人对人的不忍和悲悯与伦理道德里的人与人的关系，这两个东西是截然不同的。本来，宝玉没有必要悲悯金钏儿，可是宝玉却忍不住要悲悯；王夫人此时本该悲悯宝玉，可她悲悯的却是自己，她哭的好像也并不是宝玉，而是她自己。

所以《红楼梦》越读，越觉得伦理里的爱很可怕，人在那种伦理里是被分了类的，不再是单纯的对生命的爱。宝玉和黛玉的情怀之所以会让你觉得精彩，是因为他们在看到花落时会写《葬花吟》，会觉得花的死亡就是自己的死亡，那是对生命本源的不忍与悲悯。在作者看来，不应该只把爱放到伦理当中，我爱一个人不能仅仅因为他是我儿子，最本质的爱应该是生命对生命的。更明确地讲，作者反对儒家的伦理之爱，因为这种爱有分别心。

“此时里面的人闻得王夫人出去，那李宫裁、王熙凤与迎春姊妹早已出来了。”这时大家都已经知道了，开始陆续赶来。“王夫人哭着贾珠的名字，别人还可，惟有宫裁禁不住也放声哭了。”李纨的哭是因为王夫人提到她丈夫了，她觉得自己年纪轻轻就守寡了，也很惨。看到没有，每个人哭的都是自己。等一下大家读到三十四回，才知道真正哭宝玉的只有一个人，那就是林黛玉。作者真是非常厉害，读了好多次，我才发现他强调的是亲子可以只是一种关系，而不见得是爱。作者一再提醒我们，有一种爱是生命对生命的，它不属于任何秩序和规范。有时候你参加一个丧礼，会看到有一大堆人在哭，可每个人都在哭自己，因为它只是一个机会，让每一个人趁机吐露自己的委屈，而且那些人哭起来会如泣如诉，像唱歌一样。其实此时的王夫人已经开始唱歌了，她要再叙述一次自己失去一个儿子的事情，宝玉的挨打引出了她自己对身世的哀伤，引得李纨也忍不住放声大哭，“贾政听了，那泪珠更似滚瓜一般滚了下来”。“滚瓜”两个字用得很特别，形容大颗的泪珠就这样一粒粒掉下来。

《红楼梦》里的女性语言

下面这段写得十分精彩，就在大家乱成一团的时候，丫鬟的一声：“老太太来了”，让整个场面马上开始转换，可以看出这个家族里长辈的威严。“一句话未了，只听窗外颤巍巍的声气说道：‘先打死我，再打死他，岂不干净了！’”平常贾母周围有很多人簇拥，走得很慢，眼下她急着赶过来，生怕来不及，所以人还没有到声音就先到了。“先打死我，再打死他，岂不干净了！”这话又是我刚才提到的女性语言，传统的儒家礼教造成了所有女性的一种共通的委屈，以致这种委屈变成了固定的语言模式。

“贾政见他母亲来了，又急又痛”，有点不知如何是好了，连忙迎出来。这种大家族的教养非常严格，就算再生气，见到母亲依然诚惶诚恐。贾家隶属满洲旗下，旗人的母权是非常大的。一般是少奶奶管家，王熙凤一嫁进来就开始管家了，贾母当年也曾是管家。她熬到老太太这个辈分的时候，就成了家族中最有地位的人，所以贾政非常怕母亲。

“只见贾母扶着丫头，喘气的走来。贾政上前躬身陪笑，说道：‘大暑热天，母亲有何生气，亲自走来？有话只该叫了儿子进去吩咐。’”这是典型的孝顺儿子的做派和语言。“贾母听说，便止住步喘息一会，厉声道：‘你原来和我说话！我倒有话吩咐，只是可怜我一生没养个好儿子，却叫我和谁说去！’”看到没有？每一个人都这么委屈，委屈到觉得自己的一生都白白被糟蹋了。小时候我在社区里面常常听到老祖母在儿子打孙子的时候说，我一辈子没养个好儿子，这其实是很不理性的语言。家族里具有至高无上地位的人一旦说出这种话来是很压人的，问题根本不可能理性地解决了。这样的语言在我们的现实生活中有时候还能听到，我一直觉得一个社会要真正现代化，这类语言要尽可能减少，很多事情本来是可以用理性来讨论解决的。

“贾政听这话不像”，立刻就跪下了，虽然身为朝廷高官，但在母亲面前没有任何地位。我常常觉得中国的母权也蛮有趣的，不管在社会上扮演什么角色，只要妈妈一出现，你立刻就变成孩子了，自我个性全部丧失。可见，儒家伦理是维系了社会的某种秩序，可这种秩序往往是以丧失自我为前提的。你的自我会全部被权威整理成一个伦理系统，这时的贾政完全变成了另外一个人，跪着含泪说道：“为儿教训儿子，也为的是光宗耀祖。”这依然是伦理，所有教育的宗旨、目的、价值都在“光宗耀祖”上，可“光宗耀祖”是一个很冠冕堂皇的东西，就像块匾额一样空洞。“母亲这话，我做儿的如何禁得起？”意思是你说你一辈子没生过好儿子，我哪里受得了。

“贾母听说，便啐了一口，说道：‘我说一句话，你就禁不起；你那样下死手的板子，难道宝玉就禁得起了？你说教训儿子是光宗耀祖，当初你父亲是怎么教训你来！’”儿子根本没有任何理由可以辩白，母亲说你老爸当年也没这样打你，你为什么要下死手打儿子，“说着，也不觉滚下泪来”。所有的女性都有一肚子的悲哀，贾母也想到自己的丈夫了，李纨想到的是她的丈夫贾珠，王夫人觉得她自己命很苦是因为儿子死了，古代的“三从”，就是从三个男人，在家从父，出嫁从夫，夫死从子。这三个女性哭的都是“三从”里面的东西，在儒家伦理与儒家文化为主流的社会里，她们根本就没有自我。

贾政又赔笑说："母亲也不必伤感，皆是做儿的一时性起，从此以后再不打他了。"贾政见风使舵，母亲一来就说不再打了，刚才的光宗耀祖此刻也不知道跑到哪里去了。贾母就冷笑着说："你也不必跟我赌气，你的儿子，我也不该管你打不打。"这个时候忽然又变成你的儿子，不是我的孙子了，古代的家庭伦理里纠缠了很多复杂的东西。记得有一次我哥哥打孩子，我爸爸出来护着，我在旁边真是惊呆了，真不能理解过去管我们那么严的爸爸，怎么在做了祖父以后就完全变了。在他们的对话当中，"你的儿子、我的孙子"之类语言的纠缠，让人永远都搞不清楚。在西方社会的家庭里，从来不会碰到这种问题，因为他们的伦理是建立在个人基础上的，有时候儿子跟爸爸很亲，会直接叫爸爸名字，可我跟爸爸讲话连"你"都不能用，中国的亲子关系是儒家的伦理关系，最后就形成复杂的权威跟权威之间的对话关系。

贾母说："我猜着你也厌烦我们娘儿们，不如我们早离了你，大家干净！"这又是典型的女性语言：我知道你就是看我们不顺眼了，不如我们早点离开你。说着便命人："看轿马，我和你太太、宝玉立刻回南京去！"她要走就算了，还要把人家的太太也带走，她觉得自己跟她的儿媳妇，还有宝玉是一国的，底下的人只好干答应着。这种戏在贾家大概已经演了蛮多次，底下的人知道她只是说说而已。

大家有没有意识到这些话没有一句是理性的，全都是绝对权威的情绪化的语言？当年梁启超一直提倡大家要读小说，还写了一篇文章叫作《小说可以改造国民性》，因为小说真能看到我们平时无法察觉的国民个性。前几年还能看到这样的画面，电视里演琼瑶剧，三代女性坐在那里一面看，一面哭。我真觉得很奇怪，这么多年了，社会发生了那么大的变化，女性角色竟没有多少改变。所以《红楼梦》里的这些语言我们其实非常熟悉，从王夫人出场、到李纨出场、再到贾母出场，三代女性的哭法是一样的，语言模式也一样。

伦理与真情

“贾母又叫王夫人道：‘你也不必哭了。如今宝玉年纪小，你疼他，他将来长大，为官作宰的，也未必想着你是他母亲了。你如今倒不要疼他，只怕将来还少生一口气呢。’”这绝对是在指桑骂槐，稍微单纯一点的人，读《红楼梦》就弄不清楚这些人到底要干吗，这种大家族常常有话不直接讲，喜欢拐着弯儿骂人。“贾政听说，忙叩头哭道：‘母亲如此说，贾政无立足之地。’”因为这话太重了。“贾母冷笑道：‘你分明使我无立足之地，你反说起你来！’”这都是斗气的话，情绪化到根本没有办法进行理性讨论。她接着继续刺激贾政：“只是我们回去了，你心里干净，看有谁来许你打。”一面说，一面命人快点打点行李车轿回去。这显然是在作态，贾政苦苦叩求认罪。可见古代社会的权威有多厉害，刚才是父权，现在是母权，准确地说是祖母权也跑出来了。

“贾母一面说话，一面又记挂宝玉，忙进来看时，只见今日这顿打不比往日，又是心疼，又是生气，也抱着哭个不了。”其实宝玉常常挨打，只不过之前不像今天打得这么狠就是了。“王夫人与凤姐等解劝了一会，方渐渐的止住。”见老太太哭了，旁边人担心她身体受不了，儿媳妇、孙子媳妇赶紧过来劝她。

有没有发现一直到现在凤姐都没说话，她平常那么爱热闹、爱表现，在这种时候却一言不发，是因为她知道此时说什么都有可能触霉头。就在那些丫鬟、媳妇觉得要赶紧给宝玉疗伤，要上去搀扶他的时候，王熙凤马上表现出了以往的聪明和干练。她骂这些丫头媳妇说："糊涂东西，也不睁开眼睛瞧瞧！打的这么个样儿，还要搀着走！"意思是说他已经走不动了，因为下半身已经打烂了，"还不快进去把藤屉子春凳抬出来"。这里的"屉子"是指春凳上的藤板是可以像抽屉那样撤换的。现在很少看到这种家具了，我们家里曾有过一张，大概跟桌子一样长，比桌子稍窄一点，春天的时候可以放在花树底下躺着乘凉。因为是藤编的东西比较轻巧，可以把宝玉放上去抬着，有点儿像我们今天的担架。"众人听说连忙进去，果然抬出春凳来，将宝玉抬放凳上，随着贾母、王夫人等送去，送至贾母房中。"宝玉没有被送回怡红院，而是到了最有力的保护区——贾母房中。

"彼时贾政见贾母气未全消，不敢自便，也跟了进去。"母亲的气还没有消，他就不敢乱动，也不敢讲话。"看看宝玉，果然打重了。再看看王夫人，'儿'一声，'肉'一声：'你替珠儿早死了，留着珠儿，免你父亲生气，我也不白操这半世的心了。'"王夫人还在那边一直这样又哭又念，"这会子你倘或有个好歹，丢下我，叫我靠那一个！"还是回到了儒家伦理上，我们不能说这种伦理不是爱，但是它到最后其实变成了很自私的东西，每一个人都会想到自己将来是不是有所依靠。我一直觉得曹雪芹骨子里是非常反儒家的，他一直相信人与人之间有一个真情，这个情就像黛玉跟宝玉一样，是前世的缘分，不需要在这一世由伦理来建立，宝玉跟黛玉最后并没有成夫妻，可是他们的缘分是最深的。作者倡导的就是这样的真情，他认为伦理本身不是真情。

王夫人接着数落一场，又哭“不争气的儿”，“贾政听了，也就灰心，自悔不该下毒手打到如此地步”。其实贾政刚才在众人面前真的无法控制自己，因为平常总讲冠冕堂皇的话，到关键时刻，他必须实行，丝毫没有转换的空间。所以贾政只好先劝贾母，“贾母含泪说道：‘你不出去，还在这里做什么！难道于心不足，还要眼看着他死了才去不成！’”贾政听了，赶快退了出去。

袭人的满心委屈

这个时候薛姨妈、宝钗、香菱、袭人、史湘云也都来了，大家是陆续知道宝玉挨打，一批一批赶到现场的。作者在这么多人当中选了一个人做焦点，她就是袭人。我们知道袭人对宝玉来说有点儿像姐姐，因为宝玉是她带大的，换衣服、洗脸、梳头都是她一手打理，所以她对宝玉的身体有比王夫人还深切的疼惜。就像有些大户人家的孩子根本就是奶妈带大的，所以母亲跟这个孩子的关系可能都没有奶妈亲。《红楼梦》其实一直在对伦理提出质疑，让我们开始怀疑伦理到底是什么？儒家的伦理只是你认为的那个关系，你并不见得真疼他，也不见得有体温给他，并不能让他感觉到你是最贴身的一份关心的力量。

“袭人满心委屈，只不好十分使出来”，袭人为什么会“满心委屈”，因为她是用人，在大家都关心宝玉的时候，她是不能靠前的。其实她心里最难过，因为那个身体、那些衣服一直都是她亲自照料着的，那条绿色的小衣很可能是她早上才替宝玉穿上去的。李纨可以哭死去的丈夫，王夫人可以哭儿子，贾母可以哭孙子，可是在众人面前，一个丫头根本没有资格和理由哭。我觉得作者了不起的是，他认为没有身份和理由的哭才是真情，在人世间，你和一个人没有任何伦理上的关系，但你依然可以疼爱他，宝玉对很多丫头就是如此。

所以袭人“见众人围着，灌水的灌水，打扇的打扇，自己插不下手去，便越性走出来到二门前”，她自觉没有资格站在那里，但那些灌水的、打扇的其实都未必是真情。因为人世间的伦理到最后就不再那么单纯了，尤其是这种大户人家，可能只是因为贾母、王夫人疼宝玉，所以大家才忙得不亦乐乎，结果真心痛宝玉的袭人却满怀委屈地走开了。这种场景是《红楼梦》最迷人的地方，作者要告诉我们真情常常是最孤独的。

袭人“命小厮们找了焙茗来细问：‘方才好端端的，为什么打起来？你也不早来透个信儿！’”你看，袭人去追究责任了，她抱怨焙茗说，你是跟宝玉的人，有事怎么不及时来通报一声。“焙茗急的说：‘偏生我不在跟前，打到半中间我才听见了。忙打听原故，却是为琪官同金钏姐姐的事。’”宝玉因两个原因挨打，一个是金钏儿的跳井，还有一个是跟琪官来往的事，袭人问：“老爷怎么得知的？”这两件事情袭人都知情，汗巾子本来就是用她的那条去交换的。焙茗说：“那琪官的事，多半是薛大爷素习吃醋，没法儿出气，不知在外头唆挑了谁来，在老爷跟前下的火。”这件事情其实是一个悬案，以焙茗等人的猜测，蒋玉菡本来是跟薛蟠很好的，结果宝玉和琪官一见面就对上眼了，于是觉得薛蟠肯定要吃醋。后来宝钗回去就抱怨薛蟠说，都是你惹的祸，害宝玉挨打。薛蟠说他根本就没有说过，以小说中的人物个性来推测，薛蟠是不太会说谎的。“那金钏儿的事是三爷说的，我也是听见老爷的人说的。”袭人听了，想一想这两件事都对景。一个是争风吃醋；贾环也随时都想报复宝玉，“心中也就信了八九分，然后回来，只见众人都替宝玉疗治。调停完备”，大概就是擦药、整理、换衣服之类的。贾母命令：“好生抬到他房内去。”众人答应，七手八脚把宝玉送到怡红院内自己床上卧好。然后又乱了半天，众人才渐渐散去。这时，“袭人方进前来”，只有等大家都散了，这个没有身份的丫头才能上前精心服侍。

第三十四回

情中情因情感妹妹
错里错以错劝哥哥

文字的活泼漂亮

《红楼梦》的三十四回有好几条主线，这几条主线包括宝玉挨打后一批一批来看他的人。作者有意识地在呈现各种不同的情感和情分的差别，也表现了人的不同个性。

第一个来的是宝钗，她拿了药来，很理性地交代说，这个药可以治好宝玉的伤。宝钗走了以后，宝玉开始做噩梦，梦到忠顺王府的人在抓琪官。我一直觉得曹雪芹真的挨过一次这么严重的打，所以才能写得这么细。最精彩的是他在噩梦当中，忽然听到哭声，朦朦胧胧地睁开眼，发现站在床边的人是黛玉。这个最爱他的，跟他生命最有关系的人直到现在才出场。第三个来的人是王熙凤，王熙凤对宝玉是另外一种照顾，只是吩咐要吃什么东西、做什么菜之类的。

与此同时，还有两条线在发展：一条是袭人去王夫人那边晓以大义，她特别提醒王夫人说，宝玉现在已经大了，和这些姐姐妹妹之间应该有个界限了。因为刚发生了金钏儿自杀事件，王夫人觉得袭人非常识大体，就说我将来一定不会亏待你。另外一条线是薛宝钗来看宝玉的时候，问起宝玉为什么挨打。袭人没有想到薛宝钗是薛蟠的妹妹，在讲这个事情的时候，只是据实报告。宝玉就立刻阻止袭人说：薛大哥不是这样的人。他觉得这样的话不应该在宝钗面前讲。宝钗知道哥哥本来就不是什么正经人，所以回去以后就跟妈妈说起这个事，薛蟠回来后，便开始劝诫他。

这一回的回目先是“情中情因情感妹妹”，是说黛玉来看宝玉，眼睛肿得像核桃一样，宝玉一直放心不下黛玉，就派晴雯送了手帕去；接着是“错里错以错劝哥哥”，是指宝钗回家后劝哥哥不要再为非作歹。

《红楼梦》在古典文学中是用字最考究的作品。回目上的这两句话都是白话，很简单，也很容易懂，但对仗却极严格，用字也非常巧妙，每个句子中有三个“情”、三个“错”，妹妹跟哥哥又是对仗的。可见作者对汉字的熟悉、唯美已达到了炉火纯青的程度。常看到那些受过专业训练的人写的古诗，用了很多典故，不查字典根本看不懂，其实他们不见得是汉文学的高手。真正的高手是《红楼梦》的作者，他可以用浅白晓畅的文字，把对仗、押韵、结构运用得得心应手。从这一回的回目里，大家可以感受一下那种文字的活泼与漂亮。

袭人看宝玉的伤口

下面我们回到文本，大家要特别注意一下刚才提到的三个层次之间的关联。宝钗来过，黛玉来过，王熙凤来过，表现的是不同的人、不同的情。

“话说袭人见贾母、王夫人等去后，便走来宝玉身边坐下，含泪问他：‘怎么就打到这步田地？’”前面我们提过，袭人满心委屈，明明是自己最疼爱的人，可是却没有资格在旁边，所以她心里是最急切的。现在大家都走了，她才有机会接近他。

“宝玉叹气说道：‘不过为那些事，问他做什么！’”其实从这件事中也可以考验出读者对儒家伦理的看法，很多读者可能觉得宝玉该打，在外面结交戏子，在家调戏母亲的丫头。可是这两件事作者都很仔细地描写过，读者曾经被带到过现场，宝玉跟蒋玉菡只是两个小男孩之间一见面，都觉得好喜欢对方，于是就我给你一张邮票，你给我一张邮票。所谓的“表赠私物”，实际上是碰到了知己。而那个金钏儿，宝玉不过是碰了碰她的耳环，最后就变成强奸了。可见当时那个没有媒体的世界多么可怕，事情以讹传讹，最后就变成不得了的事情。宝玉挨打的时候，在父亲眼里是一个不肖之子，做出这么丢脸的事，简直大逆不道。但我还是要提醒大家回忆一下作者是怎么写的，这两件事情发生的时候，你一点都不觉得污秽肮脏，其实多少还有点小男孩的调皮在里面。所以宝玉也不知道该怎么回答，只是说爸爸打我总是为那些事情，不要提了。

“只是下半截疼的很，你瞧瞧打坏了那里？”有没有发现到目前为止，宝玉没有跟任何人说起自己的疼，也没让任何人看他的伤口？到现在他才跟袭人讲，他跟袭人的亲，就亲在袭人是一个平常像姐姐，又和自己发生过肉体关系的女孩子。我想如果你生病住院，绝对不会随便进来一个什么人，就说你帮我把裤子脱掉看看伤得如何。

下面这段描绘的是袭人把他的中衣褪下来看伤口的过程，很细腻，其中有一种很亲的东西。“袭人听说，便轻轻的伸手进去，将中衣褪下。宝玉略动一动，便咬着牙叫‘哎哟’，袭人连忙停住手，如此三四次才褪了下来。”人在受了外伤之后，要想把衣服脱下来是很难的，宝玉一直在呻吟，他一叫，袭人就赶快停手。这都是细节，宝玉的痛袭人是完全能感觉到的。“袭人看时，只见腿上半段青紫，都有四指阔的僵痕高了起来。”上回里说用板子“盖”了三四十下，因为打过的肌肉受伤后变硬，鼓起来了，板子的宽度正好是四个指头那么宽。袭人咬着牙说道：“我的娘，怎么下这般的狠手！”袭人也觉得不可思议，一个亲爸爸这么狠心，把儿子打成这个样子。她抱怨宝玉说：“你但凡听我一句话，也不得到这步地位。幸而没动筋骨，倘或打出个残疾来，可叫人怎么样呢！”

宝钗探病送药

“正说着，只听丫环们说：‘宝姑娘来了。’”注意，此时宝玉是没有穿裤子的，“袭人听见，知道穿不及中衣，便拿了一床袷纱被替宝玉盖了”。因为身上有伤，穿起来也很慢，袭人便拿了一床袷纱被给宝玉盖上，此时是夏天，所以被子是夹层的纱。“只见宝钗手里托着一丸药走进来”，注意，宝钗家是皇商，所以家里的货品最多、最全，大概所有的珍奇药品都有。宝钗“向袭人说道：‘晚上把这药用酒研开，替他敷上，把那淤血的热毒散开，可以就好了。’说毕，递与袭人，又问道：‘这会子可好些？’宝玉一面道谢说‘好了。’又让坐。”这一切完全是礼貌。宝钗是第一个来探病的，还送来了药，关心宝玉的病情，希望他赶紧把病治好。当然，她也有一种私人的关系不太敢透露，因为宝钗跟宝玉毕竟没有那么亲。

下面这一段大家可以仔细地读一下：“宝钗见他睁开眼说话，不像先时，心中也宽慰了好些，便点头叹道：‘早听人一句话，也不至今日。别说老太太、太太心疼，就是我们看着，心里也疼……’”有没有发现她讲话的口气跟袭人非常像，都是姐姐式的关心。意思是平常劝你好好读书，你总是不听，打成这个样子连我们也心痛。“刚说了半句又忙掩住，自悔说的话急速了，不觉红了脸，低下头来。”宝钗很不好意思讲这种话，因为这其实是在透露心情，她忽然觉得你有什么资格来心疼？换作是黛玉就会很直接，他们两个从小一起长大，黛玉从来不掩饰她的心疼，可是宝钗的身份就很尴尬，她觉得自己讲得有点过分，逾越了伦理，所以说了一半就赶快掩住。

“宝玉听得这话如此亲切稠密，大有深意”，“稠”这个字是形容稀饭煮到一定时候黏黏的那种感觉。宝玉从来跟人都是很亲的，听了宝钗的话，见到有人这么贴心劝慰，立刻感觉舒服得不得了。“忽见他又掩住不往下说，红了脸，低下头只管弄衣带，那一种娇羞怯怯，非可形容得出者，不觉心中大畅。”这个宝玉可真是要命，被打到这个样子，一看到女孩子的美，就什么都忘了，虽然肉体大痛，可是心中却大畅。其实宝玉一直在期待人世间的温暖，或者是我们一直强调的那种真情。虽然他从小就被爸爸认定是色鬼，可是作者在写的时候，其实一直想让我们意识到“色”跟“情”的区别，“情”的深沉跟“色”的贪欲有着本质的不同。如今宝玉看宝钗，只是觉得宝钗好漂亮，她身上那种女孩子的娇羞和对他的那种关心，让他觉得感动，所以他“将疼痛早丢在九霄云外”，对宝玉来说，宝钗的这种姿态比她带来的药都管用。

然后“心中自思：‘我不过捱了几下打，他们一个个就有这些怜惜悲感之态露出，令人可玩可观，可怜可敬。’”这真是个奇怪的小男孩，他忽然觉得自己的这场打挨得蛮值的，如果不是这次打，他还不知道有这么多人关心他、疼他、爱他。人生真是不可思议，一个人竟然可以借着人世间的某些缘由，来感觉到原来自己是个这么受人疼爱的人。“假若我一时竟遭殃横死，他们还不知是何等悲感呢！既是他们这样，我便一时死了，得他们如此，一生事业纵然尽付东流，亦无足叹惜……”这就是宝玉“痴”的一面，也是他爸爸最恨他的地方。对宝玉来讲，人生在世其实最有价值的是能遇到几个真情，他父亲世界里的那些功名利禄，对他来说，“无足叹惜，冥冥之中若不怡然自得，亦谓糊涂鬼祟矣”。父亲打他，他却怡然自得，因为他觉得自己的 生比他父亲强多了，起码活出了比较多的自我。

生命里的善意

宝钗便问袭人：“怎么好好的动了气，就打起来了？”袭人根本没有想到这个做妹妹的听了会不舒服，就把焙茗的话说了出来。上一回里焙茗曾告诉袭人说，是薛蟠因为吃醋去告的密。

“宝玉原来还不知道贾环的话，见袭人说出方才知道。”宝玉这才知道还有另外一个告密者贾环。“因又拉上薛蟠，惟恐宝钗沉心，忙又止住袭人道：‘薛大哥哥从来不这样的，你们别混猜度。’”这里充分表现出了宝玉的个性，自己痛疼难忍，听说有人告密，也没有立刻大骂“这个混蛋”什么的，而是马上说薛大哥不是这样的人，他大概也觉得薛蟠虽然不学无术，但绝不是这么有心机的人。这就是宝玉生命里的善意，这种善意是我们最不容易把握的，这个小男孩之所以会讨这么多人的喜爱，是因为他身上天生就有一种待人的宽厚。《红楼梦》越往后读，就越能体会到宝玉的善良。我们设身处地地想，如果是你受了委屈挨了打，有人说是某某某告密，你一定会说这个人真坏，可是宝玉此时一方面想到薛蟠不是这样的人，另一方面也想到不该让宝钗难堪。

“宝钗听说，便知宝玉是怕他多心，用话拦袭人，因心中暗暗想道：‘打的这个形像，疼还顾不过来，还是这样细心，怕得罪了人，可见在我们身上也算是用心了。’”宝钗也觉得宝玉了不起，竟然这么细心，十四岁左右的男孩子很少会这么周到的。宝钗的心也很细，马上就明白了他为什么要阻止袭人继续说下去，心想：“你既这样用心，何不在外头大事上做工夫，老爷也欢喜了，也不能吃这样亏。但你固然怕我沉心，所以拦袭人的话，难道我就不知我的哥哥素日恣心纵欲，毫无防范的那种心性。”妹妹当然最了解自己的哥哥，她觉得这事有可能是她哥哥干的，薛蟠一向放纵无度，乱追朋友，毫无防范。“当日为一个秦钟，还闹的天翻地覆，自然如今比先更利害了。”大家可能已经忘了秦钟，他是宝玉的第一个男朋友。当年薛蟠看到秦钟跟香怜、玉爱在一起，曾经大闹过，这些事情宝钗全知道。所以她就打算回去跟妈妈说一说，趁机教训教训哥哥。

“想毕，因笑道：‘你们也不必怨这个，怨那个。据我想，到底宝兄弟素日不正，肯和那些人来往，老爷才生气。’”注意一下，宝钗完全是从礼教的角度在讲这件事情，在她的世界里，伦理界限划得非常清楚。她的意思是，你是公子，是有身份的人，怎么能跟戏子混在一起？还有去逗那些丫头，也是有辱身份的事。有趣的是，这些东西黛玉的世界没有，黛玉从来不觉得人和人之间有这种界限，可是在宝钗那里就很清楚。大家如果读得太快，会弄不清楚“那些人”是指什么人。她说：“就是我哥哥说话不防头，一时说出了宝兄弟来，也不是有心调唆：一则也是本来的实话，二则他原不理论这些防嫌小事。”在事情发生的时候，宝钗总是会理性地去分析、判断问题，她觉得哥哥不是存心挑拨是非的人，可能只是大嘴巴，讲话粗粗剌剌的，对什么事都不上心。“袭姑娘从小儿只见宝兄弟这么样细心的人，你何曾见过我那哥天不怕、地不怕，心里有什么，口里就说什么的人。”宝钗似乎也有点委屈，这么细心周到的一个女孩子，偏偏遇到这么个乱七八糟，呆得不得了的哥哥。

半梦半醒之间

“袭人说出薛蟠来，见宝玉拦他的话，早已明白自己说造次了”，“造次”是指一个做丫头的去评判主子，在伦理上是不合适的。“恐宝钗没意思，听宝钗如此说”，看到宝钗讲话这么堂堂正正，既不隐瞒什么，又非常得体，“更觉羞愧无言”。“宝玉又听宝钗这番话，一半是堂皇正大，一半是去自己疑心，更觉比先畅快了。”其实宝玉最需要的是心灵上的快乐，肉体怎么痛他都不太在乎，刚才还在欣赏宝钗疼他娇羞的样子，现在又听到宝钗讲话这么堂堂正正，便更开心了。

“方欲说话时，只见宝钗起身说道：‘明儿再来看你，你好生养着罢。方才我拿来的药交给袭人，晚上敷上，管就好了。’”宝钗从拿着药进门一直到走，全是礼节性的探视。有时候我们去看病人，会忘了病人躺在那里累得要死，甚至呆在那里把别人家送来的东西全都吃光，可是宝钗是永远知道什么时候该走的。这一段完全可以抽出来作为探病礼节的示范。等一下黛玉来的时候就完全不一样了，宝玉和宝钗之间是有些隔阂的，宝玉可以欣赏宝钗，但他们之间并没有很亲的那种感觉。

宝钗“说着，便走出门去。袭人赶着送出院外，说：‘姑娘倒费心了。改日宝二爷好了，亲自来谢。’”注意，宝钗是小姐，从伦理上讲要谢的话也得少爷亲自去，袭人只是个丫头，没有这个资格。这些都是《红楼梦》里值得注意的小细节。“宝钗回头笑道：‘有什么谢处？你只劝他好生静养，别胡思乱想的就好了。不必惊动老太太、太太众人，倘或吹到老爷耳朵里，虽然彼时不怎么样，将来对景，终是要吃亏的。’说着，一面去了。”宝钗是第一个病房的访客。

“袭人抽身回来，心内着实感激宝钗。进来见宝玉沉思默默、似睡非睡的模样”，大概是因为太痛了睡不安稳。“因而退出房外，自去栉沐。”“栉”是梳头发，“沐”是洗澡，作者一直在通过一些细节交代时间背景，此时正是夏天，所以要用袷纱被，要栉沐。“宝玉默默的躺在床上，无奈臀上作痛”，作者细腻到连写痛都有差别。刚开始的时候说下半截疼得不得了，可是现在他的描写是，痛得“如针挑刀挖一般，更又热如火炙”，大概伤处已经开始发散了，刚打过的时候还没有这么痛。“略辗转时，禁不住‘哎哟’之声。那时天色将晚，因见袭人去了，却有三两个丫环伺候，此时并无呼唤之事，因说道：‘你们且去梳洗，等我叫时再来。’众人听了，也都退出。”这是一个准备，准备着第二个访客的到来。黛玉跟宝玉在一起的时候，是绝对不允许有第三者在场的，因为他们是前世因缘。

宝玉本来想睡觉，可是又痛得睡不着，“昏昏默默，只见蒋玉菡走了进来，说忠顺府拿他之事”。这里讲的是梦境，宝玉挨打是因为忠顺王府来抓琪官，他心里面还记挂着这件事，怕他被忠顺王府抓去以后发生什么事情。一会儿“又见金钏儿进来，哭说为他投井之故”。可见宝玉承受的不止是肉体上的痛苦，还有心灵上的。“宝玉半梦半醒，都不在意”，这个时候黛玉就要出现了，“半梦半醒”是指这个人的生命跟宝玉不是在现实当中的，宝钗进来的时候绝对不是这样的场景。

情中情以情感妹妹

就在宝玉半梦半醒的时候，忽然觉得有人推他，恍恍惚惚听得有人悲泣之声。“宝玉从梦中惊醒，睁眼一看，不是别人，却是林黛玉。宝玉犹恐是梦，忙又将身子欠起来，向脸上细细一认，只见他两个眼睛肿的桃儿一般，满面泪光，不是黛玉，却是那个？”宝玉被打得实在太厉害了，都有点神志不清了，所以要支起上半身才能看清楚到底是不是黛玉，只见黛玉的两个眼睛已经肿得一塌糊涂。宝玉挨打以后，那么多人陆陆续续跑来，黛玉一直都没有出现，深情到一定程度的时候，是不会到现场的。此时作者才透露出爱宝玉爱得最深的人，其实是黛玉。“宝玉还欲看时，怎奈下半截疼痛难禁，支持不住，便‘哎哟’一声，仍就倒下。”注意，宝玉被打得只能趴着，要看黛玉，只能支撑起身子，可又碰了伤处，难以支持。可是看到黛玉，他说的却是：“你又做什么跑来！虽说太阳落下去，那地上余热未散，走两趟又要受了暑。”宝玉关心黛玉到了这种程度，一点儿都不觉得自己身上的痛，而是担心如果你中了暑那可怎么得了。这种话他只能跟黛玉讲，所以《红楼梦》有一条很清楚的主线是这两个人的前世因缘一直在发展。

他知道黛玉哭的是不忍看到他受苦，便说：“我虽然捱了打，并不觉疼痛。”如果你在生病的时候跟一个人说，我其实没有什么病，你一定很爱这个人。我们刚才提到宝玉天性的善良，他爱一个人的时候，会觉得自己受苦没关系，只要对方安心就好。《红楼梦》读久了，你很难不喜欢宝玉，这个男孩子就是这么让人心疼，他说的所有话都这么真心，让人感觉温暖。他说："我这个样儿，只装出来哄他们，好在外头布散与老爷听，其实是假的。你不可认真。"黛玉当然也不是傻瓜，知道他痛得要死。到这种时候，两个人都无话可讲了，因为他们都关心对方超过了自己。看完宝钗探病的那一段，你就能感觉到作者重点要写的是"情中情以情感妹妹"。

"此时林黛玉虽不是嚎啕大哭，然越是这等无声之泣，气噎喉堵，更觉利害。"此时的林黛玉已经是那种最悲哀的哭泣，气都有点接不上了。"听了宝玉这番话，心中虽有万句言词，只是不能说得，半日，方抽抽噎噎的说道：'你从此可都改了罢！'"你看，黛玉跟宝钗的差别多大，宝钗一直理性地劝说，让他明白为什么挨打，同时也为哥哥辩白。"宝玉听说，便长叹一声，道：'你放心，别说这样话。我便为这些人死了，也是情愿的！况已是活过来了。'"这一段对话一般读者不太容易懂，"你从此就改了罢！"其实是很痛心的话，他们是活在前世的人，一直觉得现世的人性败坏、污浊、肮脏，他们不想活成那个样子。可是如今她看到宝玉因此受苦，就说，不如你也像他们一样活好了。黛玉自己也是孤芳自赏、从不随波逐流的一个人。宝玉马上就懂了，跟她说："你放心，为这些人死掉我都心甘情愿。""这些人"就是蒋玉菡和金钏儿他们。

这就是《红楼梦》的立场，宝玉是完全对抗儒家的，他永远不会因为爸爸的教训，而去好好读书做官。他关心的不是伦理，而是觉得只有维持深情才是真正的人生。表面上看好像只是小孩子的傻话，可是细琢磨却非常动人。宝玉和黛玉在一起的时候，他们的生命就显现出孤独的一面，跟现世所有的人都格格不入，他们根本没有办法在现世的伦理中生存。

这时，第三个人来了。忽然听到院外人说："二奶奶来了。""林黛玉便知是凤姐来了，连忙立起身，说道：'我从后院子里去罢，回来再来。'"大家还记得吗，宝玉住的房子有一个后门，黛玉常来，知道什么地方可以溜掉。"宝玉一把拉住道：'这又奇了，好好的怎么怕起他来。'"宝玉说王熙凤你又不是不认识，干吗要怕她。"林黛玉急的跺脚，悄悄的说道：'你瞧瞧我的眼睛，又该他取笑开心呢。'"这里面一直在透露一个东西，这两个人的感情是非常私密的。"宝玉听说赶忙的放了手。黛玉三步两步转过床后，出后院而去。"

现世中出于礼貌的关心

第二个人走了，凤姐才进来。如果从小说的结构来看，作者为什么先写宝钗，再写黛玉，再写凤姐？因为只有这样，两个人中间夹着的黛玉，才能被凸显出来，作者的重点是"情中情以情感妹妹"，所以必须要有前后两个人来做参照。这是不得了的一个文学结构，一般的写作者可能觉得宝玉挨打了，最关心的人一定是黛玉，可如果一开始就写黛玉哭得一塌糊涂你肯定无法感动，因为缺少了对比。作者的铺排是：先写宝钗，再写黛玉，然后再讲黛玉逃掉，凤姐进来。凤姐的关心是很现世的："凤姐从前头已进来了，问宝玉：'可好些了？想什么吃，叫人往我那里取去。'"相比之下，刚才黛玉跟宝玉的对话根本不是现世的，好像是另一个世界的语言。

“接着，薛姨妈又来了。”第四个访客也到了，“一时贾母又打发了人来。至掌灯时分，宝玉只喝了两口汤，便昏昏沉沉睡去。接着，周瑞媳妇、吴新登媳妇、郑好时媳妇这几个有年纪常往来的，听见宝玉捱了打，也都进来。”他们家里的管家老嬷嬷也都来探病了。作者是在告诉我们，该是挂起一个牌子说不能再见客的时候了。这里面有三个是比较亲的：宝钗、黛玉、凤姐，尤其特别突出黛玉的“深情”。后面的这些什么什么媳妇，很明显只是礼貌上要来的客人。

“袭人忙迎出来，悄悄的笑道：‘婶婶们来迟了一步，二爷才睡着了。’”这明显是在挡客，即使宝玉没有睡着，她也不会让她们进去的。作者一直在写“情”与“礼”的不同，礼貌归礼貌，情感归情感，情感当中又要细分。大家可以试着把这次的病房史写下来，宝钗、凤姐，包括薛姨妈、贾母派人来问都是现世的关心，最后来的人来连现世的关心也没有，只是出于礼貌。所以作者特别加了这一段，说周瑞媳妇、吴新登媳妇、郑好时媳妇都来了，至少“吴新登媳妇、郑好时媳妇”都是以前没有听说过，这次忽然跑出来的，大概是家里的老管家吧？她们觉得礼貌上应该要来看看。“袭人带他们到那边房里坐了，倒茶与他们吃，那几个媳妇子都悄悄坐了一会，向袭人说：‘等二爷醒了，你替我们说罢。’”这是纯粹的礼貌，有一类看病人的客人是不用见到病人的，只是表示一下就可以了。就像一个总经理生病了，底下的员工一定要到场，然后只留个名片告知我来过就可以了，不然的话可能会被炒鱿鱼。

袭人就送他们出去。“刚要回来，只见王夫人使个婆子来，口称‘太太叫一个跟二爷的人呢。’”宝玉身边有好多的丫头，王夫人就命令说，找个跟二爷的人来，大概是想问问宝玉的情况，并没有点名要找袭人，可是袭人自己去了。

细心的袭人

袭人听说王夫人要找跟二爷的人，“想了一想，便回身悄悄的告诉晴雯、麝月、檀云、秋纹等说：‘太太叫人，你们好生在房里，我去了就来。’”宝玉身边这么多的丫头，袭人通常也不会亲自出面。因为她是大丫头，等于是所有丫头的总管，这次大概她也觉得有话要说，所以就决定自己去。袭人“说毕，同那婆子一径出了园子，来至上房”。上房就是王夫人的屋子。

“王夫人正坐在凉榻上摇着芭蕉扇子”，注意，季节背景又出来了，从刚才的袷纱被、栉沐，到现在的凉榻、芭蕉扇……小说的季节不见得一定要说今天气温多少度，只是点几个物件出来，告诉读者这是夏天。“见他来了，说道：‘你不管叫个谁来也罢了。你又丢下他来了，谁伏侍他呢？’”这里已经凸显了在王夫人心目中，袭人是最可靠的人。“袭人见说，忙赔笑回道：‘二爷才睡安稳了，那四五个丫头如今也会伏侍二爷了，太太请放心。’”这就是袭人，她是不太抢功的人，王夫人这么看重她，她还是说其他几个丫头现在也都能做事了。只是“恐怕太太有什么话吩咐，打发他们来，一时听不明白，倒耽误了”，所以才自己跑过来。

“王夫人道：‘也没话说，白问问他这会子疼的怎么样？’”做妈妈的当然放心不下，想问问宝玉有没有好一点。“袭人道：‘宝姑娘送去的药，我给二爷敷上了，比先好些了。先疼的躺不稳，这会子都睡沉了，可见好些了。’王夫人又问：‘吃了什么没有？’袭人道：‘老太太给的一碗汤，喝了两口，只嚷干渴，要喝酸梅汤。’”宝玉被打以后大概有点发烧，觉得喉咙很干，想喝酸梅汤。以中医或者汉药的理论，有些食物是发散的，有些则是收敛的。比如我们淋了雨、受了寒，就得赶紧熬红糖姜汤，因为这两样东西都是发散的，可以驱掉寒气。可是袭人想到宝玉刚刚挨过打，身上的淤血需要发散，而酸梅汤是收敛的东西，所以就没给宝玉吃。“我想着酸梅是个收敛的东西，才刚捱了打，又不许叫喊，自然急的那热毒、热血未免存在心里，倘或吃下这个去，结在心里，再弄出大病来，可怎么样？因此我劝了半天才没吃。”袭人真像姐姐一样，小孩子口渴了要酸梅汤，她就一直劝他说，你这个时候不适合吃。这里也点出袭人的细心，这个特别看护可不简单，连这些细节都要照顾到。“只拿那糖腌的玫瑰卤子和了吃，吃了半碗，又嫌吃絮了，不香甜。”宝玉大概常吃这种玫瑰花酱，“絮”在这里是都有点儿吃烦了的意思。

王夫人说：“哎哟，你不早来和我说。前儿有人送了两瓶香露来。”香露有点像我们现在的香精，是从花里提炼出来的，滴一点点就能调出很浓的味道。“原是要给他点子的，我怕胡乱糟蹋了，就没给。既是他嫌那些玫瑰膏子絮烦，把这个拿两瓶子去。一碗水里只用挑一茶匙儿，就香的了不得呢。说着就唤彩云来，‘把前儿的那几瓶香露拿了来。’袭人道：‘只拿两瓶来罢，多了也白糟蹋。等不够再要，再来取也是一样。’彩云听说，去了半日，果然拿了两瓶子来，付与袭人。”袭人“只见两个玻璃小瓶，却有三寸大小，上面螺丝银盖，鹅黄笺上写着‘木樨清露’，那一个写着‘玫瑰清露’。袭人笑道：‘好金贵东西！这么个小瓶子，能有多少？’王夫人道：‘那是进上的，你没看见鹅黄笺子？你好生替他收着，别糟蹋了。’”这两个小瓶子是皇宫里用的东西，元春嫁到皇宫做了贵妃娘娘，所以家里才会有这些进贡给皇家的东西。瓶子上有鹅黄色的笺，这种笺只有皇家可以用，说明这两瓶香露非常珍贵，不是外边随便可以买到的。

袭人进言

“袭人答应着，方要走时，王夫人又叫：‘站着，我想起一句话来问你。’袭人忙又回来。王夫人见房内无人”，注意这个场景，房内无人她才能说心里话。王夫人问：“我恍惚听见宝玉今儿挨打，是环儿在老爷跟前说了什么话。”你看，这种大家族一有是非，马上就传到王夫人耳朵里了。别忘了这个家族的复杂关系，王夫人跟宝玉是亲生母子，贾环跟赵姨娘是亲生母子，王夫人和赵姨娘还是情敌，一个是原配，一个是妾，其间还有伦理上的派系分别。王夫人问这些琐碎的是非，打探清楚了大概就要去整赵姨娘。前面有一次贾环把油灯推倒烫了宝玉的脸，王夫人立刻就把赵姨娘叫来骂了一通，说是什么娼妇生下来的野种。其实这些语言，都是非常情绪化的，其中有她的仇恨，因为赵姨娘剥夺了丈夫对她的爱。

王夫人说：“你可听见这个了？你要听见，你告诉我听听，我也不吵嚷出来叫人知道是你说的。”这个主人在打探八卦的时候，还要跟用人保证如果到时候真发生什么事，我不会把你卖出来。袭人说：“我倒没听见这话。”有没有发现袭人在说谎，她非常清楚作为一个用人，讲主人的是非，弄不好会被置于死地。大家记不记得，她之前明明听焙茗讲过，可她却说：“为二爷霸占着戏子，人家来和老爷要，为这个打的。”袭人故意把话题转了，因为这事牵扯到金钏儿的死。“王夫人摇头说道：‘也为这个，还有别的原故。’”这个大家族人多嘴杂，显然已经有很多人在告密了，可是袭人的成功在于，她始终守口如瓶，知道一旦不小心就会惹出大祸。

“袭人道：‘别的原故实在不知道了。我今儿大胆在太太跟前说句不知好歹的话。论理……’说了半截忙又掩住。”下面她就要提建议了，但作为丫头她一定要先说，本来我是没有身份说这种话的，今天放肆了，为了疼爱宝玉，我必须提个建议……“王夫人道：‘你只管说。’袭人笑道：‘太太别生气，我就说了。’王夫人道：‘我有什么生气的，你只管说来。’袭人道：‘我们二爷也须得老爷教训两顿。若老爷再不管，不知将来做出什么事来呢？’”这是丫头绝对不该讲的话，因为你在议论主人，可她还是觉得应该让王夫人知道，对儿子疼归疼，不能不管教。王夫人觉得她话里有话，肯定要继续追问。王夫人一向有个偏见，觉得所有丫头都是狐狸精，如今，“一闻此言，便合掌念声‘阿弥陀佛’”，意思是谢天谢地，宝玉身边总算有了个明理的丫头。“由不得赶着袭人叫了一声‘我的儿’”，注意，一个夫人管一个丫头叫“我的儿”，一下子就把关系拉近了，“亏了你也明白，这话，和我的心一样”。通常做妈妈的会觉得儿子身边的女人，都把他往坏里带。可在这里袭人得到了王夫人的信任，做妈妈的把儿子交代给一个女性，一定是觉得这个女人跟自己一样。袭人在这件事情之后，要做宝玉偏房的身份已经很清楚了。

王夫人说：“我何曾不知道管儿子，先时你珠大爷在，我是怎么样管他，难道我如今倒不知管儿子了？只是有个原故：如今我想，我已经快五十岁的人了，通共剩了他一个，他又长的单弱，况且老太太宝贝似的，若管紧了他，倘或再有个好歹，或是老太太气坏了，那时上下不安，岂不坏了，所以就纵坏他。”这个做母亲的就说，我不是故意要宠他的，只是在这种客观环境下没有办法管。“我常常苦着口儿劝一阵，说一阵，气的骂一阵，哭一阵，彼时他好，过后儿还是不相干，端的吃了亏才罢了。”这就是做母亲的委屈了，宝玉大概见妈妈哭了，就改一改，过两天就忘了，结果被老爸狠揍了一顿。王夫人说：“若打坏了，将来我靠谁呢！”说着，由不得滚下泪来。

这就是三十三回里已经谈过的传统女性所追求的安全感，她们会在爱儿子、疼儿子的情感中加上对自己的悲悯，王夫人先说到年龄，又说到第一个儿子的死，最后还是落在“我将来要依靠谁”上面。

王夫人的母亲情结

“袭人见王夫人这般悲感，自己也不觉伤了心，陪着落泪”，然后又说：“二爷是太太养的，岂不心疼。便是我们做下人的伏侍一场，大家落个平安，也算是造化了。要这样起来，连平安都不能了。那一日那一时我不劝二爷？”袭人解释说，作为他身边的一个丫头，我整天都在劝他，只是劝不醒。“偏生那些人又肯亲近他，也怨不得他这样，总是我们劝的倒不好了。”其实不见得是那些人亲近他，宝玉也确实喜欢亲近那些人。我一直觉得《红楼梦》里有个非常难解释的东西，宝玉在他青少年时期是反叛以他父亲为代表的官场和知识分子的，为了对抗这一切，结果就跑到另外一个世界里去了，那个世界是戏子的世界、玩世不恭的世界。如果从现在教育心理学的角度来看，贾政自己应该有一个反省，为什么他所示范出来的那个世界，会让孩子这么痛恨和厌恶。

“今儿太太提起这话来，我还记挂着一件事，每要来回太太，讨太太个主意。只是我怕太太心疑，不但我的话白说了，且连葬身之地都没了。”

这个话讲得非常严重，袭人有很多话要跟王夫人讲，可是她一直不敢开口，一个丫头去评判主人的是非风险很大，如果王夫人不能了解她的真正用意，她将死无葬身之地。所以你说她稳重也好，老练也好，她真是贾府的丫头中最有城府的一个。

王夫人一听这个话，就赶快说："我的儿，你有话只管说，近来我因听见众人背前背后都夸你，我只说你不过是在宝玉身上留心，或是诸人跟前和气，这些小意思好。所以将你和老姨娘一体行事。谁知你方才和我说的话全是大道理，正和我的心事。"不知道大家能不能体会这段话的微妙之处，通常母亲对儿子身边的女性是排斥的，这其中有很奇特的性别因素。所以大家都说袭人好，很关心宝玉，可在王夫人眼中，这个分寸很难拿捏。

大家记不记得第六回，袭人跟宝玉已经上床了，可是王夫人并不知道，但她大概也会怀疑袭人是不是已经逾越了丫头的身份，甚至猜疑这个丫头这么用心关心宝玉，是不是有非分的念头，如果有，这个做母亲的肯定要排斥她。可是今天她讲的话很大方，一心只为宝玉好，希望宝玉将来可以读书做官，在社会上功成名就。王夫人觉得这太棒了，跟我想的完全一样。袭人身上丝毫没有狐狸精的成分，没有肉体欲望。所以我觉得这里有很微妙的"母亲心理学"，王夫人一直在注意宝玉身边的这些丫头到底在搞什么。袭人比较像宝钗，处理事情比较理性；晴雯的个性就比较像黛玉，情感很直接，最后都是悲剧收场。可我们知道晴雯从头到尾跟宝玉干干净净，真正和宝玉上床的是袭人。所以作者很有趣，让你看到一清如水的晴雯含冤而死，而真正有问题的袭人却讲话一派大方，深得王夫人的信任。

袭人取得未来婆婆的信任

袭人就说："我也没有什么别的说。我只想着讨太太一个示下。"就是说希望太太能够指示一下，"怎么变个法儿"，不要太过直接，最好能找个其他理由，"以后竟还叫二爷搬出园外来住就好了"。有没有发现她吞吞吐吐的没有直接讲原因。王夫人听了，大吃一惊，赶快拉着袭人的手说："宝玉难道和谁作怪了不成？"注意这里母亲的小心跟防范，"作怪"的意思很多，我想多半指的是"性"，妈妈忽然意识到这个男孩长大了。

袭人赶快回答说："太太别多心，并没有这话。不过是我的小见识。如今二爷也大了，里头姑娘们也大了，况且林姑娘、宝姑娘又是两姨姑表姊妹，虽说是姊妹们，到底是男女之分。"就是不能像小时候那样玩在一堆了，应该稍微有一点界限了。"日夜一处起坐不方便，由不得叫人悬心，便是外人看着，也不像大家子的事。"注意一下，袭人讲话非常小心，她从头至尾都没用一个粗鲁的字眼，可又很迫切地提醒王夫人应该要有点防备。她说你们是有头有脸、有教养的人家，怎么能让男孩、女孩都长到这么大了还挤在一堆？"俗语说的'没事常说有事'，世上多少无头脑的事，多半因为无心中做出，有心人看见，当作有心事，反说坏了。只是预先不防着，断然不好。"又特别解释说："二爷素日性格，太太是知道的，他又偏好在我们队里闹，倘或不防，前后错了一点半点，不论真假，人多口杂，那起小人的嘴有什么避讳，心顺了，说的比菩萨还好；心不顺，就贬的连畜生不如。二爷将来倘或有人说好，不过大家直过。"意思大家本来就应该保护宝玉，让他的名声能维持好，所以叫"直过"。"设若叫人哼出一声'不'字来，我们不用说，粉身碎骨，罪有万重，都是平常小事。”为了表白她对主人的忠心，竟然用到这么重的字眼，如果宝玉的绯闻什么的被杂志、报纸登出来，那我们就粉身碎骨也都是平常小事，“但后来二爷一生的声名、品行岂不完了？”人在年轻的时候，跟什么人混过、干过什么丑事都留在档案里，有一天被人挖出来，一世英名便毁于一旦了。袭人真是个周到的丫头，她真的已经准备照顾宝玉一辈子了，觉得一定得把宝玉当下的品行和未来声名处理好，所以她肯定得到了王夫人的最大欢心。

“二则太太也难见老爷。”这个丫头竟然出口成章：“俗语又说：‘君子防未然’，不如这会子防避的为是。太太事情多，一时固然想不到。我们想不到则可，既想到了，若不回明太太，罪越重了。”她在解释为什么我今天敢斗胆把这些说出来。“近来我为这事日夜悬心，又不好说与人，惟有灯知道罢了。”大家千万不要小看这个丫头，此话透露了她的心机。大观园里的三百多个人，每一个人都在维护自己的利益，谁的生存都不容易。作为一个丫头，她当然要想自己的未来。普通的丫头再大一点，通常就随便发配一个小厮嫁了完事。袭人觉得将来能够跟定宝玉是最好的，虽然不可能是原配，可至少她有个姨娘的身份。她琐琐碎碎地讲了这么一大套，就是想得到王夫人的信任。

“王夫人听了这个话，如雷轰电掣的一般”，袭人的话，正好触动了她的心事，因为先前刚好有金钏儿事发，所以王夫人“心内越发感爱袭人不尽，忙笑道：‘我的儿，你竟有这个心胸，想的这样周全！我何曾不想到这里，只是这几次有事就忘了，你今儿这一番话提醒了我。难为你成全我娘儿两个名声体面，真真我竟不知道你这样好。罢了，你且去罢，我自有道理。’”意思是你的话我懂了，你今天的建议，我想办法落实。

"只是还有一句话：你今日既然说了这样的话，我就把他交给你了。"妈妈放心地把儿子交给一个女人的时候，一定是觉得这个女人跟她一样爱这个儿子，甚至超过她自己。婆媳问题迄今为止都是生活中很大的难题，儿媳妇要在婆婆面前取得信任非常困难，你必须要让她知道，我跟你是一国的，我们两个人是能共同支持这个男子在社会上功成名就的，母亲才会把儿子交给你。袭人终于取得了这个可能是未来婆婆的信任，王夫人说："你好歹留心，保全他，就是保全了我。"仔细去品这句话的意思，就是千万不要毁了他的名节，其实这个妈妈根本不知道儿子到底干了些什么，十四岁的小孩，可是母亲的所谓"保全"，大概就是觉得他要纯纯洁洁、干干净净的。最后王夫人又动之以利，说如果你这样做，我自然不会辜负你。这里当然有将来宝玉结婚的时候，你就是陪嫁丫头的意思，"袭人连连答应着去了"。

惟将旧物表真情

下面一段就是三十四回最精彩、动人的一段，《红楼梦》最美的部分是最不需要解释的，只要你读下去，就会感受到其中的情感。

宝玉被打得连躺都不能躺，只能趴在床上，翻来覆去地睡不着，不仅因为肉体上的痛，他还一直放心不下黛玉。在他眼里，黛玉的难过比肉体上的痛苦更难以忍受。看到黛玉匆匆走了，眼睛肿得像桃子，他就在想到底该怎么办？

袭人从王夫人那里回来的时候，宝玉刚好睡醒。袭人就只回明了香露的事，因为不能讲别的事。"宝玉喜不自禁，即命调来尝试，果然绝妙非常。因心下记挂着黛玉，要满心里打发人去，只是怕袭人。”注意这一段，宝玉特别想找个人去看看黛玉到底怎么样了，可是他知道袭人不是能做这件事的人，因为袭人肯定会说，你自己都痛到这个样子了，干吗还要去看黛玉？所以他就把袭人支使开了。你看，袭人可以得到王夫人的赞赏，可是宝玉却在这个时候觉得她不合适。一个是深情，一个是礼教，在礼教当中袭人虽然成功了，在深情里宝玉却不用她。宝玉让袭人到宝钗那里去借书，大观园院子很大，跑一趟半天都回不来，这样他就可以安排其他人了，这个小男孩被打成这个样子，还这么周到。

袭人走了以后，宝玉就把晴雯叫来了。有意思的是，作者一直在对比，与袭人的理性、稳重不同，晴雯心直口快、古道热肠。宝玉吩咐晴雯："你到林姑娘那里看看他做什么呢。他要问我，只说我好了。”这么简单的几句话，承载着宝玉全部的心思，他就是不想让黛玉为他难过、担心，现世里的爱很难细腻到这种程度。

晴雯说："白眉赤眼，做什么去呢？”"白眉赤眼”四个字用得极好，就是没事跑到那边，只按下门铃，然后说：我就是来看看你吗？晴雯觉得我就这样跑去不是很滑稽吗？"到底说一句话儿，也像一件事。”"宝玉道：'没有什么可说。'”人爱到最深的时候，真的是这个样子，他也不知道要说什么，只是觉得牵挂，能去看看就好。晴雯说："若不然，或是送件东西，或是取件东西，不然我去了怎么搭讪呢？”注意，"搭讪”是很早的口语，很多小说里的字是先有语言，后有文字的。我们现在看到的"搭讪”这两个字就有很多不同的写法，因为在古代，它只是一个声音。"搭讪”就是你喜欢一个女孩子了，于是抱着一大堆书走到她面前，故意把书掉在地上，然后说："对不起，对不起，我吓到你了。”其实就是找个借口。

“宝玉想了一想，便伸手拿了两条手帕子撂与晴雯。”“撂”就是丢给她，这一定不是折叠好的、特别新的、很漂亮的手帕，而是那种用过的手帕。笑着说：“也罢，就说我叫你送这个给他去。”晴雯说：“这又奇了。他要这半新不旧的两条手帕子？”意思说你要送手帕，送个好一点的名牌，干吗送两条旧旧的擦过鼻涕的？“他又要恼了，说你打趣他。”宝玉就笑着说：“你放心，他自然知道。”最迷人的就是这句“他自然知道”，所有小儿女的青春期里都充满了这种东西。

我有时偷看学生的短信，根本就看不懂，不知道他们到底在干吗？他们传一个什么“184”，你根本不可能知道他指的是“一辈子”，只打三个数字就已经是在谈恋爱了。所以很多时候大人根本偷窥不了小孩的事情，因为你根本不懂他们的语言，其实青春期最迷人也就是这个东西。我的学生跟我说，我们很多时候是不接手机的，因为蛮贵的，只是响几声，我就知道他在想我了。这些东西外人是没办法理解的，其中的寓意很委婉，需要两人之间的默契，这也是《红楼梦》写到的最深的“情”。上次在台北讲课，有一个人说：“有一天有人送我一条旧手帕，我不知道干吗，还骂了他一顿。”我说，你是早没读《红楼梦》，读了你就知道他在干吗了。

此处手帕又变成了象征，前面的汗巾子我们把它翻译成裤带的时候，也许给人感觉有点粗俗，可《红楼梦》并没有给我们这种感觉，它认为这是人最贴身的物件，有点像《长恨歌》里说的“惟将旧物表深情”。那个物本身粘连了两个人的情感，汗巾子也好，手帕也好，上面都有人的痕迹：人的体温、人的泪痕，都是对人的情感的记录。

黛玉手帕题诗

最后，晴雯只好拿手帕到潇湘馆去了，“只见春纤正在栏杆上晾手帕子”。你看作者厉害到什么程度，他根本不提黛玉在哭，只说丫头在那边晒手帕子。“春纤见晴雯进来，忙摆手儿，说：‘睡下了。’晴雯走进来，满屋魆黑，并未点灯，黛玉已经睡在床上。”宝玉挨打时很多人的关心是表演性的，可真正的深情和爱，不是表演给别人看的，黛玉只是关着灯在自己的帐子里哭。现世里的爱情多多少少都与实际利益有关，连宝玉的母亲都有私心，黛玉却一点都没有。

听见有人进来，黛玉就问：“是谁。”想象一下这个画面：帐子没拉开，两人隔着帐子讲话。晴雯赶快回答：“晴雯。”黛玉问：“做什么？”晴雯说：“二爷送手帕子来给姑娘。”“黛玉听了，心中发闷，暗想：‘做什么送手帕子来给我？’因问：‘这手帕是谁送他的？必定是上好的，叫他留着送别人罢，我这会不用这个。’”晴雯笑着说：“不是新的，就是家常旧的。”“林黛玉听见，越发着闷，着实细心搜求，思忖一时，方大悟过来，恍然大悟，连忙说：‘放下，去罢。’晴雯听了，只得放下，抽身回去，一路盘算，不解何意。”晴雯始终搞不懂这两个人是在干吗，就像我看了半天学生的短信根本看不懂一样，因为你是外人。这是一个很动人的场面，《红楼梦》里所有的女性中，只有黛玉能和宝玉默契到这种程度，那种亲，那种爱，已经远远超过我们说的所谓欲望、肉体，它就是一种深情，真有点像前世情缘。

“这里林黛玉体贴出手帕的意思来，不觉神魂驰荡”，注意“体贴”是说她完全明白了宝玉的心，这个女孩子的心事一下全被勾出来了：“能领这番苦意，又令我可喜；我这番意，不知将来如何，又令我可悲；忽然好好的送两块旧手帕子，若不是领我深意，单看了这手帕子，又令我可笑；再令人私相传递与我，可惧；我自己每每好笑，想来也无味，又令我可愧。”她先是喜悦在人世间竟然如此幸运，会有人这么懂你；可转念一想，这么深的感情，将来会有什么结局……少女的心事就是这样，反反复复、思前想后，一会儿高兴，一会儿难过，一会儿惭愧，五味杂陈，整个心都热起来了。“由不得余意缠绵”，“缠绵”两个字用得极好，这是非常女性的字眼。两个字都是“纟”旁，古代女性经常刺绣、编织，线理不清楚的时候就是“缠绵”，感情也有理不清的时候。宝钗跟宝玉的情感很清楚，一二三四,一条一条的。可如今黛玉看着这两块手帕，自己也不知道应该难过还是高兴，于是“命掌灯，也想不起嫌疑避讳等事”，她要透露自己的心事了。“便向案上研磨蘸笔”，然后就在那两块旧的手帕上走笔写了三首诗。我们现在青春期的小孩当然不会一下就写三首诗，但至少会传三条短信出来。黛玉忽然间被打动了，只觉得人世间竟然还有一个这样的知己，了解她的孤独，知道她为这个人的挨打所受的煎熬。很多时候，心灵的苦比肉体上的苦还要难熬。

呈现不同的生命领域

我们读一下黛玉写在手帕上的诗，就能看到这两人前世情缘之间的纠缠。其实我们已经知道《红楼梦》的结局了，可是看到这里，你可能会重新追问究竟什么是结局？就像我们读《长恨歌》，看到最后“宛转蛾眉马前死”，觉得真是一场悲剧，会有悔不当初的感觉。可是细想想，六十岁的唐玄宗跟二十七岁的杨贵妃在一起，中间有十年的时间，其实这十年的每一天都可以是结局。通常，我们读《红楼梦》会觉得宝钗最后嫁给宝玉才是结局，中间全部是空的。其实从某种角度看，《红楼梦》的结局是存在于每个刹那间的，宝玉跟黛玉之间的真心对话是结局；送手帕、在手帕上题诗也是结局。

黛玉在手帕上写道："眼空蓄泪泪空垂，暗洒闲抛却为谁？"黛玉身上最重要的字眼永远是"眼泪"，因为她是为还泪而来的，眼睛里面只有泪一直在流，手帕是要她擦眼泪的，所以她就用泪做主题来写诗。"尺幅鲛绡劳解赠，叫人焉得不伤悲！"古代的一尺是现在的三十厘米左右；她特别用"鲛"这个字，是因为传说中古代的美人鱼，也就是"鲛人"会在月圆的晚上一直哭，直哭到眼泪变成一粒粒的珍珠；"绡"是白色素绢的手帕。这两句意思是劳驾你送我这样一块手帕，叫我怎么能不伤心！

第二首，"抛珠滚玉只偷潸，镇日无心镇日闲"，"珠"跟"玉"都是讲眼泪，有事没事就在那里哭。"枕上袖边难拂拭，任他点点与斑斑。"直流到枕头、袖子上全是眼泪，怎么擦都擦不完。

第三首是，"彩线难收面上珠"，脸上的泪一颗一颗掉下来像珍珠一样，用最漂亮的绣线都难把它们穿起来。"湘江旧迹已模糊"，这里用了一个典故，传说舜死了以后，他的两个太太娥皇和女英，一直流泪，她们的眼泪挥洒到河边的竹子上，后来人们就把这种有斑斑泪痕的竹子叫湘妃竹。这里的意思是那个古老神话的痕迹已经模糊了，可我的"窗前亦有千竿竹"，她的住处之所以叫潇湘馆，就是因为她的院子里种的是湘妃竹。"不识香痕渍也无？"是说我的眼泪会不会变成痕迹留在竹子上？

三首诗全是关于眼泪的，完全是黛玉的口吻。后来《红楼梦》里开了诗社，每一个人都开始作诗了。作者真是千变万化，他可以把自己分裂成不同人的个性去写诗。我们知道诗是最难假造的，每一个人用字、用句、用情感的方法都不同，有人开朗、有人哀愁，就跟画家的画风一样，一个人一种风格。到三十几回以后，作者把他写诗的才能全部展现了，而这个才能不只是他个人的诗才，而是借着小说里的人物写出各种不同风格的诗句。现在我们看到是黛玉的，她的诗几乎都跟泪水、哀伤有关。

“林黛玉还要往下写时，觉得浑身火热，面上作烧”，林黛玉的体质本身就弱，她太敏感，春花秋月都能让她动情，所以特别容易受病。如今看到这两块手帕，爬起来磨墨、写诗，马上就觉得浑身火热，“走至镜台揭起锦袱一照”，古代的镜子，会用非常漂亮的锦套套着，叫锦袱。因为古代有一种迷信，觉得人不经意在镜子里看到自己会吓一跳，尤其是小孩子，不能照镜子，因为里面有个东西是魂魄。所以平常不照的时候，镜子要罩起来。“只见腮上通红，自羡压倒桃花”，黛玉此时也感觉到了自己生命的美，在少女动情的时候，脸色一定比桃花还要鲜艳，“却不知病由此萌”。这就有点像《维摩诘经》中所说的“从痴有爱，则我病生”。黛玉的病根就在于她太容易动情了，而且这种深情又过于浓烈。过了一会儿她才上床睡了，“犹拿着那个帕子思索”。

这一回当中有几个线索，不同的来探病的人和袭人去见王夫人，这是现世当中的线索；宝玉惦念黛玉，给她送两块手帕去，这是活在自己青春的深情中的线索。我不知道宝玉送两条手帕、黛玉在上面题诗这种事，如果被贾政知道会怎么看待？也许贾政的世界里根本没有这种东西，所以《红楼梦》的精彩在于它不断呈现不同的生命领域，而不同领域的差别特别大。黛玉跟宝玉有自己的国度，是别人无法进入的国度，《红楼梦》

里最深的孤独就是黛玉的孤独，情到深处，别人根本无法理解。

宝钗去看宝玉的时候，问袭人宝玉到底为什么挨的打，袭人就说是薛蟠争风吃醋去告的密，这个线索就变成了三十四回的结尾："错里错以错劝哥哥。"他们是外人，借住在贾家，如今人家的孩子因为你们家的人挨了打，宝钗当然觉得过意不去。这里面很多现世的考量跟刚才讲的黛玉坐在灯下写诗是截然不同的，作者一直觉得这两个世界很难沟通。有趣的是，作者把这两个部分都写得很好。

刚才宝玉不是故意打发袭人去借书吗？现在作者又回到了这条线上，"却说袭人来看宝钗，谁知宝钗不在园内"。宝钗本来是住在蘅芜苑的，为了去看她母亲就出了园了。"袭人便空手回来。等到二更，宝钗方回来。"

"原来宝钗素知薛蟠情性，心中已有一半疑是薛蟠调唆了人来告宝玉的。"宝钗是个比较理性的人，不会立刻就抓起电话骂薛蟠，说你干吗跟人家争风吃醋，害人家挨打。而只是在心里盘算，觉得哥哥是有可能做这种事的。"谁知又听袭人说出来，越发信了。"她就觉得大概真的吧，因为外面都在讲，一个人倒霉的时候就是这样，外面一直传传传，没影儿的事儿也会传成真的。"究竟袭人是听焙茗说的，那焙茗也是私心窥度，一半据实，竟认准是他说的。"因为这个书童跟着宝玉跑来跑去，私下里认定就是这几个人争风吃醋也有可能。"那薛蟠都因素日有这个名声"，薛蟠一向在欢场里混，不是认识这个戏子，就是认识那个歌女，之前还曾为了一个女孩子打死过人，坏事干得太多了，简直就是纨袴子弟的典范，早就名声在外了。

注意，这时候作者跳出来讲话了，直接告诉你事实："其实这次却不是他干的，被人生生的一口咬死是他，有口难分。"《红楼梦》里作者很少直接出来说话，在这里作者蛮维护薛蟠的，说他虽然玩世不恭、粗俗，可是他并不坏。一般来说，如果有个人总是在吃花酒，搞得乱七八糟，小说就很容易把他写得很不堪，可是这个作者却对薛蟠心存悲悯，能做到这一点真的非常难。

错里错以错劝哥哥

这日薛蟠“正从外头吃了酒回来，见过母亲，只见宝钗在这里，说了几句闲话，因问：‘听见宝兄弟吃了亏，是为什么？’薛姨妈正为这个不自在”，因为他进来之前，宝钗母女正在聊薛蟠不像话，害宝玉挨打的事。所以妈妈就很生气，咬牙说：“不知好歹的冤家，都是你闹的，你还有脸来问！”注意一下，薛姨妈在《红楼梦》里出场次数非常多，她是贾家很重要的客人，但她的个性却一直不是很明显，你不太容易知道她到底在想什么。当然我们知道，她是守寡的母亲，带着两个孩子，这么大的家产都仰仗那些老家人在管。她非常宠儿子，把薛蟠宠坏了，可是这个时候她还是要咬着牙骂他几句。到人家做客，自己儿子惹出这样的祸事，做母亲的很难堪。

薛蟠见母亲这样说，就呆了，这个孩子这次真是被冤枉了。忙问：“我何尝闹什么？”薛姨妈道：“你还装憨呢！人人都知道是你说的，还赖呢。”在传统的儒家伦理当中，法律非常不严，可是有种奇怪的道德却是众口铄金的。大家都这样讲，最后事情就只能是这个样子了，我们自己有时候也可能扮演这样的角色。薛蟠当然不服，说：“人人都说我杀了人，也就信了罢？”可是薛蟠这个话很没有说服力对不对？他之前真的杀过人，他的前科太多了，到最后就很难辩白。薛姨妈道："连你妹妹都知是你说的，难道他也赖你不成？"薛姨妈这个时候搬出薛宝钗来，可见宝钗的分量，这个十五岁的女孩子，讲话向来是有分寸的。有些人很容易轻信谣言，可宝钗绝对不会，这说明她是最有判断力和最理性的人，绝对不会胡乱赖人。

宝钗就赶快劝妈妈说："妈和哥哥且别叫喊，消消停停的，就有个青红皂白了。"这就是宝钗的个性，她身上有某些很西化的成分，认为情绪化的时候根本没有办法把事情弄清楚，不如先安静下来，真相总会水落石出的。接着她就跟哥哥说："是你说的也罢，不是你说的也罢，事情已过去了，不必校证。"意思是我们现在讨论的重点，不是你这次有没有害宝玉。宝钗是识大体的，她觉得这个时候计较这种小事情没有什么意思，"我只劝你从此以后少在外头胡闹，少管别人的事。天天一处大家胡逛，你是个不防头的人"，这是宝钗对薛蟠的评价，"不防头"就是没有心机，说话很随便。"过后没事就罢了，倘或有事，不是你干的，人人都也疑惑是你干的，不用说别人，我就先疑惑。"意思是说都是你自找的，因为你老跟这些人混，讲话又大大咧咧的，所以一出事别人第一个就会想到你，你只有下决心从此离开这个是非圈，才是治本之道。

"薛蟠本是个心直口快的人，一生见不得这样藏头露尾的事"，这其实也是在赞美薛蟠，他从来不遮遮掩掩，也不拐弯抹角，更不躲躲闪闪。"又见那宝钗劝他不要逛去，他母亲又说他犯舌，宝玉之打是他治的，早已急的乱跳。""乱跳"这两个字用得极好，大家知道薛蟠口才不好，又没有他妹妹那么冷静，被冤枉了就只好急得乱跳起来。然后"赌身发誓的分辨"，大概说我如果这样做了，出去就被车子轧死之类的。然后又骂众人："谁这样赃派我？我把那囚攮的牙敲了才罢！"薛蟠是典型的小混混儿，毛毛躁躁、跳来跳去的，连个大流氓都算不上，真正的大流氓遇事其实还蛮沉稳的。"分明是为打了宝玉，没的献勤儿，拿我来做幌子；难道宝玉是天王？他父亲打他一顿，一家子定要闹几天。那一回为他不好，姨爹打了他两下子，过后老太太不知怎么知道了，说是珍大哥哥治的，好好的叫了去骂了一顿。"薛蟠就抱怨说：这种事不是第一次了，每次宝玉　挨打，总惹得一大堆人倒霉。"'今天越发拉上我了！既拉上，我也不怕，越性进去，宝玉打死我，他替我偿了命，大家干净。'一面嚷，一面抓起一根门闩来就跑。"这是非常典型的薛蟠的反应，完全是动作派，冲动型的，动不动就拼命。"慌的薛姨妈一把拉住，骂道：'作死的孽障，你打谁去？你先打我来！'薛蟠急的眼似铜铃一般，嚷道：'何苦来！又不叫我去，又好好的赖我。将来宝玉活一天，我担一日的口舌。'"他特别忍受不了这种平白无故的冤枉，"不如大家死了清净"。

宝钗赶忙又上前劝道："你忍耐些儿罢，妈妈急的这个样儿，不说来劝妈，你还反闹的这样！别说是妈，就是旁人来劝你，也为你好，倒把你的性子劝上来了。"注意一下宝钗的语言，永远是合情合理的，说哪有人家来劝架，你把所有的气都转到劝的人身上去的。薛蟠道："这会子又说这话，都是你说的！"他开始怪妹妹了，因为是宝钗从大观园出来告诉妈妈的，他现在就把气又撒到薛宝钗身上了，然后说出了很难听的话。

薛蟠把宝钗气怔了

宝钗说："你只怨我说，再不怨你顾前不顾后的形景。"注意，兄妹两人一开始斗嘴，就不理性了，尤其是薛蟠这种人，一有口舌之争，就会进行人身攻击。薛蟠反驳说：“你只会怨我顾前不顾后，你怎么不怨宝玉外头招风惹草的那个样子！”我相信这话是真的。因为宝玉一看到漂亮的人就喜欢，要么换条裤带，要么送个扇坠，整天都在玩这些东西。他说：“别说多的，只拿前儿琪官的事比给你们听：那琪官，我们见过十来次的；他并未和我说一句亲热话；怎么前儿他见了，连姓名还不知道，就把汗巾子给他了？难道这也是我说的不成？”薛蟠说的是实情，那个场景大家也读过了。宝玉和琪官，真的是彼此欣赏，都觉得对方身上有一种优雅、一种美。可见琪官这样的戏子，也有他的品格，被忠顺王爷包养大概是慑于淫威没有办法，可他也觉得交朋友要优雅一点的，不能太粗俗。当然这里也透露出薛蟠真的有点吃醋，说这个人是我介绍给你的，我请他吃了这么多次饭，他也不跟我说一句亲热的话，跟你宝玉一见面，连名字都不知道，就交换信物了。也有可能他真的在外面讲过这样的话，自己已经忘掉了，可是别人却把这事变成是非了。

他这么一说，“薛姨妈跟宝钗急的说道：‘还提这个！可不是为这个打他呢。可见是你说的了。’”这个作者真厉害，他在一步一步地绕着让你知道事情的真相。

薛蟠说：“真真的气死人了！赖我说的我不恼，我只为个宝玉闹的天翻地覆的。”这又有点在吃醋了，不要忘了，他也一直是个受宠的男孩子，他就觉得宝玉有那么多人疼，自己有点被比下去的感觉。“宝钗道：‘谁闹了？你先持刀动杖的闹起来，倒说别人闹。’薛蟠见宝钗说的话有理，难以驳正，比母亲的话反难回答”，一下子恼羞成怒，“因此便要设法拿话堵回他去，就无人敢拦自己的话了；也因为正在气头上，未曾想话之轻重，便说道：‘好妹妹，你不用和我闹，我早知道你的心了。从先妈和我说，你这“金”要拣有玉的才可正配。你留心了，见宝玉有那劳什骨子，你自然如今行动护着他。’”这话也许对今天的女孩子没什么，可在古代，如果说哪个没出嫁的女孩子偷偷爱上了谁，这简直是奇耻大辱，到三十五回薛蟠为这个事情跟宝钗道歉了。

其实薛蟠讲这话是真的，前面已经有好多迹象表明宝钗真的想嫁给宝玉，可一个女孩子的隐秘心事就这样被大咧咧地讲出来，她内心肯定难过，所以宝钗在这里是受到很大伤害的。我想作者也是借薛蟠这个没有头脑的人，把真相讲出来。宝钗这个心机很重的人，偏偏碰到个哥哥是那种完全没有心机的人。所以他的话还没有说完，就把宝钗气怔了，拉着薛姨妈就哭道：“妈妈你听，哥哥说的什么话！”妹妹觉得哥哥无礼到极点，不知该怎么和他对话了。“薛蟠见妹妹哭了，便知自己冒撞了，便赌气走到自己房里安歇不提。”这个时候他是不会道歉的，因为还在气头上。

“薛姨妈气的乱颤，一面又劝宝钗道：‘你素知那孽障说话没道理，明儿我叫他给你赔不是。’宝钗满心委屈气忿，待要怎样，又怕他母亲不安”，兄妹吵架，母亲左右为难。宝钗在最难过的时候，也还知道分寸。就“少不得含泪别了母亲，各自回来，到房里整哭了一夜”。

宝钗也有她的委屈：不成才的哥哥、那么大的家产，都需要她去料理。第二天早上起来，也无心梳洗，胡乱整整，便出来瞧母亲。可巧遇见林黛玉独立在花阴之下，这两个人是一定要碰面的，一个人哭了一个晚上，另外一个大概也哭了一个晚上，各自有各自的悲伤。林黛玉就问宝钗，你到哪里去？“薛宝钗因说：‘家去。’口里说着，便只管走。黛玉见他无精打采的去了，又见眼上有哭泣之状，大非往日可比，便在后面笑道：‘姐姐也自保重些儿。就是哭两缸眼泪来，也医不好棒疮！’”女人要吵起架来可是够厉害的，黛玉的嘴巴也真够刻薄。

《红楼梦》里很多有趣的东西，只要把它们放到青春期里，就变得顺理成章了，十四五岁的时候人就是这个样子。作者的功夫在于他写深情写得好，写吃醋也写得好，把所有的人性都呈现得精致、细腻。

第三十五回

白玉钏亲尝莲叶羹
黄金莺巧结梅花络

富贵人家的饮食

《红楼梦》第三十五回的重点会放到两个丫头身上，一个是白玉钏，一个是黄金莺。大家可能记得前几回中金钏儿被赶出贾府，跳井自杀。白玉钏也是王夫人的丫头，是金钏儿的妹妹，她们姐妹是一起被卖到贾家当丫鬟的。姐姐不久前含冤自杀了，可她还得继续在贾府里做丫头。

宝玉被打伤了不能吃东西，忽然说想吃以前曾吃过的一种荷叶汤，那是富贵人家吃的很特别的一种料理。按我们的想象，有钱人家大概每天都是鱼翅鲍鱼，其实真正的有钱人是不太吃这些东西的，鱼翅鲍鱼大概只是做汤底。那一碗汤其实就是面疙瘩而已，可是这个面要用银模子慢慢压出来。

可见真正的富贵并不是每天大鱼大肉。我曾跟很多朋友提过，我自己吃过最富贵的料理，大概是在二十年前的一个朋友家。他祖辈以前在大陆是做财政长官的，到台湾以后，有一道家传的菜叫老豆腐。那个菜是把整板的豆腐用大锅小火炖四十八个小时，炖到豆腐的中间全是洞，然后把外面硬的部分削掉，只留下中间软的部分用鲍鱼、干贝、鸡汤等做的汤底去烩。最后，你吃的那一小碗看上去只是豆腐，可那是煮了四十八小时以后，汤汁全部是最考究的料做出的豆腐，那是当年进贡的料理。其实大户人家就是这样吃东西的，它讲究的是烹调过程中所下的工夫。

有很多人认为《红楼梦》的前八十回是曹雪芹写的，后四十回不是曹雪芹写的，当然，是不是高鹗写的还有争议。可最近大陆有个学者说，他觉得后四十回也是曹雪芹写的，这个说法很多人都不相信，因为后四十回里开始吃人鱼人肉了，这在前八十回里绝对没有。很明显，后四十回的作者没有过过好日子，不知道什么叫富贵，只是凭空想象了一个富贵，所以后四十回里常常讲桌上摆了一个什么汉代的鼎、宋朝的玉之类的。可前八十回不是，他会说桌上摆的是一个法国的钟，这是西洋的东西，明显可以看出作者是感受过真正的富贵的。我们常看到前八十回里出现“洋”字，比如宝玉洗脸用的是洋毛巾，就是我们今天用的这种利用毛细现象做出来的毛巾，当时是西洋的贡品。那时中国用的是土布的，吸水性很不好。

记得有一段讲到鼻烟壶上画着一个黄头发、裸体的带翅膀的天使，那个鼻烟壶肯定也不是本土制作，这些都是前八十回跟后四十回重要的区别。为什么张爱玲要说八十回以后，她再也不想看了，因为好作家一定看得出来，后四十回里细节没有了。当然，我还是很佩服这个补写的作者，他能把故事讲得这么好也不容易，可是因为他没有真正体验过富贵，根本不知道富贵人家是怎么过日子的，便只能假设。记得小学时，很多人跟我讲，你知道总统有件纯黄金的衣服吗？小时候很相信那就是富贵，现在看来真是好笑得要命，想象中的富贵跟真实经历过的富贵是不同的。尤其是曹雪芹，他已经是第四代，对于富贵，因为真正体验过，已经没有任何留恋了，他在书写这一切的时候，完全是不着痕迹的平常心。

人性的细致

三十五回里白玉钏出场，被命令去做一项工作，就是把新煮好的汤，一口一口地喂给宝玉喝。作者可真是厉害，这个工作偏偏安排白玉钏来做。见到宝玉，玉钏儿的脸色很难看，宝玉当然知道玉钏儿不高兴的原因，所以就一直跟她说笑话。最后宝玉就施了一个诡计，目的就是要她喝那个汤，因为他觉得这个汤的味道好极了。其实他的内心很不安，一直找机会补偿自己的罪过。

通常我们喜欢把“爱”挂在嘴边。可是读了《红楼梦》，你才会发现人性竟然可以细致到这种地步，你也才知道什么叫爱，爱其实就是有很多的抱歉，很多的无奈，很多不安和愧疚。

三十五回是我自己很喜欢的一回，我常常跟朋友讲，《红楼梦》越读到最后，越觉得最精彩的是那些没有大事发生的部分。这一回也一样，先是宝玉躺在床上喝了一碗汤，过一会儿袭人就去找宝钗的丫头黄金莺来打络子，莺儿是所有丫头里手最巧的。“络子”类似今天的中国结，古代的贵族身上一定要佩玉和扇子。扇子的套是用丝线编出来的，非常精巧。台北的“故宫博物院”一般不太看得起这种民间工艺，在国外博物馆里，我见过一个葱绿色的细线打出来的透空的络子里，放了一把鸡翅木的扇子，合在一起非常漂亮。每当看到这些，你会觉得这样做贵族还比较有意思，至少还可以玩出一些美的东西来，如果只富贵而不美，就只能叫财大气粗。

三十五回一方面是讲烹调美学，另一方面是讲色彩美学。今天大学里讲的色彩学，诸如什么叫冷色，什么叫暖色，冷色跟暖色怎么互补等等，是纯西方的，因为大概在1666年，牛顿发现了橙红黄绿蓝靛紫的光谱。大家知道颜色是因为光线在某个物质上产生的波长在我们的视网膜上造成的效果，这种光学最科学的解释叫色彩学。可是东方的色彩学，没有保存在任何一个美术系教授的身上，却保存在了一个丫头身上，黄金莺说的什么颜色要用什么颜色去压，完全是在讲色彩学。因为她在选线的时候，视觉是非常精准的。

以前母亲她们绣花的时候，对颜色是特别讲究的，一片叶子大概要选出十几种的绿色去绣，从叶子的叶脉、叶梗，一直到边缘，还有叶子翻过来的颜色，需要的是不同的绿。我们今天绿色可能只有一种，蓝色也一样，视觉变得非常粗糙。事实上蓝色跟绿色一样，也可以分很多种，比如大家看到高雄天空的那种蓝的变化是非常多的。如果你曾在视觉上细致地观察过这个东西，就会知道它的色彩不是单一性的。所以我一直觉得《红楼梦》传播的贵族文化，绝对不只是有钱没钱的问题，而是指他们的生活有一种品位，这个品位很可能在我们不注意时大量流失。

《红楼梦》这一回里的两个丫头，一个喂宝玉喝汤，一个帮宝玉打络子，她们在今天绝对可以受聘去做美学专家，她们懂味觉和视觉美学。我一直在想，我们到底该怎么去推广“美”？其实“美”是靠生活在社会最底层的人们来完成的。做出那碗汤的人并不是贵族，而是那些用人，它需要味觉上的真正敏感和精致；打出这个络子的也不是贵族，而是莺儿这个丫头，所以真正热爱生活、把“美”最后完成的人，是生活在底层的这些民众。

黛玉最深的爱

这回一直是我非常喜欢的，还因为它里面隐藏了让我惊心动魄的一段，是关于林黛玉的。

这一段如果不做任何解释，只是念下去，也能感觉到阅读产生的力量。“话说宝钗分明听见林黛玉刻薄他，因记挂着母亲、哥哥，并不回头，一径去了。”黛玉确实有点带着醋意在刻薄宝钗，因为宝钗也在哭，黛玉不知道她不是为宝玉哭，而是因为哥哥。

“这里林黛玉还自立于花阴之下，远远的却向怡红院内看，只见李宫裁、迎春、探春、惜春并各项人等都向怡红院内去过之后”，真正的爱可能就是这个样子，如果有一天你喜欢上一个人，那个人生病了，你站在医院的门口，看着一批一批人进去探病而不愿意进去的时候，就能体会黛玉此刻的心情。“一起一起的散尽了，只不见凤姐儿来，心里自己盘算道：‘如何他不来瞧宝玉？便是有事缠住了，他必定也是要来打个花胡哨，讨老太太和太太的好儿才是。今儿这早晚不来，必有原故。’”“花胡哨”就是说像花蝴蝶一样转一圈儿就走，这里其实是在对比黛玉虽没进去，却是真心爱宝玉的；凤姐每天跑几次，却不见得是真心。因为她知道贾母和王夫人疼宝玉，所以要做给她们看。这里“爱”是被非常小心地写出来的，有一种爱是深到只有关心，不想让对方知道的。黛玉的爱是深层的，而凤姐的爱是表面的。作者并没批评凤姐，只是通过黛玉的眼睛打量着这一切。黛玉太了解人性了，她当然了解聪明伶俐的凤姐这么爱热闹，这么有人缘，是因为她平常习惯做表面功夫。

林黛玉“一面猜疑，一面抬头再看时，只见花花簇簇一群人又向怡红院内来了。定睛看时，只见贾母搭着凤姐儿的手，后头邢夫人、王夫人跟着周姨娘并丫环、媳妇等人，都进院去了”。这是一段对比，让我们联想到杜甫写李白的句子：“冠盖满京华，斯人独憔悴。”一个社会里面，可以有党政军要员挤在一堆的热闹，也可以有一个人是这么孤独、憔悴。王熙凤为什么一直不来？她是要等和王夫人、邢夫人、贾母一起来，因为对她来讲，爱就是一种表演；而对黛玉来说，她的爱宁可不让对方知道。

“黛玉看了不觉点头，想起有父母的人的好处来，早又泪珠满面。”黛玉太聪明了，她的不快乐很多时候缘于她太容易看透人性里的假。因为父母双亡，在这个时候忽然觉得有父母无论如何都是好的，所以“早又泪珠满面”。过了不多久，她看到宝钗、薛姨妈等人也进去了。

“忽见紫鹃从背后走来，说道：‘姑娘吃药去罢，开水又冷了。’黛玉道：‘你到底要怎么样？只是催，我吃不吃，管你什么相干！’”我们都知道，最关心黛玉的就是紫鹃。可是很奇怪，人对最关心你的人是会撒娇的，最粗鲁的话常常是对最爱你的人说的。林黛玉跟别人很少这么粗暴，只有对紫鹃才这样说话。“紫鹃笑道：‘咳嗽的才好了些，又不吃药了。如今虽然是五月里，天气热，到底也该还小心些。大清早起，在这个潮湿地方站了半日，也该回去歇息歇息了。’”我们这才知道黛玉已经站了大半天了，也才知道原来有一种爱是这么孤独，这么矜持，或者说这么自负的。我想每个人大概都曾经历过不见得要别人知道的爱，那些特别想让别人知道的爱，大多不够深沉。《红楼梦》里对黛玉的情感是讲得最到位的。

“一句话提醒了黛玉，方觉得有点腿酸，呆了半日，方慢慢的扶着紫鹃，回潇湘馆来。”

爱的自我完成

我一直觉得这一段非常精彩。黛玉回家了，“一进院门，只见满地下竹影参差”，潇湘馆里只种一种最干净的植物——竹子。竹子在中国文化里是君子最重要的象征，而这些竹子又是湘江女神曾留下泪痕的“湘妃竹”。“苔痕浓淡”，是说她院子里青苔是从来不扫的。苔是阴暗处长出来的东西，日本有个很有名的专门养苔的“苔寺”，每天只限二十个人进去观赏，人一多了苔就不长，所以苔在某种意义上跟孤独有关。一般家庭不喜欢苔，是要扫掉的，可是林黛玉却要留住苔，苔是阴暗的心事，也是忧郁的心事。此时，黛玉“不觉又想起《西厢记》中所云‘幽僻处可有人行，点苍苔白露泠泠’二句来”，有段时间黛玉跟宝玉偷看禁书，那个时候的禁书就是《西厢记》。“幽僻处可有人行”，最幽暗的地方，最偏僻的地方，没有人走；“点苍苔白露泠泠”，留在苔上的一滴一滴的水珠叫“泠泠”。“因暗暗的叹道：‘双文，双文，诚为命薄人矣。然你虽命薄，尚有孀母弱弟；今日林黛玉之命薄，一并连孀母弱弟俱无。古人云“佳人命薄”，然我又非佳人，何命薄胜于双文哉！’”“双文”是崔莺莺的号，因为崔莺莺还有一个守寡的妈妈，还有弟弟，黛玉却命薄到父母双亡，连个兄弟姐妹都没有。

“一面想，一面只管走，不防廊上的鹦哥见林黛玉来了，‘嘎’的一声扑了下来，倒唬了一跳，因说道：‘作死的，又扇了我一头灰。’那鹦哥仍飞上架去，便叫：‘雪雁，快掀帘子，姑娘来了。’”这段描绘非常奇特，我们都知道鹦哥会学人说话，可是我们很难了解一个鹦哥在这个时候出现，竟然是在呈现林黛玉的心事。林黛玉并没有惊讶，可见这个鹦哥常常这样讲话。“黛玉便止住步，以手扣架道：‘添了食水不曾？’”用今天的话说，这个鹦哥就是林黛玉的宠物。人有时候很奇怪，当你觉得在人世间的情感难以宣泄的时候，就会对宠物更好些。我想在当今的都市里很容易看到这个景象，人在孤独里更容易爱上宠物。这个鹦哥此时代表了她异常寂寞的心事，所以黛玉最后宁可去跟鹦哥说话。

“那鹦哥便长叹一声”，最可怕的就是这一段，鹦哥竟然叹气了。我们知道黛玉是每天叹气的，鹦哥大概也学会了。我有段时间一直想去买一只鹦哥，看能不能教会它叹气。我想鹦哥要学叹气也许不是很容易，因为人的叹气是一种声音表情。而这叹气声“竟大似林黛玉素日吁嗟音韵，接着念道：‘侬今葬花人笑痴，他年葬侬知是谁？试看春尽花渐落，便是红颜老死时。一朝春尽红颜老，花落人亡两不知！’”这段《葬花吟》里最悲伤的句子，竟然是鹦鹉念出来的。这完全是超现实的写法，这样的一首诗由一只鹦哥去念，一个禽兽突然念出了人的心事，鹦哥几乎是在无知的状况里念出这个句子的，这个景象格外令人心痛。这是整部《红楼梦》里黛玉的主题心事，她相信一切的繁华到最后其实什么都没有，剩下的只是“白茫茫一片大地真干净”。

这是作者的惊人之笔，古今中外的文学里，我还没有看到写得这么好的，可以与之媲美的大概只有普鲁斯特的《追忆似水年华》，可是他写人性也还没能写到这么细。

“黛玉、紫鹃听了都笑起来。”注意，文学写到最好的时候，就是啼笑皆非，最感伤的场景出现了，可是黛玉跟紫鹃却都笑了起来。一个好的文学家一定知道，人的最大感伤其实是带着笑容的。“紫鹃笑道：‘这都是素日姑娘念的，难为他怎么记了。’”是很难为，我在大学教书，教半天学生也背不了《葬花吟》，后来我就跟他们说，我还是去养一只鹦哥算了。《红楼梦》真的很有趣，唯一可以传诵黛玉诗句的竟然是一只鹦哥。其实鹦哥是不懂心事的，可是正因为不懂，才格外打动人。

“黛玉便命将架子摘下来，另挂在月洞窗外的钩上，于是进了屋子，在月洞窗内坐了。”我相信这些画面都是有实景的，作者在写作的时候，脑海里一定浮现了潇湘馆月洞窗外的竹林和挂在窗前的鹦哥架子。没有亲身经历，不会知道富贵人家的环境并不是大红大绿，反而是清雅的竹子。

黛玉“吃毕药，只见窗外竹影映入纱来，满屋内阴阴翠润，几簟生凉”。透过竹子射进屋里的，是带着淡淡绿色的幽静的光。“几”是茶几，“簟”现在比较少用，以前台湾很多，是用细竹编出来的席子，只在夏天用。“黛玉无可释闷”，心里有太多的忧愁和烦闷无法疏解，“便隔着纱窗调逗鹦哥作戏，又将素日所喜的诗词也教与他念。这且不在话下。”

一直到这里，大家都能感觉到黛玉整整一个早上的孤独。先是站在花阴底下看着一群群人进怡红院，接着回家就只跟鹦哥讲话。这样一个孤独的生命，她所有的爱其实都是一种自我完成，跟对象无关。

《红楼梦》你越读到最后，越会发现，每一个读者的身上都有黛玉的部分。很多人在看了《红楼梦》后会说，这个人是谁，那个人是谁。当然，我们在性格上有人接近探春，有人接近黛玉，有人接近宝玉，有人接近薛蟠。可是读久了，你会发现他们每一个人都代表着人性的一个角落，这些角落你在读《红楼梦》的时候，会猛然在自己身上的某个地方发现，比如你在某些时刻，也一定曾经有过像黛玉这么纯粹的、自我完成的爱情。这个时候你就会觉得黛玉不只是一个个人，还是我们所有人心事的一个角落，这个角落跟林黛玉一样矜持、自负。我相信大家这样去读《红楼梦》，就能读出自己身上宝钗的部分、黛玉的部分，其中也一定会有凤姐的部分，我们也懂得怎么去讨好人，也会像花蝴蝶一样飞来飞去。这个时候你就不再觉得《红楼梦》里你喜欢谁或不喜欢谁了，而是变成了喜欢或者不喜欢你自己心里面的这个部分。

我有时候连续一个礼拜晚上都有应酬，就很想在家里养一只鹦哥，因为真的好累。我知道自己身上有凤姐的部分，比如连续五天都有酒席应酬，老太太过寿、朋友结婚、小孩子过满月，我都能应付得很好。但所有应酬都碰不到人最深的内在，这个时候会觉得好孤独，你身上黛玉的部分就出来了，很想有天能一整天不出门，在家里听听音乐或者看看书。

我相信《红楼梦》就是在讲人生的调配，凤姐也好，黛玉也罢，都没有什么好坏，只是你在自己生命的过程里，要选择什么时候想做凤姐，什么时候想做黛玉。我有时候就会想，今天大概是凤姐，是要见很多人的，那就选一件衣服穿了，出去照着那些人希望的样子讲话，做得很圆满。可是回来之后，你会忽然想到廊檐上会不会飞下一只鹦哥，然后能有涉及心事的对话。所以《红楼梦》的精彩在于它写这些人的时候，实际上是在写我们自己的内心世界。

薛蟠人性的自觉与道歉

下面作者笔锋一转，开始写宝钗。

宝钗是人性里的另外一个角落，她永远用最理性的方法处理问题。所以如果林黛玉的世界里有苍苔、竹影；宝钗的世界则是一个蛮大方的客厅，我们绝不会在这样的大客厅里流露孤独的心事，宝钗是那种一定要把青苔都扫掉，希望自己住的地方阳光灿烂的人。

其实宝钗这一天很不快乐，因为前一天晚上，她为宝玉挨打的事骂了哥哥，薛蟠因为被冤枉口不择言地说："我知道你偷偷爱上了宝玉，所以他一挨打你就骂我。"在过去这是非常严重的道德指责，宝钗因此哭了一个晚上，一大早她就出了大观园来安慰妈妈，因为她知道妈妈也为儿子不成才难过。跟黛玉始终处在一种孤独里不同，宝钗在最悲哀的时候，也要尽量把事情处理好。其实宝钗是个从政的好材料，她从来不情绪化，喜欢按部就班地处理事情。

"且说薛宝钗来至家中，只见母亲正自梳头呢。一见他来了，便说道：'你大清早起跑来作什么？'"可见宝钗起得很早，妈妈还在梳洗，她就已经赶到了。"宝钗道：'我瞧瞧妈身上好不好。昨儿我去了，不知道他又过来闹了没有？'"注意宝钗的反应，她觉得昨天晚上妈妈一定没睡好，因为儿子闹事了。这个"他"大家都知道是谁，就是那个蛮麻烦的薛蟠。"一面说，一面在他母亲旁边坐了，由不得哭将起来。"宝钗很少哭，她哭多半是因为生活没有她想象得那么顺利的时候，她觉得怎么会遇到这么个不懂事的哥哥，动不动就惹事。"薛姨妈见他一哭，自己撑不住，也就哭了一场，一面又劝他：'我的儿，你别委屈了，你等我处分那孽障。'"妈妈骂儿子最重的话就是"孽障"，"你要有个好歹，我指望那一个来！"薛姨妈特别强调了宝钗的压力和责任，因为觉得儿子不成才，这个家几乎全靠宝钗在撑着。

接下来是薛蟠的表现，我曾经好几次为薛蟠辩护。在高雄讲的时候，大家的反应很温和，在台北讲的时候就有人问我，你为什么会替薛蟠辩护？我一直觉得薛蟠不是坏人，他只是一个被宠坏了的大咧咧的男孩子。其实薛蟠前一天晚上得罪了妹妹，然后又跟妈妈闹事，早就觉得不安了，可是他既拉不下脸来，也不知道该怎么道歉。看到妹妹和妈妈哭了，薛蟠心里的自责比谁都厉害，我们说真正的道德是能引发内在自责的。

薛蟠可能在门外已经绕了很久，一直想进来道歉。听到妈妈跟妹妹说“你要有个好歹，我指望哪一个”的时候，就连忙跑进来，“对着宝钗，左一个揖，右一个揖，只说：‘好妹妹，恕我这次罢！’”人家看到这个画面，一定不忍心再去责备他。如果一个十五岁的男孩子跑来对我说：老师我做错了！我大概不会怎么太处罚他。其实，教育的目的之一就是引发人的自觉，我们总觉得薛蟠是个无法无天的男孩子，其实他身上有非常可爱的部分。他在妈妈妹妹面前，有一种不安，也有一种忏悔。虽然可能隔一段时间他又会乱来，可人性本来就是每一分每一秒的自我检查，不可能一自觉马上就全变好了。我一直觉得教育部门应该拿这一段来做教案，这里面真正有教育意义的是薛蟠难得的这次自觉。

薛蟠就一直作揖：“原是我昨儿吃了酒，回来的晚了，路上撞磕着了，来家未醒，不知胡说了什么，连自己也不知道，怨不得你生气。”“撞磕”就是我碰到鬼了，根本不知道昨天晚上胡说了什么，其实这是撒谎，他全都记得，只是人性的那种自觉，让他不敢面对自己曾对妹妹说过那么难听的话。注意一下，这是了解人性最好的渠道，如果哪天有朋友在你面前说，“对不起，我不知道我昨天胡说了什么”的时候，就说明他已经有自觉，心里不安了。

“宝钗原是掩面哭的，听如此说，由不得又好笑了。”我们看宝钗的反应，就知道事情是可以有转机的。宝钗的个性非常务实，她永远不追究前面的问题，她本可以大闹一场对不对？可她不是，她就笑起来了，“遂低头向地下啐了一口，说道：‘你不用做这些像生儿。’”

薛蟠善良的一面

“像生”原来也是有音无字的，意思是你不要在那演戏了。我们现在讲的“相声”，也是从这里来的，其实是原来的北方土语，就是你说好听话来逗我。“我知道你的心里多嫌我们娘儿两个，你是变着法儿叫我们离了你，你就心净了。”好，你看宝钗多厉害，她知道薛蟠是外强中干的人，虽然话粗粗刺刺，可是心很软。这种话戳着薛蟠的软肋了，因为他是一个大男人，尽管什么事都办不了，可总觉得在门面上还是一家之主。所以“薛蟠听说，连忙笑道：‘妹妹这话从那里说起来的？这样我连立足之地都没了。妹妹从来不是这样多心、说歪话的人。’”宝钗一向做事大大方方，也不扭扭捏捏。“薛姨妈忙又接着道：‘你只会听你妹妹的歪话，难道昨儿晚上你说的那话就该的不成？当真是你发昏了！’”注意一下，任何冲突在彼此的心里话都讲出来的时候，就表示已经过去了。“薛蟠道：‘妈也不必生气，妹妹也不用烦恼，从今以后，我再不同他们一处吃酒闲逛如何？’”这是前一天晚上薛宝钗劝他的话，此时薛蟠表示接受这个劝谏了。

宝钗笑着说：“这不明白过来了！”大家要特别注意这一句话，下次可以试着问问自己，你在这种时候会不会这样称赞这个人。这种时候百分之九十五的人会说，我才不相信你的话呢。可宝钗说的是：哎呀，你总算明白过来了！这就是在帮助对方往正常、健康的方向走。当然谁都知道他没那么容易做到，否则就不是薛蟠了。我的意思是我们还要承认自己身上也有薛蟠的角落，宝钗认为不要常来往的那些人，身上有生命里的另一种快乐，他们的欲望很直接，薛蟠是很难离开这些人的。可是薛蟠在道歉的时候，身上忽然出现了黛玉的部分，他完全忘记了自己本性上没有那么容易做到，所以宝钗对他是鼓励和赞赏的。

而薛姨妈却说："你要有这个恒心，那龙也下蛋了。"我从小就常常听到这种话，大人常常自觉不自觉地在阻挡一个孩子的自觉和一点点可能改变的机会。

宝钗的反应跟妈妈不一样，西方的启蒙运动一直希望宝钗这个部分能慢慢多起来，它就是"理性"。薛姨妈的回答是非常妈妈的语言，所以我最近一直想编一本书叫《妈妈的话》，生活里母亲在爱当中，说出的话是完全没有理性的。问题在于，怎样才能让母亲的语言中也多一点理性，尤其是在你充当一个教育者的时候。

"薛蟠道：'我若再和他们一处逛，妹妹听见了只管啐我，再叫我畜生，不是人，如何？'"薛蟠真急了，觉得你们不相信我，我就发毒誓吧。下面是他的忏悔："何苦来，为我一个人，娘儿两个天天操心！妈为我生气还有可恕，若只管叫妹妹为我操心，我更不是人了。"每次读到这个地方，我就觉得薛蟠非常可爱，身上有善良厚道的地方，可惜很多读这本小说的人，始终不太了解这个部分。你看他下面讲的话："如今父亲没了，我不能孝顺妈，多疼妹妹，反教娘生气，妹妹烦恼，真连个畜生也不如了。"如果有录音机，这句话应该录下来经常放给薛蟠听听，在这一刹那他真的非常非常自觉。薛蟠"口里谈，眼睛里禁不起也滚下泪来。薛姨妈本不哭了，听他一说，又勾起伤心来。宝钗强笑道：'你闹够了，这会子又招着妈哭起来了。'" 有没有发现宝钗非常理性，很少有十五岁女孩子能这么懂事，可见她的成功自有她的道理。有时候还真觉得这个社会还是要多一点宝钗，因为她总能把事情处理得漂漂亮亮。

我们现在只是读了三十五回的前半段，你就看到了黛玉的孤独、凤姐的热闹、宝钗的大方、薛蟠无法无天里人性的自觉，不要忘了，这四样东西我们每个人的内心世界里都有。我觉得大家应该在读《红楼梦》的过程中，随时检查我的薛蟠在哪里，我的黛玉在哪里，我的宝钗在哪里，我的凤姐在哪里，然后慢慢去摸索怎么来平衡自己身上的这几个部分。薛蟠是本能跟欲望，黛玉则是升华了的孤独的自我。这两个东西往极端发展都非常危险，有的人完全沉溺在薛蟠的世界中，有的人完全沉溺在林黛玉的世界，只有这两个东西彼此产生了对话，才构成了一部伟大的小说，才有诞生生命张力和伟大人性的可能。

宝钗当下原谅薛蟠

"薛蟠听说，忙收了泪，笑道：'何曾招妈哭来！罢！罢！且丢下这个别提了。叫香菱来倒茶妹妹吃。'" 还记得香菱吗？这个原来叫英莲的女孩子，是甄士隐的女儿，五岁左右看花灯时走丢了。后来被拐子卖给人家作妾，薛蟠看上了她，就把香菱原来订亲的那个男人打死，硬把她抢了来，变成了妾。

宝钗说："我也不吃茶，等妈妈洗了手，我们就过去了。" 意思是我们就要到大观园去看宝玉。大家要特别注意，此时薛蟠明显想讨好妹妹，就说我叫香菱来帮你倒个茶。换个人可能会说：你昨天气了我，我才不要吃你的茶呢！这样一来，新的冲突马上就会开始。可是宝钗的话只是当下的，一点都不追究前面的情绪，人要做到这一点是非常难的。如果检查一下自己，你就会发现我们心头上的那个气不要讲是昨天晚上的，有可能是前年的。当所有的怨气都不是当下的时候，到最后就会纠缠不清，因为每一个人都记得十年前的委屈，五年前的委屈，三个月前的委屈，两天前的委屈，这些委屈的累积使大家没有办法在当下和解。一个社会里的人如果都能如此地活在当下，大概很多事情都会很好解决了。

薛蟠的自责自觉

薛蟠当然觉得不安，总觉得该表示一点什么，我们如果觉得对不起一个人，或者良心不安的时候，也想找一点事情来表现表现。薛蟠就说："妹妹的项圈我瞧瞧，只怕该炸炸去了。""炸"是金属工艺里的术语，也叫"过火"。金、银、铜等金属时间久了颜色会变暗，过一次火，金属的亮光就会重显出来。"宝钗道：'黄澄澄的又炸他作什么？'薛蟠又道：'妹妹如今也该添补些衣裳，要什么颜色花样，告诉我。'"哥哥说不如我带你到"阿玛尼"去买一件好衣服吧！你看，他一直在绕着弯子想对昨天晚上的事情做点补偿。"宝钗道：'连那些衣服我还没穿遍了，又做什么？'一时薛姨妈换了衣裳，拉着宝钗进去，薛蟠方出去了。"

大家千万不要忽略薛蟠的自责与自觉，所有的道德在自责与自觉开始的时候，都是非常动人的力量。通常我们会是薛姨妈，认为这个人要是能自觉，龙就能下蛋了。不要忘记，当你讲这句话的时候，实际上等于在拒绝给人性一次机会。我相信一种文化之所以能有更大的力量，是因为它永远相信人是有可能的。所以我特别希望大家能了解薛蟠这个角色，他其实是我们社会里绝大多数的人，我们该学习的是怎样给他机会，让他有可能在自责和自觉里，发生很多道德上的变化。

饮食的讲究

还记不记得黛玉站在门口，看到宝钗跟薛姨妈进去了？作者的书写方法非常像电影，又拉回到了那个现场。“这里薛姨妈和宝钗进园来瞧宝玉，到了怡红院中，只见抱厦里外回廊上许多丫环、老婆站着，便知贾母等都在这里。”宝玉躺在卧榻上，等于是一个家庭特护病房。薛姨妈就问他有没有好一点？宝玉忙欠身，从礼貌上说，姨妈到了，他是应该行礼的，可是现在他没有办法行礼，“口里答应着：‘好些。’又说：‘只管惊动姨妈、姐姐，我禁不起。’”薛姨妈赶快扶他睡下，然后又问他：“想什么，只管告诉我。”一般看病人的时候，都会有这种关心，宝玉笑着说：“我想起来，自然和姨妈要去的。”

王夫人又问：“你想什么吃？回来好给你送来的。”被打伤以后，宝玉一直没有吃东西，之前王夫人叫袭人带了玫瑰花做的香精，他喝了一点，大概胃口才慢慢开了。作者是一步一步慢慢来的，他完全了解病人的胃口是什么状况。“宝玉笑道：‘也倒不想什么吃，倒是那一回做的那小荷叶儿莲蓬儿的汤还好。’凤姐在旁笑道：‘听听，口味不算高贵，只是太磨牙了。巴巴的想这个吃了。’”意思是说，这个东西不是什么山珍海味，可是做起来很麻烦，凤姐是管事的人，先说麻烦然后再做出来，才表示她的功劳大。“打花胡哨”指的就是这个，她永远要强调自己的重要性。

贾母终于看到孙子想吃东西了，“便一叠声的叫人做去。凤姐儿笑道：‘老祖宗别急，等我想一想这模子谁收着呢。’”不管家的人根本不知道这个东西是怎么做出来的，凤姐知道要做这个汤必须先找模子。“因回头吩咐个婆子去问管厨房的要去。那婆子去了半天，来回说：‘管厨房的说，四副汤模子都交上来了。’”作者很聪明，其实是借这个东西在讲大家族管理的复杂度，我们一般的家庭哪会复杂到这种程度，什么东西都有专管的。“凤姐儿听说，想了一想，道：‘我记得交给谁了，多半在茶房里。’一面又遣人去问管茶房的，也不曾收。次后还是管金银器皿的送了来。”这种银模子本身属于贵重金属，贾家有一个专门管金银器皿的库房。不久前有一个唐朝的文物展览在高雄展出，大家看到那个银的药罐子，上面都用毛笔字写几两几两，金银本身是贵金属，所以一般上面都会注明是多少两，因为如果管理不周，会被偷换掉。

最后是管金银器皿的把模子送了来。我们常说《红楼梦》里面有四个大家族：薛家、史家、贾家、王家。所以作者特地用薛姨妈的称羡来体现贾家的声势，因为薛姨妈本身是见过世面的人，结果这个做面的模子连她都没见过，以此衬托贾家饮食的讲究。“薛姨妈先接过来瞧时，原来是个小匣子，里面装着四副银模子，都有一尺多长，一寸见方，上面凿着有豆子大小，也有菊花的，也有梅花的，也有莲花的，也有菱角的，共有三四十样，打的十分精巧。因笑向贾母、王夫人道：‘你们府上都想绝了，吃碗汤还有这些样子。若不说出来，我见这个也不认得这是作什么用的。’”我想大家一定听过一个俗语——要富过三代才懂得吃。意思是说，暴发户是不知道怎么吃的，以为大鱼大肉就叫吃了。富贵人家吃的其实并不是山珍海味，他们讲究的是做工的细腻，到最后就变成了文化。

王熙凤管家的细节

“凤姐儿不等人说完，便笑道：‘姨妈那里晓得，这是旧年备膳，他们想的法儿。’”贾家曾经迎接贵妃回家，“膳”字特指皇宫里吃的东西，“备膳”是接待皇亲的时候准备的饭菜。我们知道曹雪芹家族曾经接过好几次驾，康熙皇帝南巡的时候就是住在他们家的，一定有备膳的经验。替皇帝准备吃的，非同小可，既要考究，又不能太贵。

“不知弄些什么面印出来，借点新荷叶的清香，全仗着好汤。”“什么面”的意思是说她也不太懂，因为这可能专业到应该是餐饮学校里研究的东西了，煮这个汤的时候，要在里面加一点新鲜荷叶借味。我第一次读了这一段，就在台北的植物园里偷了一片新荷叶，就是那种还没有张开的荷叶，回去煮汤喝。还有个办法我自己后来常常做，我用缸养了荷花，稀饭煮完以后，把新荷叶蒙在上面，最后整个稀饭都有荷叶的香味，其实大自然里就有一种味觉和嗅觉的美。

这种小荷叶、小莲蓬的面最重要的是汤要好，这里没有教我们怎么做汤底，大概是鸡、干贝、淡菜、鲍鱼等东西熬成的。凤姐这种人不喜欢这么复杂的东西，“究竟没意思，谁家常吃他了。那一回呈样的作了一回，他今日怎么想起来了”。我想换在今天，宝玉想吃的东西一定不一样，这在今天的速食文化里，你脑海里很难还有这样的记忆。今天的孩子想到的大概是麦当劳或者肯德基。凤姐“说着接了过来，速与个妇人，吩咐厨房里立刻拿几只鸡，另外添了东西，做出十来碗汤来”。

“王夫人道：‘要这些怎么？’凤姐儿笑道：‘有个原故：这一宗东西家常不大做，今儿宝兄弟提起来了，单做给他吃，老太太、姨太太都不吃，似乎不大好。'"这个东西做起来很麻烦，既然要做干脆就多做一点，大家可以借这个机会都尝尝。"不如借势儿弄些大家吃，托赖着连我也上个俊儿。"这个俗语我们现在不太用了，就是我也来沾个光，赚个好人！

"贾母听了，笑道：'猴儿，把你乖的！拿着官中的钱你做人。'"这个时候贾母一定要讲话，为什么？王熙凤是管家，做这个汤用的是公款，贾母的意思是，你要小心，别人会讲你公私不分的。这种大户人家分得很清楚，每个人有各自的月钱，大家一起用的钱是公款。凤姐此时一定要回答，不然就是作弊了。所以"凤姐也忙笑道：'这不相干。这个小东道我还孝敬的起。'"意思是说这一次的钱由我私人出，她立刻当着贾母跟王夫人的面，回头吩咐妇人，"'说给厨房里，只管好生添补着做了，在我的帐上领银子。'妇人答应着去了"。当然最后也不知道到底钱是从哪儿出的，其实大家知道王熙凤作弊作到惊人的地步，接下来就会看到有一段袭人问平儿："怎么这个月的月钱还没有发下来，已经过了好几天了。"结果平儿说："你别跟别人讲，那个钱现在在放高利贷，过几天就发下来了。"王熙凤是用公款在放高利贷，晚几天发薪水，她就多拿点儿利息。可作者很有趣，只是让你看到她的表面和背后，却没有直接讲她好还是不好。

希望每一个人都可以被爱

宝钗就在旁边笑了，注意，宝钗永远是最聪明的一个，她完全看出来了。她说："我来了这么几年，留神看起来，凤丫头凭他怎么巧，再巧不过老太太去。"宝钗的话非常有趣，一方面她看出她们刚才的对话，并不是开玩笑，而是表明管家要有管家的分寸。因为王夫人就是一个滥好人，她没有管过家，所以根本不知道其中的奥妙，而贾母是管过家的，虽然现在不管了，但还是国政顾问，她要监督王熙凤到底懂不懂得管家的学问。所以她开一句玩笑："你拿官家的钱，这样做人情"，凤姐就必须要有回应，宝钗马上看出来了。

贾母听了就回应说："我如今老了，那里还巧什么。当日我像凤姐儿这么大年纪，比他还来得呢。"这是贾母第一次透露出自己不是等闲之辈，她是执过政的，这个家族里面的大小事情，她都清清楚楚，贾家的极盛时代是贾母的时代。事实上后面有几回都透露出贾母记忆力之好，哪一个库房里放着什么东西，她全部记得。这个家族就是在她手上起来的。

贾母评价凤姐："如今虽说不如我们，也就算好了"，她并没有赞美王熙凤，只是说也还可以吧。"比你姨妈强远了"，"姨妈"是指王夫人，贾母之后的儿媳妇就是王夫人，本来是该她管家的，可是王夫人有点笨笨的，贾母当然不能直接说她笨，只说"可怜见的，不大说话，和木头似的，在公婆跟前就不大显好"。就是有点木木讷讷，傻傻憨憨的，整天只知道念佛。贾母本身就是婆婆，觉得这样的媳妇在公婆面前不太讨好，媳妇要伶俐、乖巧才会讨公婆的喜欢。"凤姐嘴乖，怎么怨人疼他。"

"宝玉笑道：'若这么说，不大说话的就不疼了？'贾母道：'不说话的又有不说话的可疼之处，嘴乖的也有一宗可嫌的。'"她的意思是人没有绝对的好跟坏，贾母也很小心，因为要保持一种平衡。"宝玉笑道：'这就是了。我说大嫂子倒不大说话呢，老太太也是和凤姐姐一样看待。'"大嫂子是李纨，她是一个特别木讷、憨厚的人，宝玉知道贾母也很疼这个孙媳妇。有没有发现这就是宝玉的个性，宝玉很怕有人得不到爱。在某个人被赞美的时候，他立刻会想到那个没有被赞美的人，他永远会照顾到那个荒凉者跟孤独者，总是诚心诚意地关心着每一个人。他的麻烦是，到最后每一个人都需要爱，因此发生冲突的时候，他不知道该怎么办。

“若是单是只会说话可疼，这些姊妹里头也只凤姐姐和林妹妹可疼了。”他生病生到这个样子，心里面一直牵挂着的，还是那个站在外面一直不肯进来的黛玉。所以这两个人真是前世的缘分，要不一见面就吵架，要不就是不敢见面，可其实他们的情感才是最深的。加护病房里所有的人都在讨好他，可他想来想去，最后想到的还是林妹妹。所以宝玉的个性里有种无所不在的爱，这种爱在现世里非常难完成。

贾母大力赞美宝钗

贾母说：“提起姊妹，不是我当着姨太太的面奉承，千真万真，从我们家四个女孩儿算起，都不及宝丫头。”好！贾母第一次大力赞美宝钗，她的那种开朗、懂事、稳重的风格被贾母看上了，所以很多人认为《红楼梦》如果继续写下去，宝钗一定会嫁给宝玉，因为贾母的态度变了。贾母本来疼的是黛玉，因为黛玉是她最爱的女儿贾敏的孩子，她把所有对贾敏早死的哀悼转到了黛玉身上，可这只是一个同情的爱。“薛姨妈听说，笑道：‘这话老太太是说偏了。’”因为这是在赞美你的女儿，所以你绝对不能说“是是是”，而是一定要说：“老太太太偏爱我这个女儿了。”“王夫人忙又笑道：‘老太太时常背地里和我说宝丫头好，这倒不是假话。’”王夫人也站在宝钗这边了，情势大转，本来我们都觉得黛玉是被认定跟宝玉在一起的，宝钗成功了。

“宝玉勾着贾母原为赞林黛玉的，不想赞起宝钗来，倒也意出望外。”

看到“意出望外”四个字时，我真的很佩服这个作者，因为宝玉原是希望贾母爱林黛玉的，按说贾母赞美宝钗，他应该觉得不舒服，或者说有点失落才对吧？可“意出望外”的意思是说他没有想到，并不是说他不接受，作者永远让你感觉到宝玉的两难，他觉得两个人都好棒！因为宝玉的爱不是在人间完成的，他完全是一种最接近美学意义上的爱，美学上的爱不是占有而是欣赏。人世间的爱常常会有分别心，可是在宝玉非现实的爱中，是没有分别心的。他觉得人世间这么多的美丽和风光都是值得欣赏的。

宝玉身上的这一部分，其实是他前世宿命的完成。第一回里宝玉是一块石头，修行成人形以后，他看到所有灵河岸边的生命，他就拿着水一直在浇灌，这些浇灌的生命中最明显的就是黛玉。可是我们不要忘记，所有跟他一起投胎的都是他曾经浇灌过的生命。在灵河岸边的神话故事里，他曾经照顾过所有的生命，可是这些生命来到人世就有了分别，在你只能拥有一个的时候，就会发生问题。所以我们要从很多地方去看宝玉生命里的某种困境和为难。

所以他“意出望外，便看着宝钗一笑”。这一笑也很微妙，就是觉得有人被赞美真好，人世间有人被欣赏是宝玉最快乐的事，“宝钗早扭过头去和袭人说话去了”。女孩子当然觉得不好意思，就假装没听到。

“忽有人来请吃饭，贾母立起身来，命宝玉好生养着，又把丫头们嘱咐了一回，方扶凤姐儿，让着薛姨妈，大家出房去了。因问汤好了不曾，又问薛姨妈等：‘想什么吃，只管告诉我，我有本事叫凤丫头弄了来咱们吃。’”薛姨妈就笑着说：“老太太也会怄他的。时常他弄了东西孝敬，究竟又吃不了多少。”就是每次费心做了一大堆东西，贵族家庭里的这些老太太，大概动两筷子就不吃了。后面来了个乡下的刘姥姥，看见贾母她们吃饭吓了一大跳，说你们怎么连饭都不吃的？因为贾母她们平时不要说劳动了，就连走路都很少，根本没有什么食欲。

“凤姐儿笑道：‘姨妈倒别这样说。我们老祖宗只是嫌人肉酸，不然，早已把我还吃了呢。’”这是绝顶聪明的话，一方面是恐怖的黑色笑话；另一方面这是讨老太太喜欢的话，意思是我是可以被你吃的。凤姐的聪明在于，总是一句话就可以让全部人笑起来。“一句话没说了，连贾母、众人都哈哈的笑起来。”

“宝玉在房里也撑不住笑了。袭人笑道：‘真真的二奶奶的这张嘴怕死人！’宝玉伸手拉着袭人笑道：‘你站了半日，可乏了？’一面说，一面拉他身旁坐下。”大家注意这个动作，贾母、王夫人、薛姨妈她们在的时候，袭人是不能坐的，因为有很严的礼教。而在宝玉心目中没有主仆之分，他觉得比礼教更重要的东西是人对人的一种关心。

大家族的礼教

袭人就笑着说：“可是又忘了。趁宝姑娘在院子里，你和他说，烦他们莺儿来打上那几根络子。”注意，袭人希望莺儿来帮她打几根络子，可是她自己不敢邀请，要宝玉跟宝钗说，因为她是丫头，没资格说这个话。“宝玉笑道：‘亏你提起来。’说着，便仰头向窗外道：‘宝姐姐，吃过饭叫莺儿来，烦他打几根络子，可得闲儿？’宝钗听见，回头道：‘怎么不得闲儿，一会叫他来就是了。’”

贾母她们没有听真切，就止步问宝钗：“到底什么事啊？”宝钗说明了大家才知道。贾母说："好孩子，你叫莺儿来替你兄弟做几根，你如果要人用，我那里闲着的丫头多呢。"宝钗就笑着说："根本没事。"这些丫头其实也闲着，叫她来做就是了。"有什么使唤的去处？他天天也是闲着淘气。"这里面用了一个词——"淘气"，大家注意我一再提醒的就是年龄，莺儿她们大概也就十四五岁，正是该淘气的年龄。看《红楼梦》一旦有了这个年龄的界定，就比较容易理解大观园是一个青春王国，他们所有的行动和思想，都应该从这个年龄层来看。

"大家说着，往前正走，忽见史湘云、平儿、香菱等在山石边掐凤仙花呢，见了他们走来，都迎上来了。"我想在座的很多女性朋友应该知道凤仙花，我记得小时候玩扮家家酒，很多邻居的女孩就摘凤仙花来染指甲，有点儿像现在的指甲油。这几个小女孩在掐凤仙花，说明她们的年龄还小。

"少顷，出了园中，王夫人恐贾母乏了，便欲让至上房内坐。贾母也觉腿酸，便点头依允。王夫人便命丫头忙先去铺设座位。那时赵姨娘推病"，推病当然不是真病，是因为前面有贾环告状，宝玉挨打，大家很可能会迁怒于她，所以她才不敢出来。"只有周姨娘与众婆娘、丫头们忙着打帘子，立靠背，铺褥子。贾母扶着凤姐儿进来，与薛姨妈分宾主坐了。薛宝钗、史湘云坐在下面。王夫人亲捧了茶奉与贾母。"

注意这些细节，王夫人亲自奉茶给贾母，这本来是任何一个丫头都可以做的事，可是在这种大家族中，儿媳妇一定要孝敬婆婆，所以要亲自捧茶。我想这些内容年轻一代最不容易读懂，因为如今这个礼教不见了。

"李宫裁奉与薛姨妈。贾母向王夫人道：'让他们小妯娌伏侍，你在那里坐了，好说话儿。’王夫人方向一张小杌子上坐下”，大家注意做媳妇的规矩，王夫人自己都已经有儿媳妇了，可她还是要等到贾母说话，才敢坐下来。王夫人“吩咐凤姐儿道：‘老太太饭在这里放，添了东西来。’凤姐答应出去，便命人去贾母那边去告诉，那边的婆娘快往外传了，并丫头们快都赶过来”。贾母平常在自己的房里吃饭，可现在要在王夫人的房里吃，所以中央厨房要马上转移阵地，赶紧在这边摆上盘碗筷子。“王夫人又命‘请姑娘们去’。请了半天，只有探春、惜春两个来了；迎春身上不耐烦，不吃饭；林黛玉自不消说，平素十顿饭只好吃五顿，众人也不着意了。”

过了一会饭到了，众人就调放桌子。“凤姐儿用手巾裹着一把牙箸站在地下，笑道：‘老祖宗和姑妈不用让了，还听我说就是了。’贾母笑向薛姨妈道：‘我们就是这样。’薛姨妈笑着应了。于是凤姐放了四双：上面两双是贾母、薛姨妈，两边是薛宝钗、史湘云的。王夫人、李宫裁等都站在地下看着放菜。”这些大家也许会觉得有点琐碎，大户人家吃饭是非常重要的礼节，所以凤姐才说，你们不要让来让去了。记得小时候最害怕跟爸爸出去吃饭，大家就总是让来让去的，二十多分钟都坐不下来，其实大家都知道谁该坐哪里，就是在互相客气。照理讲薛姨妈是王夫人的姐妹，是贾母的晚辈，可因为她是客，所以在礼节上，主位是贾母跟薛姨妈坐。

现在的年轻朋友读《红楼梦》大概最烦的就是这些东西，因为根本搞不懂这些礼节。有没有发现薛宝钗、史湘云都可以坐，王夫人和李宫裁却不能坐，因为她们是媳妇，这也是我们现在不容易懂的，假如老一辈的人看到如今的新媳妇大概会吓一跳，因为她直接就坐在那边等着吃饭了。过去做媳妇的非常苦，吃饭的时候就是要站在地下看着放菜。

“凤姐先忙着要干净家伙来，替宝玉拣菜。”她知道贾母、王夫人自己吃不吃都不重要，主要是关心宝玉那里是不是有人照顾，所以就赶快找干净的食盒替宝玉把菜都夹好了。过了一会儿荷叶汤来了，王夫人回头看见玉钏儿在那边，就说：“玉钏儿，你给宝玉送去。”凤姐说：“他一个人拿不去。”这个汤很不容易端，正巧莺儿跟喜儿都来了，宝钗知道她们已经吃过饭，就跟莺儿说：“宝兄弟正叫你去打络子，你们两个一起去罢。”莺儿答应着，就和玉钏儿出来。白玉钏跟黄金莺一起给宝玉送汤，发现没有？这两个人连名字都有一点对仗，一个“玉”，一个“金”。

温存和气的对待

“莺儿道：‘这么远，怪热的，怎么端了去？’玉钏笑道：‘你放心，我自有道理。’说着，便命一个婆子来，将汤饭等类放在一个捧盒里，命他端了跟着，他两个却空着手走。”捧盒是用雕漆做的一种饭盒，可以提，也可以端。玉钏儿跟莺儿让一个婆子拿着，说明丫头的身份比婆子要高，这个婆子是做粗活的。这么热的天，要走这么远的路把汤送过去，非常不容易。“一直到了怡红院门口，玉钏儿方接了过来，同莺儿进入宝玉房中。”到了怡红院门口为什么要接过来？因为婆子不能进去。前面我们已经讲过，贾府里什么身份的人到什么身份的地方。大家可能还记得黛玉进贾府的时候，抬轿的四个轿夫，到了门口就停下来，换了几个衣帽周全的小厮把轿子抬进去，这也是大户人家的“礼”。

“袭人、麝月、秋纹三个人正和宝玉玩笑呢，见他两个来了，都忙起来，笑道：‘你两个来的怎么碰巧，一齐来了！’一面说，一面接了下来。”因为她俩一个是王夫人的丫头，一个是宝钗的丫头，大家就觉得她们两个一起来很巧。“玉钏儿便向一椅子上坐了，莺儿不敢坐下，袭人便忙端了个脚踏来，莺儿还不敢坐。”玉钏儿是宝玉妈妈的丫头，所以她坐下了。莺儿是宝钗的丫头，辈分低，就不敢坐，《红楼梦》处处都在讲“礼”。

“宝玉见莺儿来了，却倒十分欢喜；忽见了玉钏儿，便想起他姐姐金钏儿来了，又是伤心，又是惭愧，便把莺儿丢下，且和玉钏儿说话。”注意，宝玉活在世上，仿佛就是为了对人世间所有一切有所不忍的。本来他看到莺儿还蛮高兴的，可是看到玉钏儿马上就觉得难过，因为他想到玉钏儿的姐姐金钏儿的死跟他有关，所以他就“把莺儿丢下”，他永远是这样，一定要照顾那个最需要他的人。

《红楼梦》里写人写到很惊人的地步，每一句话都跟这个人个性有关，宝玉的个性是不希望这个世界上有受伤的人。“袭人见把莺儿不理，恐莺儿没好意思的，又见莺儿不肯坐，便拉了莺儿出来，到那边房里去吃茶说话儿去了。”好，这当然也是一个文学的手法，袭人和莺儿一定要离开，因为这场戏是宝玉和玉钏儿单独演的，有外人在的话就演不下去。宝玉很想跟玉钏儿讲他的不安，讲他的抱歉，讲他对金钏儿之死的心痛。可是有别人在，他不能讲，所以袭人就带着莺儿出去了。

麝月等人预备了碗、筷子，伺候吃饭，“宝玉只是不吃，问玉钏儿道：‘你母亲身子好？’”我不知道大家能不能体会金钏儿的死对宝玉来说是多么痛的事，他知道这个女孩子死了，她妈妈该有多难过，可是又不能直说，只能问：“你妈妈好不好？”这种问候里全是不安。“玉钏儿满脸怒色，正眼也不看宝玉，半日，方说了一个‘好’字。”这个反应我们当然可以理解，自己的姐姐死掉了，而且外面的传言说是被宝玉强暴的，所以她当然恨宝玉。你现在才明白作者安排的这一次送汤，其实并不是真为那个汤，而是要让人跟人之间有和解的可能。

玉钏儿根本不想理他，“宝玉便觉没趣，半日，只得又赔笑……”宝玉是主人，却总是向丫头赔笑，他们之间已不是主人跟丫头，而是一个对人世间有不忍之心的人面对一个受伤者，宝玉已经把所有世间的伦理身份丢掉了。他问：是谁叫你给我送这个汤来啊？玉钏儿说是奶奶、太太们派我来的，意思是不然我才不要来呢！又把宝玉给挡回去了。可是当你对人怀有最大不忍的时候，你是不会觉得受伤的。我们之所以常常会受伤，是因为我们习惯用一个硬壳把自己保护起来，所有的硬壳最后都会引发更大的冲突。宝玉是没有硬壳的，《红楼梦》读到最后，你还是会觉得主角是宝玉，他在人性上是最温暖的。

“宝玉见他还是哭丧着脸，便知他是为金钏儿的原故；待要虚心下气磨转他，又见人多，不好下气的。”在这种家庭里，哪有一个主人忽然给菲佣跪下说：“玛丽亚，你原谅我吧！”宝玉其实很想做这个事，他觉得人跟人没有这么复杂。他就“使尽方法，将人都支出去，然后又赔笑问长问短”。

“那玉钏儿先虽不悦”，当然不高兴，因为姐姐是因这个人而死。“只管见宝玉一些性气没有”，有没有发现当你一点都不在意别人对你的伤害的时候，对方的情绪才可能有转机。我们很少想到真正的爱可能就是这样，就是一点都不在意自己了。“凭他怎么丧谤”，“丧谤”就是一脸难看的样子，“他还温存和气”，“温存”这两个字很难懂，想想看？我们如何能做到在面对所有的伤害或者对立时仍有“温存”，最后玉钏儿自己也不好意思了，因为你总在讲难听的话，对方还一直给你赔不是。

其实三十五回的主题是在讲人性的自觉，薛蟠在自觉，现在玉钏儿也在自觉，究竟我是不是要怪这个人。最后，玉钏儿“脸上方有三分喜色”，才稍微好了一点。

白玉钏亲尝莲叶羹

看她好一点了，“宝玉便笑求他：‘好姐姐，你把汤拿了来我尝尝。’玉钏儿道：‘我从来不会喂人东西，等他们来了再吃。’”玉钏儿虽然有了三分喜色，可还是不想和解，心说我不理你，你也别碰我，因为姐姐的例子实在太痛苦了。作者写细节写到如此惊人，就这样一步一步的，情绪和心情松软一点，再松软一点。

“宝玉笑道：‘我不是要你喂我。我因为走不动，你递过来尝了，你好赶早回去交代了，你好吃饭的。我只管耽误时候，你岂不饿坏了？’”这完全不像主人和丫头讲话，我们从来没有在旧小说或旧戏剧里看到过这样的主人。所以我一直觉得宝玉是新时代的人，他一直想要回到人的原点，别人这样侮辱他、怪罪他，他还是一直温和地退让。到最后他说：“你要懒怠动，我少不了忍着疼下去取来。”这一招是苦肉计，苦肉计是最有用的计，它能调动人的恻隐之心。“说着便要下床来，扎挣起来，禁不住‘哎哟’之声。”他的下半身被打烂掉，一动就痛。

玉钏儿见他这般，忍不住站起来了。注意一下，就是当你面对一个比你弱、把硬壳完全打开的人的时候，人就容易和解了。玉钏儿站起来说：“躺下罢！那世里造了孽的，这会子现世现报。”好，一个丫头开口骂主人了，这个转换非常有趣，宝玉用软功夫让玉钏儿把自己的硬壳完全打开了，如果没有打开她是不会开口骂的。所以宝玉才是《红楼梦》里的佛，真正的佛不是整天念“阿弥陀佛”，而是一个可以容忍所有事情的人。玉钏儿接着骂道：“教我那一个眼睛看的上！”这是很难听的话，一个丫头骂主人骂到这个份上，可是骂完她的心里就舒服了，“一面说，一面‘哧’的一声又笑了”，就端过汤来。

宝玉笑着说：“好姐姐，你要生气只管在这里生罢，见了老太太、太太可放和气些，若还这样，你就又要挨骂了。”我想很多朋友读到这一段会掉泪的，这里面有对人最大的关心。我常常跟朋友说，把你的家变成可以让朋友来生气的地方，其实是非常重要的一件事，因为在别的地方他的外壳会很硬。这一段话表面上轻描淡写，骨子里却非常动人。“玉钏儿道：‘吃罢，吃罢！不用和我甜嘴蜜舌的，我可不信这样话！’”有没有发现玉钏儿已经完蛋了，忽然发现这个人这么疼自己。可一个硬壳刚刚拿掉的人，是非常害羞的，她不可能一下子就转过来，所以表面上还很强硬，其实内心已经很柔软了。如果真正了解人性，就知道当朋友跟你讲这种粗话的时候，就表示已经和解了。这才是人最可靠的反应，只有好的文学才会写出这些东西，如果这个时候玉钏儿说：“哎呀，你好爱我，我好感动！”那可真是肉麻死了。

说着，就催宝玉喝了两口汤，下面是宝玉这个男孩子对人最大的爱的计谋。他见这个汤这么好，就希望玉钏儿也能喝一点，便故意说：“不好吃，不吃了。”玉钏儿道：“阿弥陀佛！这还不好吃，什么好吃？”有没有发现他们已经可以对话了，“宝玉道：‘一点味儿也没有，你不信，尝一尝就知道了。’玉钏儿果真就赌气尝了一尝。”宝玉笑道：“这可好吃了。”

这完全是十四岁的男孩子调皮，宝玉最大的特点就是他所有东西都要跟别人分享，任何好如果只是自己的，就不叫好，生命和爱也是如此，他一生所有的痛苦和快乐都集中在这个问题上。“玉钏儿听说，方解过意来，原是宝玉哄他吃一口，便说道：‘你既说不好吃，这会子说好吃也不给你吃了。’宝玉只管赔笑央求要吃，玉钏儿又不给他，一面又叫人。”人跟人可以说这种话的时候，就是回到人自然的样子了，才叫作和解。

真相与误解

在这一场戏当中，作者插进了一个叫傅试的人，傅家派了两个老妈子来请安，宝玉本不太愿意见这些人，可是因为他听说傅试有一个妹妹，很聪明，也很懂事，很爱读书。就为了傅试的妹妹傅秋芳，他答应见这两个婆子。

更重要的是，这场戏通过两个完全不相干的人，讲出了很多关于宝玉的八卦与闲话，让我们看到了一个生命的孤独。那两个婆子说，怎么会有这么呆的人，听说他长得漂漂亮亮的，可怎么没事儿就跟星星、燕子讲话。这也许是历史上最大的孤独。西方美术史上有一个人叫圣方济各，他本来是一个富家子弟，文艺复兴初期，为了宗教改革，他带着一群年轻人住在阿西西的苏巴西奥山上。他提倡“爱”与“和平”，认为中世纪的很多道德都变成了教条，希望人性里面可以有更真实的东西。他和很多年轻朋友就在苏巴西奥山的森林里面，跟鸟和百合花对话。有好几次，我都跑到那个山上，想体会一下他们当时的心境。透过傅家的两个婆子我们看到的宝玉很像圣方济各，在他的生命里，有一种关心远远超过世俗能够了解的状态。我们同样生活在一个世俗的世界里，有时候对他人行为的描述，比如杂志上或者八卦里，恐怕也都存在着这样的误解。所以在这一段，作者一直希望我们了解真相与误解之间的关系。

社会的世俗分别

我很喜欢瞎子摸象的故事，每个盲人在摸象时都觉得自己对象的认识是真的。这个成语对我最重要的意义是让我终于发现自己原来也是个瞎子，对真相的了解永远是有限的。尽管我们努力要弄清楚，可是生命里有很多现象是我们根本弄不清楚的。所以，只有在我们肯承认自己对真相不怎么了解的时候，生命才可能有真正的谦虚。

《红楼梦》中的这两个婆子就是在摸象，她们真的见到了宝玉，可是这些真相一经过这两个婆子的转述，完全变成了误解，宝玉身上最让人感动的部分，在这两个婆子口中变成了笑话。我们检查一下自己，就会发现有时候我们扮演的是婆子的角色，误解别人；有时候也扮演宝玉的角色，被别人误解。这也许是《红楼梦》里最不重要的一段，因为它和前后的内容根本没多大关系，大家可以想想作者为什么要加入这一段。

“打发吃饭的丫头们方进来时，忽有人来回话：‘傅二爷家的两个妈妈来请安，来见二爷。’宝玉听说，便知是通判傅试家的妈妈来了。那傅试原是贾政的门生，年来都赖贾家的名势得意，贾政也着实看待，故与别个门生不同，他那里常遣人来走动。”过去门生并不一定是受教的学生，凡是考取功名的人都是主考官的门生。比如苏东坡是欧阳修的门生，可苏东坡并没有受教于欧阳修，只不过苏东坡考试那一年，由欧阳修主考。

贾政的门生很多，但对傅试特别照顾，所以傅试就常派人来走动，这一次大概是听说宝玉生病了，就派人来看看。

“宝玉素习厌勇男蠢妇的，今日却如何又命两个婆子过来？”“勇男蠢妇”，是指不太有脑子的男人或女人，作者一般不批评人，可这四个字明显是在批评。宝玉不太喜欢接近这类人，照理讲，他不见就是了。可是“其中原来有个原故：只因那宝玉闻得傅试有个妹子，名唤傅秋芳，也是个琼闺秀玉，听人传说才貌俱全，虽目未亲睹，然遐思遥爱之心十分诚敬，不命他们进来，恐薄了傅秋芳”。宝玉没有见过傅秋芳，可是就因为她美，她身上有一种生命的品格，他就觉得不让她家的用人进来的话，就有点怠慢了，“因此连忙命让进来”。

“那傅试原是暴发的”，相对世家文化，“暴发”是指在很短的时间里忽然变得有钱，是贬义词。“因傅秋芳有几分姿色，聪明过人，那傅试安心仗着妹妹要与豪门贵族结姻，不肯轻意许人，所以耽误到如今。”傅试有私心，不为妹妹的婚姻幸福着想，而一心想借着妹妹去跟豪门结亲，以便将来在政治上能够稳定。“目今傅秋芳已二十三岁，尚未许人。”我们今天不觉得二十三岁算晚婚，可是古代不同。薛宝钗在贾家就是为了待选进宫做妃子的，她当时十四岁多，在贾家过的十五岁生日；王熙凤嫁到贾家大概一年多，如今十七岁。由此我们可以知道当时结婚的年龄，傅秋芳二十三岁还没有许人，在那个时代算是老姑娘了。

“争奈那些豪门贵族又嫌他穷酸，根基浅薄，不肯求配。”这里讲到社会的世俗性。暴发的傅试希望沾点贵气，而豪门贵族却看不起傅试，觉得他家根基浅薄。“那傅试与贾母亲密，也自有一段心事。”他大概是想傅秋芳如果能够嫁到贾家，也就结了一个豪门贵族了。

这一段恰好对比出宝玉的脱俗之处，他一直希望能够把人的爱拉回原点，一切世俗都是他最厌恶的。

宝玉的孤独

“今日遣来的两个婆子偏生是极无知识的”，“知识”在这里不是指读书，而是说通情达理。我有时候很敬佩一些民间的人，他们的那种优雅和懂事不是读书读出来的，更多是源于生活的。“闻得宝玉要见，进来只刚问了好，说了没二句话。那玉钏见生人来，也不和宝玉厮闹了，手里端着汤只顾听话。宝玉又只顾和婆子说话，一面吃饭，一面伸手去要汤。”注意一下这个画面：“两个人的眼睛都看着人，不想伸猛了手，便将碗撞落，将汤泼了宝玉手上。玉钏儿倒不曾烫着，唬了一跳，忙笑了，‘这是怎么说！’慌的丫头们忙上来接碗。宝玉自己烫了手倒不觉的，却只管问玉钏儿：‘烫了那里了？疼不疼？’”宝玉真像菩萨一样，关心的只是他人的痛。玉钏儿和众人都笑了。玉钏儿说：“你自己烫了，只管问我。”

“宝玉听说，方觉自己烫了。众人上来连忙收拾。宝玉也不吃饭了，洗手，吃茶，又和那两个婆子说了两句话。”他其实根本不太想跟那两个婆子说话。作者这么细心地安排了她们，不是为了跟宝玉说话，而是为了让她们看到这个事件，出去讲八卦的。

“然后两个婆子告辞出去，晴雯等送至桥边方回。”注意，所有的闲话都是在没有人的时候才开始的。“那两个婆子见没人了，一行走，一行谈论。这一个笑道：‘怪道有人说他们家宝玉是外像好，里头糊涂，中看不中吃的，果然竟有些呆气。他自己烫了手，倒问人疼不疼，这可不是个呆子？'"

这里作者是有意让每一个读者检查自己，在生活中我们可能被误解，也可能误解别人。文学的力量就在于此，它能写出不同的现象和不同的观点，又不直接评说什么是对，什么是错。我们都看到宝玉手被烫到了，那两个婆子也看到了，所以她们出去的时候是完全能够取信于人的。可是因为她们有偏见，所以她们的转述会发生问题。

"那一个又笑道：'我前一回来，听见他谈论，家里许多人抱怨，千真万真的有些呆气。大雨淋的水鸡似的，他反告诉别人"下雨了，快避雨去罢"。你说可笑不可笑？'"前面讲过一个女孩子龄官，她是个唱戏的，暗恋上了少爷贾蔷。这是不能让别人知道的，只能不断地在地上画那个"蔷"字。天在下雨，宝玉隔着树看，以为她在写诗，后来下雨了，他很心疼这个女孩，说你赶快避雨吧。龄官回过头看到宝玉在大雨里，淋得像水鸡一样。可是宝玉已经全忘了，看到的只是别人淋湿了。

这么美的画面，现在被婆子讲得这么不堪，似乎宝玉根本就是一个智障的人。《红楼梦》的了不起就在于它不断地呈现人性，它就像一本佛经随时在开示读者，每一段都可能带给人领悟。

她们又讲了宝玉的一些事情："时常没人在跟前，就自哭自笑的；看见燕子，就和燕子说话；河里看见了鱼，就和鱼说话；见了星与月亮，不是长吁短叹，就是咕咕哝哝的。"通过这一段描述，可以发现两种截然不同的对人的评判。如果今天有一个人跟燕子说话，跟鱼说话，我大概会觉得很感动，可是换成另外一个人，可能完全变成另外一种评判。

作者坚持把宝玉拉到世俗中去被严厉地批判，这时候你才能体会到宝玉的孤独。黛玉的孤独是她根本不要跟人来往，她跟鹦哥讲话，身上有种对人世间的不屑；可宝玉是非常爱人世间的，他跟人世间有一种来往，他的那种不被理解的孤独也只有黛玉可以知道。

这两个婆子又评论宝玉说："且连一点刚性也没有，连那些毛丫头的气都受的。爱惜东西，连个线头儿都是好的；糟蹋起来，那怕值千值万的，都不管了。"我们刚刚看的玉钏儿那一段中，宝玉是在受丫头的气？还是对人不忍？我不知道怎么才能让这两个婆子理解，宝玉不是在受气，他只是看到了人内心的苦，想要去开解玉钏儿。宝玉身上最温暖的部分，被说成一点刚性都没有。作者太聪明了，他写完宝玉最动人的一段后，紧接着写出了两个婆子的看法，留给读者去细心体会。

"两个人一面说，一面走出园来，辞别诸人回去，不在话下。"

如果是在今天，这些"一面说"慢慢就变成报纸、杂志上的东西，这两个婆子已经不再是婆子，而是变成两个媒体了。

黄金莺巧结梅花络

"如今且说袭人见人去了，便携了莺儿过来，问宝玉打什么络子。宝玉笑着向莺儿道：'才只顾说话，忘了你。'"注意一下宝玉的体贴。本来莺儿和玉钏儿是一起来的，他很想跟莺儿讲话，可是想到玉钏儿的姐姐死了，所以就把所有人都支开，单独去体贴、开示玉钏儿。现在他对莺儿道歉，然后说："烦你来不为别的，也替我打几根络子。"

"莺儿道：'装什么的络子？'宝玉见问，便笑道：'不管装什么的，你都每样打几个罢。'莺儿拍手笑道：'这还了得！要这样，十年也打不完了。'宝玉笑道：'好姐姐，你闲着也没事，都替我打了罢。'袭人笑道：'那里一时都打得完，如今且拣要紧的打两个罢。’莺儿道：‘什么颜色呢？’宝玉道：‘大红的。’莺儿道：‘大红的须是黑络子才好看呢，或是石青的颜色。’”这个丫头很懂得色彩学！可见美这个东西，其实不一定是靠社会上层完成的。莺儿只是个十几岁的小丫头，可是她在刺绣或在打络子的实际生活中，对色彩非常了解，掌握了生活美学。今天的社会也很重视生活美学，甚至由主管文化的最高机构来推动生活美学，可有时候弄出来的东西很吓人。比如最近看到一个展览上的盘子、碗，我就想，天啊！我怎么会用这样的盘子和碗，我宁可到地摊买那些素素白白的。生活的美，是要靠在生活里慢慢体会的。

莺儿很直接地说：“大红的须是黑络子才好看呢，或是石青的颜色。”宝玉问：“松花色配什么？”莺儿说：“松花配桃红。”松花配桃红，民间有很多这样的色彩搭配。这些年上海很多衣服的设计就是松花的衣服，袖口翻出来桃红。在台湾的庙会上你也会看到松花桃红的配色法。张爱玲也常常讲：“大红要配葱绿”，红与绿搭配比较娇艳。

宝玉说：“也罢，那就打一条桃红的，再打一条葱绿的。”莺儿说：“要什么花样呢？”宝玉就问：“到底有几种花样？”莺儿就跟他讲，有“一炷香”，就是一连串下来的；有“朝天凳”，就是越来越大，有点像三角形的；有“像眼块”，就是方形的；有“方胜”，两个菱形连接在一起的；有“连环”，两个圆形扣在一起的；还有“梅花”形的，“柳絮”形的。宝玉说：“前天你替三姑娘探春打的花样是什么？”莺儿说：“那是叫攒心梅花。”就是五个圈圈在一起的。宝玉说：“就是那样好。”一面说，一面叫袭人把线拿来。

“窗外婆子说‘姑娘们的饭都有了。’宝玉道：‘你们吃饭去，快吃了来罢。’袭人笑道：‘有客在这里，我们怎好去的！’”意思说莺儿在这里是客人，我们现在不能去吃饭。“莺儿一面理线，一面笑道：‘这话又打那里说起，正经快吃了来罢。’袭人等听说方去了，留下两个小丫头听呼唤。”可以看到，丫头与丫头之间也有她们的礼貌。袭人觉得，莺儿是从宝钗那边来的客人，麻烦人家做事，自己去吃饭不太好。莺儿觉得，你怎么还把我当客人。

宝玉一面看莺儿打络子，一面说闲话，问她；“十几岁了？”莺儿手里打着，一面答话说：“十六岁了。”宝玉又问：“本姓什么？”莺儿说：“姓黄。”宝玉笑道：“这个名姓倒对了，果然是个黄莺儿。”

宝钗不着痕迹的要强

莺儿笑着说：“我的名字本来是两个字，呼作金莺。姑娘嫌拗口，就单叫莺儿，如今就叫开了。”过去人起名字非常讲究，有押韵和平仄的问题，还有发音的唇前音、齿前音的问题。“金”和“莺”都有“n”音，都是齿前音，所以“黄金莺”这个名字其实很不好念。

宝玉说：“宝姐姐也算疼你了。明儿宝姐姐出阁，少不得是你跟去了。”过去大家族的小姐嫁人都要有陪嫁的丫头，女孩子谈到这种事情都很不好意思，莺儿就抿嘴一笑。“宝玉笑道：‘我常常和袭人说，明儿不知那一个有福的消受你们主子、奴才两个呢。’莺儿笑道：‘你还不知道我们姑娘有几样世人都没有的好处呢，模样儿还在次。’”莺儿说大家都觉得宝钗长得漂亮，其实这还不是重点。

“宝玉见莺儿娇憨婉转，语笑如痴，早不胜其情了，那禁又提起宝钗来！”宝玉每次只要一看到少女的美就呆住了，其实他在单恋一种青春的美。莺儿本身的美已经让他“不胜其情”，又见她赞美宝钗漂亮、人品好，就更感动了。在宝玉眼里，最美的表情大概就是人在赞美、欣赏别人时的表情。

这有点像禅宗的一个公案。苏东坡与佛印和尚参禅，佛印说：“你看到什么？”苏东坡很坏，调皮地说：“我看到一坨粪。”佛印笑了笑。苏东坡说：“那你看到我像什么？”佛印说他像一尊佛。苏东坡觉得自己赢了，回家以后就告诉他妹妹，不料妹妹却说：“你输了。佛家讲究的是你心里有什么，就会看到什么。你看到一坨粪，因为你心中就是一坨粪。佛印看到你是一尊佛，因为他心中有一尊佛。”

宝玉便问她：“好处在那里？好姐姐，细细告诉我听。”莺儿笑着说：“我告诉你，你可不许告诉他去。”宝玉笑道：“这个自然的。”“正说着，只听外头说道：‘怎么这样静悄悄的！’二人回头看时，不是别人，正是宝钗来了。”宝钗常常在很奇怪的时候出现。很多人认为宝钗是《红楼梦》里心机最深的女孩子，我们不一定要从这个角度去看，但是宝钗的确在意很多事情，《红楼梦》看久了，有时候刹那间会冒出一个念头：她究竟是刚刚来呢？还是已经在旁边待了一阵子了？

在下一回你会看到，宝玉睡着了，宝钗在旁边绣花，绣的刚好就是一对鸳鸯，我们不知道这是不是偶然。宝钗的个性里有种不着痕迹的要强，关于这一点，《红楼梦》的考证里也写了很多，说宝钗先天从胎里带来一股热毒，要吃“冷香丸”来调治。“热毒”，是指她太热衷很多事情；林黛玉是冷淡的，觉得人世间的很多东西可有可无。当然，这个“热”也可以是热情，可是宝钗的“热衷”好像是另外一种，作者在很多地方透露出这样的信息。莺儿刚要讲宝钗的好处，宝钗就出现了。

“宝玉忙让坐。宝钗坐了，因问莺儿‘打什么呢？’一面问，一面向他手里去瞧，才打了半截。宝钗笑道：‘这有什么趣儿，倒不如打个络子把玉络上呢。’”注意这一段，宝玉有一块生下来就含在口中的玉，传说一定要找到有金的人来配。宝钗有个金锁，也有和尚跟她说，这个金锁将来一定要找有玉的人来结婚，叫作金玉良缘。宝钗常常绕来绕去最后绕到玉上，那块玉是她潜意识里很在意的东西。

一句话提醒了宝玉，便拍手笑道：“倒是姐姐说得是，我就忘了。只是配个什么颜色才好？”玉很不容易配颜色，因为它本身就有一种光彩和莹润。宝钗说：“若用杂色断然使不得，大红又犯了色，黄的又不起眼，黑的又过暗。”什么颜色都想到了，最后都觉得不对。她说：“等我想个法儿：把那金线拿来，配着黑珠儿线，一根一根的拈上，打成络子，这才好看。”黑色与金色是最高贵的搭配。很多西方贵族使用的颜色就是黑与金，在十七世纪委拉斯凯兹（Velasquez）的画里，西班牙皇室呈现的基本上都是黑色与金色。宝钗要用黑与金把宝玉的那块玉络住。

“宝玉听说，喜之不尽，一叠声便叫袭人来取金线。正值袭人端了两碗菜走进来，告诉宝玉道：‘今儿奇怪，才刚太太打发人替我送了两碗菜来。’”王夫人希望把袭人变成宝玉的妾，可是又不想明讲，就对袭人有些特殊照顾，这两盘菜只是一个开端。大家都不明白，宝钗马上就懂了。“宝玉笑道：‘必定是今儿菜送来给你们大家吃的。’袭人道：‘不是，指名给我送来，还不叫我过去磕头。这可是奇了。’”大家看一下宝钗的反应：“宝钗笑道：‘给你的，就吃去，这有什么猜疑的？’袭人笑道：‘从来没有的事，叫我不好意思的。’宝钗抿嘴一笑，说道：‘这就不好意思了？明儿还有比这个更叫你不好意思的呢。'"从"玉"上的络子一直到讲这些话，说明宝钗在宝玉的婚姻上一直很用心。

"袭人听了话内有因，素知宝钗不是轻嘴薄舌、奚落人的，自己方想起上日王夫人的意思来，便不再提，将菜与宝玉看了，说：'洗了手来拿线。'说毕，便一直出去了。吃过饭，洗了手，进来拿金线与莺儿打络子。此时宝钗早被薛蟠遣人来请出去了。"

这里宝玉正看着打络子，邢夫人那边派了两个丫鬟送了两样果子来给他吃，还问他："可不可以下床？可不可以走路了？如果走得动，叫你明天过去散散心。""宝玉忙答道：'若走得了，必请太太的安去。疼的比先好些，请太太放心罢。'一面叫他两个坐下，一面又叫秋纹来，把才刚那果子拿一半送与林姑娘去。"他所有的东西都想到黛玉。

"秋纹答应了，刚欲去时，只听黛玉在院内说话，宝玉忙叫'快请！'"

第三十六回

绣鸳鸯梦兆绛芸轩
识分定情悟梨香院

宝玉对男性权威的批判

"话说贾母自王夫人处回来，见宝玉一日好似一日，心中自是欢喜。因怕将来贾政又叫他，遂命人将贾政的亲随小厮头儿唤来，吩咐他以后倘有会人待客诸样的事"，过去的大户人家如果有客人来了，小孩是一定要出来见客的。前面讲过贾雨村来了，宝玉就得赶快换衣服、鞋子去见客。他一直很厌烦这些事情，一旦表现不好就要挨骂挨打。所以贾母就特别吩咐："你老爷要叫宝玉，你不用上来传话，就回他说我说了：'一则打重了，得着实将养几个月才走得；二则他的星宿不利，祭了星，不见外人，过了八月才许出二门。'"贾母是宝玉的保护伞，她一下命令，贾政就不得不遵守，现在才五月，一直到八月都不见客，宝玉可以好好地玩上三个月了。

"那小厮头儿听了，领命而去。贾母又命李嬷嬷、袭人等来，将此话说与宝玉，使他放心。那宝玉本就懒与士大夫诸男人接谈，又最厌峨冠礼服贺吊往还等事，今日得了这句话，越发得了意，不但亲戚朋友一概杜绝了，而且连家庭中晨昏定省益发都随他的便了，日日只在园中游卧。""晨昏定省"是指晚上服侍长辈就寝，早上省视问安。大观园其实就是一个青春的避难所，这些孩子在大观园里可以无法无天，但一出去就有很多严格的规定。如今，宝玉“不过每日一清早到贾母、王夫人处走走就回来了，却每每甘心为诸丫环充役，竟也得十分闲消日月”。宝玉是大观园唯一的男孩子，那个时代的女孩子是不能出去的，所以宝玉就每天为这些人跑腿，比如前面讲到的探春拜托他买一些小玩意之类的事情。

“或如宝钗辈常见机导劝，反生起气来。”宝玉最不喜欢宝钗的部分就是宝钗总是劝他读书做官，这是宝玉和宝钗之间最大的芥蒂。宝玉喜欢黛玉，是因为黛玉从来不劝他这些，他们俩可以躲在一起看《西厢记》、《牡丹亭》，对所谓的主流文化是排斥的。宝钗是正统文化的维护者，黛玉则是背叛者。

宝玉对宝钗这些人的见机劝导很生气，他认为：“好好的一个清净洁白女儿，也学的沽名钓誉，入了国贼禄儿之流。”把做官的人称为“国贼禄儿”，大概是中国历史上少有的对官僚的批判。他觉得男人沦陷也就算了，清净洁白的女孩子干吗也满脑子想考试、做官？“这总是前人无故生事，立言竖辞，原为导后世的须眉浊物。不想我生不幸，亦且琼闺绣阁中亦染此风，真真有负天地钟灵毓秀之德！”曹雪芹笔下的“须眉”，是男人，他认为男人是浊的、脏的，只有女孩子才是干净的。他总说男人是“土”做的，女人是“水”做的。这里讲的不一定是性别本身，而是说男性在上千年的传统中一直是主流权威，已经没有任何自觉和反省的能力了，人世间的干净和伶俐都在女人身上。在那个父权与男性为绝对权威的情况下，这绝对是极端叛逆的说法。宝玉还“因此祸延古人，除《四书》外，竟将别的书焚了。众人见他如此疯癫，也都不向他说这些正经话了”。

只有用现代的比较新的视角，才能看出宝玉对抗的是上千年的科举制度所造成的人性的败坏。当时只要是有家教的男孩子，读的只有《四书》、《五经》，因为只有这些书才对科举取士有用。宝玉觉得，这些所谓的经典，在变成主流文化后形成了一个重大压力，把人限定在某个框框里，没有任何思考的空间和余地。他喜欢读《西厢记》、《牡丹亭》，因为他觉得那里面才有对人性的回归。

在汤显祖的《牡丹亭》中，杜丽娘一开始上课，她的老师陈最良在教她读《诗经》中的“关关雎鸠，在河之洲”时，就说这是劝导女子守住贞节的，这本来只是一首民歌，前两句说的是鸟听到求偶的叫声。“窈窕淑女，君子好逑”，是男孩子爱上女孩子的情景。可是因为情和性都是忌讳，老师就说这个鸟的叫声是告诉你后妃之德的，作为第一夫人，你要讲贞节，一只鸟的叫声里竟然背负了后妃之德这么大的责任。《牡丹亭》其实在调侃这种儒家传统，后来杜丽娘一游园就爱上了柳梦梅，这完全是对主流文化的颠覆。

“独有林黛玉自幼不曾劝他去‘立身扬名’等话，所以深敬黛玉。”黛玉不只是宝玉的爱人，更是他的知己。爱本身是需要内容的，相爱的人如果没有知己做基础是非常危险的。说他“深敬黛玉”而不说“深爱”，说明他们的内心有共同的追求。

王夫人不安的补偿

“闲言少述。如今且说王凤姐自见金钏儿死后，忽见几家仆人常来孝敬他些东西，又不时的来请安奉承，自己倒生了疑惑，不知何意。”金钏儿死了，就要有一个新的来补缺，这个事一直由王熙凤负责。她不明白怎么总有人来送礼，晚上无人时，她问平儿：“这几家人不大管我的事，为什么忽然这么和我贴近？”平儿就笑：“奶奶连这个都想不起来了？我猜他们的女儿都必是太太房里的丫头，如今太太房里有四个大的，一个月一两银子的分例，下剩的都是一个月几百钱。如今金钏儿死了，必定他们要弄这一两银子的巧宗儿呢。”

这几个送礼的人的女儿都是王夫人房里的丫头。王夫人的房里有四个薪水比较高的大丫头，每月一两银子，其他的几个小丫头只有几百钱，大概差了一半。看到金钏儿死了，她们就希望自己的女儿可以替补上去。今天企业里出现空缺的时候，大概也会发生这类事。《红楼梦》一方面在写情，一方面也在写非常现实的东西和真实的人性。

凤姐听了恍然大悟，笑道：“是了，是了，倒是你提醒了我，看这些人也太不知足，钱也赚够了，苦事情又侵不着，弄个丫头搪塞着身子也就罢了，又还想这个。”凤姐从小在大家庭长大，有点儿看不起这些人。觉得她们真够贪心的，女儿已经在贾家做丫头了，一个月拿几百钱，何必还要补这一两银子。凤姐当然不可能了解，一般的小老百姓薪水多一点，生活真的就因此能过得更好一些。

“也罢了，他们几家的钱容易也不能花到我跟前，这是他们自寻的，送什么来，我就收什么，横竖我有主意。”凤姐是个非常世俗的人，她觉得既然这些人贪心，送礼给我是她们愿意，到时候是不是让她们的女儿补缺，我才不管那么多呢。“凤姐儿安下这个心，所以只管迁延着，等那些人把东西送足了，然后趁空方回王夫人。”

“这日午刻，薛姨妈母女两个与林黛玉等正在王夫人房里大家吃西瓜呢”，作者一直在用东西传达季节的信息。只说吃西瓜而不直接说是几月。凤姐儿得空回王夫人说：“自从玉钏儿姐姐死了，太太跟前少着一个人。太太或看准了那个丫头好，就吩咐，下月好放给月钱的。”她是管发薪水的，有这个饷她就得发出去，金钏儿死了以后，这个钱就一直没有发。王夫人听了，想了一想，说：“依我说，什么是例，必定四个、五个的，够使就罢了，竟可以免了罢。”凤姐笑道：“论理，太太说的也是。这原是旧例，别人屋里还有两个呢，太太倒不按例了？况且省下一两银子也有限。”“别人”是指贾政的两个妾。王夫人是正房，如果不用四个丫头，就跌了身份。这种家族使唤用人，不见得全是为了工作，还有一个排场、一种身份的考虑。所以王熙凤就提醒她说，不按这个规矩来不好，而且你只是省这一两银子，也没有什么用。

“王夫人听了，又想一想，道：‘也罢，这个分例只管关了来，不用补人，就把这一两银子给他妹妹玉钏儿罢。’”意思说还是把这个钱申请下来，给金钏儿的妹妹玉钏儿。前面提到过玉钏儿一直很委屈，王夫人也很不安，觉得对不起她们家。她说：“他姐姐伏侍了我一场，没个好结果，剩下他妹妹跟着我，吃个双分子不为过逾了。”在现代管理学上，如果一个公司里面两个姐妹，一个姐姐自杀了，经理觉得不安，把薪水拨给妹妹，肯定所有人都会闹起来。但是在过去，更多的是出于人情上的考虑，这完全是王夫人自己想赎罪。

“凤姐答应着，回头找玉钏儿，笑道：‘大喜，大喜！’”这话大家听了会不会觉得心里很痛？是因为姐姐死掉，她才多出这份薪水的。这个时候有人来说恭喜，她的心里一定很难过，可凤姐世俗到根本不能体贴人的心事，换成是宝玉绝对不会讲这样的话。“玉钏儿过来磕了头”，姐姐死去，她多拿了一份薪水，还要跪下来感谢王夫人对她这么好。

王夫人又问王熙凤："如今赵姨娘、周姨娘的月例多少？"可见王夫人根本不管家事，竟然连几个妾每个月的月钱是多少都不知道。照理讲，她的身份是应该知道这些的。凤姐道："那是定例，每人二两。赵姨娘有环兄弟的二两，共是四两，另外四串钱。"过去妾的地位非常低，姨娘跟大丫头拿的钱差不多，等一下你就知道袭人的月钱也是二两。赵姨娘生了一个儿子，可以多拿二两，所以一共是四两，另外每个月还有四串钱给他们零花。王夫人道："可都按数给他们？"如果在今天，一个董事长把经理叫来问，某个人的薪水是多少，你有没有按数给他？你大概就会猜想这个董事长是不是听到了什么传言。

贾府的人事编制与薪水

听王夫人的语气好像在怀疑自己克扣月钱，王熙凤当然感到紧张，因为这意味着作为一个经理，你的财务管理有问题了。"凤姐见问的奇，忙道：'怎么不按数给！'王夫人道：'前儿我恍惚听见有人抱怨，说短了一吊钱，是什么原故？'"虽然王夫人根本不管家事，可是听到传言也不能不问。这个时候王熙凤一定会紧张，因为她知道有人在传她的闲话了，说她克扣公款、处事不公什么的。

凤姐忙笑着回答："姨娘们的丫头，月例原是人各一吊。""一吊"就是一千个钱，古代的钱是用绳子穿起来的，所以叫作一吊。"从旧年他们外头商议的，姨娘们每位的丫头分例减半，人各五百钱，每位两个丫头，所以短了一吊钱。这也抱怨不着我，我倒乐得给他们呢，他们外头又扣着，难道我添上不成？这个事我不过是接手儿，怎么来，怎么去，由不得我作主。我倒说了两三回，仍旧添上这两分的。他们说只有这个项数，叫我也难再说了。如今我手里每月连日子都不错给他们呢。先时在外头关，那个月不打饥荒，何曾顺顺溜溜的得过一遭儿。”

王熙凤到底扣没扣作者没有明说，大家往后再读一两回，她放高利贷的事情就会出来，我们才明白原来王熙凤是在中间玩了一些花招的。所以读《红楼梦》需要很大的耐心。

王夫人听说，也就罢了，半日又问：“老太太屋里几个一两的？”凤姐道：“八个。如今只有七个，那一个是袭人。”王夫人说：“这就是了。你宝兄弟也并没有一两的丫头。”因为宝玉辈分比较低，没资格用月薪一两的丫头，袭人拿一两是因为她属于贾母的编制。凤姐说：“袭人原是老太太的人，不过给了宝兄弟使。他这一两银子还在老太太丫头分例上领。如今说因为袭人是宝玉的人，裁了这一两银子，断乎使不得。若说再添一个人给老太太，这个还可以裁他的。若不裁他的，须得环兄弟屋里也添上一个才公道均匀了。就是晴雯、麝月等七个大丫头，每月人各月钱一吊，佳蕙等八个小丫头，每月人各月钱五百。”

这一段很细致地讲到了贾府里丫头的薪水与编制。宝玉的房里，我们知道的就有十六个丫头，八个大的，八个小的，后面还有院子里、不能进房子里的。

薛姨妈笑道：“只听凤丫头的嘴，倒像倒了核桃车子的，只听他的帐也清楚，理也公道。”凤姐笑着问：“姨妈，难道我说错了不成？”薛姨妈笑道：“说的何尝错，只是你慢些说，岂不省力？”这里大家有没有感觉到，王熙凤实际上是有点心虚，所以才急着解释的。

“凤姐才要笑，忙又忍住了，听王夫人示下。王夫人想了半日，向凤姐儿道：‘明儿挑一个好丫头送去老太太使，补袭人，把袭人的一分裁了。把我每月的月例二十两银子里，拿出二两银子一吊钱来给袭人。’”王夫人每个月也有薪水——二十两银子，她提出从她每个月的薪水中拿出二两银子和一吊钱给袭人。下面还特别加上一句话：“以后凡有赵姨娘的，也有袭人的。”这就说明王夫人已经决定把袭人给宝玉收房了。又补充交代：“只是袭人这一分都从我的分例上匀出来，不必动官中的就是了。”意思是由她私人出这个钱，不要用公款。凤姐一一答应了，又笑着推薛姨妈说：“姨妈听见了，我素日说的话如何？今儿果然应了我的话。”意思是大家都知道，袭人迟早会有这么一天，因为她太懂事，太会做人了。

薛姨妈也说：“早就该如此。模样儿自然不用说的，他的那一种行事大方，说话见人和气里头带着刚硬要强，这个实在难得。”王夫人疼自己的儿子，也知道袭人对宝玉来说有多重要。她觉得能为儿子找到这样一个妾特别难得，含泪说：“你们那里知道袭人那孩子的好处？比我的宝玉强十倍！”

王夫人的潜意识

作者刚才写了每一房的丫头有多少人，这些丫头每个月多少薪水，如果说曹雪芹是宝玉，作为曹家最受宠爱的一个后代，根本不可能参与这些丫头每个月多少钱的家事，只有天生对生活中所有的细节都感兴趣、都花心思的人，才会这样巨细无遗地记录这些东西。曹家被抄的时候，曹雪芹只是个十几岁的孩子，他的后半生一直过着很苦的日子，只有有心人，才会去重新整理自己家族在富贵时候的记忆，把人的个性鲜活地描写出来。

前面有一段写了王夫人曾私下跟袭人谈了很多事情，那次谈话让王夫人看到袭人非常懂规矩，认为她是一个难得的丫头。

她说："宝玉果然是有造化的，能够得他长长远远的伏侍他一辈子，也就罢了。"这里我们能读出一个做母亲的心事。孩子不管多大，做母亲的都很难放心，总希望有个人能好好照顾他，可是往往到最后都是白操了心，我们知道袭人最后并没有嫁给宝玉，也没有机会服侍宝玉。当然我们现在看到的结果是高鹗续的部分，不过原作者在前面的判词里也写了"堪羡优伶有福，谁知公子无缘"。所以很多事情必须要豁达地去看，尽人事、听天命，人事只是一个愿望，而天命是一种因果。

王夫人这个时候当然有她"尽人事"的愿望，希望袭人能长久地服侍宝玉。凤姐就建议说："既这么样，就开了脸，明放他在屋里岂不好？"古代女子结婚前要用线把脸上汗毛绞掉，叫"开脸"。最近几年很多地方又恢复了这个习俗，很多新娘都去开脸。在日本从古到今都保留着这个习惯，艺伎在上台以前都要开脸。

王夫人听了这话就解释说："那就不好了，一则都年轻，二则老爷也不许，"贾政是不会允许宝玉还没正式娶亲就先纳一个妾的。"三则那宝玉见袭人是个丫头，纵有放纵的事，倒能听他的劝。"王夫人知道宝玉是最尊敬丫头的，袭人的话他还听得进去，可是如果"作了跟前人，那袭人该劝的也不敢十分劝了"。

这个判断有一定道理。丈夫最不愿听的大概就是太太的话了。这个现象很难解释，比如小孩子可能谁的话都听，就是不听爸爸妈妈的。所以有时候把伦理中固定的关系稍微转换一下可能会好一点。关系太固定了，你还没有开口，他就知道你要讲什么，马上就给你顶回去了。在现实伦理的固定关系中，语言最后会变成一个僵化的状态，而这个状态非常难反省。

所以王夫人说："权且浑着，等再过二三年再说罢。""浑着"是说不明确是丫头还是妾，身份先模糊着。

王熙凤骂人的泼辣样

下面我们就看到凤姐的厉害了。"说毕，半日，凤姐见无话，便转身出来。"她刚在王夫人那边被质问是不是克扣了公款，虽然王夫人并没有讲得那么直接，但显然作为管家的人，这是比较严重的事。

"刚至廊檐上，只见有几个执事的媳妇子正等他回事。"大概因为她跟王夫人谈了很久，所以有很多人都在等着向她禀报事情，可见凤姐一直很忙。"见他出来，都笑道：'奶奶今儿回什么事，这半天？可是要热着。'凤姐把袖子挽了几挽，踏着那角门的门槛子。"很多人在吵架以前都要挽挽袖子，这个肢体语言很生动传神。凤姐在贾母、王夫人面前当然不会这个样子，可是现在，她摆出的完全是一副要骂人的架势。而且还一定要在门口骂，让大家全能听到。她不想直接讲给赵姨娘听，而是存心让人传给她。

凤姐笑着说："这里过门风倒凉快，吹一吹再走。"很可惜，很多《红楼梦》的电影、电视里没有拍过这个场景，它绝对是王熙凤很精彩的一场戏。凤姐道："你们说我回了这半日的话，太太把二百年头里的事都想起来问我，难道我不说罢。”又冷笑道：“我从今以后倒要干几样刻毒事了。”意思是你们觉得我刻薄、毒辣，说我克扣月钱，那我以后可真要干些刻毒的事给你们看看了。“抱怨给太太听，我也不怕。糊涂油蒙了心，烂了舌头，不得好死的下作东西，别作他娘的春梦！明儿一裹脑子扣的日子还有呢。”这些话我们在如今的日常生活里也会听到，“油蒙了心，烂了舌头，不得好死的下作东西”，这些语言都是非常有杀伤力的。“别作他娘的春梦了！”意思是说你别以为告了我就能多拿钱了，将来我要克扣得更厉害。现在还有王夫人、贾母在那边挡着，有一天我真当家了，你赵姨娘将死无葬身之地。

凤姐的这些话讲得非常狠。当然，作为一个管理者，她有她的精明之处，大家也认为她把一个这么复杂的大家族管理得很好。可因为贾母宠她，王夫人宠她，什么事都交给她办，她其实也蛮仗势欺人的。她从来没有注意到赵姨娘是这种家族里最卑微的角色，她每个月拿那么一点点钱，日子过得很不容易，好东西都到不了她的手上。有一次马道婆到赵姨娘家想占一点便宜，说有没有绣花剩下来的碎布料，我回去做鞋子。结果赵姨娘说，好东西哪里会到我房里来？这就透露出贾家有很多不公平。好多东西在有些房里被糟蹋得一塌糊涂，可是赵姨娘竟然连一块像样的布料都没有。王熙凤对这些卑微者是非常狠毒的。这个时候，赵姨娘当然一句话都不敢回，因为她得罪不起王熙凤。《红楼梦》里一直在讲因果，这也是王熙凤后来下场悲惨的因缘之一。

她说：“如今裁了丫头的钱，就抱怨咱们了。”刚才王熙凤在王夫人面前作了很多解释，说不关她的事，是上面决定要裁的，但现在看来这事儿还真跟她有关系。她说：“也不想一想是奴儿，也配使两三个丫头！”

意思是你本来就是个奴才，哪里配用两三个丫头，扣你的钱，还敢怪我！这里面全都是等级观念，王熙凤身上丝毫没有宝玉那种回归原点的对人的同情。

凤姐的话简直像刀子在拉人。当然，我们也都觉得赵姨娘很蠢，常常不知身份地自取其辱，可是，这一骂已经不止是赵姨娘的问题，还牵扯到贾环和探春。自己的母亲被人这样骂，做儿女的心里肯定不好受。王熙凤从来就没考虑过她这一骂，侮辱了多少人。这个女孩子太厉害了，从小在养尊处优的环境里长大，根本体贴不到别人的苦处，总是得理不饶人，她身上常有让人不忍心读下去的部分。凤姐“一面骂，一面方走了，自去挑人回贾母话去，不在话下”。

夏日午后的宝钗欲望

《红楼梦》在谈完很现实的部分以后，总是会转到宝玉、黛玉、宝钗等人的青春王国里。仿佛看看这些十几岁的孩子总是说着天真烂漫的话，人世间会因此变得比较好一点。

“却说王夫人等这里吃毕西瓜，又说了一会闲话，各自方散去。宝钗与黛玉等回至园中，宝钗因约黛玉往藕香榭去，黛玉回说‘就要洗澡’，便各自散去。”黛玉有洁癖，稍微出一点汗，就要洗澡换衣服。

“宝钗独自行来，顺路进了怡红院，意欲寻宝玉谈讲以解午倦。”宝钗有一个潜意识，一有机会就要去怡红院。“不想一入院来，鸦雀无闻，一并连两只仙鹤在芭蕉下都睡着了。宝钗便顺着游廊来至房中，只见外间床上横三竖四，都是丫头们睡觉。”

夏天的午后，正是午睡时刻，年轻的丫头们横三竖四地睡在床上，所以宝钗在怡红院的这个午后没有看到任何精神层面的东西，只有睡着了的身体。夏日午睡中的梦常跟身体的欲望有关。宝钗来到怡红院实际上就进入了她梦境般的欲望世界，一个夏天午后的漫长的梦。

宝钗“转过十锦槅子，来至宝玉的房内”。照理讲一个女孩子进男孩子的卧室，是要通报的，而宝钗却直接就进来了。

“宝玉在床上睡着了，袭人坐在身旁，手里做针线，旁边放着一柄白犀拂尘。宝钗走近前来，悄悄的笑道：‘你也过于小心了，这个屋里那里还有苍蝇蚊子，还拿蝇帚子赶什么？’袭人不防，猛抬头见是宝钗，忙放下针线，起身悄悄笑道：‘姑娘来了，我倒也不防，唬了一跳。’”

其实宝钗有时候常常让人怀疑，她好像一直想窥探什么，或者要了解什么。袭人说：“姑娘不知道，虽然没有苍蝇蚊子，谁知有一种小虫子，从这纱眼里钻进来，人也看不见，只睡着了，咬一口，就像蚂蚁夹的。”他们的纱窗是蝉翼纱或者软烟罗做的，虫子会从纱眼里钻进来。宝钗就说：“怨不得。这屋子后头又窄小，又都是香花儿，这屋子里头又香。这种虫子都是花心里长的，闻香就扑。”宝玉喜欢香花，外边种了很多花，屋子里也有香味，把虫子引进来了。“说着，一面又瞧他手里的针线，原来是白绫红里的兜肚，上面扎着‘鸳鸯戏莲’的花样：红莲绿叶，五色鸳鸯。”绫子，是最软的一种丝。兜肚，其实是女性内衣，是女孩子怕夏天热的时候蹬掉被子，用来护着肚子和前胸的，很性感。

宝钗夸赞说：“哎哟，好鲜亮活计！这是谁的，也值的费这么大工夫？”我们不知道宝钗是否真不知道这个东西是做给谁的，因为袭人通常只为一个人做针线，那就是宝玉。宝玉从不穿外边人做的东西，他觉得外面的手工不够考究。宝钗为什么要这样问？我们推测，第一，男孩子大了以后，很少用兜肚。第二，兜肚是非常贴身的内衣，应该是女孩子的，袭人不应该为一个男人做兜肚。可是我一直觉得这一段非常有趣，芭蕉树下睡着的仙鹤，床上横三竖四躺着的丫鬟，都在讲夏日午后宝钗身上的某种欲望，她的内心世界也借着这个兜肚透露出来。

“袭人向床上努嘴儿。”因为宝玉正在睡觉，所以她不方便讲话，就努努嘴，意思是宝玉的。宝钗就笑着说：“这么大了，还带这个？”注意一下，其实宝钗已经有点越分了。在那个时代看来，这是跟身体有关的东西，宝钗是不该问的，可她竟然一直追问下去。

袭人笑说：“他原是不带，所以特特的做的好了，叫他看见由不得不带。如今天气热，睡觉都不留神，哄他带上了，便是夜里纵盖不严些儿，也就罢了。”袭人怕宝玉着凉，为想办法让他带上兜肚，所以就做得很漂亮。宝玉一直是在这样被疼爱的环境里长大的。“你说这一个就用了工夫，还没看见他身上现带的那一个呢。”这里讲的是很私密的贴身之物，宝玉躺在床上，两个女人在讨论他的内衣。

“宝钗笑道：‘也亏你耐烦。’袭人道：‘今儿做的工夫大了，脖子低的怪酸的。’又笑道：‘姑娘，你略坐一坐，我出去走走就来。’”

下面这场戏一定要宝钗单独跟宝玉在这个房子里才能上演。

木石前缘

袭人走了，“宝钗只顾看着活计，便不留心，一蹲身，刚刚的也坐在袭人方才的所在，因又见那活计实在可爱，由不的拿起针来，替他代刺”。

作者写得完全不着痕迹，可是我们真的无法判断宝钗是不是刻意的。她是真的不留心坐在那里刺绣，还是潜意识在起作用。文学的有趣就在于此，它能呈现我们不自觉的潜意识里的一些欲望。

就在此时，林黛玉从外面经过，看到宝玉睡在床上，宝钗在替他绣鸳鸯。黛玉当然会有想法。这样，三个人之间的关联就出来了。

“不想林黛玉因遇见史湘云，约他来与袭人道喜”，袭人已经变成了宝玉的妾，每个月二两银子一吊钱，所以大家都来给她道喜。“二人来至院中，见静悄悄的，湘云便转身先到厢房里去找袭人。林黛玉却来至窗外，隔着纱窗往里一看，只见宝玉穿着银红纱衫子，随便睡着在床上，宝钗坐在身旁做针线，椅边放着蝇帚子。”因为是夏天，宝玉穿的是透明的纱衣。“随便”，是说男孩子熟睡时四仰八叉的样子。按说袭人不在旁边，宝钗是要避嫌的，可是她却坐在那里做起针线来了。我们不能用恶意去揣摩宝钗，要注意的是她的潜意识。

“林黛玉见了这个景儿，连忙把身子一藏，手握着嘴不敢笑出来，招手儿叫湘云。”她觉得太好笑了，怎么会有这样的画面。其实黛玉此时心情很复杂，因为她一直觉得自己的地位是受到威胁的，心里面有很多的疙瘩。

“湘云一见他这般景况，只当有什么新闻，忙也来一看，也要笑时，忽然想起宝钗素日待他原好，便忙掩住口。知道林黛玉口里不让人，怕他取笑，便拉过他来道：‘走罢！我想起袭人来，他说午间要到池子洗衣裳，想必去了，咱们那里找他去。’”湘云是个厚道的女孩子，觉得不该管这类事情，拉着黛玉就走。“林黛玉心下明白，冷笑了两声，只得随他去了。”

宝钗这边刚绣了两三朵花瓣，忽然听到宝玉说梦话，他在梦中喊骂说："和尚道士的话如何信得？什么是'金玉姻缘'，我偏说是'木石姻缘！'"

人在梦里的话往往是真心话，宝玉的内心其实一直在对抗。大家都努力想把他跟宝钗放在一起，因为一个有金，一个有玉，觉得这是现世当中最圆满的婚姻。可是他却说，我只说木石姻缘，是指上辈子他和黛玉的木石因缘未了。这一回的"梦兆绛芸轩"讲的就是这件事。

可惜宝玉这一句话，黛玉没有听到，偏让宝钗听到了。刚才黛玉真应该再多站一会儿，听到宝玉梦里的话，也许她就会有完全不同的感觉，可是她偏偏很受伤地走了，那个画面让她觉得宝玉跟宝钗很亲。

"薛宝钗听了这话，不觉怔了。"不知道宝钗这个时候是什么心情。如果宝钗真的是有预谋、有安排的话，听到宝玉的梦话也一定会很心痛。

袭人身份的确定

"忽见袭人走过来，笑道：'还没有醒呢。'宝钗摇头。袭人又笑道：'我才碰见林姑娘、史大姑娘，他们可曾进来？'"这时宝钗才知道，刚才黛玉她们在外面，心里可能又多了一层顾忌。宝钗说："没见他们进来。"

"因向袭人笑道：'他们没告诉你什么话？'袭人笑道：'总不过是他们那些玩话，有什么正经说的。'"袭人不好意思说，王夫人特别从自己的月例里拨了二两银子给她，以后赵姨娘有的她都有，等于是姨娘的身份了，史湘云和黛玉都是来给她道喜的。宝钗就笑着说："他们说的可不是玩话，我正要告诉你呢，你又忙忙的出去了。"宝钗也是为了要告诉她这个才来的。

“一句话未完，只见凤姐儿打发人来叫袭人。宝钗笑道：‘就是为那话了。’袭人只得唤起两个丫环来，一同宝钗出怡红院，自往凤姐这里来。果然是告诉他这话，又叫他与王夫人叩头，且不必去见贾母，倒把袭人不好意思的。见过王夫人急忙回来，宝玉已醒了，问起原故，袭人且含糊答应，至夜间人静，袭人方告诉。”袭人觉得有别的丫头在，这个事情不太好意思讲。

“宝玉喜之不尽，又向他笑道：‘我可看你回家去不去了！那一回往家里走了一趟，回来就说你哥哥要赎你，又说在这里没着落，终究算什么，说了那些无情无义的生分话唬我。’”有一次袭人回家，她哥哥想要把她嫁给别人，说要给她赎身，袭人不愿意。刚好宝玉那个时候去了她家，袭人就骗他说她要嫁人，宝玉吓坏了，因为他根本离不开袭人。现在王夫人终于决定让袭人做他的妾了，宝玉当然很高兴。只要跟袭人在一起，宝玉就会像个小弟弟一样撒娇。他就说：“从今以后，我可看谁敢来叫你去？”袭人听了，便故意逗他，冷笑道：“你倒别这么说。从此以后我是太太的人了，我要走，连你也不必告诉，只回了太太就走。”宝玉笑着说：“就便算我不好，你回了太太竟去了，叫别人听见说我不好，你也没意思。”

袭人笑道：“有什么没意思，难道作了强盗贼，我也跟着罢。”过去女性的道德标准是嫁鸡随鸡、嫁狗随狗。袭人说我现在算你的人了，可是我如果跟了一个强盗、一个贼，难道也跟到底吗？意思是说你还是要学好，上进才行。袭人继续说：“再不然，还有一个一死呢。人活百岁，横竖要死，这一口气不在，听不见看不见就罢了。”

“宝玉听见这话，便忙捂他的嘴，说道：‘罢，罢，罢，不用说这些话了。’袭人深知宝玉性情古怪，听见奉承吉利话又厌虚而不实，听了这些尽情实话又生悲感，便悔自己说冒撞了。”宝玉的个性里始终存在着两难与矛盾，别人讲繁华，他觉得是假的；别人讲死亡，他又觉得痛苦。话一出口，袭人就后悔了，觉得自己不应该说“死”。所以“连忙笑着用话截开，只拣那宝玉素喜谈者问之。先问他春风秋月，再谈及粉淡脂莹，然后谈到女儿如何好，又谈到女儿死，袭人忙掩住口”。有时候人很奇怪，明知道那是禁忌，却有意无意地很容易去碰那个禁忌。就像过年时妈妈嘱咐不许说死，可是那一天不知怎么回事，鬼使神差般地一不留心就会讲到死。袭人讲着讲着，又讲到死，就赶快掩住口。宝玉是最不喜欢谈死亡的，可是这一次是一个特例，他忽然跟袭人谈起了死亡。

作者对死亡的态度

“宝玉谈至浓快时，见他不说了，便笑道：‘人谁不死，只要死的好。那些个须眉浊物，只知道文死谏，武死战，这二死是大丈夫死名死节。竟何如不死的好！’”宝玉认为，死亡是人生必须完成自己的一个过程，所以他很反对儒家所谓的“文死谏、武死战”。按儒家传统的标准，武官最好的死法就是为战争而死，文官最好的死法就是拼死进谏皇帝。宝玉提出了非常颠覆传统的看法，他觉得这是男人为自己定出来的一个伦理，只不过把死亡作为沽名钓誉的工具而已。

他说：“必定有昏君他方谏，他只顾邀名，猛拼一死，将来弃君于何地！必定有刀兵他方战，猛拼一死，他只顾图汗马之名，将来弃国于何地！所以这皆非正死。”他认为传统的“文武之死”都不是最好的死法。这样的死，从逻辑上来推论，还是不死的好，因为武官不死就没有战争，文官不死就没有昏君。就像我们那么渴望诞生岳飞、文天祥这样的英雄，可是这样的人出现只能说明这是个糟糕的时代。如果一个社会一直推崇这一类人，就说明这个社会在不断制造这样的环境。有昏君才有“文死谏”，有战争才有“武死战”。

传统儒家一直回避死亡的议题，而老庄哲学对死亡的讨论则比较多。我们的文化里缺乏一种对死亡的认知，我们中国人的葬礼很少有反省、安静的成分，是因为我们很少碰触死亡。这一段作者并没有用多大篇幅，可它是传统文化里少有的关于死亡的讨论。

在我们的成长过程中，最伟大的典范一直都是岳飞、文天祥、林觉民、秋瑾这样的人，大家都认定只有这样的死亡才是最高的典范。没有机会这样死，就会觉得自己很窝囊。可是在整个的教育体系中，很少有人去探讨这样的问题：如果在人的成长教育里只有这一种典范，人到底怎么才能去完成或者实现自己？

袭人道：“忠臣良将，出于不得已他才死。”袭人大概看了很多这方面的戏，里面大多是这种忠臣良将。宝玉说：“那武将不过仗血气之勇，疏谋少略，他自己无能，送了性命，这难道也是不得已？那文官更不可比武官了，他念两句书窝在心里，若朝廷少有疵瑕，他就聒谈乱劝，只顾他邀忠烈之名，浊气一涌，即时拼命，难道也是不得已！”对于“文死谏，武死战”这两种儒家的忠臣烈士、最高典范，宝玉提出了颠覆性的看法。

作者又借宝玉之口，提出了一个不见得成熟的看法，他说：“那朝廷是受命于天，他不圣不仁，那天地断不把这万几重任与他了。”他相信宿命，觉得人生自有因果。“可知那些死的都是沽名，并不知大义。”

下面他开始讲到自己的死亡：“比如我此时若果有造化，该死于此时的，如今趁你们在，我就死了，再能够你们哭我的眼泪流成大河，把我的尸首漂起来，送到那鸦雀不到幽僻之处，随风化了。”这段话非常漂亮，简直像一首诗。是一个十四岁的男孩子在幻想自己的死，这个死因为有那么多人的疼爱，变成了一个生命最美的自我完成。我第一次读《红楼梦》的时候，大概也是宝玉这个年龄，就在日记里面抄下了这一段话，句子真是漂亮，完全是在用美学的方式形容生命的漂泊与流浪。

其实这其中有老庄的死亡观。庄子曾在妻子死后鼓盆而歌，他认为生命其实就是从一个原本无的状态，慢慢形成一个物质性的存在，而这个物质到最后又化掉，回归到大自然中。作者受老庄哲学的影响非常大，他觉得物质性的肉体有很多转换的空间，贯彻的是人世间所有的物质都是互相转换的，并没有固定的形式。庄子常问，我们怎么知道死亡是结束而不是开始？我们怎么知道诞生是开始而不是结束？因为在更大的生死之谜没有解开之前，我们对生命的真实状态并不十分了解。

可是宝玉很快就又颠覆了他自己的讲法：“自此再不要托生为人，就是我死的得时了。”这是佛家的思想，佛经里面最常出现的句子叫“不受后有”，佛家认为，生命修行的最佳状态是彻底脱离六道轮回。因为是生命就会有苦，只有不再轮回，才能真正解脱。

这一段话是作者非常清晰的死亡观，它跟儒家的“文死谏、武死战”是完全对立的。袭人听不懂，她不知道宝玉为什么要讲这么奇怪的话。

情悟梨香院

宝玉身上有种很内在的孤独，他才十四岁，对于死亡的领悟就已经这么透彻。可是袭人并不理解这些。“袭人忽见说出这些疯话来，忙说困了，不理他。那宝玉方合眼睡着，至次日也就丢开了。”

“一日，宝玉因各处游的烦腻，便想起《牡丹亭》曲来。”汤显祖的《牡丹亭》，是他和黛玉一直在偷看的禁书。这个故事讲的是有一种深情可以超越生死，而且是可以用死亡去完成的。杜丽娘在梦中的情感在现实中无法完成，只能用死亡去完成。在明朝严格的礼教文化氛围里，这个戏让我们看到，有个东西是比生死还要重的，那就是爱情。

宝玉十几岁时就读到这样的戏曲小说，当然受到很大的震撼。所以他就又开始读《牡丹亭》。我们一再强调，这是当时的禁书，被他爸爸发现又会挨一顿痛打的。

“自己看了两遍，犹不惬怀，因闻得梨香院的十二个女孩子中有小旦龄官最是唱的好，因着意出角门来找时，只见宝官、玉官都在院内。”十二个女孩子的名字都是用“官”字来命名的，文官、芳官、宝官、龄官，其中小旦龄官唱得最好。

“见宝玉来了，都笑让坐。宝玉因问‘龄官独在那里？’众人都告诉他说：‘在他房里呢。’宝玉忙至他房内，只见龄官独自倒在枕上，见他进来，公然不动。”《红楼梦》里龄官的个性是最像黛玉的，孤独、清高，不太理人，没事儿就歪在床上。在《红楼梦》里，每一个人见了宝玉不是宝二爷长、宝二爷短地拍马屁，就是呵护备至。无论在哪儿，宝玉永远是个中心。没有人看到宝玉会“公然不动”，可是龄官却好像没看到他一样。宝玉第一次感觉到原来这世上还会有人不理他。

“宝玉素习与别的女孩子玩惯了的，只当龄官也同别人一样，因进前来身旁坐下，又赔笑央他起来唱‘袅晴丝’一套。”《袅晴丝》是《牡丹亭》

中最美的一段唱，杜丽娘唱到："袅晴丝吹来闲庭院，摇漾春如线"，形容春天里晴空下的光线像一根线摇荡。"不想龄官见他坐下，忙抬身起来躲避，正色说道：'嗓子哑了。前儿娘娘传进我们去，我还没有唱呢。'"可以看到，龄官是敢于对抗权威的，她才不管你是不是宝玉，就是娘娘让我唱我也可以不唱。龄官身上有跟黛玉类似的特立独行的精神，绝不受权威的压制。《红楼梦》始终在赞美这种个性，因为太多的生命是在权威压力下开始妥协的。

"宝玉见他坐正了，再一细看，原来就是那日蔷薇花下划'蔷'字的那一个。"这样的人，内心一定有刚硬与热烈的情感，当时她一个人躲在花底下不断地写"蔷"字，是因为她爱上的那个男孩子叫贾蔷。

"又见如此景况，从来未经过这番被人弃厌，自己便讪讪的红了脸，只得出来了。"大家有没有觉得这对宝玉其实是件非常好的事情。人在爱里很难有彻底的领悟，只有在有人讨厌你、遗弃你时，才会有大彻大悟的机缘。宝玉在这一回中的"情悟"其实非常重要。

刚开始他"讪讪的红了脸"，是因为觉得别人不爱他是一种羞辱。但人一定要经过这个羞辱之后才能懂得庄子说的"举世而誉之而不加劝，举世而非之而不加沮"的含义。庄子说：不要因为别人爱你，就觉得你的存在多一点意义；也不要因为别人不喜欢你，就觉得少一点存在的意义。只有这样，你的自我才是完整的。宝玉以前碰到的全部都是爱，不管真的爱或假的爱，从没有碰到过憎厌。

"宝官等不解何故，因问其所以。宝玉便说了；遂出来。宝官便说道：'只略等一等，蔷二爷来了叫他唱，是必唱的。'"这时宝玉才恍然大悟，原来因为龄官全部的爱都在贾蔷身上。

互相折磨的纠缠

宝玉听了，心下纳闷，就说："蔷哥儿那去了？"贾蔷是管这十二个女孩子的少爷，一个十七岁的男孩子。宝官就说："才出去了，一定还是龄官要什么，他去变弄去了。"这是在讲十几岁的男孩、女孩谈恋爱的感觉，龄官想要什么，贾蔷马上想尽办法去帮她找。

"宝玉听了，以为奇特。少站片时，果见贾蔷从外头来了，手里提着个雀儿笼子，上面扎着小戏台，并一个雀儿，兴头头往里走，找龄官。见了宝玉，只得站住。"宝玉是他的长辈，贾蔷要叫他叔叔的。"宝玉问他：'是个什么雀儿，会衔旗串戏台？'贾蔷笑道：'是个玉顶金豆。'宝玉道：'多少钱买的？'贾蔷道：'一两八钱银子。'"还记得吗？《红楼梦》中最大的丫头的薪水是一个月二两银子，他现在买的这个鸟是一两八钱银子，可见这东西不便宜。

"一面说，一面让宝玉坐，自己往龄官房里来。宝玉此刻把听曲子的心都没了，且要看他和龄官是怎么样。"宝玉本来是为了要听龄官唱《袅晴丝》的，现在也不想听了，只是作为一个旁观者看别人是如何在青春爱情里纠缠的。

"只见贾蔷进去笑道：'你起来，瞧这个玩意儿。'龄官起身问是什么，贾蔷道：'买了雀儿你玩，省得天天闷闷的无个开心。我先玩个你看。'说着，便拿些谷子哄的那个雀儿果然在戏台上乱串，衔鬼脸旗帜。众女孩子都笑道'有趣'，独龄官冷笑了两声，赌气仍睡去了。贾蔷还只管赔笑，问他好不好。龄官笑道：'你们家把好好的人弄了来，关在这牢坑里学这劳什古子还不算，你这会子又弄个雀儿来，也偏生干这个。你分明是弄他来打趣形容我们，还问我好不好。’”

大家读到这一段会不会吓一跳？你会忽然觉得奇怪，原来爱就是这样相互折磨的，明知道对方爱她，可就是要变着法子用折磨的方式去证明。龄官明明知道这个人在想尽办法要她快乐，可是她就是不高兴，还讲出了这么难听的话，说我们十二个女孩子都是孤儿，被你们买来，在家里唱戏给你们听，你现在还要偏偏弄一个鸟，也让它唱戏，这不是存心取笑我吗？贾蔷哪里想到这个，他花了一两八钱银子，只是为了要逗她开心的。

宝玉在旁边看呆了，因为他跟黛玉也是如此。我们说《红楼梦》讲情感讲得非常深就是在这些地方。受折磨只是因为你爱上了这个人，如果没有这份情，也许根本就无关痛痒。亲子、夫妻之间都是如此，当你有被折磨的感觉时，其实就是因为有爱，有爱就被吃定，没有其他的路可走。贾蔷也是很多女孩子喜欢的王公贵族，可他就是爱上了这个唱戏的女孩子，把全部的生命都给了她。

这其中也透露出一个很痛苦的事实。我们可能觉得贾府请十二个女孩子来唱戏，是非常优雅的事，可是我们没有想到，这十二个女孩子被关在贾家不能出去，被龄官形容为“牢坑”。

“贾蔷听了，不觉的慌起来，连忙赌身立誓。又道：‘今儿我那里的脂油蒙了心！费一二两银子买他来，原说解闷，就没有想到这上头。罢，罢！放了生，免免你的灾病。’”你看，这里面包含着多少心疼和爱，可表现出来的却是两个人在互相折磨。

龄官说：“那雀儿虽不如人，他也有个老雀儿在窝里，你拿了他来弄这劳什古子也忍得！今儿我咳嗽出两口血来，太太叫大夫来瞧，不说替我细问问，你且弄这个取笑。偏生我这没人管没人理的，又偏病。”说着又哭起来。这完全是林黛玉的模式，生命永远处在自怜自伤的状况里。

“贾蔷忙道：‘昨儿晚上我问了大夫，他说不相干。他说吃两剂药，后儿再瞧。谁知今儿又吐了，这会子请他去。’说着，便要请去。龄官又叫：‘站住，这会子大毒日头地下，你赌气子去请了来，我也不瞧！’”贾蔷听了，又只好站住，都不知道怎么办了。你看，贾蔷怎么做都不对，怎么做都对就不叫折磨了。你根本说不清楚什么叫爱，什么叫恨的时候，就是人生的“纠缠”。人生里有过这样一次经验，你大概就会懂得要领悟什么了。

“宝玉见了这般景况，不觉痴了，这才领会了划‘蔷’深意。”他忽然明白为什么这个女孩子会在大雨天在地上一个“蔷”一个“蔷”地一直画了。宝玉站不住，就抽身走了。

各人得各人的眼泪

“贾蔷一心都在龄官身上，也不顾送，倒是别的女孩子送了出来。”

“那宝玉一心裁度盘算，痴痴回至怡红院中，正值林黛玉和袭人坐着说话儿呢。宝玉一进来，就和袭人长叹，说道：‘我昨晚上的话竟说错了，怪道老爷说我是管窥蠡测。’”“管窥蠡测”就用细管来看天，用水瓢去测海，是指见识太少，就像前面提到的“瞎子摸象”。

“昨夜说你们眼泪单葬我，这就错了。我竟不能全得了。从此后，只是各人各得眼泪罢了。”三十六回里最惊人的句子出来了——人世间也就是各人得各人的眼泪罢了。

之前宝玉一直有一个妄想，认为他能得到所有人的眼泪，把他的尸首漂起来。现在他忽然领悟到，他根本不能得到所有人的眼泪，一个人能够在这个人世间得到的眼泪，也不过就是缘分里的眼泪。这是一个很惊人的觉悟。

在十四岁读《红楼梦》的时候，我会把“眼泪流成大河”这样的句子抄在日记里，觉得它太美了。可是接下来的那段话当时是不懂的，不明白什么是“各人得各人的眼泪”。什么时候才会读懂呢？很多生命里准备好的东西，一定是要等到生命的某些阶段，你的生命经验和人生历练都足够丰富的时候才能了解和懂得。《红楼梦》所讲的一切，就是我们随着生命经验的增加需要慢慢领悟的东西。《红楼梦》其实是一部佛经，它是用另外一种方法在讲生命。要在不同的年龄、不同的际遇之后再去读《红楼梦》，很多东西才会慢慢读懂。

第三十七回

秋爽斋偶结海棠社
蘅芜苑夜拟菊花题

三百年前的网吧

在《红楼梦》的第三十七回里，贾政因为点了学差被派往外地。可以想象一下在这个管教严厉的家庭里，父亲忽然缺席时孩子们那种自由自在的感觉，所以大观园里的青春男女就开了一个诗社。从某种角度来看，诗社是很高雅的团体，宝玉他们写诗时讲究的言律、押韵、对仗等等，可能是现在的大学中文系学生都做不到的事情。可是用另一个角度去看，对于当年那些十三四岁的孩子来说，写诗只是一种游戏，他们就是在玩。

德国很多教育学家认为，最重要的教育是在游戏中完成的，尤其是对青少年的教育，当他觉得好玩的时候，其实就是在学习了。玩具是可以启发孩子思维方式的，他们的逻辑思维能力和动手能力都会在玩玩具的过程中得到培养。我们的主流教育体制太忽视游戏的作用了，把教育和玩完全分开，总觉得闷头读书不出去玩的小孩子很乖。事实上，从另外一个角度来说，是应该鼓励孩子去玩儿的。如果游戏的内容设计得好，孩子们在游戏当中能学到不少知识。

我建议大家从这个角度去看宝玉他们的诗社，把它当成三百年前的贵族或者知识分子家庭里小孩子的一种游戏方式。怎样用字，怎么押韵，在他们看来一点都不难，反而是件很好玩的事情。如果在今天，这些小孩大概或者去玩电玩，或者整天泡在网吧里。这个诗社其实就是三百年前的一个网吧。

结诗社的主意是探春想到的，她想让大家有机会聚在一起，游戏、玩是可以把非常好的动机放在里面的。我不知道大家有没有这个经验，上学的时候，同学之间感情好的话，会三天两头聚会，有时候聚到大家也很烦，因为在一起不晓得要干吗？这个时候比较聪明的同学就会说，我们去爬山或者去游泳吧，其实他就是利用游戏使大家聚会的动机更强，就像我们因为《红楼梦》每个月要聚一次一样。

表现教养的修辞学

探春有了结社的动机，就写了邀请函给大观园里的人。等一下大家看看这个十三岁的女孩子是怎么写邀请函的。

我想很多人看到这个邀请函以后，会不太敢写邀请函了。在探春的邀请函里，你可以看到那种文字的讲究。在中国的古典文学里，修辞学本身是用在对联和诗当中的。一个小孩子还不可能对人生有多么深刻的体悟，也没有办法讲出很精彩的思想，但至少她知道文字怎么摆，怎样用更好的典故，这就是修辞学训练。

古希腊就非常讲究修辞。古希腊哲学的所有论辩都要有严格的修辞学训练。如果修辞不到家的话，根本无法进行论辩。直到今天，修辞依然是西方尤其是欧洲国家国会议员的必备素质。一个国会议员站起来讲话的时候，如果修辞学不好，肯定要遭人耻笑。在语言的运用中，修辞学最能表现一个人的教养，它可以很粗鲁、粗糙，也可以非常细致。从某种意义上说，修辞学是人的教养的第一个环节，画画、音乐、艺术都还是后面的事，首先要培养的就是语言本身的艺术性。

丘吉尔和罗斯福等人重要的政论之所以会被选在教科书里，是因为他们对修辞学非常讲究。肯尼迪有几句话一直到现在都被保留在教科书里，不光是因为它内容好，也包括修辞的漂亮，这种修辞能让文字精简而有说服力。我们常误以为最有说服力的话是要高腔大嗓喊出来的，其实刚好相反，真正有说服力的语言不只是能入耳，而是能入心的。肯尼迪说："不要问你的国家能为你做些什么，问问你自己能为你的国家做些什么。"作为一个政治领袖，肯尼迪的这个句子在当时打动了很多美国的年轻人。我们可以对这句话的内容有争议，但不能否认修辞上的漂亮给它增添的感染力。西方政治是非常讲究语言的，如果你只会乱骂人，那下次你就别想出来了，大家会觉得你连最基本的教养都没有。

修辞一方面体现着文化的教养，另一方面也提供了缓冲的余地。比如在国会里有争辩的时候，修辞本身会使节奏慢下来，不致造成很直接的冲突。西方从古希腊开始讲究论辩学，特别注意用修辞来消解那些太直接、太粗暴的语言，这样，整个社会才有圆融与缓冲的可能。所以从某种意义上来说，修辞学是人与人和解的开始，因为它讲究措辞和语言上的细致。

探春的这封邀请函，内容很简单，只说她希望开一个诗社，请大家来商量，可是在修辞上却非常讲究。作者还怕我们感觉不到她遣词造句的考究，特地让另外一个人——贾芸——也写了一封信。对比这两封信，大家就能看到其间差别多么大，也就知道什么是修辞学了。

这两封信，一封是光风霁月、光明磊落地体现了修辞的美；另一封则充满了谄媚与阿谀。透过探春和贾芸的信，能看到当时年轻人的两种面貌。

无聊宝玉收到花笺

“这年贾政又点了学差，择于八月二十日起身。”“学差”是督理学政的官，有点像今天的督学。但由于清朝的疆域大，督学可能要跑到很远的地方去查学校办得好不好，营养午餐有没有贪污之类的事情。“是日拜过宗祠及贾母起身，宝玉诸子弟等送至洒泪亭。”老爸要走了，要在“洒泪亭”表示难舍难分，可是我想大部分小孩子心里都不见得会难过，爸爸不在的时候小孩子是最快乐的，尤其是宝玉。

“却说贾政出门去后，外面诸事不能多记。单表宝玉每日在园中任意纵性的逛荡，直把光阴虚度，岁月空添。”可以想象，宝玉好像是从笼子里放出来的动物，快乐、任意、纵性、狂荡。

探春前一阵子有点不舒服，宝玉很关心，专门找人送了一些新鲜荔枝去。他特地挑了一个缠丝白玛瑙的碟子去配鲜红的荔枝，缠丝白玛瑙的碟子，白里带了一点灰色的丝，衬着荔枝特别好看。宝玉连选一个送礼物的碟子都很用心，这里面有一种文化。探春本该留下荔枝，把碟子还回去的，可是她看到这两样东西摆在一起真好看，就把碟子留下了。这之后探春忽然想到，大家这样闲来逛去的也无聊，不如开一个诗社，大家就有机会常聚在一起了。

宝玉“这日正无聊之际，只见翠墨进来，手里拿着一副花笺送与他”。特别注意“无聊”这两个字，其实人玩到最后就是蛮无聊的，因为如果你没有创造力，真玩不出什么新名堂来。“翠墨”是探春的丫头，探春本身很喜欢读书、写诗，作者特地用翠墨这个丫头来配她的身份。“笺”是信，我们现在还用到信笺这个词。“花笺”是古代比较讲究的信纸，现在北京的荣宝斋还可以买到这种信笺，上面有木刻做出来的竹子或兰草。现在有些“花笺”已经没有人敢在上面写字了，因为它非常贵。我见过最珍贵的“花笺”是乾隆皇帝用的，是当时的御用画家亲笔画的画，乾隆皇帝当年就在那上面写字。当然这些画家一定觉得很光荣，因为皇帝在上面写字。但现在看来，那简直就像是把达·芬奇的《蒙娜丽莎》拿来做花笺。

于是宝玉说：“可是我忘了，才说要瞧瞧三妹妹去的，可好些了，你偏走来。”他知道探春这几天身体不太好，他应该去看探春，可是忘掉了。翠墨答说：“姑娘好了，今日也不吃药了，不过是凉着一点儿。”

探春邀请函的文采

宝玉听说，“便展开花笺看时”，上面写着：

妹探春谨奉

二兄文几：前夕新霁，月色如洗，因惜清景难逢，讵忍就卧，时漏已三转，犹徘徊于桐槐之下，未防风露所侵，致获采薪之患。昨蒙亲劳抚嘱，后又数遣侍儿问切，兼以鲜荔并真卿墨迹见赐，何痌瘝惠爱之深耶！今因伏几凭床处默之时，因思及历来古人中处名攻利敌之场，犹置一些山水之区，远招近揖，投辖攀辕，务结一二同志者盘桓于其中，或竖词坛，或开吟社，虽一时之偶兴，遂成千古之佳谈。妹虽不才，窃同叨栖处于泉石之间，而兼慕薛、林之技。风庭月榭，惜未宴集诗人；帘杏溪桃，或可醉飞银盏。孰谓莲社之雄才，独许须眉；直以东山之雅会，让余脂粉。若蒙棹云而来，则扫花以待。谨奉。

"二兄文几"，二兄即二哥，指宝玉。"文几"是书桌，因为不敢直接提名字，所以用"文几"，就是我放在你的书桌上，你看不看可以选择，不是非看不可。

"前夕新霁，月色如洗"，"前夕"即前几天，"霁"是晴的意思，下过一阵雨以后天忽然转晴叫"新霁"。雨后天空晴朗，月光特别漂亮，像水洗过一样。"因惜清净难逢，讵忍就卧"，这么美的夜色很难遇到，怎么忍心去睡觉，把好端端的时光浪掷了呢？"时漏已三转，犹徘徊于桐槐之下"，已是半夜，本该上床睡觉了，可我还在桐树、槐树下流连忘返，美丽的环境唤起了探春内心对美的追求和向往。

千万不要小看十三四岁的孩子，我相信今天的中学生，如果能给他一个比较好的文学背景的话，绝对会产生同样的感觉，问题在于大人有没有这个意识。其实有时候成人给孩子设计的世界，跟孩子理想中的天真、纯粹的世界落差非常大。

今天很多人读《红楼梦》的时候，看到这封信就跳过去了，觉得它不重要。可是一旦细看你会心痛，你看到的是一个十几岁的女孩子，在人生刚刚萌芽的年龄是怎么去留恋她所感受到的美的。这段是在讲一个青春少女的心事，她希望她的生命与岁月之间有一个对话。

青春会因为贪美，而忽略身体，所以她说："未防风露所侵，致获采薪之患。"那么晚还流连在花前月下，所以就感冒了。"采薪之患"是讲生病。"昨蒙亲劳抚嘱，后又数遣侍儿问切。"昨天劳驾你亲自来看我，后来又几次派丫头来关心我的病情。中医讲究"望闻问切"，这里的"问切"是关心的意思，就是问她病有没有好一点，药有没有按时吃。

"兼以鲜荔并真卿墨迹见赐"，宝玉用白玛瑙的盘子送鲜荔枝过去，更惊人的是还送了颜真卿真迹过去。这里可能夸张了一点，我想大概可能是颜真卿书法的拓本。"墨迹"通常是指真迹，毛笔直接写的才能叫墨迹。当然也可能只是送了她一本《大唐中兴颂》，或者《麻姑仙坛记》之类的颜真卿的字帖，被探春在信中说成"真卿墨迹"，表示很珍惜。三百年前十几岁的孩子送的礼物就是"真卿墨迹"，今天一个十四岁孩子的礼物可能会是手机链什么的。

"何痌瘝惠爱之深耶！"说我这样一点小小的病痛，竟得到你这么大的恩惠、照顾和宠爱。"痌"和"恫"是同一个字，指病痛，但在修辞学上，会选择比较典雅的古字"痌"，而不用现在的俗字"恫"。"瘝"就是生病的意思，一般是"恫瘝"连用，代指病痛、疾苦。"今因伏几凭床处默之时"，因为生病睡得比较晚，所以"伏几"，靠在茶几旁边；"凭床"，靠在床的旁边。"处默"是独处静静思考，青春期里的"处默"是非常重要的状态，刚才说的有月光的夜里，她不想睡觉在树下散步，也是"处默"。"因思及历来古人中处名攻利敌之场，犹置一些山水之区"，想到古人虽然每天争名夺利，纷纷扰扰。但退下来以后，像王安石、苏东坡他们，一般会为自己找一个地方，让自己亲近山水。人行走于山水之间，自然会有一种淡泊名利的感觉。“远招近揖”，你可以恭敬地请人来；“投辖攀辕”，“辖”是插在轴端孔内的车键，使轮不脱落，“辕”是车前驾牲畜的两根直木，这里是说找一些好朋友成群结队地游玩。

“务结一二同志者盘桓于其中”，大家有了共同的爱好、兴趣，就能摆脱现实中对名利的追求和争夺，人跟人相处最后一定要找到共同的、更高的理想和目标。

“或竖词坛，或开吟社，虽一时之偶兴，遂成千古之佳谈。”文社、雅集、诗社，只是为了好玩。像《兰亭集序》就是雅集的作品，当时只是大家觉得某天天朗气清，惠风和畅，四十七个人就聚在山阴，就是现在的绍兴城外，曲水流觞，作了很多的诗，结果王羲之写出了《兰亭集序》。一千五百年后，大家还在谈论兰亭，纪念兰亭，是因为它体现着文人一心想摆脱战乱和权力斗争的心境。如今，当年的东晋皇帝和他的政治可能已经完全被遗忘了，可是大家却记得王羲之，记得王羲之跟四十一个人喝酒、写诗时的快乐，记得他曾留下的那么美的书法。所以说是“虽一时之偶兴，遂成千古佳谈”。

“妹虽不才，窃同叨栖处于泉石之间”，“妹”，是探春说自己。“窃”是私下的意思。我自己虽然没有什么才能，但很幸运能够跟你们一起住在这么美好的风光里。“泉石之间”就是大观园，里面有泉水，有石头。“而兼慕薛、林之技”，“薛”是薛宝钗，“林”是林黛玉，我特别仰慕这两位姐姐的文学修养，“技”是讲她们诗词写得好。“风庭月榭，惜未宴集诗人”，在吹着风的中庭和有月光的水榭，我们已聚了好几次餐了，只可惜当时没有想到用写诗来作为聚餐的动机。

“帘杏溪桃，或可醉飞银盏。”垂帘外的杏花，溪水旁的桃花，有这么美的风景助兴，我们也许可以把酒临风。“醉飞银盏”是在讲诗人作诗时那种开怀尽兴的感觉。

“孰谓莲社之雄才，独许须眉”，东晋的慧远大师曾经在庐山的虎溪东林寺与僧俗十八贤人结社念佛，叫作“莲社”，集结了当时有名的名人贤达，影响非常大。“独许须眉”，意思是谁说只有男人才可以做这样的事。难道我们女孩子就不能结一个这样的“莲社”吗？

“直以东山之雅会，让余脂粉。”东晋大宰相谢安曾在东山隐居，谢安不仅是个大政治家，他做的影响最大的事是东山结社，让文人集结在他身边形成了更大的文化力量。“让余脂粉”，虽然是女孩子，可是我也希望能学学谢安的东山雅会，聚集一些文人来写写诗。“若蒙棹云而来，则扫花以待。”注意“棹云而来”和“扫花以待”是很工整的对仗。“棹云”是说你们就像仙人驾着云过来。

这封信里全部是修辞。我们看到了一个十几岁女孩子的文化底蕴。作者有意告诉我们，在这样的家族里，文化教养已经在这么小的孩子心里生了根。她所向往的东西，不止是修辞，也包括品位，包括了文化传承的巨大力量。她的信让我们感觉到文化的影响力，这一纸小小的邀请函里有年轻人的偶像和文化上的向往。她怀念慧远大师，向往谢安，表面上看起来是要结一个诗社来玩，可是骨子里他们是以慧远大师和谢安这样的文化风范做榜样的。

不同教养的差别

“宝玉看了，不觉喜的拍手笑道：‘倒是三妹妹高雅，我如今就去商议。'" 宝玉已经玩得有点无聊了，实在是想不出新花样来了，一看探春的信，当然高兴。"一面说，一面就走，翠墨跟在后面。刚到了沁芳亭，只见园中后门上值日的婆子，手里拿着一个字帖走来，见了宝玉，便迎上去，口内说道：'芸哥儿请安，在后门口等着，叫我送来的。'"

我们来看另外一封信，看看不同教养的两个人在修辞学上的差别有多大。

与探春的"妹探春谨奉"不同，贾芸写"不肖男 芸恭请"，上来问候"父亲大人万福金安"。贾芸比宝玉大好几岁，只是宝玉偶然说，"你长的倒像我儿子"，他就称宝玉为"父亲大人"。对于贾芸来说，能被宝玉看上简直是天上掉下来礼物，所以当即跪下谢恩，之后还要尽力把这个关系维持好。他知道宝玉喜欢花，就送了两盆他觉得很难得的白海棠花来。送海棠花时还要附上一封信说明为什么送。很明显，他要的东西就是名和利，只要有机会巴结逢迎，不管年龄差多大他都愿意。作者拿一个名利中人和探春的清雅来做对比，其实是在嘲讽贾芸的不堪。

"男思自蒙天恩，认于膝下"，"膝下"就是儿子。子女幼时常依于父母膝下，所以叫膝下。贾芸已经比宝玉都高了，还"认于膝下"，人一旦有欲望，竟可以卑下到这种地步。"日夜思一孝顺，竟无可孝顺之处。"这里重复两次"孝顺"，连最基本的修辞都不懂。

"前因买办花草"，"买办"两个字其实很难听的，就是在中间弄油水的人。"上托大人金福，竟认得许多花匠，并认得许多名园。""认得"、"并认得"，都是在修辞学上不及格的东西，他的词汇量太少，所以只能重复。"前因忽见有白海棠一种，不可多得。故变尽方法，只弄得两盆。"注意"变尽方法"这四个字，然后又说"只弄得两盆"，特别用了"弄"这个俗字，探春是绝对不会用“弄”这种字的。

“大人若视男如亲男一般，便留下赏玩。因天气暑热，恐园中姑娘们不便，故不敢面见。奉书恭启，并叩台安。男　芸跪书。”

作者是有意在做对比，让我们换一个心情去赏鉴。探春的高雅和贾芸的不堪，是两种截然不同的东西。我有时候跟朋友说，常用另外一个心情去活着也很好，看人与人是多么不一样。当然贾芸这种人太多的时候，我们肯定受不了，就会特别珍惜探春的清雅。

宝玉根本不在意这个贾芸，所以他看完信以后，就笑着问：“独他来了，还有什么人？”以宝玉的文化品位和教养，看到这封信，大概也不想见这个人了。婆子回答：“还有两盆花儿。”宝玉说：“你出去说，我知道了，难为他想着。你便把花儿送到我屋里去就是了。”一边说，一边就和翠墨到秋爽斋来。

这一段小插曲说明这些小孩子即便是玩，也要玩出格调来，不会流俗的。

独立个性入诗社

宝玉到了以后，宝钗、黛玉、迎春、惜春都已经在那里了。大家见他进来，都笑着说：“又来了一个。”要开诗社了，大家兴致都很高。

探春笑着说：“我不算俗，偶然起个念头，写了几个帖儿试一试，谁知一招皆到。”宝玉也笑着说：“可惜迟了，早该起这社的。”

黛玉说：“你们只管起社，可别算我，我是不敢的。”谁都知道黛玉是这些人里最有才华的，可是她却说，要开诗社你们开好了，我是不会写诗的，这就是黛玉的个性。如果换作史湘云，她一定会说，诗社啊！我一定要参加，这是我最喜欢的。黛玉身上有一种洁癖，也有一种自负，她知道自己的诗写得最好，反而会讲反话。迎春笑道：“你不敢，谁还敢呢？”她讲的是老实话。

宝玉就说：“这是一件正经大事，大家鼓舞起来，不要你谦我让的。各有主意尽管说出来大家平章。宝姐姐也出个主意，林妹妹也说个话儿。”“平章”也是修辞学，这里当然用不到这么重的修辞。过去宰相平章政事，就是跟皇帝一起讨论国家大事。宝玉用了“平章”，是说我们一起来讨论、协商。

“宝钗道：‘你忙什么，人还不全呢。’一语未了，李纨也来了，进门笑道：‘雅的紧！要起诗社，我自荐我掌坛。前日春天我原有这个意思的。我想了一想，我又不会作诗，瞎乱说些什么，因而也忘了，就没有说得。既是三妹妹高兴，我就帮你作兴起来。’”

黛玉说：“既然定要起诗社，咱们都是诗翁了，先把这些姐妹叔嫂的字样改了才不俗。”诗社里面的成员叫作“诗翁”，而这些人平常都是互称姐姐妹妹的。林黛玉就建议把姐姐妹妹这些俗字拿掉，每个人起一个号，以独立的个性入社。因为在创作领域里的人是独立的，创作本身就是自我个性的表现。

在中国传统当中，儒家的伦理很严格。比如跟爸爸一起参加一个诗社，如果你赢过他，那就是不孝。后来诗社就有一个规矩，不管谁参加的时候都用号。这就能暂时摆脱掉伦理的部分，以独立的个人出现。黛玉的建议是希望把大家从伦理中解放出来，恢复部分的自我。

历史上有一个很有名的例子。唐朝初年有个大文学家叫王勃，他不到二十岁就跟他父亲参加了一个诗社，当然，诗社里的人都是他的长辈。那天滕王阁的风景很好，大家就说要写一个《滕王阁序》来纪念。古代的文人只要聚会就一定要写诗，可是写的时候都会推让，说某某公德高望重，应该他写什么的，就这样推来推去。王勃看了觉得很烦，就说我来写好了。大家可以想象一下，王勃一讲这个话，他老爸脸都白了，因为在过去的伦理中，这种事根本轮不到小孩子的。最后王勃提笔，大家就冷眼旁观。结果他的句子“落霞与孤鹜齐飞，秋水共长天一色”、“关山难越，谁悲失路之人；萍水相逢，尽是他乡之客”成为至今传诵的经典，《滕王阁序》成为历史上少有的一个年轻人的创作。

南宋的画家马远和马麟是一对父子，许多人认为很多马麟的画是他父亲画的，因为儿子怎么可能比爸爸画得更好呢？可是马麟的风格和他爸爸差别很大，他比较狂野、浪漫，马远的风格则比较沉稳、含蓄。又比如赵孟頫和管仲姬（名道升）是一对夫妻，就有人认为管仲姬最好的画是由她丈夫代笔的。在儒家传统太强大的时代，伦理强到所有的人都要遵守，强到不相信一个顺从的角色可以超越主体角色。

可是老庄就比较欣赏特立独行的个人。黛玉基本上不属于儒家，所以她建议不要用姐姐妹妹的字眼，这样才不俗。

自我个性的表现

大观园里的青春游戏开始了，改名字是他们玩的第一个游戏。这个游戏并不简单，因为在伦理当中能够保有自我的特性是非常不容易的事。改名字是游戏当中解脱原来身份的角色互换，从此以后他们至少在诗社里面恢复了一部分自我。原来的名字是家族给的，现在必须给自己找到一个号，取号就表示他们对自己的生命独立有了向往。

李纨很赞同，她说："极是，何不大家起个别号，彼此称呼则雅。我是定了'稻香老农'，再无人占的。"李纨住在稻香村，又在守寡，有一点吃素斋的感觉，所以用了"稻香老农"。

探春笑着说："我就是'秋爽居士'罢。"宝玉说："居士、主人到底不确，且又累赘。这里梧桐、芭蕉尽有，或指梧桐、芭蕉起个倒好。"探春笑道："有了，我最喜芭蕉，就称'蕉下客'罢。"众人都说这个别致有趣。

黛玉马上就笑道："你们快牵了他，炖脯子吃酒。""脯子"就是肉。众人不理解她为什么这样讲。黛玉笑着："古人曾云'蕉叶覆鹿'，他自称'蕉下客'，可不是一只鹿了？快做鹿脯来。""蕉叶覆鹿"是个典故，当时十几岁小孩子的脑海里有很多典故，它们也可以变成游戏。如果你知道这个典故，就可以用它来跟周围的人开玩笑。大家听了以后都笑起来。

探春就笑着说："你别忙，使巧话来骂人，我已替你想了个极妥当的美号了。"她跟大家解释说："当日娥皇、女英洒泪在竹上成斑，故今斑竹又名湘妃竹。如今他住的是潇湘馆，他又爱哭，将来他想林姐夫，那些竹子也是要变成斑竹的。以后都叫他作'潇湘妃子'就完了。"探春用一个古代的典故结合林黛玉的个性，封她为"潇湘妃子"。"大家听说，都拍手叫妙。林黛玉低了头方不言语。"林黛玉接受了"潇湘妃子"这个称号，她也觉得自己的生命就像是那个远古的神话，她来世上走这一遭，就是要为泪留下痕迹的。

李纨笑道："我替薛大妹妹也早已想了个好的，也只三个字。"惜春、迎春都忙问是什么。李纨说："我是封他'蘅芜君'。"薛宝钗住的地方叫"蘅芜苑"，"蘅芜"，是指杜蘅、芜菁，都是多年生草本植物，不是有枝干的乔木，《楚辞》里常常用它比喻小人。可是这里不能这么直接讲，讲出来很容易引起误会，认为作者不喜欢宝钗，其实不是。"蘅芜"后面又加上个"君"字，有点纠缠，作者对宝钗好像是既爱又恨。宝钗个性是心机很重，会要很多小手腕。她扑蝴蝶时，无意听到两个丫头在讲偷情的话，立刻就想到嫁祸黛玉。宝钗的个性里有一些杂质，可是李纨偏偏封她为"君"，表面上看来宝钗是最有大家闺秀风范的。所以"蘅芜君"三个字要仔细体会，它不止是一个简单的名字，其中纠缠了一些复杂的东西。

探春笑着说："这个封号极好呢。"宝玉说："我呢？你们也替我想个。"这就是宝玉的个性。黛玉绝对不会说，你们赶快帮我取一个号吧，可是宝玉就很急。

于是宝钗笑着说："你的号早有了——'无事忙'，'忙'字确当的很。"李纨道："你还是你的旧号'绛洞花主'就好。"宝玉早就有号了，大概十一二岁他就取了一个"绛洞花主"，好像武侠小说里的人一样。"绛"是红色，"绛洞花主"是红颜色的山洞里那个爱花的主人。宝玉觉得有点不好意思，笑道："小时候干的营生，还提他作什么？"

探春说："你的号多的很，又起什么？我们爱叫你什么，你就答应着就是了！"宝钗又接着说："还得我送你个号罢。有最俗的一个号，却于你最当。天下难得的是富贵，又难得的是闲散，这两样再不能兼有，不想你兼有了，就叫你'富贵闲人'也罢了。"这一方面是一个讽刺，一方面也在讲人生的哲学。基本上富贵的人不能闲散，闲散的人不能富贵，这两个东西往往是不会同时拥有的。所以我们有时一方面羡慕别人的富贵，同时也同情他忙得要死。看来，富贵和闲散同时有了才是真正的幸福。

宝玉就笑了：“当不起，当不起，倒是随你们混叫去罢。”

李纨问：“二姑娘、四姑娘起个什么？”迎春与惜春都是木讷的人，不太表现自我的个性。迎春是天性的木讷，惜春是因为还小，才十一岁，个性还不明显。迎春说：“我们又不大会诗，白起个号作什么？”迎春永远是很直接的，因为她头脑太简单了。探春说：“虽如此，也起个才是。”宝钗替她们说：“他住的是紫菱洲，就叫他‘菱洲’；四丫头在藕香榭，就叫他‘藕榭’就是了。”

谦虚李纨自称附骥

李纨说：“就是这样好。但序齿我大，你们都要依我的主意，管情说了大家合意。”“序齿”是年龄的意思。“我们七个人起社，我和二姑娘、四姑娘都不会作诗，须得让出我们三个人去。我们三个各分一件事。”李纨意思是说我们三个人不太会作诗，那由我们来管行政上的事情。

“立定了社，再定罚约。我那里地方大，竟在我那里作社。我虽不能作诗，这些诗人竟不厌俗客，我作个东道主人，我自然也清雅起来了。若是要推我作社长，我一个社长自然不够，必要再请两位副社长，就请菱洲、藕榭二位学究，一位出题限韵，一位誊录监场。亦不可拘定了我们三个不作，若遇见容易些的题目、韵脚，我们也随便作一首。你们四个都是要限定的。若是如此便起，若不依我，我也不敢附骥了。”

“骥”是跑得最快的骏马。“附骥”最早出自司马迁的《史记·伯夷列传》，原文是：“伯夷、叔齐虽贤，得夫子而名益彰。颜渊虽笃学，附骥尾而行益显。”后来，汉代王褒在《四子讲德论》中说：“附骥尾则涉千里。”指的是苍蝇虻虫，它不用自己飞，只是趴在快马的尾巴上，就能抵达千里之外。这是一个非常活泼的形容，就像我们说这个蚊子好厉害，扒着电梯就上了三十几层楼。这里李纨谦虚地说，我就像那只苍蝇，没有什么才华，但跟着你们这些骏马，我也可以至千里了。很明显，李纨是读过书的，很有教养，又很谦逊。文化的品格在这里就表现出来了，这就是修辞。

“迎春、惜春本性懒于诗词，又有薛、林在前，听了这话便深合己意，二人皆说‘是极’。探春等也知此意，见他二人悦服，也不好强，只得依了。因笑道：‘这话也罢了，只是我自想好笑的，我起了个主意，反叫你们三个来管起我来了。’”本来是探春下的邀请函，请大家来作诗，结果别人成了社长、副社长，反来规定她如何作诗了。

宝玉说：“既这样，咱们就往稻香村去。”李纨说：“都是你忙，今日不过商议了，等我再请。”宝钗接着说：“也要议定几日一回方好。”小孩子有时候一乐起来，最后又没下文了。宝钗是比较理性的人，她说我们看看几天聚一次。

探春说：“若只管会的多，又没趣了。一月之中，只可两三次才好。”宝钗点头道：“一月只要两次就够了。拟定日期，风雨无阻。除这两日外，倘有高兴的，他情愿加一社的，或情愿到他那里去，或附就了，亦可使得，岂不活泼有趣。”大家都同意了。

可是探春说：“起诗社是我的意思，所以我一定要先作个东道主人，才不辜负我的兴致。”李纨说：“既这样说，明日你就先开一社如何？”探春说：“明日不如今日，就是此刻好。你就出题，菱洲限韵，藕榭监场。”

迎春说："依我说，也不必随一人出题限韵，竟是拈阄公道。"李纨就说："方才我来时，看见他们抬进两盆白海棠来，倒是好花。你们何不就咏起来？"这就和前面提到的贾芸送来的白海棠花联系起来了。

文字的游戏与创作

迎春说："都还未赏，先倒作诗。"你看，迎春永远是最老实的，她觉得还没有看到花怎么能先作诗呢？

宝钗就笑她说："不过是白海棠，又何必定要见了才作。古人诗赋，也不过都是寄兴写情耳。若都是看见了作，如今也没这些诗了。"有没有发现实际上这是在讲创作？创作不见得一定是写实的，有时候只是一个动机。《岳阳楼记》是范仲淹最有名的作品，可是范仲淹并没有到过岳阳楼，作品中的岳阳楼是他想象的。苏东坡《赤壁赋》里的赤壁也不是那个古代的赤壁，而是他自以为的赤壁。所以宝钗说，真正的文学创作不见得一定要在现场，创作其实有幻想的部分。

他们下面就要开始写诗的游戏了。像我们玩扑克牌一样，游戏一定要有规则。越严格的规则，越可以看出到底谁比较厉害。后面我们就能看到在同样严格的规则之下，他们每个人怎样力求别具一格，写出表现自己个性的诗来。

"迎春道：'既如此，待我限韵。'说着，走到书架前抽出一本诗来，随手一揭，这首诗竟是一首七言律。"诗分不同的类别，有绝句，有律诗，有乐府，有仿乐府。她随便一翻翻到了一首七言律诗。律诗被称为"律"，是唐朝最严格的一种诗体，七言律诗每句七个字，共八句。二、四、六、八四句句尾要押韵，三四、五六两组要对仗，是所有的诗中被限定得最严格的。对这些孩子来讲，其实是在七律当中玩文字的组合。

现在决定是七律了，可是要限什么韵呢？迎春就和一个小丫头说："你随口说一个字来。"那丫头刚好靠在门边，便说了个"门"字。迎春笑了，说："就是门字韵，'十三元'。押头一个韵定要这'门'字。""门"是十三元。"元"的发音是"an"，事实上它是"en"。他们"又要了韵牌匣子过来，抽出'十三元'一屉"。他们真的有游戏的道具，这个抽屉里放了所有跟"n"音有关的字。然后就从里面随便抽出四个字："盆"、"魂"、"痕"、"昏"。所以第一句的结尾一定要用到"门"，二四六八句结尾一定要是"盆、魂、痕、昏"这四个字。

诗的哲学

定了游戏规则，大家就开始紧张起来，每个人"都悄然各自思索起来，独黛玉或抚梧桐，或看秋色，或又和丫环们嘲笑"。林黛玉是最会写诗的，大家都在费力思考怎样把每个字都用进去，而且要用得好的时候，她的表现是根本不怎么在意，其实这才是真正的高手。

"迎春又命丫环炷了一支'梦甜香'。原来这'梦甜香'只有三寸来长，有灯草粗细，以其易烬，故以此烬为限，如香烬未成便要罚。"迎春负责监场，她命人点了一支"梦甜香"，这香只有三寸长，它的分子比较松，很快就烧完了，等于是用它来限定时间。大家都听过才高八斗的曹子建七步成诗的故事，那相当是用步数来限时间。

探春先写好了，就提笔写出来，又修改了一下，交给迎春。又问宝钗：

“蘅芜君，你可有了？”宝钗说：“有却有了，只是不好。”看来还在修改。

宝玉最好玩，他背着手，在回廊上踱来踱去，又要关心黛玉，说：“你听，他们都有了。”黛玉说：“你别管我。”

宝玉看见宝钗已经誊写出来，就说：“了不得！香只剩下了一寸了，我才有了四句。”然后又跟黛玉说：“香快完了，只管蹲在那潮地下作什么？”他一方面忙自己，一方面还要忙黛玉。他大概觉得如果女朋友没写完也很丢脸，就一直催她。黛玉也不理他。宝玉最后说：“我可顾不得你了，好歹也写出来罢。”说着，“也走在案前写了”。

下面就按照每个人交上来的顺序，介绍了他们写白海棠花的几首诗。

先看探春的：“斜阳寒草带重门，苔翠盈铺雨后盆。”第一句的最后一个字是“门”，第二句的结尾是“盆”。下面是对仗的第三、第四句：“玉是精神难比洁，雪为肌骨易销魂。”“玉”对“雪”，“精神”对“肌骨”，“难比洁”对“易销魂”，平仄与字都是对仗的。用“玉”和“雪”来形容白色海棠花的洁净。

下面两句也是对仗的：“芳心一点娇无力，倩影三更月有痕。”“芳心一点”对“倩影三更”，“娇无力”对“月有痕”。注意“无”和“有”的关系。对联里其实有一种哲学，看到“无”就会想到“有”，看到“天”就会想到“地”，看到“春”就会想到“秋”。这个哲学是说当你看到生命里的两个极端现象的时候，才会有提高的可能，否则很容易偏执。

在西方文学里很少看到严格的对仗。在东方哲学里，事物是两面的，只知道春不知道秋的生命是不完整的，只知道天的崇高而不知道地的宽厚的生命也是不完整的。所以诗里常常是上一句是春，下一句就是秋，上一句是天，下一句就是地。这种对仗的句子其实让我们对人生多一些全面的看法，知道有一个强，就有一个是弱，这其中没有好和不好，只是两种事物的互动和转化。

最后两句是："莫谓缟仙能羽化，多情伴我咏黄昏。"白颜色的衣服叫"缟"，这里形容好像是一个非常超脱的仙人，穿着白色的衣服。"羽化"是蝉蜕而去，解脱了肉体的负担，羽化才能够登仙。

宝钗的含蓄浑厚

下面来看宝钗的诗。宝钗永远是大家风范，从不走偏锋，给人一种雍容大度的感觉，她的诗也体现了她的风格。

"珍重芳姿昼掩门"，第一句又是"门"。"珍重芳姿"是说别人再怎么不珍重你，你也要珍重自己。宝钗一开始就表达了对自己生命的在意与尊重，其中有一种大方与雍容。"自携手瓮灌苔盆"，还是在讲自己，意思说你的生命能不能美，能不能得到滋养，全要靠你自己。

注意下面对仗的句子："胭脂洗出秋阶影，冰雪招来露砌魂。""胭脂"对"冰雪"，"洗出"对"招来"，"秋阶影"对"露砌魂"。"淡极始知花更艳，愁多焉得玉无痕。""淡极"对"愁多"，"淡"到最高峰其实是更加艳丽的状态。一般人认为花红柳绿才是"艳"，可是在一个花红柳绿的晚宴当中，有个人穿着一袭白衣出来，反而会是最艳的。"淡极"是说白色的海棠那最没有表现力的"白"，到最后比别的颜色的花更艳。"愁多焉得玉无痕"，有点形容花瓣上的皱褶也有一种忧愁，一种美里面的忧愁，就好像玉上面有了痕迹。

"欲偿白帝凭清洁"，五行学说当中，西方是白色、是秋天、是金，白帝是主管西方和秋天的神，而秋天又是最洁净的季节。“不语婷婷日又昏”，一枝花婷婷玉立，沉默不语，随着时间又到了黄昏时分。

可以看到“盆、魂、痕、昏”，全是押韵的。可见严格的律诗结构根本阻挡不了他们去表现自我。有时候我们会认为有太多的限制就写不好诗，其实不一定，艺术有时候就是在限制里得以实现的。这些限制实际上是在挑战这些小孩子的别具匠心和独出心裁，挑战他们的创造力。

李纨就笑着说：“到底是蘅芜君。”赞美薛宝钗的风格不同，其中有一种大气。

下面看宝玉的：“秋容浅淡映重门，七节攒成雪满盆。出浴太真冰作影，捧心西子玉为魂。”宝玉是最爱美女的，所以用了两个古代最美的女子来形容白海棠。“出浴太真”是指刚刚洗完澡的杨贵妃，像冰作的影子一样晶莹。“捧心西子”指西施，西施因为常常心痛，所以她会“捧心”。“玉为魂”是说白海棠有一个很精致的魂魄。“出浴太真”、“捧心西子”也都是对仗。

“晓风不散愁千点，宿雨还添泪一痕。”早上的风在吹，花儿好像还是充满了忧愁。隔夜的雨还留在花瓣上，好像平添了泪痕一样。“晓风”对“宿雨”，“不散”对“还添”，“愁千点”对“泪一痕”。看起来轻松，仔细研究的时候，没有一个字是离开对联的严格限制的。

“独倚画栏如有意，清砧怨笛送黄昏。”花好像默默不语，有所思虑地靠在栏杆旁，这有点把白海棠比作独守空闺思念情郎的女子。远远有幽怨的笛声、清冷的捣衣声传来，黄昏就这样慢慢过去了。

“大家看了，宝玉说探春的好，李纨才要推宝钗这诗有身分，因又催黛玉。”其实大家各有心思。宝玉就希望黛玉是最好的，不希望宝钗赢。

他之所以先说探春的好，就是想先把宝钗的压下去，因为他知道唯一能够赢过黛玉的只有宝钗。李纨却认为宝钗的好，说这诗有“身分”，就是说它里面有一种对自我的尊重。

黛玉的风流别致

“黛玉道：‘你们都有了？’说着提笔一挥而就，掷与众人。”这个才是黛玉，高手出招，哪里需要那么多程序。

李纨等人看她写的是：“半卷湘帘半掩门。”人在房间里面，卷了湘妃竹做的帘子，透过门看到外面。“碾冰为土玉为盆”，白海棠的洁癖是不要土养的，是用冰碾碎了以后做的土。黛玉的东西永远是呕心沥血的，让你感觉她的生命是在冰雪里生长的。

“看了这句，宝玉先喝起彩来，只说‘从何处想来！’”宝玉永远觉得黛玉是最棒的。

下面这两句才是最惊人的句子：“偷来梨蕊三分白，借得梅花一缕魂。”其他人都不会这样写，只有黛玉能写“一缕魂”这样的文字出来，因为她的生命处于一种完全孤独的状态。“三分白”、“一缕魂”对仗，“梨蕊”对“梅花”，“偷来”对“借得”。“众人看了，也都不禁叫好，说‘果然比别人又是一样心肠’。”这个“借得梅花一缕魂”绝对不是宝玉的句子，也不会是宝钗的句子，它绝对是黛玉的句子。作者在这个时候，必须要转化成黛玉，才写得出这样的诗来。《红楼梦》不愧是世界经典的第一名，这里所有的诗都是曹雪芹写的，他要替宝玉、探春、宝钗、黛玉每个人写诗，可是每一首诗都要有自己的特点，这才是真正厉害的高手，今天的写作者很难做到这一点。

“月窟仙人缝缟袂”，“袂”是袖子的意思，“缟”，白色的衣服，是指月宫里面的仙人嫦娥飘飘的白色袖子。“秋闺怨女拭啼痕”，秋天里一个充满了幽怨的少女在擦她脸上的泪痕，其实讲的都是自己。“娇羞默默同谁诉，倦倚西风夜已昏。”黛玉的孤独是没有地方可以去吐露的。你读下去，只觉得这是一首美丽的诗，不知不觉中“门、盆、魂、痕、昏”全部都在里面了，而且押韵、对仗 点不差。他们在比游戏规则，同时也在比自己的心性。

“众人看了，都道是这首为上。”作者一直在强调一个东西，就是宝钗跟黛玉的美没有办法比较。可是李纨不这么认为，她说：“若论风流别致，是推潇作；若论含蓄浑厚，终让蘅稿。”李纨赞成含蓄浑厚。从儒家美学的角度来讲，不会赞同黛玉的生命状态，因为黛玉的生命是挫折的、困顿的、失败的、痛苦的、孤独的，而儒家是鼓励生命要含蓄、敦厚、圆融的。这个时候的评语已经不再是评价艺术本身，而是在评价人的生命状态了。

宝玉有点不服，他更喜欢黛玉的诗，他觉得生命短促也没有关系，可是那个生命是发亮的。所以其实作者自己也存在矛盾，宝钗与黛玉就是人生命的两种状态，两者很难去评断。在艺术创作上，这一段特别讲了风流别致是剑走偏锋，就是要跟别人不同的；而含蓄浑厚走的是跟大家相同的路。一个是老庄，一个是儒家。

探春说：“这评的有理，潇湘妃子当居第二。”总要有人附议，不然的话，宝玉跟李纨就一比一了。

李纨说：“怡红公子是压尾，你服不服？”宝玉说：“我的那首原不好，这评的最公。”对于宝玉，别人怎么说他不好，他都觉得没有关系。他要争的不是他自己，而是黛玉。他又笑着说：“只是蘅、潇二首还要斟酌。”他还是不完全同意，在这种场合，宝玉会有自己的坚持。

李纨就说：“原是依我评论，不与你相干，再有多说者必罚。”宝玉听说，“只得罢了”。

定名海棠社

看到这些地方大家都会惊讶，甚至觉得《红楼梦》是不是有点夸张，十几岁的小孩，这么严格的七言律诗竟然那么快就出手成章？今天大学中文专业的人都未必能写得这么好。可写诗对于他们来说真的不是难事，因为他们从小就接受训练。他们可以从日常生活中随时可见的对联里学到对仗；可以从《千字文》的“天地玄黄，宇宙洪荒”、“金生丽水，玉出昆冈”中学习音韵；从《三字经》的“人之初，性本善”中学到字与字、句子与句子的关系。大概从三四岁他们就懂得这些规则，到十三四岁时至少有十年的功力了。

现代人不太理解《红楼梦》中这些小孩子玩游戏怎么能玩到这么高雅，简直像大学教授一样。可事实上文化是渗透在他们日常生活里的，他们每天都在接触这些东西。比如行酒令时，每一个酒令都是诗，夹起鸡肉就要念出跟鸡有关的诗句，夹起梅子就要念和梅子有关的诗句。

李纨说：“从此后我定于每月初二、十六这两日开社，出题、限韵都要依我。这其间你们有高兴的，只管另择日子补开，那怕一个月每天都开社，我也不管。只是到了初二、十六的这两日，是必往我那里去。”李纨作为社长，觉得要有一个社规。我们从中学开始就搞过各种社团，开始时大家都很有兴头，经常聚会，可大概三个月以后人就越来越少，最后就没了。这种文人的雅集，有时真的是偶然兴之所至，到最后人一定会越来越少。所以有一个像李纨这样的行政人员很重要，她提出了规则，“初二、十六”这两天一定要到她那里去。

宝玉就说：“到底要起个社名才是。”探春说：“俗了又不好，忒新了，刁钻古怪也不好。”文人聚会的时候，取个恰当的社名是很难的。民国初年，文人办了好多社，最厉害的一个叫“未名社”，意思是没有名字的社，是鲁迅发起的。当时觉得起名字太麻烦了，就叫未名社吧。名字还没有取好，大家就已经开始写诗、写小说，结果那个社后来推出了很多名人。

探春建议说：“可巧才是海棠诗开端，就呼叫‘海棠社’罢。虽然俗些，因真有此事，也就不碍了。”说完大家又商议了一会，“略用些酒果，方各自散去。也有回家的，也有往贾母、王夫人处去的”。

秋纹的好彩头

这一天大家聚在一起太开心了，但他们忘掉了一个很重要的人——史湘云，因为史湘云不住在贾家。

作者在这中间插播了一段丫头之间的事，目的是让一些不识字、不会写诗的丫头间的聊天把诗社的风雅稍微冲淡些。如果一直讲写诗的事，“雅”反而会变“俗”。

“且说袭人因见宝玉看了字贴儿便慌慌张张同翠墨去了，也不知何事。后来又见后门上婆子送了两盆海棠花来，袭人问是那里来的，婆子便将宝玉前一番原故说了。袭人听说便命他们摆好，让他们在下房里坐了，自己走到自己房内秤了六钱银子封好，又拿了三百钱来，都递与那两个婆子道：‘这银子赏那抬花来的小子们，这钱你们打酒吃罢。’”宝玉不在家，丫头也知道怎么做公关。袭人这种丫头绝对不像我们今天家里的用人或仆人，她们是能当家的，知道该怎么处理主人的事情。

“婆子们站起来，眉开眼笑，千恩万谢的不肯受，见袭人执意不收，方领了。袭人又道：‘后门上外头可有该班的小子们？’”袭人问她们刚才抬花进来，有没有看到当班的男用人。婆子们连忙回答说：“天天有四个，预备里面差使的。姑娘有什么差使，我们吩咐去。”袭人笑道：“我有什么差使？今儿宝二爷要打发人到小侯爷家与大姑娘送东西去。”“小侯爷”就是史侯。贾、史、王、薛四大家族中，史家是封了侯爵的。

她说：“可巧你们来了，顺便出去，叫后门上的小子们雇辆车来。回来你们就来这里拿钱，不用叫他们又往前头混碰去。”袭人想要顺便办一点事情。因为袭人帮史湘云绣了点东西，她们有些私下的来往，可是她不能用自己的名义去做。

“婆子答应着去了。袭人回至房中，拿碟子盛东西与史湘云送去，却见槅子上碟槽空着。”“槅子”是像书架一样的东西，专门放古董、器皿的。“因回头见晴雯、秋纹、麝月等都在一处做针黹，袭人问道：‘这一个缠丝白玛瑙碟子那去了？’”她大概想用这个碟子装东西送给史湘云。“众人见问，都你看我，我看你，都想不起来。半日，晴雯笑道：‘给三姑娘送荔枝去的，还没送来呢。’袭人道：‘家常送东西的家伙多呢，何必用这个？’”说这个白玛瑙的碟子特别讲究，干吗不用家常的东西，用这么讲究的。

晴雯说："我何尝不也这样说。他说这个碟子配上鲜荔枝才好看。我送去，三姑娘见了，也说好看，叫连碟子放着，就没带来。"注意，美学教育绝对不只是学校的美术课，美学教育是生活里就有的。所以这个碟子还在探春那边。"你再瞧，那槅子尽上的一对联珠瓶还没收来呢。"这些丫头是管家的，家里有什么东西，送到哪里去，都要追踪的。晴雯在提醒袭人，我们家里有几个重要的东西还没拿回来呢。

秋纹就笑了，说："提起瓶来，我又想起笑话。我们宝二爷说声孝心一动，也孝敬到二十分。因那日见园里桂花，折了两枝，原是自己要插瓶的，忽然想起来说，这是自己园里的才开的新鲜花，不敢自己先玩，巴巴的把那一对瓶拿下来，亲自灌水插好了，叫个人拿着，亲自送一瓶进老太太，又进一瓶与太太。"秋天桂花开了，宝玉觉得好，就亲自送花给老祖母和妈妈欣赏。"谁知他孝心一动，连跟的人都得福了。可巧那日是我拿去的。老太太见了这样，喜的无可无不可，见人就说：'到底是宝玉孝顺我。连一枝花儿也想的到，别人还只怨我疼他。'"

"你们知道，老太太平日不大同我说话的，有些不入他老人家的眼的。"秋纹觉得她跟贾母没有缘分，贾母不太喜欢她。可那天因为宝玉送花，老太太高兴了，她就沾了福气，说："那日竟叫人拿几百钱给我，说我可怜见的，生的单柔。"人的心情不一样，做出的事情也不同。今天你如果要去跟总经理讲话，最好先问问他的孙子有没有送花，他开心的时候，身边的事情都是好事。千万别在他才跟太太吵了架的时候跑进去，那刚好就迁怒到你了。

秋纹说："这可是再想不到的福气。几百钱事小，难得这个脸面。及至到了太太那里，太太正和二奶奶、赵姨奶奶、周姨奶奶好些人翻箱子，找太太当日年轻的颜色衣裳，不知给那一个。”后来又到了宝玉妈妈王夫人那里，正好赵姨娘、周姨娘都在，宝玉送花来了，对于王夫人来说，这真是件风光的事情。这些女人之间是要争风吃醋的，三个女人会比较谁的孩子更好。

“一见了，连衣裳也不找了，且看花儿。又有二奶奶在旁边凑趣，也夸宝玉，又是怎样孝敬，又是怎样知好歹，有的没的说了两车话。当着众人，太太自为又增了光，堵了众人的嘴。太太越发喜欢了，现成的衣服就赏我两件。”秋纹觉得那一天运气实在太好了，到贾母那边赏了钱，王夫人这边又赏了衣服。她说：“衣裳也是小事，年年横竖也得，却不像这个彩头。”

西洋花点子哈巴狗

晴雯就骂她说：“呸！没见世面的小蹄子！那是把好的给了人，挑剩下的才给你，你还充有脸呢。”晴雯在讲什么？记不记得前面提到了袭人得到的好处，她的身份已经改变，不再是丫头了。所以晴雯有点儿吃醋，就说二两银子都给了袭人了，你才拿几百钱就高兴成这个样子，其实她是有点在挑拨。这里在讲丫头间的俗事，和刚才写诗的雅事，刚好是一个写作上的对比。

秋纹却觉得无所谓，说：“凭他给谁剩的，到底是太太的恩典。”晴雯说：“要是我，我就不要。若是给别人剩下的给我，也罢了。一样这屋里的人，难道谁又比谁高贵些？把好的给他，剩的才给我，我宁可不要，冲撞了太太，我也不受这口气。”这是晴雯的个性，她特别好强，大家都对袭人特别好，她很不服气。其实晴雯就是丫头里的黛玉，她们都属于“宁为玉碎”的悲剧个性，都有对自己生命的坚持，不是最好的就不要。最后黛玉早逝，晴雯也早逝。

秋纹不明白，就问：“给这屋里谁的？我因前日病了几天，家去了，不知是给谁的。”她不知道晴雯在跟袭人暗地里较劲。她说：“好姐姐，你告诉我知道知道。”晴雯说：“我告诉了你，难道你这会退还太太去不成？”秋纹说：“胡说，我自听了喜欢喜欢。那怕给这屋里的狗剩下的，我只领太太的恩典，也不犯管别的事。”大家听了就笑了，她不知道实情，便说就是给狗剩下的我也无所谓。可是实际上刚好是骂到袭人了。

大家就很高兴，说：“骂的巧，可不是给了那西洋花点子哈巴儿了。”因为袭人姓花，“花点子”其实说的就是袭人。《红楼梦》里面有很多东西是跟西洋有关的，乾隆年间，欧洲的东西已经进口到中国，贵族人家开始用了很多的舶来品，包括宠物。

袭人就笑着说：“你们这起烂了嘴的！得了空就拿我取笑打牙儿。一个个不知怎么死呢。”袭人本来一直都不搭腔的，听到大家把她比成西洋的花点子哈巴狗，她才开始说话。

秋纹也笑了：“原来姐姐得了，我实在不知道。我陪了个不是罢。”袭人就笑说：“少轻狂罢。你们谁取了碟子来是正经。”麝月说：“那瓶儿也该得空收来了。老太太屋里还罢了，太太屋里人多手杂。”因为王夫人旁边有周姨娘、赵姨娘，这些人都跟王夫人不太和睦，经常争风吃醋，很有可能会陷害对方。她当然不好意思讲得太露骨。“赵姨奶奶一伙的人，见是这屋里的东西，又该使黑心弄坏了才罢。”意思是说不是偷，就是把它砸坏了，无外乎是因为争风吃醋引发出来的事。“‘太太也不大管这些，不如早些收来正经。’晴雯听说，便掷下针凿道：‘这话倒是，等我取去。’”晴雯属于行动派，一听这话，马上意识到东西万一给弄坏了不好，就想赶快去拿。

秋纹说：“还是我取去罢，你取碟子去。”晴雯笑着说：“我偏取一遭儿去。是巧宗儿你们都得了，难道不许我得一遭儿？”麝月也笑着说：“通共秋丫头得了一遭儿衣裳，那里今日又可巧，你也遇见找衣裳不成。”就是说别做梦了，以为每天都有这些好事。晴雯冷笑说：“虽然碰不见衣裳，或者太太看见我勤谨，一个月也把太太的公费里分出二两银子来给我，也定不得。”看，她又在讽刺袭人了。晴雯心里一直不太平衡，觉得大家都很努力，凭什么她袭人多得了二两。黛玉和晴雯这种人在社会上多半是吃亏，很少有胜算的。其实晴雯是个做事很认真的人，忠心耿耿，一听说东西可能会被弄坏，就立刻跳起来说我去拿回来，可是她不懂得在人前表现，还傻乎乎地总得罪人。

可是袭人就不一样。她跟王夫人讲的是：宝玉大了，要小心那些丫头，万一出点什么事，名声不好听。可是真正跟宝玉上床的是袭人。可见这些丫头的个性也截然不同。

晴雯接着又笑着说：“你们别和我装神弄鬼的，什么事我不知道。”一面说，一面往外跑了，“秋纹也同他出来，自去探春那里取了碟子来”。

史湘云入社

“袭人打点齐备东西，叫过本处的一个老宋妈妈来，向他说道：‘你先好生梳洗了，换了出门的衣裳来，如今打发你与史大姑娘送东西去。’那宋妈妈道：‘姑娘只管交给我，有话说与我，我收拾了就好一顺去的。’袭人听说，便端过两个小掐丝盒子来。”“掐丝”是一种工艺，使用掐丝最多的应该是景泰蓝。有用铜丝，也有用银丝的，当然更讲究些的用金丝掐成各种图案，粘焊在器物上，叫作掐丝。掐出丝以后再填上各种颜色的珐琅，之后经过焙烧、研磨、镀金等很多工序，就制成了掐丝珐琅。这是由西亚传入的一种工艺，元、明以后在中国流行。

“先揭开一个，里面装的是红菱和鸡豆两样鲜果；又那一个，是一碟子桂花糖蒸新栗粉糕。又说道：‘这都是今年咱们这里园里新结的果子，宝二爷送来与姑娘尝尝。’”这都是袭人安排的，可是以袭人的身份，绝对不敢说这是我送的，一定要说是宝二爷送的。“‘再前日姑娘说这玛瑙碟子好，姑娘留下玩罢。这绢包儿里是姑娘上日叫我作的活计，姑娘别嫌粗糙，咴着些罢。替我们请安，替二爷问好就是了。’宋妈妈道：‘宝二爷不知还有甚说的，姑娘再问问去，回来又别说忘了。’袭人因问秋纹：‘方才可见在三姑娘那里？’秋纹道：‘他们都在那里商议起什么诗社呢，又都作诗。想来没话，你只去罢。’宋妈妈听了，便拿了东西出去，另外穿戴了。袭人又嘱咐他：‘从后门出去，有小子和车等着你！’”袭人就告诉她说，拉车的男孩子和车子都准备好了，你只要把东西放到车子上，他们就送你到史侯家了，你把东西给史湘云就可以了。这里可以看出袭人安排事情的妥帖周到。

“宝玉回来，先忙着看了一回海棠”，诗都写完了，海棠花还没看到，所以要先看海棠花。“至房内告诉袭人起诗社的事。袭人也把打发宋妈妈与史湘云送东西去的话告诉了宝玉。”宝玉这个时候才想起湘云来，拍手说：“偏忘了他。我自觉心里有什么事，只是想不起来，亏你提起来，正要请他去。这诗社里若少了他还有什么意思！”

如果一下子就讲完诗社的事显然有点单调，所以作者在中间插了一段丫头的吵闹，这才说起他们忘了史湘云。如果湘云一开始就参加了，刚才评谁的诗好就会非常难，一首接一首的会很无聊。现在史湘云被请来，再补写海棠诗，才能把这个结构串起来。这是文学上的表现手法之一，不能一下子把王牌出尽，总要留些东西。直到袭人说要把湘云喜欢的玛瑙盘子送给她，史湘云才被大家想起来。

宝玉急着要去请史湘云来，袭人就劝他说："什么要紧，不过玩意儿。他比不得你们自在，家里又作不得主儿。"史湘云的爸爸妈妈已经死了，她跟叔婶过日子，叔婶待她又不好。所以袭人说，她不像你们那么悠闲，整天光想写诗什么的。"告诉他，他要来，又由不得他；不来，他又牵肠挂肚的，没的叫他不受用。"袭人比较理性，说你不要随便去告诉她你们成立诗社了，因为她不像你们这么自由。你让她知道了，万一来不了多难受。宝玉说："不妨事，我回老太太打发人接他去。"贾母是史家嫁出来的姑娘，在史家和贾家都是最高的辈分，所以贾母去接史湘云应该没有问题。

"正说着，宋妈妈已经回来，回复道生受"，就是史湘云说不好意思，接受了这么多的礼物。"与袭人道乏，又说：'问二爷做什么呢，我说和姑娘们起什么诗社作诗呢。史姑娘说，他们作诗也不告诉我来，急的了不得。'"宝玉本来已经够急的了，现在听说宋妈妈已经告诉了湘云诗社的事，她又这么主动地想要参加，他"起身便往贾母处来"，逼着贾母赶快找人接史湘云来。这里表现出宝玉身上的孩子气，都已经是晚上了，他还跑去闹贾母。贾母说："今儿又天晚了，明日一早再去。"宝玉只好作罢，"回来闷闷的"。没有立刻把史湘云接来，他有点扫兴。

“次日一早，便又往贾母处来催逼人接去。直到午后，史湘云才来了，宝玉方放了心；见面时就把始末原由告诉他，又要与他诗看。李纨等因说道：‘且别给他看，先说与他韵。他后来，先罚他和了诗；若好，便请入社；若不好，还要罚他一个东道再说。’”李纨要求湘云也要先写海棠诗，然后才能入社。

史湘云说：“你们忘了请我，我还要罚你们呢。就拿韵来，我虽不能，只得勉强出丑。容我入社，扫地焚香我也情愿。”这是史湘云的个性，她说我虽然没有才华，可是我一定要参与。她个性比较开朗，很喜欢跟这些同龄人混在一起。

“众人见他这般有趣，越发喜欢，都埋怨昨日怎么忘了他，遂忙告诉他韵。史湘云一心兴头，等不得推敲删改，一面只管和人说着话，心内早已和成。”

史湘云的两首海棠诗

史湘云很快就想好了，“即用随便的纸笔录出”，然后笑着说：“我却依韵和了两首，好歹我却不知，不过应命而已。”本来大家只要她写一首，她却和了两首，游戏一旦玩得尽兴就会变成这个样子。

大家说：“我们四首也算想绝了，你倒弄了两首。那里有许多话说？不要重了我们。”一面说，一面看诗，只见那两首诗写道：

“神仙昨日降都门，种得蓝田玉一盆。”“门”是第一句的押尾。蓝田在陕西，大家都读过李商隐的诗：“蓝田日暖玉生烟。”“蓝田”是有典故的。东晋的史学家干宝有本书叫《搜神记》，是写很多神怪故事的。里面讲到一个人，仙人教了他一些法术，他便在蓝田种了一斗石子，隔一阵子去挖，石头全变成了玉。“蓝田种玉”本来是个神话传说，后来延伸出别的意思，现在管女孩子未婚先孕叫“蓝田种玉”。古时候蓝田的确产玉，商周的很多玉就是蓝田玉。“种得蓝田玉一盆”是形容白海棠非常漂亮，像仙人种出来的玉一样。

“自是霜娥偏爱冷，非关倩女亦离魂。”“霜娥”对“青女”，“偏爱冷”对“亦离魂”。“霜娥”是古代专管下霜下雪的女神，后来民间不太喜欢这个角色，霜娥就出现得比较少了。日本一个神话传说里有“雪女”，其实就是中国的“霜娥”。霜是白色的，“娥”就是美女的意思。“离魂”也是一个典故。大家都看过《倩女幽魂》，唐朝有部传奇叫《离魂记》，讲的是一个女孩子张倩娘爱上了表哥王宙，王宙要进京赶考，她便把自己的肉体留在家里生病，魂魄却跟着表哥走了。五年后回家来，人与魂合。她父亲觉得奇怪，女儿五年来一直都在生病，怎么忽然就好起来了。这是古代的《倩女幽魂》，后来变成了《聊斋》里的故事。这个“离魂”有一定的象征意味，象征爱意能让一个生命的精神和肉体分离，精神会跟着所爱的人走。

后面是：“秋阴捧出何方雪，雨渍添来隔宿痕。却喜诗人吟不倦，岂令寂寞度朝昏。”“秋阴”对“雨渍”，“捧出”对“添来”，“何方雪”对“隔宿痕”，对仗工整。

再看她的第二首：“蘅芷阶通萝薜门，也宜墙角也宜盆。”“蘅”是杜蘅，“芷”是“白芷”，都是种在台阶边的香草；“萝”指“松萝”，是攀在松树上的一种藤萝，“薜”即“薜荔”，也是一种攀援或者匍匐的灌木。这种白海棠可以种在墙角下，也可以种在花盆里。“花因喜洁难寻偶”，这么爱洁净的花，没有什么能够跟它匹配。“人为悲秋易断魂”，因为这种开在秋天里的花，总让人觉得有一种哀伤在里面。“花因喜洁”对“人为悲秋”，“难寻偶”对“易断魂”。“玉烛滴干风里泪，晶帘隔破月中痕。幽情欲向嫦娥诉，无奈虚廊夜已昏。”玉一样的白烛，这是在比喻秋风中摇曳的白海棠。“晶帘隔破月中痕”是说从水晶帘内看月色中白海棠的姿影更显得朦胧模糊。这两句都在讲白色与光的关系，其实白色是最难形容的。

“众人看一句，惊讶一句，看到了，赞到了，都说：‘这个不枉作了海棠诗，真该要起海棠社了。’”从文学结构上来讲，需要有这样一个压尾的东西，一下都讲完就有点无趣了。史湘云说：“明日先罚我个东道，就让我先邀一社可使得？”众人笑说：“这更妙了。”所以又拿昨天的诗和她评论了一会。

宝钗安排吃螃蟹

晚上史湘云就到宝钗那边去睡了。湘云以前到贾府来一直是在黛玉那里睡的，现在很明显，湘云与宝钗的关系更好。黛玉性格孤僻，身体又不好，很怕别人打搅。宝钗非常会做人，就邀了史湘云到她那里睡。这一晚，这两个女孩子根本没有睡，她们在聊明天怎么做东道。

宝钗说：“既开社，便要作东。虽然是玩意儿，也要瞻前顾后，又要自己便宜，又要不得罪人，然后方大家有趣。你家里你又作不得主，一个月通共那几串钱，你还不够盘缠呢。这会子又干这没要紧的事，你婶婶听见了，越发抱怨你了。况且你就都拿出来，做这个东道也不够。难道为这个家去要去不成？还是和这里要呢？”一句话提醒了史湘云，她要做这个东道，就得回家去要钱，可婶婶对她不好。跟这里要，她又没有名分，因为她是客人，哪里有客人跑到人家做客，还跟人家说你给我钱，我来做主东请客的？湘云快口直心，根本没有想到后面还有这么多麻烦。

这个时候宝钗就开始做人了。她说：“这个我已经有个主意。我们当铺里有一个伙计，他家田上出的好肥螃蟹，前日送了几斤来。现在这里的人，从老太太起连上园里的人，有多一半都是爱吃螃蟹的。前日姨妈还说要请老太太在园里赏桂花、吃螃蟹，因为有事，还没有请。你如今且把诗社别提起，只管普通一请。等他们散了，咱们有多少诗作不得的。”宝钗把两件事合在一起了，就利用薛姨妈请贾母吃螃蟹这个事情来做诗社。等他们吃完螃蟹走了大家再来写诗，这样史湘云就不用出东道的钱了。她说：“我和我哥哥说，要几篓极肥大的螃蟹来，再往铺子里取出几坛好酒，再备上四五桌果碟，岂不又省事又大家热闹了！”“湘云听了，心中自是感服，极赞他想的周到。”宝钗说：“我是一片真心为你，千万别多心，想着我小视了你。”知道人家没有钱，说我来请客，可是又怕人家说，你什么意思，是不是小看我呀？有时候帮助别人还要注意到被帮助人的心情。

湘云赶快说：“好姐姐，你这样说，倒多心待我了。凭他怎么糊涂，连个好歹也不知，还成个人了？我若不把姐姐当作亲姐姐一样看，上回那些家常话，烦难事，也不肯尽情告诉你了。”史湘云曾经把自己在家里的难处跟宝钗讲过。本来她是大家闺秀，什么时候出来都漂漂亮亮的，谁也不知道婶婶对她不好，连钱都不给她。湘云就觉得，我都跟你讲了我的家丑了，我们当然是亲姐妹一般的。

宝钗便叫一个婆子来："出去和大爷说。依前日的大螃蟹要几篓来，明日饭后请老太太、姨妈赏桂花。你说大爷好歹别忘了，我今日已请下人了。"那个婆子就出去回明了。

蘅芜苑夜拟菊花题

宝钗又对湘云说："诗题也不要过于新巧了。你看古人诗中那些刁钻古怪的题目和那极险的韵脚，若题过于新巧，韵过于险，再不得有好诗，终是小家气。"这是宝钗的个性，也是儒家的个性。这里宝钗当然也有点在批评黛玉，说韵用得巧、险，不见得是好文学。她说："诗固然怕说熟话，更不可过于求生，头一件只要立意清新，自然措词就不俗了。"下面是宝钗的心里话："还是纺绩针黹是你我的本。"说我们是女孩子，纺纱刺绣才是本行。"等一时闲了，倒是于身心有益的书，看几章是正经。"宝钗基本上不把写诗作为正经事看待，可林黛玉不一样，她觉得诗是表现生命的。

湘云就说："作个菊花诗如何？"宝钗说："菊花倒也合景，只是前人太多了。"湘云说："我也是如此想着，恐怕落套。"宝钗想了想说："有了，如今以菊花为宾，以人为主，竟拟出几个题目来，都是两个字：一个虚字，一个实字，实字就用'菊'字，虚字通用的。如此又是咏菊，又是赋事，前人也没作过，也不能落套。赋景咏物两关着，又新鲜，又大方。"就是写人与菊花的关系，一方面写花，一方面写花以外的事情，是双关的。

宝钗想了一想，笑道："《菊梦》就好。"湘云笑说："果然好。我也有个，《菊影》可使得？"宝钗回答说："也罢了。只是也有人作过，若题目多，这个也夹的上。我又有了一个。"湘云很着急，说："快说出来。"宝钗说："《问菊》如何？"湘云就拍案叫妙。这是两个女孩子的游戏。这里其实是在讲修辞，怎么通过修辞去将一个主题变幻出来各种可能性。

湘云说："我也有了，《访菊》如何？"宝钗说很有趣，又提议说干脆拟十个出来。两个人也不睡觉了，就研墨蘸笔，湘云写，宝钗念，凑了十个。湘云看了一遍说："十个还不成幅，越性凑成十二个便全了，也如人家字画册页一样。"过去六、十二是"幅"。写诗常常是六首、十二首，就成幅了，册页也是十二册、十二页，画也都是十二幅。

宝钗听说又想了两个，一共凑成了十二个，然后说："既这样，越性编出他个次序先后来。"这下就变成一个菊谱了。

宝钗解释说："起首是《忆菊》之意；不得，故访，第二是《访菊》；既得，便种，第三是《种菊》；种菊盛开，故相对而赏，第四是《对菊》；相对而兴有余，故折来供瓶为玩，第五是《供菊》；既供而不吟，亦觉菊无彩色，第六便是《咏菊》；既入词章，不可无笔墨，第七便是《画菊》；既为菊如是碌碌，究竟不知有何妙处，不禁有所问，第八便是《问菊》；菊如解语，使人不禁狂喜，第九便是《簪菊》；如此人事虽尽，犹有菊之可咏者，《菊影》、《菊梦》二首，第十、第十一；末卷便以《残菊》总收前题之盛。这便是三秋的妙景、妙事都有了。"

第三十八回

林潇湘魁夺菊花诗
薛蘅芜讽和螃蟹咏

音韵中的质感

上一回大观园里的青春男女，在探春的发起下组成了诗社。刚好贾芸送了白海棠花来，他们就开始写海棠诗，用七言的八句律诗、十三元的限韵，加上“盆、魂、痕、昏”这四个字，规则很严格。

我不知道这样的游戏规则对于现在的阅读者，会不会有种特殊的意义。也许我们现在写律诗的机会不太多，对于什么叫对仗、什么叫押韵、什么叫平仄可能不太习惯了。可是我希望大家了解，如果我们真的把诗当成一个游戏来看待的话，成长中的青少年真的可以从中学到声音和字词之间微妙的配置关系。比如前面提到他们决定要限韵，就让一个小丫头发一个声音。我们现在用的语言，每一个字有一个声音，而这个声音是有它的质感的。“en”是一种质感，“i”是一种质感，“ong”、“ang”都有各自的质感。讲话铿锵有力不只是内容的感染力，也包括声音的抑扬顿挫，这是跟音韵学有关的。修辞不仅包括文字的意思、形象，也包括文字的声音。游戏当中，这些孩子把十三元的“en”音拿出来，他们实际上是在玩声音的游戏。

古代人把不同的字分在不同的韵部，每一个韵部放在一个抽屉里。今天我们如果在电脑上用拼音输入法打一个字，就会出现这个音的所有的字，你会发现这些字音有共同的倾向，字的声音会形成一个质感的分类。这个质感不是指意思，而是指声音的质地。比如“江洋韵”是“ang”的韵，“中东韵”是“ong”的韵。“ong”、“ang”的共鸣音很大，仿佛国乐中的黄钟大吕演奏出来的声音。所以“江洋韵”和“中东韵”通常都是用来写颂歌或者很大气的东西的，比如《满江红》的“红”，“ong”韵，可以把一种气势用共鸣的方式传达出去。“一七韵”是“i”韵，本身是闭口韵，共鸣的部位非常小，比如“凄”、“寂”、“离”、“依”，它们有一个共同的质感，就是声音比较低，调性比较悲哀，常用来表达比较细腻的感情。如果是送别的诗，就常常选“一七韵”，“一”、“离、”“寄”、“七”这一类低微的韵部。

韵分为开口韵和闭口韵。口腔开得很大，共鸣的部位振动到鼻腔的韵叫“开口韵”，因为振动性大，所以传达出来的信号也比较堂皇，有一种壮大的感觉。闭口韵是口腔不必打开得很大就能发出的声音。当然有一些韵，比如“由求韵”，“ou”这个韵，是在中间的，情感比较委婉。比如“秋”、“酒”、“楼”，都是“ou”，如果我们把这三个字加在一起，“秋天，喝酒，上楼”，就会产生一种很奇特的感觉，其中似乎有一种心情。

他们写海棠诗时用的是“盆、魂、痕、昏”这四个字，在他们还没有作出诗的时候其实已经有感觉出来了，这四个字决定了基本的调性。就像画画一样，基本的色调已经有了，就看你怎么去组合了。每个画家调色盘里的色彩都有上百种，可是他的色彩却有可能一直在某个调性里。1940年毕加索的调色盘里都是灰蓝色调，叫蓝色时期。这个灰蓝色调决定了毕加索创作里某种忧伤的调性与感觉。“盆、魂、痕、昏”这几个字就如同绘画中的灰蓝色调。

每个人在运用词汇或者绘画的过程中，都会找到自己的色彩调性。我有时看人画画，就能发现连画家穿的衣服的色调和他画里的人物都是一致的。一个人绝对不会绘画是一个风格，做人是另一个风格，画与人一定是有关系的。

音乐领域更明显，如果常听音乐，你大概一听就知道这是贝多芬，那是德彪西。德彪西的音乐永远是飘的，而贝多芬通常是重的，因为他们运用的声音组合元素不同。

三十七、三十八回讲的是非常本质的创作，所有创作都跟创作者所使用的元素有关。

美是生活里的教养

表面上看这些孩子好像在玩，可是他们在写诗这个游戏中学到很多东西。我们今天提倡艺术人文教育、通识教育，想尽办法开一大堆的课，可是往往会发现这些课并没有太大用。其实不是课的问题，而是心灵寻找的问题。我有时候参加一些官方组织的会，讨论艺术产业、文化产业，结果你一看到会场的布置就要昏倒，你发现所有的东西都变成了形式。这种时候你就知道，美并不是你想要就一定能拥有的。

而这些小孩子所做的游戏才真正把美学入于神髓。他们知道“盆、魂、痕、昏”这四个声音产生的感觉是什么。这四个字听起来很像，可是他们可以把细微的差别区分开，放进第二、四、六、八句中。就像绘画，比如灰色，有四五十张色卡都是灰的，拿肉眼看前后两张，你会觉得它们根本没有差别，可事实上是有差别的，因为暖色系多一点与冷色系多一点的灰是不一样的。人的视网膜可以分辨两千多种色彩，如果不开发，你的色彩感就出不来。

宝玉送荔枝给探春，特意找了一个白玛瑙缠丝的碟子，说这样配才好看。这是一个美学经验。当它在生活里面去完成的时候，它是非常具体的。真正的美学是在生活里从视觉、听觉、嗅觉、触觉里面感觉到的美，它要靠生活的教养来慢慢完成。如今东西方都会谈到品位，品位是绝对不可能速成的，速成只是一个消费的过程，无法积累美学经验。

在三十七回和三十八回中，孩子们在游戏中慢慢把自己的感觉世界、知性世界、理性世界一起打开了。黛玉一定观察过梨花的花蕊，也一定体会过梅花那种轻到好像没有肉体，只有魂魄的感觉，才能写出“偷得梨蕊三分白，借得梅花一缕魂”这样的诗句。看到这样的诗句，你就会知道，这个孩子的美学教育是成功的。宝玉也一样，他在学校里对抗主流教育，可是他在跟这些姐姐妹妹玩的时候，却表现出非常优秀的品格。

现在很多人都认为社会中太缺乏美，应该多一点美学教育或人文教育，可这是人的内涵和品质的问题。这些十几岁的小孩子在三百年前的游戏里，就能玩出他们的文化品位，玩出他们对声音、文字、修辞的讲究，玩出他们对文化典故的熟悉，这才是真正的美学教育。

创造力的开拓

在三十七回结尾，薛宝钗和史湘云躺在床上聊第二天菊花诗的题目。

写菊花的人太多了，怎么才能写得更有新意呢？最后她们决定用菊花做宾，用人做主。这时候，人看菊花就会有很多种可能，对菊花的思考就会被拉开，从《忆菊》《访菊》《种菊》《对菊》一直拉到《残菊》，让我们感觉到人的一生与菊花的关系变成了漫长的回忆，人与菊花的关系因此有了非常多的细节。美是什么？美就是细节。如果粗糙地看，菊花就是菊花，一旦枯了，拔掉就算了。可这里不是，就算有一天菊花枯萎了，还有《菊梦》、《菊影》、《残菊》……人对菊花的感受还能继续写下去。这就是文化，文化能使生活从粗糙变得细致。

过去人们都觉得荷花残了就不好了，可是有一个诗人说“留得残荷听雨声”，秋雨打在残败的荷叶上的声音是最动听的。后来，很多庭院开始留下残荷，在江南还出现了很多专门听雨声的亭子——“听雨亭”。文化使我们的生命里多出一些珍惜，多出一些审美渠道。可见美是可以不断创造与扩大的，美的经验也是在生命中不断创造和积累的。

薛宝钗不经意间与史湘云谈到的十二种对待菊花的不同态度，其实就是个人对菊花心情的延展和扩大。在有宾有主的时候，一天的时间就被拉长了，它不再是可有可无的二十四小时，而变成了生命对它的期待、享受，以及过后的回忆。黛玉他们写的这十二首菊花诗里，有很多东西值得我们去思考。人的生命如果不展开的话，菊花就是菊花而已，已经被那么多人写过的菊花，就不可能有新意。可是对文化有信心的人一定知道，任何东西都是可以再创造的，所以菊花就变成了十二个新的主题被拉出来。

不仅如此，薛宝钗还为史湘云安排了一个很好的活动。秋天桂花开得很美，可以赏桂花；螃蟹肥了，可以吃螃蟹，同时再写诗，虽是游戏却玩得非常新奇。现在一到周末，大家出去游玩回来以后，通常会说，真无聊，到处都是人，所有的土产都没有什么差别。其实当人失去创造力的时候，是玩不出什么新花样来的。

谁都曾经年轻过

“话说宝钗、湘云二人计议已妥，一宿无话。湘云次日便请贾母等赏桂花。贾母等都说：‘倒是他有兴头，须要扰他这雅兴。’”这一天就是几个十几岁的小孩子做主设计，邀贾母来玩的。现在都是大人决定到哪里吃饭、哪里旅游，有时候真不妨把这种机会留给孩子，由他们来决定周末去哪里、怎么玩。

“至午，果然贾母带了王夫人、凤姐兼请薛姨妈等进园来。”

这一天等于是假日。贾政被派出去做学差了，小孩子很高兴，因为爸爸不管功课了。老太太也很高兴，因为儿子不在，不用立那么多规矩了。所以祖孙之间、老年与青春之间才有了对话。

平常贾母是权威，她讲什么就是什么，没有人敢反驳。王熙凤算是最大胆的，可基本上也都是遵从贾母。这对年纪大的长辈来说，其实是一种悲哀，因为到最后根本没有平等可言。

我一直提醒大家，大观园是一个青春王国，中国古代的儒家伦理太严了，幸好还有个放松的去处，那就是花园，花园是可以逾越规矩的地方。古代的戏剧小说中，青年恋爱都在花园，它是一个象征。贾母很少到大观园来，今天她和一些晚辈一起来了，好像又重新回到了青春里，所以她也试图做回少女，找回她的青春记忆。

一般读者对贾母的印象就是一个老太太，坐在那里，很有权威，没人想到其实她也曾经年轻过。《红楼梦》的了不起在于，它其中没有哪一个人物是固定的。贾母是个年轻过的老太太，现在的孩子们有一天也会变成贾母。作者其实是在讲一种生命的状态，从《忆菊》到《残菊》为什么需要十二首？因为凡是生命都要经历从青春到年老的模式。

贾母这天讲了很多话，回忆了好多她嫁过来之前的事情。在古代，女性结婚就是少女时代的结束。现在年轻人结婚时嘻嘻哈哈、打打闹闹的，可古代在出嫁这一天是要哭的，我觉得那个“哭”与即将告别少女时代有很大的关系。小津安二郎的电影中，那个出嫁的女孩哭得很惨，因为她的少女时代结束了，做媳妇本身是有很大压力的。贾母嫁过来以后曾经辛苦了很长时间，是从孙媳妇到儿媳妇再到婆婆，慢慢爬上去的。其实，贾母有点希望这些孩子在没结婚以前能够无法无天地放纵一下。因为不知道哪天会嫁到哪家，那个媳妇未必好做。

藕香榭的对子

“贾母因问：‘那一处好？’王夫人道：‘凭老太太爱在那一处，就在那一处。’”王夫人是儿媳妇，她永远都在说，老太太觉得哪里好就哪里好，已经是完全没有自我的伦理了。

王熙凤就比较好，一直很敢讲话，她就建议说，到藕香榭吧。“榭”是中国园林当中一种特殊的建筑，盖在水边，可以直接欣赏到水景。“藕香”是因为种了荷花以后，有藕的香味。凤姐说：“藕香榭已经摆下了，那山坡下两棵桂花开的又好，河里的水又碧清，坐在河当中亭子上岂不敞亮，看着水眼也清亮。”秋天是要赏秋景的，此时树叶大部分已经凋零，所以视线特别高远。如果树叶多的话，光线不容易进来，就没那么亮。桂花是秋天一道特殊的风景，通常都是先闻到花香，然后才看到花树的。桂花本身不大，是金黄色的，叫作“金桂”。如果大家有机会，一定要看看那种三四十年的老桂花树，能长到差不多两层楼高，香味浓郁得惊人。

“贾母听了，说：‘这话很是。’说着，引了众人往藕香榭来。”因为有贾母在，所以人家都很小心，因为大观园的很多设计是弯弯曲曲、高高低低的。这里似乎在暗示贾母猛然从老年重新回到青春王国，有些不习惯，觉得有点儿危险，因为青春是不太守规矩的。

贾母跟大家一起到了藕香榭，“原来这藕香榭盖在池中，四面有窗，左右有曲廊可通，亦是跨水接岸，后面又有曲折竹桥暗接”。这个建筑群盖在池中央，要有很多的通道通到岸上去，后门还有一座竹桥。“众人上了竹桥”，贾母平常绝对不会随便上竹桥。竹桥架在水面上，走的时候，由于竹子的弹性大，竹桥会晃动，产生一种特别的趣味。年轻人会在竹桥上特别调皮，故意乱晃，可是贾母通常不是坐轿子，就是有人搀扶，现在走在这个竹桥上，就战战兢兢的很担心，因为毕竟年纪不饶人。

凤姐非常聪明，忙上来“搀着”贾母，一边还安慰、鼓励着：“老祖宗只管迈大步，不相干的，这竹子桥规矩是‘咯吱咯喳’的。”意思是说竹桥本来就有弹性，走在上面吱吱嘎嘎叫，摇摇晃晃的，可是没有危险。

“一时进入榭中，只见栏杆外另放着两张竹案，一个上面设着杯箸酒具，一个上头设着茶筅、茶盂各色茶具。那边有两三个丫头煽风炉煮茶。”煮茶和沏茶不一样。元朝以前通常是煮茶，沏茶的习惯是在元朝以后才有的。煮茶是用锅子，把茶饼、茶砖碾碎，加上盐、生姜末等其他佐料，一面煮一面加水，有一点熬的意思。这种方法大概一直到宋朝还在用；沏茶就是用水冲，这两种方法在很长时间里并行。因为过一会儿要解螃蟹的腻和腥，所以要煮茶来喝。“这一边另外几个丫头也煽风炉烫酒呢。”吃蟹通常要配黄酒，黄酒要热着喝，它既能解腻，又能驱寒。

贾母很高兴，就说：“这茶想的到，且是地方，东西都干净。”湘云笑着说：“这是宝姐姐帮着我预备的。”湘云是一个非常直率的女孩子，虽然这天是她做东，可她还是告诉贾母其实是宝钗帮的忙。

贾母说：“我说这个孩子细致，凡事想的妥当。”大家也许注意到，贾母渐渐地从疼黛玉，到越来越多地赞美宝钗，可以确定贾母所希望的孙媳妇已经不是黛玉，而是宝钗了。她疼黛玉大多是因为把对女儿的爱转到了黛玉身上。可是她更疼宝玉，希望宝玉将来的媳妇懂事、能干，在这方面黛玉显然不行。

“一面说，一面又看见柱上挂的黑漆嵌蚌的对子”，贾府里，对联是无所不在的。对联通常写在纸上，可藕香榭是一个水边的亭子，如果用纸写，容易受潮。“黑漆嵌蚌”，是在涂着黑漆的木头里面镶上贝壳，非常讲究。

贾母不知道对联写的是什么，就找人来念。其实诗很多时候不一定靠看的，还可以靠听。我们在乡下曾碰到一些老先生、老太太，出口就是诗，因为他们戏听得多，可能比看记得还清楚。

湘云就念给她听：“芙蓉影破归兰桨，菱藕香深写竹桥。”“芙蓉”不是我们现在讲的芙蓉花，而是指荷花。“芙蓉影破”是指有船来了，荷叶在水中的倒影被荡开。过去多用兰木做船桨，所以是“兰桨”，“归兰桨”是指出去玩的船回来了；“菱藕香深”，是说水里的菱角和藕都有很深的香味。“芙蓉”对“菱藕”，“影破”对“香深”，“归”对“写”，“兰”对“竹”，

“桨”对“桥”，每一个都在对仗。

贾母被唤起的青春记忆

贾母听完，抬头看了看匾，又回头跟薛姨妈说：“我先小时，家里也有这么一个亭子，叫作什么‘枕霞阁’。”注意，这是贾母第一次的回忆。“什么”两个字，说明那个记忆太久远了，老人家已经记不清了。我猜“枕霞阁”一定是个看夕阳最好的地方。五十年来，贾母从来不敢去回想她的少女时代，现在，她想起自己曾经也是个很受宠爱的女孩儿。

她说：“我那时也像他们这么大年纪，同姊妹们天天玩去。”其实这句话里除了有对青春的回忆，还带着一种感伤。贾母原来也有年轻时候的玩伴，如今她们不知都到哪里去了，大概各自嫁人以后，就再也没有见面了。“那日谁知我失了脚掉下去，几乎没淹死，好容易救了上来，到底被那木钉把头碰破了。如今这鬓角上那指头顶大一块窝儿就是那残疾了。”所有人都不知道贾母的这个故事，但青春时期留下的疤痕是不会消失的。作者在这个时候，忽然把贾母的青春呼唤出来了，而且还那么具体，一定要有这么具体的东西才能动人。一个老人摸着她头上的疤回忆往事，那个疤是她跟青春唯一的联系。很多时候，老年人只有依靠和年轻人一起才能呼唤起她的青春记忆，人生最精彩的对话就是老年与青春的对话。

贾母又说：“众人都怕经了水，又怕冒了风，都说活不得了，谁知竟好了。”这是她生命里很重要的一个记忆，而那个记忆里有害怕、有恐慌，也有对死亡的恐惧。

凤姐不等贾母说完，就笑着说：“那时要活不得，如今这大福可叫谁享呢！可知老祖宗从小儿的福气就不小，神差鬼使碰出那个窝儿来，好盛福寿的。寿星老儿头上原是一个窝儿，因为万寿万福盛满了，所以倒凸高出些来了。”你看，贾母在那边回忆，可凤姐很顽皮地打断她。凤姐永远是讨好、奉承贾母的，她用大家熟悉的老寿星造型来调侃贾母，惹得大家都“笑软了”。

贾母说：“这猴儿惯的了不得了，只管拿我取笑起来，恨的我撕你那油嘴。”按过去的辈分伦理，做媳妇的根本不敢讲这种话，可是凤姐很懂人心，她知道贾母喜欢这样。王夫人是那种永远连句笑话都不敢讲的规矩儿媳妇。可是王熙凤知道贾母的内心世界其实有另一个史湘云，她也年轻过，贪玩过，后来当了媳妇，心里有很多东西被压抑了，今天借这个机会终于释放出来了。这里也透露出贾母做了一辈子的孙媳妇、儿媳妇，等到她自己做老太太的时候，她希望底下的人能活泼一点。尤其贾政又不在家，她就有点想恢复她少女时期的活泼，辈分就没有那么严了。

凤姐笑着回答说：“回来吃螃蟹，恐积了冷在心里，讨老祖宗笑一笑开开心，一高兴多吃两个就无妨了。”在这一点上，王熙凤确实很招人疼，贾母身边有这么一个会讲笑话的可爱孙媳妇，当然高兴。

螃蟹宴

贾母笑着说：“明日叫你日夜跟着我，我倒常笑笑觉的开心，不许回家去。”王夫人也笑了，说：“老太太因为喜欢他，才惯的他这样，还这样说，他明日越发无礼了。”王熙凤是王夫人嫡亲的侄女，王夫人担心她自己的晚辈在贾母面前不够礼貌，所以要替她出面讲比较规矩的话。

可是贾母笑着说："我喜欢他这样，况且他又不是那不知高低的孩子。"虽然伦理、辈分很重要，但"家常没人，娘儿们原该这样。横竖礼体不错就罢了，没的倒叫他从神儿似的作什么？""家常没人"是说贾政不在家，"礼"是说表现在外面的行为，"体"是说做人的本分。我们有时候骂一个人"有礼无体"，就是说这个人表面上讲一大堆的规矩礼节，可是本质很坏。贾母觉得只要本质上不太离谱就没关系，人活得自然一点最好，那些繁文缛节可以少一点。

"说着，一齐进入亭子，献过茶，凤姐忙着摆桌子，要杯箸。上面一桌，贾母、薛姨妈、宝钗、黛玉、宝玉；东边一桌，史湘云、王夫人、迎、探、惜；西边靠门一小桌，李纨和凤姐的。明虽设坐位，二人皆不敢坐。只在贾母、王夫人两桌上伺候。"李纨和王熙凤是孙子辈的媳妇，婆婆、太婆婆都在这里，所以虽然设了她们的座位，她们也不敢坐。

凤姐吩咐："螃蟹不可多拿来，仍旧放在蒸笼里，拿十个来，吃了再拿。"因为螃蟹要热着吃，冷了就不好了。"一面又要水洗了手，站在贾母跟前剥蟹肉，头次让薛姨妈。"薛姨妈是在这里做客的，礼节上通常都是先给客人吃，所以凤姐剥了蟹肉要先给薛姨妈。可是薛姨妈觉得什么都由别人给弄好没意思，还是自己动手才有趣味，就说："我自己剥着吃香甜，不用人让。"

"凤姐便奉与贾母。二次的便与宝玉"，凤姐就把头一次剥的给贾母，第二次的给了宝玉，"又命小丫头们去取菊花叶儿、桂花蕊熏的绿豆面子来，预备洗手"。用菊花叶子是因为菊科的味道可以压过腥味，绿豆面子可以把蟹黄的油腻洗掉，桂花蕊可以让手上有香味。曹雪芹写得这么细，让我们在三百年后能知道他们当初是怎么料理的。据说因为《红楼梦》

的关系，现在已经有人把这个方法与螃蟹宴结合在一起了。

“史湘云陪着吃了一个，就下座来让人，又出至外头，命人盛两盘子与赵姨娘、周姨娘送去。”赵姨娘、周姨娘是贾政的妾，湘云想到她们不方便来参加这个聚会，就派人给她们送了两盘子过去。

“又见凤姐走来道：‘你不惯张罗，你吃你的去。我先替你张罗，等散了我再吃。’湘云不肯，又命在那边廊上摆了两桌，让鸳鸯、琥珀、彩霞、彩云、平儿去坐。”鸳鸯就跟凤姐开玩笑说：“二奶奶在这里伺候，我们可吃去了。”鸳鸯是贾母身边最得力的丫头，照理讲，她应该去服侍贾母，可是因为有凤姐在，鸳鸯和凤姐也熟了，所以才跟她开这个玩笑。凤姐笑道：“你们只管去，都交给我就是了。”

“说着，史湘云仍入了席。凤姐和李纨也胡乱应个景儿。凤姐仍是下来张罗。”凤姐是喜欢管事的人，让她好好地坐在那里享福她恐怕还真坐不住。

回归天性的快乐

凤姐“一时出至廊上”，走廊上的两桌是丫头，可是她跑来跟这些丫头们闹。可见这一天，不光贾母不想做贾母了，王熙凤也不想做王熙凤了。老年人变得年轻了，主人也跟仆人平等了。在宴会上，大家都恢复了个人的活泼。

“鸳鸯等正吃的高兴，见他来了，鸳鸯等站起来道：‘奶奶又出来作什么？让我们也受用一会子。’”凤姐就笑着骂她说：“鸳鸯小蹄子越发坏了，我替你当差，倒不领情，还抱怨我。还不快斟一钟酒来给我喝呢。”王熙凤跟鸳鸯讲话很亲密，不太像主人与丫头。她们年龄差不了多少，只是平常辈分太严了，同龄人之间的亲切不太敢流露。

“鸳鸯笑着忙斟了一杯酒，送至凤姐唇边，凤姐一扬脖子吃了。琥珀、彩霞二人也斟上一杯，送至凤姐唇边，凤姐也吃了。平儿早剔了一壳黄子送来。”秋天正是蟹肥的时候，母蟹的黄最好吃，所以她就先把蟹黄给剔出来，可能还加了一点姜醋给她。凤姐就说：“多倒些姜醋。”这里透露出王熙凤的口味很重，喜欢多放点佐料。“凤姐一面吃了，又笑道：‘你们坐着吃罢，我可去了。’”因为她还要去照顾贾母。

鸳鸯就笑她：“好没脸的，吃我们的东西。”意思说你一个做主人的，怎么好意思跑到我们用人这边来吃螃蟹。凤姐笑着说：“你和我少作怪。你知道你琏二爷爱上了你，要和老太太讨了你作小老婆呢。”王熙凤这天真是太开心了，加上喝了点酒，说话有点无所顾忌了。贾琏是她丈夫，她这样说相当于今天的一个女人跟另外一个女人说，我丈夫爱上你了，要把你娶回来做小老婆呢！很亲密的女人之间是真会开这种玩笑的。鸳鸯就啐她，说：“‘这也是作奶奶说出来的话！我不拿腥手抹你一脸算不得。’说着赶着要抹。”但鸳鸯讲归讲，不见得一定敢真去抹。毕竟她是一个丫头，再亲密也得有分寸。

凤姐就笑着说：“好姐姐，饶我这一遭儿罢。”琥珀也笑着说：“鸳丫头要去了，平丫头还饶他？”就是说如果贾琏真的要娶鸳鸯为妾，平儿是陪嫁丫头，不是也要吃醋吗？“你们看看他，没有吃了两个螃蟹，倒喝了一碟子的醋，他也算会揽酸的了。”“吃醋”在这里是双关语，刚才吃螃蟹要加醋，她们两个如果嫁给一个男人，岂不是更要吃醋了？

“平儿手里正剥了个满黄的螃蟹，听如此奚落他，便拿着螃蟹照着琥珀脸上来抹”，刚才鸳鸯说“抹你一脸黄子”是假的，现在平儿要抹琥珀可以来真的，因为两个人都是丫头，有点像我们现在的聚会上常拿着蛋糕抹来抹去。平儿“口内笑骂：‘我把你这嚼舌根的小蹄子！’琥珀也笑着往旁边一躲，平儿使空了，往前一撞，正恰恰的抹在凤姐儿腮上。凤姐儿正和鸳鸯嘲笑，不防唬了一跳，‘哎呀’了一声。众人撑不住都哈哈的大笑起来。凤姐也禁不住笑骂道：‘死娼妇！吃瞎了眼了，混抹你娘的。’”标准凤辣子的语言出来了，讲话非常粗。

“平儿忙赶过来替他擦了，亲自去端水。鸳鸯道：‘阿弥陀佛！这是个报应。’”鸳鸯没有抹，结果平儿却抹到了凤姐的脸上。

这里面在讲这些女孩子的活泼。她们其实都没到二十岁，平常主人、仆人间规矩森严，可是今天大家一开心地玩闹起来，平常的规矩就全没有了。贾母回忆少女时期，凤姐跟丫头打闹，大家在游乐与玩赏中都恢复了部分的天性。

由热闹转入沉静

“贾母那边听见，一叠连声问：‘见了什么这样乐，告诉我们也笑笑。’鸳鸯等忙高声笑回道：‘二奶奶来抢螃蟹吃，平儿恼了，抹了他主子一脸的螃蟹黄子。主子奴才打架呢。’”贾母当然知道不是真的，就跟王夫人她们笑起来。贾母说：“你们看他可怜见的，把那小腿子、脐子给他点子吃也就完了。”螃蟹的脐子是不能吃的，通常我们吃螃蟹时都会把脐的部分拿掉，贾母也是故意在取笑她。“鸳鸯等笑着答应了，高声又说道：‘这满桌子的腿子，二奶奶只管吃就是了。’凤姐洗了脸走来，又伏侍贾母等吃了一会。”

下面气氛转了，作者把焦点移到了黛玉身上。她一出来，那种冷静与孤独的氛围就出来了。“黛玉独不敢多吃，只吃了一点儿夹子肉就下来了。”同样是吃螃蟹，王熙凤吃得一塌糊涂，黛玉却只吃一点，因为她身体不好，害怕螃蟹太寒。

“贾母一时不吃了，大家方散，都洗了手，也有看花的，也有弄水看鱼的，游玩了一会。”王夫人回贾母说：“这里风大，才又吃了螃蟹，老太太还是回房去歇歇罢了。若高兴，明日再来逛逛。”儿媳妇随时要关心贾母。

贾母听了笑着说：“正是呢。我怕你们高兴，我走了，又怕扫了你们的兴。既这样说，咱们就都去罢。”你看老太太非常懂孩子们的心。我大概也到了这个年纪，有时候学生找我，我常常不晓得他们是真的想跟我玩，闹在一起开心，还是怕我一个老头子孤独，要跟我玩，所以要走还是要留的那个分寸很难拿捏。

吃螃蟹其实只是一个借口，这些孩子真正的目的是要开诗社。贾母在，他们不敢宣布这件事情，要等贾母走了才行。

贾母算识相了，回头又嘱咐湘云：“别让你宝哥哥、林姐姐多吃了。”湘云答应着。又嘱咐湘云、宝钗二人说：“你两个也别吃了。那东西虽好吃，不是什么好的，吃多了肚子疼。”因为螃蟹太寒。“二人忙应着送出园外，仍旧回来，命将残席收拾了另摆。”

宝玉说：“也不用摆，咱们且作诗。把那大团圆桌子放在当中，酒菜都放着。也不必拘定坐位，有爱吃的去吃，大家散坐，岂不便宜？”“宝钗道：‘这话极是。’湘云道：‘虽如此说，还有别人。’因又命另摆一桌，拣了热螃蟹来，请袭人、紫鹃、司棋、待书、入画、莺儿、翠墨等一处共坐。”刚才是贾母、王夫人的丫头吃螃蟹，现在是小姐的丫头们开始吃。然后在“山坡桂树底下铺下两条花毡，命答应的婆子并小丫头等也都坐了，只管随意吃喝，等使唤再来”。

“湘云便取了诗题，用针绾在墙上。众人看了，都说：‘新奇，新奇！只怕作不出来。’湘云又把限韵的原故说了一番，宝玉道：‘这才是正理，我也最不喜限韵。’”下面的气氛开始转了，从刚才贾母、王熙凤在时的热闹，转到少女们各有心事，开始安静下来。

游戏中的大传统

贾母走了以后，这些十几岁的孩子，便开始用限定好的十二个菊花题目写诗。菊花在中国的文化传统中是非常有象征意味的。从《楚辞》开始，文人们就写菊花，到了陶渊明的“采菊东篱下，悠然见南山”，以及《归去来兮辞》里的“三径就荒，松菊犹存”时，菊花就变成了一个文化符号，成为人们对抗现实俗世的一个重要象征。

在文化意义上来讲，每种花都被赋予了某种精神品质，所以在不同的文化背景里看花，感觉是不一样的。以菊花为例，在美国，菊花就没有精神的含义。可是在我国，菊花被赋予了特定的内涵，甚至成为一种文化符号。当然，西方也有作为文化符号的花，如百合花，它曾经在西方的基督教文化中象征纯洁、贞节，代表圣母玛利亚。植物在不同的文化里会被赋予不同的意义，最后这个符号就会变成一个重要的东西。宋代以后，在元朝的统治下，文人曾用梅花来表达对抗。在中国，梅、兰、竹、菊都超越了原有的植物属性，有很多文化内蕴。

在美术史上，有些植物之所以被画家反复地画，是因为在文学上人们把这几种植物塑造成了文化传统。这个符号学在东方艺术里的影响非常大，在韩国和日本都能看到人们以松树、菊花为主题的创作。有时候我甚至觉得这些符号有点太过强大了，强大到我们今天必须面对一个问题，就是怎么能创造出新的文化符号来？比如梅花，它的内涵已经被固定了，可是在台湾，就很难感觉到梅花的美，只能靠文学和绘画来了解，而在北方的冰雪中，梅花真的很动人。

新的符号应该是从生活中被创造出来的。这一群小孩子办了一个海棠诗社，那时，他们接触的东西多半是自然性的东西，因此他们处理的对象与题材，跟传统的大文化背景比较相似，所以他们会接受这个大传统。今天的年轻一代，面对的是不同的文化生态，时间、时代的变换特别大，他们需要的符号不一定再是植物，而是网络、信息世界，所以很可能有新的符号出现。

这些孩子为什么选中了菊花作题目，而且用菊花构成十二个不同的人与菊之间的关系，是因为他们的游戏当中有大传统的基因。

各自思忖选试题

抹蟹黄的戏移到了写诗上，纷乱、躁动的场面很快转入沉静。

“林黛玉因不大吃酒，又不吃螃蟹，自命人掇了一个绣墩，倚栏坐着，拿着钓竿钓鱼。”前面都在讲大场景，现在忽然集中在黛玉身上。往往黛玉一出现，就让人有种孤独、迷雾一样的感觉，黛玉的出场总跟沉静有关。

“宝钗手里拿着一枝桂花玩了一会，俯在窗槛上掐了桂花掷向水面，引游鱼浮上来唼喋。”鱼嘴巴一动一动地叫“唼喋”，它们把花误当成了食物。两人都在玩自己的东西，想自己的心事。

再看其他人：“湘云出一会神，又让一回袭人等，又招呼山坡下的众人只管放量吃。探春和李纨、惜春立在垂柳阴中看鸥鹭。迎春又独在花阴下拿着花针穿茉莉花。”每一个人的镜头都是特写，在这个特写里，有人钓鱼，有人玩花，其实她们都已经在想诗了。

宝玉最忙了：“看了一会黛玉钓鱼，一会又挤在宝钗旁边说笑两句，一会又看袭人等吃螃蟹，自己也陪他饮两口酒；袭人又剥一壳肉给他吃。”

“黛玉放下钓竿，走至座间，拿起那乌银梅花自斟壶来，拣了一个小小的海棠冻石蕉叶杯。”“乌银梅花自斟壶”是一种很小的壶，通常如果有丫头来倒的酒壶都是比较大的，所以这种壶是喝酒的人可以自己在茶几旁倒着“自斟”的。因为老的银会发黑，所以叫“乌银”，上面还有压出来的梅花花样。“海棠冻石蕉叶杯”，是用“冻石”雕成芭蕉叶形状的酒杯，上面也有海棠花。现在很多刻印章的寿山石叫作“冻石”，摸起来有点冰冷的感觉。“丫环看见，知他要饮酒，忙着走上来斟。黛玉道：‘你们只管吃去，让我自己斟，才有趣儿。’”这一天每一个人都从伦理和辈分中解放出来，变成一个孤独的个体。

“说着便斟了半盏，看时却是黄酒，因说道：‘我吃了一点子螃蟹，觉得心口微微的疼，须得热热的吃口烧酒。’”这绝对是黛玉，身体不好，太寒的东西她受不了，她只吃了一夹子肉，胃就开始微微地疼。宝玉连忙说：“有烧酒。”“便命将那合欢花浸的酒烫一壶来。黛玉也只吃了一口便放下了。宝钗也走过来，另拿了一只杯来，也饮了一口放下，便蘸笔至墙上把头一个《忆菊》勾了，底下又赘了一个‘蘅’字。”意思是这首诗归我了。

宝玉就说：“好姐姐，第二个我已经有了四句了，你让我作罢。”宝钗说：“我好容易有了一首，你就忙的这样。”

“黛玉也不说话，接过笔来，把第八个《问菊》勾了，接着把第十一个《菊梦》也勾了，写一个‘潇’字。”“潇”就是潇湘妃子。

“宝玉也拿起笔来，将第二个《访菊》也勾了，也写上一个‘红’字。”“红”就是怡红院的怡红公子。

“探春走来看看道：‘竟无人作《簪菊》，让我作这《簪菊》。’又指着宝玉笑道：‘才宣过，总不许带出闺阁字样来，你可要留神。’”这句话讲得非常有趣，有没有注意，这些人里只有宝玉是男孩子，可是探春觉得宝玉有时候太细腻了，所以特地警告他写诗不准带出闺阁字样。

枕霞旧友

“说着，只见史湘云走来，将第四、第五《对菊》、《供菊》一连两个都勾了，也写上一个‘湘’字。”

探春就说：“你也该起个号。”这个诗社不要有伦理辈分，每一个人有一个号。李纨是“稻香老农”，林黛玉是“潇湘妃子”，薛宝钗是“蘅芜君”，探春是“蕉下客”，可是史湘云来得晚，还没来得及取号。

湘云笑着说：“我们家里如今虽有几处轩馆，我又不住着，借了来也没趣。”这里也点出了史湘云是寄人篱下。宝钗就说：“方才老太太说，你们家也有这个水亭，叫‘枕霞阁’，难道不是你的？如今虽没了，你到底是旧主人家。众人都道有理，宝玉不待湘云动手，便代将‘湘’字抹了，改了一个‘霞’字。”

“又有顿饭工夫，十二题已全，各自写出来，都交与迎春，另拿了一张薛涛笺过来，一并写录出来，某人作的底下写明某人的号。”前面说过，唐朝才女薛涛善用桃花瓣做纸，做出来的纸是粉红色的，所以叫“薛涛笺”。

《忆菊》、《访菊》、《种菊》

《忆菊》、《访菊》、《种菊》……这十二首诗是有次序的。《忆菊》是因为今年的菊花还没开，所以要追忆菊花，在追忆之外，还有一种向往。“怅望西风抱闷思”，西风就是秋风，因为秋天要来了，心情有一点烦闷。“蓼红苇白断肠时”，“蓼”是长在河边的一种红色的草，是秋天开花的。就是《诗经》里讲的“蓼蓼者莪，匪莪伊蒿”中的那种草。白的芦苇，红的蓼花，都在讲秋天。

“空篱旧圃秋无迹”，离开了旧日的花圃，秋天怎么没了踪迹？这个“秋无迹”用得真漂亮，其实是讲菊花不见了。“瘦月清霜梦自知”，“瘦月清霜”是指秋夜寂冷的景色，因为菊花在寒霜中都凋零了，只有梦里才能再见了。

“念念心随归雁远”，大雁在秋天是要飞到南方去的。心中惦念菊花，抬头看到南飞的大雁，心思也跟着大雁飞远了。“寥寥坐听晚砧痴”，坐在那里听到女人晚上在河边洗衣服的砧声，一声声地传来，有种寂寥的感觉。

“谁怜我为黄花病，慰语重阳会有期。”“黄花”就是“菊花”，谁能怜惜我因忆念菊花都生病了呢？只好安慰自己说，重阳节菊花会重新盛开的。这就是宝钗的个性——始终抱有希望，绝不会悲哀到底。所以《忆菊》中虽有孤独，可是这孤独里有对未来的希望。

因为《忆菊》，所以才想要探访菊花。下面的《访菊》是宝玉写的。

“闲趁霜晴试一游，酒杯茶盏莫淹留。”已经开始下霜了，趁着天晴要出去走一走，不能因为喝酒、喝茶耽搁了去寻访菊花。

“霜前月下谁家种，槛外篱边何处秋。”霜前、月下，是谁家种下的菊花？槛外、篱边，什么地方是菊花所预示着的秋天？“谁家种”和“何处秋”都用得非常好。

“蜡屐远来情得得”，“得得”是在讲声音。木屐要上蜡后才可以防水，所以叫“蜡屐”，这种木屐只有到比较泥泞的地方，或者在下雨天才穿的。因为怕沾湿绣花的鞋子，所以“得得”地穿了木屐到乡下到处去探访菊花。“冷吟不尽兴悠悠”，“冷吟”就是对着花不断地吟诗，兴致很高。

“黄花若许怜诗客，休负今朝挂杖头。”菊花如果有知，千万不要辜负我为寻访、歌咏它所花的心思，以及把它采下挂在杖头的一番苦心。

《访菊》之后，会有更大的冲动去种菊花，第三首《种菊》也是宝玉写的。

“携锄秋圃自移来，篱畔庭前处处栽。”自从把菊花移来后，自己亲手在房前屋后种了很多菊花。

“昨夜不期经雨活，今朝犹喜带霜开。”没想到移来的菊花经昨夜一场秋雨的滋润就活了，还长得很好，在早晨竟然带着霜开放了。诗中写到的几乎全是秋天和寒冷，其实梅兰竹菊之所以被称为四君子，就是因为它们都与寒冷有关。春天、夏天开的热闹的花不能代表品格，在寒冷中带霜而开的菊花，才有对抗的精神品质。

“冷吟秋色诗千首”，面对菊花开始作诗了。“醉酹寒香酒一杯”，“酹”是祭奠的意思。“寒香”是在讲菊花。自己喝醉了，就用酒来祭奠菊花。

“泉溉泥封勤护惜”，是说拿泉水来灌溉菊花，用泥土来把根护好，很殷勤地去保护、珍惜菊花。“好知三径绝尘埃”，因为这条路上开满了菊花，所以没有肮脏、龌龊的东西。这是一个象征，陶渊明的《归去来兮辞》里讲“三径就荒，松菊犹存”，意思是做官做久了，回到故里，门前的三条路都已经荒芜了，只有松树和菊花还在。回家的路跟官场的路不一样，这条布满菊花的路是洁净的、不问名利的路。

《对菊》、《供菊》、《咏菊》

菊花已经种下，就可以和它对话了，于是史湘云写了《对菊》。

“别圃移来贵比金”，这是从别的花圃移来的比黄金还珍贵的花，“一丛浅淡一丛深”。“萧疏篱畔科头坐”，菊花代表一种退隐，一种悠闲。“萧疏篱畔”是萧条、荒凉、安静、孤独的家园。“科头坐”是表示不穿官服了。古代做官的人通常都要戴官帽，只有在休闲的时候，才会把帽子摘掉，露出里面用布巾包的头，叫“科头”。这些都是表示一种从繁忙的公务中抽身而出的自我探索。“清冷香中抱膝吟”，在飘着淡淡菊花香味的秋天，抱膝吟诗，这也是在讲菊花的孤独品性。

“数去更无君傲世，看来惟有我知音。”算来算去，这个世界上没有比菊花更孤傲的了，因为菊花开在秋天众花凋零的时候。可是这个世界上，你虽然孤独，不开在最热闹的场域，我却是你唯一的知音。

“秋光荏苒休辜负，相对原宜惜寸阴。”此刻我跟你面对面，像知己一样，不要辜负了这么美好的秋光。湘云的个性很健康，是有气度、很开朗的女孩子，所以她说菊花就是我的朋友，让我们好好珍惜在一起的时光吧。

《对菊》之后仍舍不得与菊花分离，就把菊花采来插在家中的花瓶里，所以是《供菊》，也是湘云作的。

“弹琴酌酒喜堪俦”，弹琴、喝酒的时候旁边有菊花作伴，很高兴菊花是可以跟我匹配的。“俦”是伴侣的意思。“几案婷婷点缀幽”，因为案头有枝菊花的点缀，变得非常美。

“隔座香分三径露，抛书人对一枝秋。”湘云也用了陶渊明的“三径就荒，松菊犹存”。面对这么香的菊花，联想到陶渊明门前的那条路。看书累了，放下手里的书，还有秋天最美的一枝花在眼前。

“霜清纸帐来新梦，圃冷斜阳忆旧游。”跟菊花在一起的秋天里，既有新的梦境，也有旧时游玩的记忆。

“傲世也因同气味，春风桃李未淹留。”我也不愿意跟那些肮脏污秽的东西混在一起，春天开得那么旺盛的桃花、李花，我从来不在意，只有我们才是知己。

下面就到了这次菊花诗比赛里的主角——潇湘妃子的《咏菊》了。

“无赖诗魔昏晓侵”，我们现在骂人常用“无赖”，这里的“无赖”是说纠缠不舍。从清晨到黄昏，诗意一直像着了魔一样在困扰着我。黛玉是很执着的，一旦要写诗，就把它当成是最重要的东西，随时随地都在想这件事。“绕篱欹石自沉音”，绕着篱笆、靠着石头，都在吟来念去地琢磨诗句。

“毫端运秀临霜写”，“毫端”指毛笔，因为菊花是带霜开的，所以要“临霜写”，写出了菊花的生命状态。“口底噙香对月吟”，这个句子好漂亮，因为一直在月光底下念菊花诗，口角都好像带着菊花的香味。“噙香”这两个字别人是绝不会用到的。

“满纸自怜题素怨”，写关于秋天和菊花的诗，都是因为对自我的怜悯，好像我的生命也是如此。“素”是秋天的意思，“题素怨”就是写秋天的幽怨。“片言谁解诉愁心”，有谁能懂我这些诗里的忧愁心绪呢？

“一从陶令平章后，千古高风说到今。”“陶令”就是陶渊明，因为他曾经做过“彭泽令”。“平章”就是评论，自从陶渊明品评过菊花后，一千年间，菊花已经变成了高风亮节的代表，直到今天大家还在称颂它的品格。

潇湘妃子的《咏菊》带出了孤独自傲的个性，讲的就是黛玉自己。

《画菊》、《问菊》、《簪菊》

歌颂菊花以后觉得意犹未尽，就希望在菊花凋零以前，能够把菊花画下来。宝钗写的《画菊》就是在讲怎么画菊花。

“诗余戏笔不知狂，岂是丹青费较量。”写完诗以后，觉得还没有把菊花真正的生命状态写出来，最后就用画画的方法把菊花表现出来。“丹青”是指画画。

“聚叶泼成千点墨，攒花染出几痕霜。”画菊花是用浓墨、淡墨去点叶子，然后再拉枝子，再勾花。所以“点叶子”叫泼墨，是用吸饱清水的笔蘸了墨以后来点，用浓淡来区分叶子的向背，最后用藤黄加一点点朱标去染，所以是“染出几痕霜”，让它有一种在寒冷里面开花的感觉。

“淡浓神会风前影，跳脱秋生腕底香。”花有淡有浓，把花的神貌都抓出来了，好像还有在风里摇动的影子。“跳脱”，有的版本是“条脱”，是指女孩子戴的镯子，女孩子画画的时候，腕上有镯子，好像从腕底、镯里都带出了秋天的感觉。

“莫认东篱闲采掇，粘屏聊以慰重阳。”“东篱”，出自陶渊明的“采菊东篱下”。意思是这是我画的菊花，画完以后把它粘在屏风上，在重阳节的时候就能真的见到菊花。此句呼应她前面的那句“慰语重阳会有期”。宝钗的两首诗《忆菊》和《画菊》是呼应的。

下面潇湘妃子的《问菊》与她的《咏菊》也是呼应的，潇湘妃子真正写得好的是《问菊》，直问到菊花无话可讲，其实问菊花就是在问自己。

“欲讯秋情众莫知，漫将幽意叩东篱。”起首不觉得特别惊人，说的是大家都不知道秋天在哪里，就到处去寻访秋天的感觉，最后来到了东篱旁。“东篱”又出来了，自从陶渊明写了“采菊东篱下”，这个典故就跟菊花结下了特殊的缘分。

下面就是问了。“孤标傲世偕谁隐”，“孤标”，就是标榜自己的高傲。你这么孤独、骄傲，能带着谁去隐居呢？黛玉的孤傲就是因为不屑于跟别人在一起，如果有一天真要隐居，也是要一个人走的。“一样花开为底迟？”同样是开花的植物，为什么你要避开所有的热闹，这么晚才开呢？这两问，问得很惊人。古典诗里这么多写菊花的，能写得这么精彩的很少。

“圃露庭霜何寂寞，鸿归蛩病可相思？”迎着花圃里的凉露、庭院里的寒霜开放，该有多冷？该有多寂寞呢？“鸿”是大雁，“蛩”是蟋蟀。秋天到了，大雁已经南归，蟋蟀也没有力气再叫了，此时的你会不会思念它们？

“休言举世无谈者，解语何妨话片时。”你不要认为你孤独骄傲，到这个世界上就连一个可以谈话的人都没有，就把我当成朋友来说说话吧。换别人来问都不对，只有黛玉来问才最妥帖，因为只有她才理解菊花的孤独和清高。

下面是蕉下客探春写的《簪菊》。“瓶供篱栽日日忙，折来休认镜中妆。”有人把菊花插在花瓶里，有人把它种在篱笆旁，可是我却要在化妆的时候，把它簪在头发上。

“长安公子因花癖，彭泽先生是酒狂。”“长安公子”是指唐朝诗人杜牧，因为他祖父杜佑两朝为宰，所以被称为“长安公子”。“花癖”是说杜牧爱花是出了名的。“彭泽先生”是陶渊明，他做过彭泽的县令。陶渊明爱喝酒，最有名的故事是他曾拿官帽来滤酒。以前的酒是有酒糟的，要滤过才能喝，别人说去拿漏勺，他说来不及了，就把官帽当漏勺。

“短鬓冷沾三径露”，我的头发上带着冷冷的“三径露”，意思是不慕社会的名利而去追寻一种清高。“葛巾香染九秋霜”，“葛”是一种纺织品，通常做头巾，有点像麻的料子。因为她把花戴在头上了，所以头发上沾了香味，头巾上也染了“九秋霜”。“九秋”是深秋的意思。

“高情不入时人眼，拍手凭他笑路旁。”这样一种清高的追求，就算不会被世俗之人看上，别人在路旁笑我，我也不会在意。这里有一点像陆游的诗句：“儿童共道先生醉，折得黄花插满头。”陆游有一次喝醉酒了，插了满头的菊花，小孩子们都拍着手笑他。

《菊影》、《菊梦》、《残菊》

再看史湘云写的《菊影》。“秋光叠叠复重重，潜度偷移三径中。”这首诗不是讲菊花，而是在讲影子，讲光线。月光底下菊花的影子会慢慢移动，在不知不觉中变化。

“窗隔疏灯描远近，篱筛破月锁玲珑。”“玲珑”常常形容月光。月光把窗外菊花的影子打在窗户上，有远有近；被篱笆筛碎的月光照在篱笆旁边的菊花上，全是光和影的感觉。

“寒芳留照魂应驻，霜印传神梦也空。”这样的菊影，就像是菊花留下的魂魄。“印”就是讲影子印在地上。

“珍重暗香休踏碎”，在月光底下行走，因为珍惜菊花的香，不忍踏碎它们的影子。“凭谁醉眼认朦胧”，菊花影子朦朦胧胧，好像醉酒之后看到的菊花，也许比菊花还要美。注意《菊影》中这个虚字“影”的重要性，看她是怎么样把光影感觉写出来的。

下面一首是潇湘妃子的《菊梦》，菊花已经凋零了，要怎样才能把菊花留在梦里。

“篱畔秋酣一觉清，和云伴月不分明。”在这么美的秋天里，在篱笆旁边睡了一觉，醒来后发觉自己做了一个梦。梦中的菊花和云、月光在一起，不那么清楚。

“登仙非慕庄生蝶，忆旧还寻陶令盟。”这里引用了庄子的典故，庄子梦到自己变成蝴蝶，醒过来以后问，到底是我梦到蝴蝶，还是蝴蝶梦到我？生命最美的状况是像仙人一样，有一刹那是忘我的，出神的。不忘我，就不会有自己和蝴蝶“物我两忘”的状态，物我两忘是人生最美的状态。

"陶令盟"和"庄生蝶"对仗，"陶令盟"指陶渊明当年弃官归故里，是觉得自己跟菊花的约定比官场上的约定还要重要。

"睡去依依随雁断，惊回故故恼蛩鸣。"虽然有点难舍梦中的感觉，可是随着大雁的越飞越远，这个梦还是断掉了，但睡梦中常常会被蟋蟀的叫声惊醒。蟋蟀让人联想到菊花，这都跟秋天有关。

"醒时幽怨同谁诉，衰草寒烟无限情。"在梦里还好，一醒过来才发现自己这么孤独，有很幽怨的感觉。原来菊花只是一个梦，可是这个心绪要跟谁讲呢？这里感觉到了生命中的一种荒凉。

最后一首是蕉下客探春写的《残菊》。"露凝霜重渐倾欹，宴赏才过小雪时。"小雪是阴历的十月，说明已经入冬了。

"蒂有余香金淡泊，枝无全叶翠离披。"剩下的花蒂还留有余香，原本金黄的颜色已经变淡了，菊枝上也已经没有了完整的叶子。"翠离披"是说绿色已经凋落。

"半床落叶蛩声病，万里寒云雁阵迟。"连床榻上都是落叶，蟋蟀的声音越来越弱，大雁也已经飞走了。

"明岁秋风知有会，暂时分手莫相思。"好在明年秋风再起的时候，还会再见面，还会有菊花。

从这些诗里我们看到，他们将十二首诗连成了人对菊花的生命态度。"虚"字反而变成了主体，怎么"忆菊"？怎么"问菊"？怎么"簪菊"？最难的不是写菊花，而是写"问"的重点、"梦"的感觉。

"众人看一首，赞一首，彼此称扬不绝。"

林潇湘魁夺菊花诗

李纨是社长，她不作诗，笑着说："等我从公评来。通篇看来，各有各人的警句。今日公评：《咏菊》第一，《问菊》第二，《菊梦》第三。题目新，诗也新，立意更新，恕不得要推潇湘妃子为魁；然后《簪菊》、《对菊》、《供菊》、《画菊》、《忆菊》次之。"潇湘妃子林黛玉把第一名、第二名、第三名都拿到了，菊花赋诗中夺得了魁首。"宝玉听说，喜的拍手叫'极是，极公道。'"宝玉很高兴他的女朋友得第一。黛玉却很谦虚，说："我那首也不好，到底伤于纤巧些。"李纨就说："巧的却好，不露堆砌生硬。"黛玉接着说："据我看来，头一句好的是'圃冷斜阳忆旧游'这句，背面转至'抛书人对一枝秋'，已经妙极，将供菊说完，没处再说，故又回来，想到未折未供之先，意思深远。"黛玉夸枕霞旧友史湘云写的《供菊》很好。李纨说："固如此说，你的'口底噙香'一句也敌过了。"探春又说："到底要算蘅芜君'秋无迹'、'梦自知'，把个忆字竟烘染出来了。"

这些人不止是诗人，他们评起诗来竟也头头是道。在这样的诗社里是两种方式的学习。第一个是尽量把自己的个性表现出来；第二个学习是怎么欣赏别人特有而自己不能取代的部分。

宝钗就笑着说："你的'短鬓冷沾'、'葛巾香染'，也就把簪菊形容的一个缝儿也没了。"湘云说："'偕谁隐'、'为底迟'，真个把个菊花问的无言可对。"这是赞美林黛玉的《问菊》。李纨说："你的'科头坐'、'抱膝吟'，竟一时也舍不得离开，菊花有知，也必腻烦了。"说得大家都笑了。

说来说去都没有提到宝玉，宝玉就说："我又落第了。"这个时候他才想到，自己原来是最后一名。宝玉很有趣，在这些姐姐妹妹面前，他永远都认为这些女孩子比他好，而且最好的一定是黛玉。他今天很高兴，他女朋友拿了一二三名，这个时候才想起来怎么没有人提到我。

他说："难道'谁家种'、'何处秋'、'蜡屐远来'、'冷吟不尽'，都不是访，'昨夜雨'，'今朝霜'，都不是种不成？但恨敌不上'口底噙香对月吟'、'清冷香中抱膝吟'、'短鬓'、'葛巾'、'金淡泊'、'翠离披'、'秋无迹'、'梦自知'这几句罢了。"他自认输给这些女孩子。又说："明日闲了，我一个人作出十二首来。"

这是很典型的宝玉的个性，他是最懂欣赏别人的，始终会发现别人的好在哪里，永远没有嫉妒，几乎达到忘我的程度。林黛玉正是因为性格特别孤僻所以才能创作，个性太过平衡的时候，表现性不强。宝玉则最懂得欣赏，欣赏其实就是欣赏每一个人的独特性。所以宝玉有一种美学上的福分，他身边的每一个人在他眼里都这么精彩。

李纨就安慰他说："你的也好，只是不及这几句新巧就是了。"

"大家又评了一会，复又要了热蟹来，就在大圆桌子上吃了一会。宝玉笑道：'今日持螯赏桂，亦不可无诗。我已吟成，谁还敢作呢？'"他刚才输了，现在又有点想比，"说着，便忙洗了手提笔写出"。

宝、黛、钗的螃蟹咏

宝玉写的题目叫《食螯》。"持螯更喜桂阴凉"，真高兴吃蟹的时候桂花树下已经不再像夏天那么热了，"泼醋擂姜兴欲狂"，吃螃蟹，要泼醋，还要把姜捣碎，所以"兴欲狂"。

"饕餮王孙应有酒，横行公子却无肠。""饕餮"是老饕，就是特别好吃东西的人。“横行公子”是指横着走的螃蟹，大家都认为它们没有肠子。

“脐间积冷才忘忌”，螃蟹掰开以后，有一个三角形透明白色的东西，是它的“脐”，性极寒，非常伤身体，是不能吃的。这里是在讽刺螃蟹没有心肠，而且嫉妒，因为积了冷在心里面。“指上沾腥洗尚香”，沾了螃蟹的有腥味的手，洗了以后还会有蟹的香味。“原为世人美口腹，坡仙曾笑一生忙。”苏东坡曾经写过一篇文章叫《老饕赋》，苏东坡常常笑自己一生无事忙，到处找好吃的东西。

这首有点像打油诗。黛玉笑着说：“这样的诗，要一百首也有。”宝玉也笑了，说：“你这会子才力已尽，不说不能作了，还贬人家。”

“黛玉听了，并不答言，也不思索，提起笔来一挥，已有了一首。”他们又在比赛了，游戏当中，每个人都在尽情发挥自己的才能。

“铁甲长戈死未忘”，就是都死了还是这么一副想打仗的模样。“堆盘色相喜先尝”，螃蟹蒸熟后是特别漂亮的艳红色。“鳌封嫩玉双双满，壳凸红脂块块香。”螃蟹的大夹子打开以后饱饱满满的，像玉一样白嫩。螃蟹的壳一块一块凸起来，因为蟹黄越多壳越凸。“多肉更怜卿八足，助情谁劝我千觞。”你这么多的肉，还有八个脚，可是如今摆在我面前，我还是要拿你下酒。结尾是：“对斟佳品酬佳节，桂拂清风菊带霜。”

宝玉看了就要喝彩，黛玉一把就把它撕了，说：“我作的不及你的，我烧了它。你那诗很好，比刚才的菊花诗还好，你留着他给人看。”

宝钗接着笑说：“我又勉强了一首，未必好，写出来取笑儿罢。”此时一定是宝钗出手，三角的关系又出来了。宝钗、宝玉、黛玉之间还是有心结的，他们是借着螃蟹在讽刺对方。可是因为这些人教养很好，所以我们很难看出他们在较劲。

“桂霭桐阴坐举觞，长安涎口盼重阳。”当桂花开时，在梧桐树下喝酒，多惬意。“长安涎口”指爱吃喝的有钱人流着口水盼望重阳，因为那个时候蟹就肥了。

“眼前道路无经纬”，这句是在骂人，“无经纬”就是说没有规矩地乱走。“皮里春秋空白黄”，蟹里面有白颜色的，有黄颜色的。这里用了一个典故，《晋书》曾形容一个人心机很深，用了“皮里春秋”，意思是这个人外表看起来只是一个皮囊，可是内里却有很多的心机，老是在计较很多事情。宝钗把这一句话转成了“皮里春秋空白黄”。

“看到这里，众人不禁叫绝。”大家惊讶她怎么会想到这种句子。宝钗很厉害，她的意思是你们真的要斗，我也不是斗不过你们的，所以讲出了很刻薄、很尖锐、很犀利的话，她平常写诗是不会用这种尖锐句子的。可见她平日的含蓄、敦厚其实不完全是真的。

宝玉就说：“写得痛快！我的诗也该烧了。”又继续看下去。“酒未敌腥还用菊”，菊花是清雅的东西，可以来消减一些欲望，摆脱一些名利的纠缠。“性防积冷定须姜”，因为积冷，所以它害怕人世间，跟人不亲近，所以她说“性防积冷”。那么就多用一点姜吧，因为姜是热的，可以驱寒。“于今落釜成何益”，意思是说你这么厉害、这么多心机、这么多嫉妒又能怎样？“于今落釜”就是放到大锅里去煮的时候就什么都没有了。“月浦空余禾黍香”。“浦”是指水边，月下的河岸只留下稻禾、高粱的余香，因为螃蟹已经被吃掉了。这是讽刺你有再多的心机，到最后也是白忙一场。

“众人看毕，都说是：食螃蟹这些小题目，原要寓大意才算是大才，只是讽刺世人太毒了些。”这个“毒”的意思是说宝钗没有我们想象的那么含蓄、敦厚，她的厉害在关键时刻是要流露的。

诗里的内心世界

三十七和三十八回里，作者不止在讲诗，也通过诗在说人物的性格和人际关系，以及一些更复杂的东西。海棠诗呈现出来的东西和菊花诗不同，菊花诗呈现出来的又与螃蟹咏不同。作者是借诗在揭示这群孩子的内在世界。

这一回最有趣的一点是把菊花和螃蟹放在了一起。如果很快地读过去，就不会了解为什么会有“魁夺菊花诗”与“讽和螃蟹咏”的对照，作者其实是在写两个女性生命形态的区别。

菊花本身非常高雅，什么都不争。林黛玉在菊花诗上夺得了魁首，她的孤独和真性情是纯粹的。她活在人世间，高傲、孤独，没有丝毫妥协，当然是个悲剧。

螃蟹是另外一个讽刺，它有两个大夹子、八只脚，什么都想抓。写螃蟹，宝钗最厉害，是因为她有点像螃蟹，在现世里想抓的东西很多。宝钗个性太复杂了，外面看到的她大方、雍容、大度，而一个人的内心只有诗能透露出来，尤其是比赛到最激烈的时候。宝玉写螃蟹，只是觉得好玩。黛玉也写了，说烧掉吧。可是宝钗这个时候就要争强，说我要写一个最好的。诗言志，这首诗刚好表达了宝钗的内在心性。看起来是没有任何拘束的游戏，却最容易透露个性，因为平常压抑的东西会在这个时候暴露。

看到螃蟹咏，读者会觉得宝钗这个女孩子蛮厉害的。在她的成长环境和她的个性里，有很多的防范和小心。螃蟹肚脐里面的那个“冷”到底是什么呢？作者非常隐约地通过诗来透露，“皮里春秋空白黄”，是个很可怕的句子，作者在最后点了一下说她讽刺世人太毒了。

好的作者在写人物的时候都是多重的，只透露一点点信息就收笔了。接下来绝对不会说宝钗多么坏，多么嫉妒，如何要害黛玉，他只是一笔略过。作者真正要表现的并不是自己有多会写诗，而是想通过诗传达每个人的个性，破译每个人的生命密码。

第三十九回

村老妪是信口开河
痴情子偏寻根究底

富贵与贫贱的对话

《红楼梦》第三十九回里有一个非常重要的人物，就是刘姥姥，这个角色在《红楼梦》里非常有趣。我们在讲到十二金钗，讲到贾府中的主要人物的时候，绝对谈不到刘姥姥。她是个乡下老太太，是贾家八竿子打不到的远亲。仅仅是她女婿家的长辈，曾经跟王熙凤的长辈同过事。后来王熙凤家平步青云，他们家却没落了。曹雪芹家是荣华富贵了四代才没落的，所以他在写《红楼梦》的时候，就感受到富贵与贫贱只是过眼云烟。

很多人都认为《红楼梦》是一本写贵族的小说，为什么在这样的小说里安插一个刘姥姥这样的角色，是值得我们思考的问题。其实作者是在用刘姥姥的眼睛折射出富贵的另一个层次，同时也让富贵与贫贱之间产生对话，这才是一个真正的、丰富的、全面的人生观察。

很多时候我们会觉得刘姥姥有点像个来“打秋风的”人，没事就跑来大吃大喝一顿，然后带一大堆东西走。她第一次来的时候就带了二十两银子走，我们对二十两银子也没有什么概念。刘姥姥第二次来的时候，贾家正好在吃螃蟹，刘姥姥算出这顿螃蟹大概要花二十两银子，就说，二十两银子够我们庄稼人过一年的。我想作者在此绝对不是想搞阶级斗争之类的社会批判，而是很温和地让你看到人生的不同面相，在这种温和里让富贵和贫贱两方面进行对话跟反省。这是文学上的温和敦厚跟所谓道德批判非常不同的地方。因为曹雪芹曾经富贵过，也曾饿到连稀饭都吃不上，两种生活都经历过以后，他会对生命有一种悲悯，在他看来，富贵和贫贱都值得悲悯。

刘姥姥与贾母

刘姥姥第一次来没有见到贾母，这次贾母刚好需要一个上点年纪的人跟她说说话，刘姥姥就很意外地留下来了。我们大部分人现在很少有机会劳动，大多去健身中心运动，要交很贵的会员费。可是过去的人劳动本身就是一种运动，当然从心情上会觉得很苦，可事实上锻炼了筋骨。我们在读这一段的时候，最大的感触就是你会疑惑到底是贾母帮了刘姥姥，还是刘姥姥其实也帮助了贾母。因为贾母在一个比她大这么多的老人家身上，看到了生命的另一种状态。

今天也是一样，单纯地去比较社会上的所谓富贵和穷困，其实是很世俗的价值。有些人在简单朴素的物质条件下过着非常丰富的生活，有的人却在极高的权力和大量的财富当中过着极其贫困的生活，富有不只是物质的问题，更包含着你的精神，包括你如何处理自己的身体。有些朋友看到我自己在那边洗衣服，就问："你没有洗衣机吗？"但我说："我的这个快乐不想交给洗衣机。"因为那件纯棉的白衬衫，我觉得用手洗很快乐，你很难解释这个快乐丰富了我生命的哪个部分。

三十九回里刘姥姥跟贾母的对话，其实在讲人世间的另外一种平等。我多次提过，《红楼梦》就像一部佛经，它始终在讲人世间的平等，贾母看上去享福，同时在受另外一种苦；刘姥姥看上去在田里受苦，她也在享另外一种福。当世俗的价值体系把苦和乐固定在一个模式里的时候，才是真的受苦。人的价值系统需要有多元的标准，对待人生的态度才能丰富，眼界才能辽阔，也才是真正享福的开始。

李纨的心事

这一回里除了刘姥姥的主题，还有一个主题是关于李纨。

李纨是贾珠的太太。贾珠是长子、长孙，所以李纨嫁到贾家来的时候，别人都觉得她命很好，将来的地位一定不得了。可是没过多久，贾珠死去，她就守寡了。自己带着孩子贾兰，住在大观园里的稻香村，日子过得简单、朴素。

社会上对守寡的人有个印象，似乎应该永远穿黑衣服，不许化妆，也不能有什么表情，别人讲笑话也不能大笑。古代的伦理中，一个守节的女人必须是非常压抑的。李纨才二十岁，应该是最旺盛的生命花季，可她却忽然守寡。在热闹和风光的时候，几乎感觉不到她的存在，听不到她讲话的声音，看不到她的五官容颜，没有任何对她衣饰的描写，她好像是一个隐身人。在传统道德里，李纨必须扮演这样的角色。

李纨真正做到了“三从”——在家从父，出嫁从夫，夫死从子。从当女儿开始，她爸爸就说“女子无才便是德”，所以就给她取名为“纨”。

“纨”就是细绢，可以引申为做纺织，意思是女孩子好好刺绣就可以了，不需要读什么书，所以李纨只认了一点字，父亲就不准她再读书了。

贾元春命令迎春、探春、惜春、黛玉、宝钗这些人住进大观园的时候，为了有一个管理者，就让李纨也陪着住在大观园，这对李纨来说其实是一种解脱。平常在公公婆婆面前，她是守寡的媳妇；在贾母面前，是守寡的孙媳妇。贾母每次看到李纨都说，可怜见的，年纪轻轻就守寡。她一直是个被怜悯的角色。住进大观园，对她是一个很大的解放，因为离开了公公婆婆，她变成了这些孩子中年纪最长的，在她们中间，李纨好像重新年轻了。

在螃蟹宴上，我们第一次看到李纨喝酒，好像守寡的那个部分她暂时忘掉了，开始有一点不那么正经了，其实李纨也有她年轻活泼的一面。这时候刚好平儿坐在她旁边，她就让平儿喝酒，还用手在平儿的身上摸来摸去。

到现在为止，很少有人谈起《红楼梦》的这一段。这一段很痛，李纨喝醉了以后对平儿的态度里有种很深的哀伤。

虽是短短的一段，但透露出来的信息很重要。作为十二金钗之一，李纨应该是和宝钗、黛玉同等重要的人，人世间没有哪一个人是不重要的，可是为什么在《红楼梦》里我们始终在忽略李纨？好像她自己也忽略她自己，她也觉得自己是一个灰色调的人，没有声音，没有表情。这样的角色非常难写，作者也没有办法写她张牙舞爪的那一面，可是当我们在这一段里看到李纨的很多动作的时候，就会想到她生命的另一面。

李纨的任性和放肆

“众人见平儿来了，都说：‘你们奶奶作什么呢，怎么不来了？’平儿笑道：‘他那里得空儿来？’”王熙凤很忙，因为她是贾家的总管，太多事情都要汇报给她，由她处理。

平儿继续说：“因为说没有好生吃，又不得来，所以叫我来问还有没有，叫我要几个拿了家去吃罢。”王熙凤忙公务去了，可是还惦记着螃蟹。湘云是东道，所以就回答说：“有，多着呢。”忙命人拿了十个极大的。平儿说：“多拿几个团脐的。”选螃蟹的时候，要看腹部的脐，而不是看壳。母螃蟹的脐是圆的，所以叫团脐。

“众人又拉平儿坐，平儿不肯。”平儿来是为了带螃蟹走的，结果被大家留住跟他们一起吃，这是一个意外，所以她不肯。

这个时候李纨出场了。李纨拉着她说：“偏要你坐。”李纨跟王熙凤有同等的地位，都是孙辈媳妇。李纨就说，难道只许她要你回去不成，今天我也要你留在这里。李纨平时很少这样任性。

“拉着他身旁坐下，端了一杯酒送到他嘴边。”李纨喝了酒以后的动作，写得极精彩。一个二十岁的女孩子，在丈夫死后注定要扮演寡妇的角色，她身上的活泼、调皮始终没有机会发展，如今，她身上被压抑的东西得到了释放。

李纨说：“偏不许你去。显见得只有凤丫头，就不听我的话了。”这里有点撒娇、争宠的感觉。一个寡妇在传统道德里是没有争宠的条件的。“说着又命嬷嬷们：先送了盒子去，就说我留下平儿了。”李纨平时也很少这样主动做主。

平儿的释放

那个婆子就拿着盒子回去了，很快又回说：“二奶奶说，叫奶奶和姑娘们别笑话要嘴吃。这个盒子里是方才舅太太那里送来的菱粉糕和鸡油卷儿，给奶奶、姑娘们吃的。”

二奶奶是王熙凤，大奶奶是李纨，因为贾珠比王熙凤的丈夫贾琏年纪大。从贾赦那一支看，王熙凤是长媳；如果堂叔伯一起算，李纨是长媳。“舅太太”是指王熙凤娘家的人，王家送来了一些小点心。当时的四大家族——贾、王、史、薛——经常有礼物来往。因为刚才拿盒子送螃蟹给王熙凤，凤姐不能让人拿空盒子回来。“菱粉糕”是用菱角磨成的粉做的一种蒸糕，菱粉有点像现在的莲藕粉这一类的东西：很细，调出来很稀，有弹性。“鸡油卷”是用鸡油做的面卷。

然后婆子转过来和平儿说：“说使唤你来你就贪住玩不去了，劝你少喝一杯儿罢。”这个人也是用人，可是她现在要传王熙凤的话，所以讲话的口气是王熙凤在骂平儿，其实是批准了，准许她暂时不回去，但不要乱喝酒。古代的用人简直像演员一样，她知道讲话的表情和态度该是什么样子，有很多转换的方式。

平儿就笑着说：“多喝了，又把我怎么样？”平儿也喝了点酒，这一天大家都有点放肆。平儿平常是很守规矩的人，在王熙凤手下做事不容易，一是一，二是二。她作为贾琏的妾，甚至从来不单独跟贾琏同一个房间，贾琏一进房间，她就跑出去，因为她不想让三角关系发生。

平儿这个最懂事的人，今天竟然也有点放肆。这种放肆只是偶然觉得累了，稍微撒一下野，其实很可爱。

同病相怜的荒凉

平儿一面说，一面喝，又吃螃蟹。李纨拉着她笑着说："可惜这么个好体面模样儿，命却平常，只落得屋里使唤。不知道的人，谁不拿你当作奶奶太太看。"大家有没有觉得怪怪的？李纨平常那么规矩、那么正经，今天忽然抓着平儿东看西看，还说这些话，而且细琢磨这话还有点伤人。什么样的情况才会这么讲？只有很亲的时候，可见她是真喜欢平儿。

传统社会等级森严，但这一刻李纨的眼里忽然没有等级了，主人难道不能欣赏丫头吗？从人的角度来讲，长得体面、做事利落、对人厚道，都是值得欣赏的。这个时候的李纨完全恢复了人的本分，内心不再有那个守寡媳妇的悲凉和委屈了。一个守寡的媳妇，心里有苦就会产生更多的压迫，平时大概总是要骂用人的，心情愉快才会懂得欣赏，这一天李纨对平儿开始从头到脚地欣赏。

她说平儿"命却平常"，因为命好是不会去做陪嫁丫头的。王熙凤嫁过来时有四个陪嫁丫头，有的死了，有的走了，最后就留下了平儿。平儿是贾琏收了房的，名分上是贾琏的妾，可是她一辈子也不可能是真正的小太太，她要避开嫉妒心极强的王熙凤，而且她对王熙凤，就像《白蛇传》里的青蛇对白蛇一样，忠心耿耿。平儿是《红楼梦》里很特别的一个女孩子，这是她对自己生命的选择。

作为女性，平儿和李纨同病相怜。她们都有丈夫，可是又都没有丈夫。李纨的丈夫去世了，平儿的丈夫还在，却永远不能跟他在一起。她们俩在一起那种惺惺相惜的感觉是非常动人的。

她们之间有点类似中国古代传统中的闺中密友。湖南发现了一种女性文字，称为女书，是女性之间的通信，她们会把它绣在花里面，男人根本看不懂，她们觉得男人不会是她们的知己。在那样的社会里，她们根本没有自由恋爱的可能，也不是心甘情愿嫁到某一家，婚姻只是让人像生产工具一样，做太太、生孩子。她们真正的情感寄托在女书当中。女书的发现证明，原来女性之间有这么深的情感，在一个封闭的社会里，女性之间形成了一个属于自己的文化体系。

李纨内心的孤独

“平儿一面和宝钗、湘云等吃喝”，其实平儿有点想回避这样的问题，所以故意跟宝钗、湘云讲话、喝酒。“一面回头笑道：‘奶奶，别只管摸的我怪痒的。’”

这个写法很惊人。作者不直接写李纨摸平儿，而是反过来说：“奶奶，别只管摸的我怪痒的。”大概已经摸了蛮久，刚才说平儿长得体面、命却平常的时候就已经在摸了。

这是酒醉的李纨身体上的荒凉，她需要体温，所以才会让平儿坐她旁边，摸她的身体，作者非常懂肢体语言。这一段很让人感伤，李纨真的很苦，二十岁的年纪，守着一个孩子，漫漫长夜，不知道哪一天是个头。我们容易很粗俗地想到性或肉体，其实那是一种体温，是一种被疼爱的感觉，或者她可以疼爱别人，别人也可以疼爱她。她其实是疼平儿的，很难解释这个爱是什么？人对人不了解的时候，很容易把感情粗糙化，觉得这里面是不是有什么暧昧关系，其实不是。对这么守礼教的李纨来讲，或许只是一个暂时的非分之想吧？可是非分之想会让你觉得悲悯。一个二十岁的守寡妇人的内心荒凉一下子全出来了。

李纨说："哎哟！这硬的是什么？"作者在这个地方接得也很好。在古代，有些东西是藏在内衣里面的，李纨摸到钥匙了，我们就知道李纨的手摸到了什么地方。作者的写作手法真是不可思议，他怎么会有这么多的经验？怎么会观察得这么细致入微？曹雪芹本身是个男子，生活里他一定留意了很多人与人之间的动作，在某天写小说的时候才会写到这种细节。他让李纨来问这个硬的是什么。如果直接写，李纨问，你怎么身上挂一大堆钥匙？效果就差很多。

"钥匙。"平儿用很简短的方法回答。可是李纨好像越来越毛手毛脚了，一直在摸平儿。李纨就说："什么钥匙？要紧体己东西怕人偷了去，却带在身上。"下面她就开始转了，大概是有点不好意思了："我成日家和人说笑，有个唐僧取经，就有个白马来驮他；刘智远打天下，就有个瓜精来送盔甲；有个凤丫头，就有个你。"李纨书读得不多，可是她一定看过一些戏。古代的人，最重要的知识来源就是戏剧。《西游记》几乎天天都演；另外一个戏是《白兔记》，写五代时沙陀人刘知远幼年丧父，随母改嫁，同村富室李大公见刘知远有帝王之相，便将他招赘。而妻子哥嫂将有瓜精作祟的瓜园分与他，刘知远却战胜瓜精，得到兵书和宝剑后成就功业。她的意思是说，人世间很奇怪，一个东西会有另一个东西来配。

李纨在看戏的时候很注意配对的问题，她觉得自己的生命很荒凉，很孤独，没有依靠。《红楼梦》里人物的内心感觉常常在语言中体现出来。

李纨打趣说："你就是你奶奶的一把总钥匙，还要这钥匙作什么？"平儿笑着说："奶奶吃了酒，又拿了我来打趣着取笑了。"这个"打趣"是说你又在开我的玩笑，同时也在提醒你不要乱摸。李纨有一些借酒装疯，或者借酒放肆了。

各房丫头的特色

宝钗就笑着说："这倒是真话。我没事评论起人来，你们这几个都是百个里头挑不出二个来的，妙在各人有各人的好处。"宝钗没事时绝不讲别人的八卦，她评价人的时候从来都说好，不得罪任何一个人。在贾家这种人多口杂的地方，宝钗很清楚她的身份，绝不介入贾家的是非。她的生命哲学是永远都在欣赏别人，这一方面是她自己的气度，另一方面也是她做人的圆润。所以她说，各人有各人的好处，确实，人世间没有任何一个人是应该缺席的，每一个人都有自己的长处。

李纨说："大小都有个天理。譬如老太太屋里，要没那个鸳鸯，如何使得？从太太起，那一个敢驳老太太的回，他现敢驳回。"贾母的房中有八个丫头，首席就是鸳鸯。鸳鸯把贾母照顾到惊人的地步。哪些人要骗贾母，她都在旁边提醒。贾府没有一个人敢反驳老太太，只有鸳鸯敢说不。大家都怕贾母，可是她不怕。贾母信任鸳鸯，是因为她忠心耿耿，不要任何个人的名利。这种忠心耿耿当然是一种道德，但是有时候也让人觉得很苦，因为她们自己的命运本身不太有可能改变了。

"偏老太太只听他一个人的话。老太太那些穿戴的，别人不记得，他都记得"，贾母出来头上、身上不知道要戴多少的珠宝。每一样东西虽是小东西，可是都很贵重，只有鸳鸯记得，少了一样她都要追问的。贾府的人又多又杂，鸳鸯却没有私心，公正磊落。

"要不是他经管着，不知叫人诓骗了多少去呢！那孩子心也公道，虽然这样，倒常替人说好话儿，还倒不依势欺人的。”鸳鸯这样的角色一旦“挟天子以令诸候”是最可怕的，民间总说“阎王好见、小鬼难缠”。但是鸳鸯从不依势欺人，这才是让大家尊重的地方。

读《红楼梦》你会发现，作者最尊重、敬佩的人，有时候不一定是宝钗、黛玉这些小姐，而是鸳鸯、平儿这些丫头，他认为最优良的品质都在这些人身上。

惜春就笑着说：“老太太昨日还说呢，他比我们还强呢。”平儿说：“那原是个好的，我们那里比的上他？”别人在赞美平儿，可她说我怎么比得上鸳鸯，鸳鸯才是最好的。宝玉说：“太太屋里的彩霞，是个老实人。”探春说：“可不，外头老实，心里有数儿。太太是那么佛爷似的，事情上不留心，他都知道。凡百一应事都是他提着太太醒。连老爷在家出外去的一应大小事，他都知道。太太忘了，他背后告诉太太。”这些贴身丫头基本上都等于今天的董事长或者总经理的特别助理这样的角色，大概比现在的特别助理还难。现在特别助理还可以下班，她们是不能下班的，一天二十四小时，而且是一辈子，根本没有自己的未来。

李纨就说：“那也罢了。”然后就指着宝玉说：“这一个小爷屋里要不是袭人的度量，到个什么田地！”宝玉是一个男孩子，所有的丫头都要跟他争宠，可是袭人却很有度量，从来不跟人计较，因为她心里面有一个笃定的东西，就是她是跟定了宝玉的。别人怎么吃醋她都无所谓，因为她安分在那个角色中。有一种爱，它不见得是争风吃醋的，袭人的爱就是要把宝玉照顾得好好的。

作者在这一回里赞美了丫头。先讲贾母这一代最好的丫头鸳鸯，又讲王夫人这一代最好的丫头彩霞，再讲第三代宝玉的丫头袭人。

李纨接着就讲到王熙凤了：“凤丫头就是楚霸王，也得这两只膀子，好举千斤鼎。他不是这丫头，就得这么周到了！”楚霸王是力能扛鼎的，可如果没有两个手臂怎么能做到。意思是说平儿就是王熙凤的左膀右臂。

平儿笑着说：“先时陪了四个丫头，死的死，去的去，只剩下我一个孤鬼了。”大户人家嫁到大户人家，都有陪嫁丫头。她们陪着小姐嫁过来，一辈子做陪房。当然男主人可以将她收为妾，可是大部分像平儿，有妾的身份，却跟男主人毫无瓜葛，只是服侍女主人。平儿此时也有一点感触，觉得孤单，所以用“孤鬼”来形容自己。李纨说：“你倒是有造化的，凤丫头也是有造化的。”这里讲的“造化”是说冥冥之中的缘分。

李纨的伤感回忆

接着刚才的话，李纨说：“想当初，你珠大爷在日，何曾也没两个人。你们看我还是那容不下人的？”

这一天的李纨是有问题的，让我们忍不住猜想，这一天有没有可能是贾珠的生日或者忌日？李纨平常是个完全没有表情的人，可是这一天她忽然动情了。想起刚刚嫁过来的时候，曾经很年轻，很有希望，丈夫那么好。她突然很感伤，说我今天怎么会变成了一个人？难道是我容不下人？

“天天只见他两个不自在。所以你珠大爷一没了，趁年轻我都打发了。若有一个守得住，我倒有个膀臂。”原来她也有陪嫁的丫头，可是好像没有平儿这么得力、懂事。贾珠在的时候，两个人就常常闹来闹去。“不自在”是说不规矩、不安分。这里李纨不方便讲，她丈夫贾珠在世的时候，中间一定是有些复杂的事情。所以贾珠一死，她把两个陪嫁丫头都赶走了。对她来讲，那个回忆大概不太愉快。此时的李纨感伤、荒凉、孤独。李纨的话会让人有一种感触。身边的人不一定是有固定的伦理与身份的人，而应该是在人生的旅途中可以依靠的，使得这个旅程不那么荒凉、不那么孤独的人。

李纨讲到这里，“滴下泪来”，大家就劝：“又何必伤心，不如散了到好。”大家就洗了手，散掉了。

短短的一段，讲的是李纨非常重要的部分。很多人都说十二金钗中李纨根本没戏，可是我就把这一段挑出来说：“李纨其实很重要。”李纨是十二金钗里非常重要的一个，她有故事，有心情，也有很多人生的感触。问题是我们可能只看到花红柳绿，而没有看到秋天叶子的变化，所以我们看不到李纨。我自己年轻的时候读《红楼梦》也看不到，可是渐渐越来越懂得李纨的重要。她有着对生命很深的体会，这是作者写得极好的部分。

月钱为什么还不放？

作者接着开始对比李纨与王熙凤的不同。李纨始终处于很孤独、荒凉的境地，大概只有在吃螃蟹、喝酒的时候，才有那么一点点放肆。可是同样作为贾府孙辈的媳妇，王熙凤却大权在握，热闹、风光。

下面就从袭人与平儿的谈话中透露出王熙凤放高利贷的事情。

“众婆子、丫头打扫亭子，收拾杯盘。袭人和平儿同往前去，让平儿到房里坐坐，便问道：‘这个月的月钱，为什么还不放？’”《红楼梦》里很讲究角色的个性，话从不同的人嘴里说出，情况是不太一样的。晴雯是暴跳如雷的，而袭人是特别安静的，不到万不得已绝不讲话的。如果只是拖一两天，袭人大概是不会问的。现在袭人问这个月的月钱怎么还没有发，就表示已经拖得有点过分了。

“平儿见问，忙悄悄说道：‘迟两天就放了。这个月的月钱，我们奶奶早已支了，放给人使呢。等利钱收齐了，才放呢。’”大概是很大一笔钱，她转手放高利贷了，可见那个社会有很多人等着钱用，这是挪用公款，不得了的事情。平儿就叮咛袭人：“你可不许告诉一个人去。”袭人就笑着说：“他难道还短钱使！何苦还操这心？”连丫头都怀疑，难道王熙凤还会缺钱吗？何苦要操这个心？人有不同的罪业，我们也许羡慕王熙凤有钱有权，可是事实上她真的蛮操心的。平儿笑着说：“这几年拿着这一项银子——他的公费、月例放出去——利钱一年不到，上千的银子呢。”后文刘姥姥提到，二十两银子就够乡下人过一年的了，所以上千两银子是很多的。王熙凤的收入不止如此，还有其他的，前面曾提到过她伪造丈夫的印章去帮人家打官司，拿了三千两银子。

在今天，王熙凤大概就是可以往上爬的人。她永远要抓权力或者财富。可是《红楼梦》的十二金钗中，她也是最苦的。家败人亡的时候，她的下场最惨，因为她忽略了在荣华富贵的时候给自己留一点点余地。唯一感念她的人就是刘姥姥，因为她很偶然的一次接济，巧姐在被卖入妓院的时候被刘姥姥救走。其实《红楼梦》是在讲一个很大的因果，连当事人都无法理解的某种因果。

袭人就笑着说：“拿着我们的钱，你们主子、奴才赚利钱。哄的我们呆等。”她不敢单独批评王熙凤，所以她说你们主子、奴才，两个人赚利钱。大家知道这绝对不关平儿的事，可是袭人必须说“你们主子、奴才”，如果单独讲“你们主子”，在那个阶级社会当中就有点没有分寸了。

那平儿说：“你又说没良心的话，难道还少钱使？”平儿有点笑袭人。王夫人看重袭人，每个月从自己的月钱中拨了二两银子给袭人，所以袭人是丫头里最不缺钱的。

袭人说：“我虽不少，只是我也没地方使去，就只预备我们那一个。”“那一个”是宝玉，这里面有一种亲切。袭人的心里只有一个人，就是宝玉。宝玉娇生惯养，很能花钱，每次出去都要准备很多零钱，袭人大概常常要把钱花在宝玉身上。

平儿说：“你倘若有要紧的事，用银钱使，我那里还有几两银子，你先拿来使，明日我扣下你的就是了。”袭人说：“此时也用不着，怕一时要用起来不够了，我打发人去取就是了。”袭人也是很精细地在打算怎么去照顾宝玉。

两个丫头的谈话，透露出贾府财务管理上的问题。本来监督王熙凤的人应该是王夫人，可是她整天吃斋念佛，王熙凤就有点为所欲为了。

刘姥姥二进荣国府

“平儿答应着，一径出了园门，来至家内，只见凤姐儿不在房里。忽见上回来打抽丰的那刘姥姥和板儿又来了。”刘姥姥是《红楼梦》里非常重要的人物，她曾经来过荣国府，第三十九回中，她第二次到了荣国府。

“打抽丰”，现在有不同的写法，有的是“抽丰”，有的是“秋风”。宋元的时候，军队驻扎到一个地方，因收入不够，就在民间秋收时抽头，说军队保护了老百姓，所以要交东西给军队。民间对于军队的这种做法很不满意，就说他们“打抽丰”。俗语通常是先有语言，再有文字，后来以讹传讹，就演变成“打秋风”。现在民间用得比较多的是“打秋风”，有抽头、占便宜的意思。说刘姥姥和板儿又来“打抽丰”了，因为贾府上上下下的丫头都觉得刘姥姥是一个乡下老太太，跑到贾家来就是想要点东西，要点钱。

刘姥姥和板儿“坐在那边屋里，还有张材家的、周瑞家的陪着”。周瑞、张材都是在贾府里帮佣的男仆人，他们的媳妇也会帮忙做一些家务，叫“张材家的、周瑞家的”。“又有两三个丫头在地下倒口袋里的枣子、倭瓜并些野菜”，他们带了几个口袋的枣子、倭瓜。大概都是自己扛来的，因为从前文我们知道，刘姥姥进城绝对舍不得雇车。

“众人见他进来，都忙站起来了。刘姥姥因上次来过，知道平儿的身分，忙跳下地来问‘姑娘好’。”注意这个动词“跳”，七十五岁的老太太，一下就跳下地。刘姥姥年纪大了，可是身体还很硬朗，动作很利落。《红楼梦》里的动词用得非常有趣，每个人的动作和他的身份都很匹配。黛玉从来不会“跳”的，宝钗也不会“跳”。可是刘姥姥原来坐在炕上，忽然会跳下地来。她觉得要礼貌，她知道能不能见到王熙凤全看平儿的了。

又说：“家里都问好。早要来请姑奶奶的安，看姑娘来的，因为庄家忙。好容易今年多打了两石粮食，瓜果、菜蔬也丰盛。这是头一起摘下来的，并没敢卖呢，留的尖儿孝敬姑奶奶、姑娘们尝尝。姑娘们天天山珍海味的也吃腻了，这个吃个野意罢，也算是我们的穷心。”乡下人种东西是要卖的，可是刘姥姥说，他们的头一批收成不敢卖，先送给贾家，这是心意。刘姥姥的话说得很漂亮。乡下人要去依靠大户人家，想得一点好处，往往不知道怎么开口，可是刘姥姥很懂得怎么讲话。那平儿就赶快说：“多谢费心。”又让坐，自己也坐了。又让张婶子、周大娘，又命小丫头去倒茶来。如果王熙凤在的话，平儿是不敢坐的。

周瑞、张材两家的笑着说：“姑娘今日脸上有些春色，眼睛圈儿都红了。”刚才平儿喝了一点酒，又被李纨摸来摸去的，所以脸上有一些春色，被大家看出来了。平儿笑着说：“可不是。我原是不吃的，大奶奶和姑娘们只是拉着死灌，不得已喝了两杯，脸就红了。”平儿平常不喝酒，今天破例，这是在回应刚才有点放肆的那个段落。

张材家的笑着说：“我倒想着要吃呢，又没人让我。明日再有人请姑娘，可带了我去罢。”大家就说说笑笑。周瑞家的说：“早起我就看见那螃蟹了，一斤只好称了两个、三个。这么两三大篓，想是有七八十斤呢。”过去的一斤是十六两，一斤两三个，说明螃蟹很大。又说：“若是上上下下，只怕还不够。”平儿说：“那里够，不过都是有名儿的吃两个子。那些散众的，也有摸的着的，也有摸不着的。”在丫头里面能够吃到的也没有几个人。刘姥姥说：“这样螃蟹，今年就值五分一斤。十斤五钱，五五二两五，三五一十五，再搭上酒菜，一共倒有二十多两银子。阿弥陀佛！这一顿的钱够我们庄家人过一年的了。”

对于螃蟹多少钱一斤，贾府这些吃螃蟹的公子、小姐、丫头们都不知道。宝钗也不知道，她要螃蟹很容易，一句话交代下去就行了。可这就是文学厉害的地方，一定要加进这么一个在乡下种田做生意的刘姥姥，她会去算要花多少钱，才能对比出有钱人家随便吃一顿螃蟹，穷人能过一年的日子。

贾母要见刘姥姥

平儿问："想是见过奶奶了？"刘姥姥说："见过了，叫我们等着呢。"说着又往窗外看天色。说道："天好早晚了，我们也去罢，别出不去城才是饥荒呢！"乡下人所想的东西，有钱人家是想不到的。刘姥姥怕天一晚，关了城门，她就没地方去了。"饥荒"是很鲜活质朴的乡下语言，就是没的吃了，因为她要赶回去吃晚饭的。

周瑞家的说："这话倒是，我替你瞧瞧去。"周瑞家的是管家，大概比较了解乡下人的问题。我们不能说王熙凤很坏，让刘姥姥一直等她，她从小做大户人家的小姐，脑海里从来没有穷人还要出城之类的事情。"说着一径去了，半日方来，笑道：'可是你老的福来了，竟投了这两人的缘了。'"

"平儿等问怎么样"，周瑞家的说："二奶奶在老太太的跟前呢。我原是悄悄的告诉二奶奶：'刘姥姥要家去呢，怕晚了赶不出城去。'二奶奶说：'大远的，难为他扛了些沉东西，晚了就住一夜明日去罢。'这可不投上二奶奶的缘了。"通常贾家不留客人的，可是这一天王熙凤大概蛮高兴，就留了客人。

又说："这也罢了，偏生老太太又听见了，问刘姥姥是谁，二奶奶便回明白了。老太太说：'我正想个积古的老人家说话儿，请了来见一见。'这可不是想不到天上缘分了。""积古"就是够岁数的老年人。贾母老是跟十几岁的孩子们在一起，她很希望有一个年龄相仿的老太太可以聊聊天。

贾母要见刘姥姥，所以周瑞家的就恭喜她说："可是你老的福来了。"

说着，催刘姥姥下来前去。刘姥姥说：“我这生像儿怎好见的？好嫂子，你就说我去了罢。”乡下人没有见过世面，觉得自己扛着东西走了远路，身上脏脏的，现在要去见个贵妇人，就有点自卑不敢去见。

平儿就说：“你快去罢，不怕的。我们老太太最是惜老怜贫的，比不得那个拿三作四的那些人。想是你怯上，我和周大娘送你去。”她们都知道刘姥姥为什么要躲。“说着，同周瑞家的，随了刘姥姥往贾母这边来。”

平儿准假

“二门口该班的小厮们见了平儿出来，都站了起来，有两个又跑上来，赶平儿叫‘姑娘’。”贾母的二门、大门都有当班的保安人员。平儿地位之所以这么高，其实是因为平儿是王熙凤手下的执行者，有些琐碎小事平时都是平儿在打理，所以这些人特别巴结她。

平儿又问：“说什么？”那小厮笑着说：“这回子也好早晚了，我妈病，等着我请大夫。好姑娘，我讨半日假可使的？”平儿不知道他妈妈是不是真的生病了，所以这个时候的分寸得拿捏好，就对他说：“你们倒好，都商议定了，一天一个告假，又不回奶奶，只和我胡缠。前日住儿去了，二爷偏生叫他，叫不着，我应起了，还说我作了情。你今又来了。”是说你们不跟二奶奶请假，到时候主人找不到你们，我还要替你们背黑锅。意思是有一点不准假了。

周瑞家的就在旁边帮那个小孩说话：“当真的他妈病了，姑娘也替他应着，放了他罢。”有时候，搞管理的人这种分寸真的很难拿捏，因为有太多的人说谎，最后有人妈妈真的病重了，你不准假，就误了大事。

听了周瑞家的话，平儿就答应了，说："明日一早来。听着，我还要使你呢，再睡的日头晒着屁股才来！你这一去，带个信儿给旺儿，就说奶奶的话，问着他那剩的利钱。"这就接到王熙凤放高利贷那一段，原来这钱是放给自己手底下的用人了。"明儿若不交了来，奶奶也不要了，就越性送他使罢"，当然这是很重的话了。于是"那小厮欢天喜地答应去了"。

作者的写法非常特别，如果直接写刘姥姥见到贾母，就少了一个转折。中间杀出一个有人要请假的小事，又插入了王熙凤放高利贷的事情，然后再来说刘姥姥见贾母。

贾母对话刘姥姥

"平儿等来至贾母房中，彼时大观园中姊妹们都在贾母前承奉。"宝钗、黛玉、迎春、探春等姊妹都在，承欢膝下。

"刘姥姥进去，只见满屋里珠围翠绕，花枝招展，并不知都系何人。"注意"珠围翠绕，花枝招展"八个字，一个乡下老太太，到了贾母屋里，眼睛都看花了，根本就不知道谁是谁。"只见一张榻上歪着一位老婆婆，身后坐着一个纱罗裹的美人一般的一个丫环，在那里捶腿，凤姐儿站着正说笑。""纱罗裹的美人一般的丫环"是鸳鸯。在刘姥姥眼里，贾府所有的女孩子都是美人，她不知道怎么去形容那种漂亮。只感觉眼前花花绿绿的，连小姐、丫头也分不出来。好久以后，她的眼睛才开始聚焦。

"刘姥姥便知是贾母了，忙上来陪着笑，福了几福，口里说：'请老寿星安。'"刘姥姥非常敏感，知道那是贾母，赶快上来行礼。古代女人行礼的时候，把两个手放在左胯边，蹲下去，叫"万福"。她称呼贾母"老寿星”，有钱人最缺的大概就是寿了，所以叫“老寿星”一定是最好的。

“贾母亦忙欠身问好，又命周瑞家的端过椅子来让坐着。”贾母不起来的，她歪在床上，只是点点头，上半身稍微起来，因为她是贵妇人，不需要对刘姥姥那么有礼貌。“那板儿仍是怯人，不知问候。”

贾母就问：“老亲家，你今年多大年纪了？”最先问的就是年纪，知道了年纪就能比较出她们的身体状况。刘姥姥连忙站起来回说：“今年七十五了。”这是我们第一次知道刘姥姥的年纪——七十五岁。

贾母的年龄大概在六十几岁，一听刘姥姥的年纪就吓了一大跳，“向众人道：‘这么大年纪了，还这么健朗。比我大好几岁呢。我要到这么大年纪，还不知怎么动不得呢。’”“健朗”，有的书上写的是“健浪”。“浪”就是活泼的意思，是动作还很利落的感觉。

刘姥姥很会讲话，她说：“我们生来是受苦的人，老太太生来是享福的。若我们也这样，那些庄家活也没人作了。”意思说乡下人一早起来就要拿锄头下田，工作一天，到了黄昏才回家，身体不好怎么行。

贾母说：“眼睛、牙齿都还好？”刘姥姥说：“都还好，就是今年左边的槽牙活动了。”这个语言非常活泼，如果她说她身体都好，就很不具体。她说我那个大牙稍微摇动了，对她来讲就已经觉得有点老了。

贾母说：“我老了，都不中用了，眼也花，耳也聋，记性也没了。你们这些老亲戚，我都不记得了。”一方面在讲她的身体，一方面是客气。贾母根本没有这个亲戚，这个亲戚是王熙凤家的，很远很远的，四代以前曾结拜过，不知道有多久没有来往了。贾母讲话很谦虚。“亲戚们来了，我怕人笑我，我都不会，不过嚼的动的吃两口，睡一觉，闷了时和这些孙子、孙女儿玩笑一会就完了。”贾母这几年是不见客的，贾母的身份已经到了什么亲戚来她都不见了。因为她辈分很高，不需要见这些亲戚。可她的解释是说，因为都不认识了，怕人家笑她记性不好。其实她很聪明，这样免掉了很多应酬。

可是从她的话里，我们也感觉到贾母的寂寞。她富贵、有福气，还有这么多孙子孙女，可是有一种荒凉。她的身体好像没有主动去做什么运动。贾母站起来都有四个丫头扶她，吃菜都有人给夹到碗里，身体怎么会健朗呢？事实上贾母身体没有老到那个程度，可是在当时的社会观念里面，她都是老祖宗了，就是要给人家拜的。她根本不可能像整天在田里劳动的刘姥姥一样去做很多事。这其实是蛮可怜的。看《红楼梦》的时候，你会感觉到贾母的某一种心情上的悲哀，她已经被决定了。

刘姥姥说："这正是老太太的福了。我们想这么着，不能。"

贾母说："什么福，不过是个老废物罢了。"

两个老太太的对比

很了不起的一句话，可是这样一句话要从贵妇人的口中说出。"什么福，不过是个老废物罢了。"从这一句话可以看到，贾母因为没有机会劳动，她自己觉得变成了"老废物"。

我们看一下贾母这个角色，她是《红楼梦》里四世同堂的一家之长，后代子孙都把她奉为"老祖宗"。这个家族已经四代荣华，她是荣国公的太太，创业的第一代，知道什么叫白手起家，也早就预料到她的子孙大概连守成都守不住了。我一直觉得贾母的心里有一种哀伤，而她又不知道怎么办。她有时候也会回忆起自己年轻时候的调皮，可是眼下已经变成老废物了。其实如果按今天来讲，才六十几岁，生活条件又这么好，绝对是可以箭步如飞的，可是因为大家都认为她是个老寿星，她就被供在那里，失去了生命真正的自主性，所以她的感叹是由衷的。

记得一个学生曾跟我说，她母亲在帮别人带孩子，她担心母亲受累，就把那个小孩子送回去了。她觉得自己是好意，可是她和我说："很奇怪，我今天回去，我妈妈跟我大吵一架，说怎么也不征得她同意，就把那个小孩子送回去。"我说："你大概没有想到对母亲来讲，看孩子不是赚钱的问题，是她需要有个事做。"她需要的不是钱，而是自己还有能力的那份自信。所以我相信生命的成长、生命的开发，有很大一部分是要开发生命存在的自信和价值。我们的社会中，如果有一个组织出来号召董事长的妈妈们出来做义工，大概会非常成功。因为她们身处富贵，什么都有了，就是缺乏一份自己还有能力去帮助别人的信心，缺乏自己去主动做事情的快乐。问题是要先有觉醒，才能避免"老废物"的悲哀。

相比之下，刘姥姥就聪明得不得了。这个老太太的聪明是被乡下生存的艰难造就的。我们回想一下刘姥姥第一次进贾府，根本相当于我们今天跑到某个大财团门口，想要见它的董事长，你根本连门路都没有的。可是她的聪明是因为她生存在艰难里，得想办法活下去。

生存的艰难本身能磨炼一个人的意志力，意志力和能力是两回事。常常听到我们这一代人都在骂儿女，说看你多没用。我就跟他们说，你还是先骂自己吧，他变成这样绝对是你的原因，因为你没有给他成长的机会和相关的教育。

三十九回非常有趣，它在讲两个不同环境里的老太太，结局和各自面临的问题也如此不同。大家知道贾母算是有福气的，因为真正抄家的时候她已经走了。另外一个老太太刘姥姥，因为贾府的帮助过得安安稳稳，没有受到任何的惊扰，最后还救助了王熙凤的女儿巧姐。命运仿佛是在和人开玩笑般地掉了个儿。可见人生真是无法预料的，荣华富贵时期的贾家，哪会想到有一天刘姥姥会成为他们的恩人。

作者把人生讲得如此丰富，大概就是提醒我们要有一种谦卑吧！不管自己此刻身在什么样的处境，都要宽和地去看待人生。这个宽和就是明白得意与失意都只是一个幻象而已，重要的是如何找到生存的生命力和意志力。

现摘的瓜菜

贾母又笑道："我才听见凤姐儿说，你带了好些瓜菜来，叫他快收拾去，我正想个地里现摘的瓜儿、菜儿吃。外头买的，不像你们田地里的好吃。"贾母是很具体地说她为什么觉得自己不是在享福，因为地里现摘的东西她都吃不到。

地里长出的新鲜东西的那种生命力，是现在大城市里在超市买菜的人很难体会到的。在法国就保留了每周的一三五赶集的习惯，乡下人把刚刚从地里摘来的桃子、樱桃带到城里，卖得很贵，可是大家都愿意买，因为那和超市的东西不一样。土地里面的东西，有雨水、阳光在里面，吃到身体里有一种活力。不能说这是乡愁或迷信，也许在新鲜的瓜果里，真的保留着土地里的新鲜和旺盛。大自然里的阳光、雨水、土地一直被认为是最有气力的东西，"气"是身体与大自然的互通和互动。

对贾母来说，刘姥姥带来的瓜果蔬菜是另外一种生命的滋养。在四代的荣华富贵之后，贾府已经越来越远离土地，富贵、慵懒到了疲倦的地步，过得几乎是一种病态的生活，其实贾母对此是有反省的，所以才说想吃个新鲜。而刘姥姥就像地里的地瓜一样，身上有种新鲜的活力，注定会成为贾府这些贵族妇人的一剂强心针。

可是刘姥姥却说："这是野意儿，不过吃个新鲜。依我们想鱼肉吃，只是吃不起。"假如生命可以互换该多么好！就像杜甫说的："朱门酒肉臭，路有冻死骨。"如果可以互通有无，刚好是一个互补。富贵中人在追求乡野的生命力，乡野中人又渴望吃山珍海味，这就是互补。如果不用很激进的阶级斗争理论去看，各阶级之间其实可以做自我觉醒。社会阶级的贫富差距越来越严重，最后是两个阶级一起陷入困境。刘姥姥这边需要丰厚一点的物质，而贾母这边需要一种精神上的活力。将来的大同世界，也许就是这样一个生命的互换关系的形成。

贾母和刘姥姥的对话很精彩，可以作为社会教育的内容。在我的记忆中，跟一个乡下农妇和一个卖花生的老太太的对话，都是我生命里面非常感动的内容，它留给我的是我原来的教育里没有的。我总感觉她们身上有一种从生命里历练出来的稳重的东西，这种对话让我一生受用不尽。

姥姥信口开河

贾母说："今日既认着亲，别要空空的就去。不嫌我这里，就住一两天再去。"贾母讲话的语气很谦虚。贾家一个厕所大概都要比刘姥姥的家大很多。"我们也有个园子，园子里头也有果子，你明日也尝尝，带些家去，也算看亲戚一趟。”

王熙凤看到贾母欢喜，就赶快挽留刘姥姥：“我们这里虽不比你们的场院大，空屋子还有两间。”凤姐对人的好永远是功利性的，要看贾母是否喜欢。“你住两天，把你们那里新闻故事儿说些与我们老太太听听。”王熙凤特别知道贾母为什么要留刘姥姥，因为她特别想听乡下的故事。

贾母笑着说：“凤丫头别和他取笑。他是乡村里的人，老实，那里搁的住你打趣他。”“说着，又命人去先抓果子与板儿吃，板儿见人多了，又不敢吃。贾母又命拿些钱给他，叫小幺儿们带他外头玩去。刘姥姥吃了茶，便把些乡村中所见所闻的事情说与贾母，贾母越发得了趣味。正说着，凤姐儿便命人来请刘姥姥吃晚饭。贾母又将自己的菜拣了几样，命人送过去与刘姥姥吃。”

“凤姐知道合了贾母的心，吃了饭便又打发过来。鸳鸯忙命老婆子带了刘姥姥去洗了澡，自己挑了两件随常的衣服命给刘姥姥换上。”刘姥姥扛了几袋地里的东西，而且古代没有柏油马路，赶一天的路，一定一身的臭汗灰土，所以鸳鸯把自己的衣服给刘姥姥穿上了。刘姥姥的样子一定被打扮得很奇怪。乡下人穿的是土布衣服，上面还补丁摞补丁，鸳鸯的衣服虽说是丫头的，也一定绣得花红柳绿的。

“那刘姥姥那里见过这般行事，忙换了衣裳出来，坐在贾母榻前，又搜寻些话出来说。”刘姥姥平常也不是一个说故事的人，可是为了让贾母开心，只得“搜寻”出一些话来讲。

“彼时宝玉姊妹们也都在这里坐着，他们何曾听见过这些话，自觉比那些瞽目先生们说的书还好听些。”“瞽目”就是瞎子，以前乡下常有盲人说书，他们的故事都是编出来的。刘姥姥是乡下人，有一些宝玉他们没听过的新鲜、活泼的故事。

“那刘姥姥虽是个村野人，却生的有些见识，况且年纪老了，世情上经历过的，见头一个贾母高兴，第二见这些哥儿们都爱听，便没了话，也编出些话来讲。”原来是讲真话，后来开始“搜寻”，最后就开始胡讲了。贾母他们也不在乎真假，只是茶余饭后需要有些消遣，平常他们看的戏也都是假的。刘姥姥说我们乡下如何如何，他们都认为是真的，因为有当事人，所以大家就觉得很兴奋。刘姥姥人生动，又见多识广，随便讲一点什么，贾府的人都觉得很有趣儿。

她说：“我们村庄上种果、种地，每年、每日，春夏秋冬，风里雨里，那里有个坐着的空儿，天天都是在那地头子上作歇马凉亭，什么奇奇怪怪的事不见呢。”“歇马凉亭”是古代过路的人休息用的亭子。

“就像去年冬天，接连下了几天雪，地下压了三四尺深。我那日起的早，还没出房门，只听外头柴草响。我想着必定是有人抽柴草来了。我爬着窗户眼儿里一瞧，却不是我们村庄上的人。”

刘姥姥讲到这里忽然不讲了，其实故事能吸引人常常是因为说故事的人会吊人胃口。刘姥姥这时就有点在卖关子，逗得贾母很想知道。

贾母就很急切地说：“必定是过路的客人们冷了，见现成的柴，抽些烤火去也是有的。”其实每一个人都能编故事，如果说故事的人突然不讲了，你就会顺着故事的脉络往下猜。贾母平常是难得动脑筋的，现在因为刘姥姥给了她新的刺激，开始动脑筋了。

刘姥姥说：“也并不是客人，所以说来奇怪。老寿星当个什么人？原来是一个十七八岁的极标致的一个小姑娘，梳着溜油光的头，穿着大红袄儿，白绫裙儿……”又开始悬疑了，偷柴的是一个十几岁的漂亮小女孩。她大概已经明显感觉到宝玉非常喜欢听跟女孩子有关的故事了。其实刘姥姥的故事根本就是编的，聪明人一听就知道。绫是一种很薄的缎子，大雪天穿着红绫袄、白绫裙，冷都冷死了。

马棚失火

说到这里，忽然外面吵起来了，又说：“不相干的，别唬着老太太。”故事讲了一半，忽然有别的事情发生。

这就是作者的厉害了，他也在卖关子。他根本没有讲故事，但他让读者跟着悬疑。说故事的时候，一定要懂得怎么去打断，一下就说完，再好的故事都不好听了。打断的时候就有很多的渴望、很多的期待。生命最大的意义并不在结局，而是在过程里，过程本身充满了好奇，充满了乐趣，这才是最重要的。

忽然发生了什么事？原来是马棚失火了。“丫环回说：‘南院马棚里走了水，不相干，已经救下去了。’贾母最胆小的，听了这话，忙起身扶了人出至廊下来瞧，只见东南上火光犹亮。唬的口内念佛，忙命人去火神跟前烧香。王夫人等也忙都过来请安，又回说：‘已经下去了，老太太请进房去罢。’贾母看着真的火光熄了，方领众人进来。”

失火也是危机，生命里没有危机的时候，其实就是没有活力。贾府马棚失火，贾母马上就紧张起来了，这个紧张对贾母其实是一种有益的刺激，能让她感觉到自己还可以照顾一些事情，她不是废物了。

回来后，宝玉很想继续听故事，忙着问刘姥姥：“那女孩儿大雪地作什么抽柴草？倘或冻出病来呢？”十四岁的宝玉对所有的事情都好奇，而且他一听到女孩子的故事就很兴奋，不停地问她。

贾母就制止说："都是才说抽柴草惹出火来了，你还问呢。别说这个了，再说别的罢。"老人家迷信，觉得讲到那个字是不好的，可能真的就会应验。"宝玉听说，心里虽不乐，也只得罢了。"

刘姥姥便又想了一篇话，说道："我们庄子东边庄上，有个老奶奶子，今年九十多岁了。他天天吃斋念佛，谁知就感动了观音菩萨夜里来托梦说：'你这样虔心，原来你该绝后的，如今奏了玉皇，给你一个孙子。'原来这老奶奶只有一个儿子，这儿子也只一个儿子，好容易养到十七八岁上死了，哭的什么似的。后来果然又养了一个，今年才十三四岁，生的雪团儿一般，聪明伶俐非常。可见这些神佛是有的。"

刘姥姥很聪明，贾母死了一个孙子贾珠，后来又得了宝玉。宝玉应该是不可能又生的孙子，而且他是口里含玉诞生的。刘姥姥讲的是因为拜佛，感动了观音菩萨，神佛会给你好处。她太聪明了，特别知道贾母喜欢听什么。如果刘姥姥在今天这个社会上还活得下去，是因为她太懂得怎么生存了，贾母和王夫人当然都很高兴，因为她们两个都是因为宝玉的关系在念佛。

宝玉寻根究底

"宝玉心中只记挂着抽柴的故事，因闷闷的心中筹划。"那探春就问他："昨日扰了史大妹妹，咱们回去商议着邀一社，又还了席，请老太太赏菊花，何如？"宝玉笑着说："老太太说了，还要摆酒还史妹妹的席，叫咱们作陪呢。等吃了老太太的，咱们再请不迟。"探春就说："越往前去越冷了，老太太未必高兴。”宝玉说：“老太太又喜欢下雨、下雪的。不如咱们等下头场雪，请老太太赏雪岂不好？咱们雪下吟诗，也更有趣了。”

这里是两个不同的角度。探春说要请客就早点请，接下来的天气冷了，老太太不能参加。宝玉却说老太太其实喜欢下雨、下雪的。以我们今天的标准来讲，贾母的年纪并不算大，可是她一直被当成是老太太、老祖宗，她没有办法活出自己生命的本原，宝玉其实很懂贾母。

黛玉就说：“咱们雪下吟诗？依我说，还不如弄一捆柴火，雪下抽柴，还更有趣儿呢。”黛玉在刺激宝玉，因为她知道宝玉一心在那个故事里，还在关心那个故事里的小女孩。别人都看不出来，只有黛玉看出来了。就算是故事里的女孩，黛玉也会吃醋。黛玉和宝玉又是知己，又是冤家，其中有太多的纠缠，大概这才叫爱吧。“说着，宝钗等都笑了。宝玉看了他一眼，也不答话。”

“背地里宝玉真的拉了刘姥姥，细问那女孩是谁。刘姥姥只得编了告诉他道：‘那原是我们庄北沿地埂子上有一个小祠堂里供的，不是神佛，当先有个什么老爷……’说着又想名姓。宝玉道：‘不拘什么名姓，你不必想了，只说原故就是了。’刘姥姥道：‘这老爷没儿子，只有一位小姐，名叫茗玉。小姐知书识字，老爷、太太爱如珍宝。可惜这茗玉小姐生到十七岁，一病死了。’宝玉听了，跌足叹息。”宝玉永远觉得女孩子是世界上最美的，一听女孩子死掉，他就很难过。

刘姥姥很聪明，这个故事明明是她编出来的。看到宝玉心疼女孩子，她就让那个女孩子死掉。刘姥姥说：“因为老爷、太太思念不尽，便盖了这祠堂，塑了这茗玉小姐的像，派了人烧香拨火。如今日久年深的，人也没了，庙也烂了，那像就成了精。”宝玉说：“不是成精，规矩这样人是虽死不死的。”宝玉一直相信，生命里最美好的东西，不是靠肉体活着，而是靠魂魄活着的。

刘姥姥说：“阿弥陀佛！原来如此。不是哥儿说，我们都当他成精。他时常变了人出来。各村庄店道上闲逛。我才说这抽柴火的就是他了。我们村庄上的人还商议着要打了塑像平了庙呢。”宝玉赶快说：“快别如此。若平了庙，罪过不小。”刘姥姥说：“幸亏哥儿告诉我，我明日回去拦住他们就是了。”其实这根本是没影儿的事，可是宝玉却死心塌地地相信。

三十九回的结尾是讲宝玉派茗烟去找这个庙，最后没有找到。茗烟说：“那里有什么女孩儿，竟是一位青脸红发的瘟神爷。”我们这才知道，是刘姥姥骗了宝玉。

这其实是在讲宝玉的呆气，可是里面有一点很动人。十四岁的男孩，相信生命里有一个东西是不死的，是这么美的，是可以一直存在的。人世的因果非常奇怪，刘姥姥用一个假的因造了一个真的果，让宝玉听得很感动，他不觉得真假有那么重要，他相信魂魄，相信生命里有一个东西比肉体的存在还要长久，还要美好。

有些事情真或假不重要，相不相信才是重要的。陶渊明的《桃花源记》中说大家都相信有桃花源，却都找不到，最后就不相信了。刘子骥是最后一个去找桃花源的人，以后就再没有人去了。这表示已经没人相信有一个地方是个美丽的世界。那个悲哀不是它真的存在与否，而是你相不相信。与信仰、道德有关的东西都是相不相信，而不是有没有的问题。一个不存在的东西，可是宝玉完全当真了。正因为他当真，对生命有珍惜，才能真心诚意地对待身边的女孩子们。

第四十回

史太君两宴大观园
金鸳鸯三宣牙牌令

打破规矩的宴会

四十回是《红楼梦》里最热闹的一回，包括贾母两宴大观园和金鸳鸯三宣牙牌令。其中讲到了家具、建筑、园林设计、摆饰、服装，以及贾府的吃、喝、玩、乐。比如我们可以看到，贾家仓库里还有船，大观园里有专门的水道设计，人可以从水路游园；家里还有专门撑船的驾娘……作者写出了真正的荣华富贵。

“话说宝玉听了，忙进来看时，只见琥珀站在屏风跟前说：‘快去吧，立等你说话呢。’”贾母要找最疼爱的孙子宝玉商量怎么办这个宴会。“宝玉来至上房，只见贾母正和王夫人、众姊妹商议给史湘云还席。”前面宝钗替湘云做东，招待大家吃了螃蟹宴，现在要还席。

宝玉就说：“我有主意：既没有外客，吃的东西也别定了样数，谁平日爱吃的拣样儿做几样；也不要按桌席，每人跟前摆一张高儿，各人爱吃的东西一两样，再一个什锦攒心盒子，自斟壶，岂不别致。”

古代大户人家吃饭讲究排场，大圆桌一摆，座位要按辈分分主次，儿媳妇都要站在旁边伺候。宝玉觉得这样很烦，就想破掉规矩。便说：“也不要按桌席，每人跟前摆一张高几。”“高几”就像我们现在放花瓶的那种高脚的圆茶几，放不了几样菜，可每个人面前放一张，可以拣自己喜欢吃的东西。《红楼梦》里，主人喝酒的时候，都是用人帮着倒的。可是宝玉希望每人面前放一个“自斟壶”，不用那些丫头再忙来忙去，这听起来有点像我们今天的自助餐。宝玉觉得既然要玩，就轻松一点，不要那么多的礼数，这样大家吃起来就很自在，其实作者渴望的是人性的自由，他觉得某些礼教与规矩不必那么严格。

贾母非常赞成，可见贾母虽是一家之主，也并不喜欢那些规矩。照理讲，她不应该允许这么没有规矩，刘姥姥也算外客，至少要摆出个样子来。可她却觉得这个孙子的建议很别致。贾母身上隐藏着一个她没有完成的青春少女的梦，所以她常常鼓励孙子、孙女们去追求自己喜欢的生活。

贾母就命人传到厨房说：“明日就拣我们爱吃的东西作了，按着人数，再装了盒子。早饭也摆在园里吃。”他们要在大观园里面摆早饭，然后一天都在里面玩。我们说过，中国古代的戏剧和小说中，凡是游园的时候，一定都是人性解放的时候。花园代表着与儒家文化不同的东西，是老庄的场域。

李纨为游园备船

“商议之间早又掌灯，一夕无话。次日清早起来，可喜这日天气清朗。”人都齐了，地点也对，天气又好，天时、地利、人和，大家自然游兴很高。

“李纨清晨先起来，看着老婆子、丫头们扫那些落叶，并擦抹桌椅，预备茶酒器皿。”“扫落叶”点出了秋天的景象。“只见丰儿带了刘姥姥、板儿进来，说：‘大奶奶倒忙的紧。’”丰儿是王熙凤的丫头，刘姥姥夜里住在王熙凤家。李纨笑着说：“我说你昨儿去不成，只忙着要去。”刘姥姥也笑着说：“老太太留下我，叫我也热闹一天去。”

丰儿拿了几把大小钥匙，说：“我们奶奶说了，外头的高儿恐不够使，不如开了楼，把那收着的拿下来使一天罢。”过去的仓库多半在楼上，现在保留很完整的陕西党家村大院，就是人都住在一楼，二楼都是库房，拿东西的时候要用梯子把东西搬下来。

“奶奶原该亲自来的，因和太太说话呢，请大奶奶开了，带着人搬罢。”意思是说要李纨做主。库房平时都是这些儿媳妇、孙媳妇管的。“李氏便命素云接了钥匙，又命婆子出去把二门上的小厮叫几个来。李氏站在大观楼下往上看，令人上去开了缀锦阁，一张一张往下抬。小厮、老婆子、丫头一齐动手，抬了二十多张下来。”“缀锦阁”和“大观楼”都是仓库。一些精巧的食器都放在缀锦阁，大观楼可能是放大件家具的。以前的家里东西很全，简直可以开间百货公司了。光是李纨这边的库房里，茶几就搬了二十多张下来。

李纨嘱咐说：“好生着，别慌慌张张鬼赶来似的，仔细碰了牙子。”“牙子”是古木家具旁边的细雕花。又回头对刘姥姥笑说：“姥姥，你也上去瞧瞧。刘姥姥听说，巴不得一声儿，便拉了板儿登梯上去。”她大概很好奇有钱人家屋子里到底藏了些什么东西。

“进至里面，只见乌压压的堆着些围屏、桌椅、大小花灯之类，虽不大认得，只见五彩炫耀，各有奇妙。念了一声佛，便下来了。”刘姥姥进去以后，叫不出什么名字，就是用“乌压压”三个字形容仓库里面这么多的东西。这些东西很漂亮，对乡下人来讲简直是大开眼界，她就念了一声“阿弥陀佛”。

大家注意刘姥姥的重要性，一定要有这样一个人才热闹得起来。因为自家人都看惯了，不觉得新奇，而刘姥姥是个陌生人，她眼里的一切才有惊喜，才会感觉精彩。

“然后锁上门，一齐才下来。李纨道：‘恐怕老太太高兴，越性把船上划子、篙桨、遮阳幔子都搬下来预备着。’”大观园一盖好就备了船，因为有水道。“篙”是撑船的东西，通常在水不深的地方可以一篙到底。“划子”是桨，是在水深的地方用的。“众人答应，又复开了，色色的搬了下来”，又“命小厮传驾娘们到船坞里撑出两只船来”，“驾娘”是专门负责驾船的女性，这些人平常大概不做什么事情，只是游湖的时候出来划一次船。

刘姥姥戴花

“正乱着安排，只见贾母已带了一群人进来了”，李纨赶快迎上去，笑说：“老太太高兴，倒进来了。我只当还没梳头呢，才撷了菊花送去。”贾母每天梳洗完以后，儿媳妇和孙媳妇都会把园子里最好的花送过去问安，贾母会戴上她们送的花，这在过去是一种礼节。

“一面说，一面碧月早捧过一个大荷叶式的翡翠盘子来，里面盛着各色的折枝菊花。”做成荷叶形状的翡翠盘子里面放了花，“贾母便拣了一朵大红的簪了鬓上”。老人家都是喜欢大红的，喜欢这种色彩艳丽的感觉。贾母正在戴花，回头看见了刘姥姥，忙笑着说：“过来带花儿。”

“一语未完，凤姐便拉过刘姥姥来，笑道：‘让我打扮你老人家。’说着，将一盘子花横三竖四的插了一头。”王熙凤是在捉弄刘姥姥，刘姥姥头上横三竖四地插满了菊花，样子一定很奇怪。“贾母和众人笑的不住。刘姥姥笑道：‘我这头也不知修了什么福，今日这样体面起来。’”众人都笑说：“你还不折下来摔到他脸上呢，把你打扮的成了个老妖精了。”大家提醒她说，王熙凤是在捉弄你。

其实刘姥姥是个特别聪明的老太太，她可能早就感觉到别人在捉弄她，她当然可以生气、发怒，把氛围闹得很不舒服。可是她却以感恩的语气说，我这个头怎么修了这么大的福，竟有人帮它插花。人生有时候就是这么奇怪，一念之差就能变得很开心。她想既然大家是来玩的，那就索性好好开心吧。

刘姥姥笑道：“我虽老了，年轻时也风流，爱个花儿的，今日老风流才好！”大家都以为是王熙凤她们捉弄了刘姥姥，其实刘姥姥也在捉弄她们。对她来讲，完全可以不在意这些东西。她的家艰难到了几乎无以为继，贾家一点点可有可无的恩惠就可以让这个家庭富裕起来，她非常懂得跟这些有钱人在一起的意义。她走的时候，带走了好几车的东西，光是贾府放了四代舍不得用的皇宫里的料子“软烟罗”就带了一整匹。刘姥姥绝对有她世故的一面，可是她表面上憨憨傻傻，没有人能看出她的精明。说不定刘姥姥心里还觉得这些人真傻，都被我骗了。

“说笑之间，来至沁芳亭子上。丫环们抱了一个大锦褥子来，铺在栏杆榻板上。”沁芳亭是盖在水边的一个亭子，亭子里都有“美人靠”的那种栏杆，栏杆旁边有椅子。因为怕贾母靠在栏杆上太硬，所以就帮她放了一个软垫，让贾母坐在沁芳亭的这个榻板上。

“贾母倚柱坐下，命刘姥姥也坐在旁边。”刘姥姥是乡下一个穷老太太，贾家当时是一品大员，可是贾母一直把刘姥姥当成很要好的朋友，没有阶级辈分的感觉。作者在写人与人之间另外一种平等，尤其在园林游玩的时候，大家都恢复了人的本性。

刘姥姥如入画中

贾母问她："这园子好不好？"刘姥姥念佛说道："我们乡下人到了年下，都上城来买画儿贴。"乡下人一年很辛苦，可是过年的时候，一定要在家里贴一张年画，为的是讨个吉利，至少过年的时候显得富贵、喜气、漂亮。年画的内容很多都跟戏剧有关，年画是先用手工刻在木板上，然后印刷出来的，可以大量印刷，所以卖得很便宜。北方天津有"杨柳青年画"，南方在苏州有"桃花坞年画"。大家知道吗？有一批年画曾在台湾展出过，是日本收藏家收的。以前有很多中国船只到日本神户做生意，有一年刚好是过年期间，所以船篷上贴了很多年画。风吹雨打的，年画很快就褪色坏掉了，日本人觉得很可惜，就把它们撕下保存起来，所以日本保留了一批明代、清代的年画。中国大概从鲁迅、郑振铎开始非常重视民间年画，觉得它是一种了不起的艺术，之后才有人开始收藏、研究年画。

"时常闲了，大家都说，怎么得也到画儿上去逛逛。想着那个画儿也不过是假的，那里有这个真地方。谁知我今日进这园里一瞧，竟比那画儿还强十倍。怎么得有人也照着这个园子画一张，我带了家去，给他们见见，死了也得好处。"她在形容这个花园的美。在乡下人眼中，最美的就是画里的世界，刘姥姥到了大观园，才知道还有比画里的世界还漂亮的地方。

“死了也得好处”，就是死也瞑目的意思。

这句话引出了一件事。“贾母听说，便指着惜春笑道：‘你瞧我这个小孙女儿，他就会画。等明日叫他画一张如何？’”惜春那个时候大概十二岁、十三岁不到，是会画工笔画的。刘姥姥听了很高兴，赶快跑来拉着惜春的手说：“我的姑娘。你这么大年纪儿，又这么个好模样，还有这个能干，别是个神仙托生的罢。”《红楼梦》认为，人上辈子修过，这一辈子就会生得比较好一点，所以说是神仙托生的。

养尊处优和民间疾苦

“贾母少歇了一会，便要领着刘姥姥都见识见识。”平常贾母进园子，大概都是在某一个地方坐一坐、看一看就走了，今天她要带着刘姥姥每个地方都走一走。

“先到了潇湘馆。一进门，只见两边翠竹夹路，土地下苍苔布满，中间羊肠一条石子漫的路。”潇湘馆是黛玉住的地方。黛玉的性格孤傲、清高，不喜欢花红柳绿，所以这里一色都是竹子。喜欢热闹的人家里是很少会有青苔的，黛玉不喜欢跟人来往，人迹罕至，所以才“苍苔布满”。“石子漫的路”，就是用小石头拼出图案的小路；“羊肠”是形容路很窄，大概只能一个人走。

“刘姥姥让出路来与贾母众人走，自己却走土地。”她觉得自己身份比较低卑，路不够宽，她就让路给贾母和众人走，自己走土路。琥珀拉住她说：“姥姥，你上来走，仔细苔滑了。”秋天的早上有霜露，土地上比较泥泞，容易滑倒。

刘姥姥说："不相干的，我们走熟了的，姑娘们只管走罢。可惜你们的那绣鞋，别沾脏了。"她觉得那么漂亮的绣花鞋踩在泥路上就糟蹋了，完全是乡下老太太对东西的那种疼惜。"他只顾上头和人说话，不防底下果踹滑了，'咕咚'一跤跌倒。"不知道她是真的踩滑了，还是觉得无所谓，是在逗大家玩。有时候能让人家笑一笑也蛮好的，她就扮演了这样的角色。读到此，你会忽然发现，在这一回中刘姥姥才是主角，其他人都是配角，作者写刘姥姥时很用心。

"众人拍手都哈哈的笑起来"，这些小丫头都不太懂事，看到老太太摔跤，觉得好玩，才拍手笑。贾母笑骂道："小蹄子们，还不搀起来，只站着笑。"贾母知道老人摔跤是很严重的事情。"说话时，刘姥姥已爬了起来，自己也笑了，说道：'才说嘴就打了嘴。'"刘姥姥整天在田里劳动，真的很健朗。"才说嘴就打了嘴"意思是说，我刚刚讲了大话说不会摔跤，结果就跌倒了。贾母很关心地问："可扭了腰了不曾？叫丫头们捶一捶。"贾母表示关切，如果是她摔一下，肯定不得了的。

刘姥姥说："那里说的我这么娇嫩了。那一天不跌两下子，都要捶起来，还了得呢。"贾母是稍微多走一点路，就要有人给她捶腿的，可是刘姥姥心说我每天在田里都不知道要摔几次，每次都要捶还得了。

刘姥姥与贾母的对话非常有趣，她们互相都不怎么了解对方。如果没有这个对话，我们极有可能不知道另一种生命状态。人世间没有绝对的好或不好。我们常笑话某些人养尊处优，不知道民间疾苦，可有时候也许他们是真的不知道。我们都听过这个故事：有个皇帝，听人说老百姓没饭吃都饿死了，就问：他们为什么不吃肉呢？大家都笑话这个皇帝，可是有时候你会为他难过，因为他从小在皇宫里长大，真的不知道老百姓没有饭吃就不可能有肉吃。

如果要责怪就责怪教育他的人吧，社会的各阶层之间长期缺乏对话就会产生这种荒谬的笑话。

黛玉的书房

“紫鹃早打起湘帘，贾母等进来坐下。林黛玉亲自用小茶盘捧了一盖碗茶来奉与贾母。”贾母来了，林黛玉绝对要亲自倒茶，因为是外祖母，要讲究礼节和辈分。王夫人说：“我们不吃茶，姑娘不用倒了。”不然的话，林黛玉还要给王夫人倒茶。每一个长辈，她都应该要奉茶的。“林黛玉听说，便命个丫头把自己窗下常坐的一张椅子挪到下首，请王夫人坐了。”按照礼节，王夫人要在贾母的下首坐。

“刘姥姥因见窗下案上设着笔砚，又见书架上垒着满满的书，刘姥姥道：‘这必定是那位哥儿的书房了。’”贾母笑指着黛玉说：“这是我这外孙女儿的屋子。”刘姥姥就留神打量了黛玉一番，“方笑道：‘这那里像个小姐的绣房，竟比那上等的书房还好。’”对刘姥姥来讲，她不太能够想象女孩子的房间怎么是这个样子，这么肃静，到处都是笔墨纸砚。这里点出了贾府的女孩子是读书的。

贾母没看到宝玉，就问：“宝玉怎么不见？”丫头们回说：“在池子里船上呢。”贾母说：“谁又预备下船了？”李纨赶快回答：“才开楼拿几子，我恐怕老太太高兴，就预备下了。”贾母听了正要说话，有人回说：“姨太太来了。”贾母她们才站起来。只有薛姨妈来，贾母才会站起来，因为薛姨妈是外客。

“只见薛姨妈早进来了，一面归坐，笑道：‘今日老太太高兴，这早晚就来了。’贾母笑道：‘我才说来迟了的要罚他，不想姨太太就来迟了。’”这有点在开玩笑说，我刚才讲谁来晚了要受罚的，结果你就来了。

“说笑一会，贾母因见窗上纱颜色旧了”，贾母总说自己眼睛花了、耳朵聋了，可是她其实还是注意到林黛玉的窗纱该换了。窗纱常年日晒雨淋，容易褪色。贾母讲这句话的时候，管家的人会紧张，因为觉得自己不够尽心。林黛玉是贾母最疼的外孙女，她的窗纱旧了怎么没有人去换。其实贾母也很小心地在讲这些话，不能讲重了。她和王夫人说：“这个纱，新糊上好看，过了后来，就不翠了。这个院子里头，又没有个桃杏树，这竹子已是绿的，再拿这绿纱糊上，反不配。我记得咱们先有四五样颜色糊窗的纱呢，明日给他把这窗上的换了。”“翠”和“绿”不一样，“翠”色里有更多光的明度。初春柳叶刚刚冒出来的颜色叫“翠”，是发亮的，可是时间久了那绿色就会变暗，就没有那么翠了。林黛玉不喜欢桃花、杏花这些太艳的东西，潇湘馆里全部是竹子，一色的绿，贾母感觉颜色不配。

贾府的第一代是非常厉害的，贾母很讲究，也有很多的记忆。她说：“我记得咱们先有四五样颜色糊窗的纱呢。”贾母嫁进来时，她是管家的，那时仓库里有四五种颜色的纱。既然有不同的颜色，就不要再用绿色。贾母一交代，凤姐立刻回答说：“昨日开库房，看见大板箱里还有好几匹银红蝉翼纱，也有各样折枝花样的，也有流云卍福花样的，也有百蝶穿花花样的，颜色又鲜明，纱又轻软，我竟没见过这样的。拿了两匹出来，作两床绵纱被，想来一定是好的。”凤姐在这里有一点想掩饰，因为老太太讲重话了，她就赶紧表示说，其实早就已经准备给黛玉换窗纱了。王熙凤是很会做人的，在这种时候，她一定要表示自己没有偷懒。可是这个“蝉翼纱”恰恰讲错了。

凤姐刚讲完，贾母就给她顶回去了："呸！人人都说你没有不经过不见过，连这个纱还不认得呢，明日还说嘴。"薛姨妈就为王熙凤辩白，说："凭他怎么经过见过，他如何敢比老太太呢。老太太何不教导了他，我们也听听。"

凤姐也撒娇说："好祖宗，教给我罢。"

蝉翼纱和软烟罗

贾母就笑着向薛姨妈众人说："那个纱，比你们的年纪还大呢。怪不得他认作蝉翼纱，原也有些像，不知道的，都认作蝉翼纱。正经名字叫作'软烟罗'。"今天我们恐怕再也找不到"软烟罗"这种料子了，名字非常好听，可到底什么样儿，我们也不太容易了解。绫、罗、绸、缎是四种不同的纺织品，"罗"是夏天用的一种丝织材料。中国美术史上有一个著名的作品——《簪花仕女图》，画中透明、露出仕女手臂的料子，一般人都认为那就是"罗"。

凤姐说："这个名儿也好听。只是我这么大了，纱罗也见过几百样，从没听见过这个名儿。"贾母就笑着说："你能活了多大，见过几样没处放的东西，就说嘴来了。"贾母很少讲这种话，可是今天有点得意起来，似乎也有点要让她们知道老年人的厉害。她说："那个软烟罗只有四样颜色：一样雨过天晴，一样秋香色，一样松绿的，一样就是银红的；若是做了帐子，糊了窗屉，远远的看着，就似烟雾一样，所以叫作'软烟罗'。那银红的又叫作'霞彩纱'。如今上用的府纱也没有这样软厚轻密的了。"贾母在不经意间露了一手，细说"软烟罗"透露出她的见多识广。

“雨过天晴”，就是下过雨以后，天空的那种蓝。其实这很复杂，它是一种光。中国古代讲的色彩学和西方非常不一样。西方的色彩学讲究的是从科学上去断定冷色或是暖色，或者说在光波上看它的波长，红色的波长和蓝色的不一样，是用非常准确科学的方法测定光谱。可是中国的色彩学认为色彩本身在大自然中，与光在一起，是一个变化的过程。“雨过天晴”那个色彩你根本形容不出来。

“秋香色”现在还有很多人在用。秋天的色彩是从绿色变黄，秋香色基本上是黄绿之间的一种色彩，很难说准黄是多少、绿是多少，因为它是一个变化的过程。大家可以感觉一下在北温带的秋天，你走进森林时绿色慢慢变少，黄色慢慢变多的过程。秋香色是在讲初秋的颜色。青春的少女很少穿秋香色，可是人到某个年龄会慢慢喜欢秋香色，好像是在繁华之后想慢慢肃静下来。“秋香”是一个季节的感觉，可是这里用来形容色彩。

“松绿”，这个绿不止是绿色，是指松树上的一种暗绿色。“霞彩”，是银红色，一种特别像晚霞的颜色。

贾母作为老人家在慨叹时光不再，现在连皇帝用的都没有当年的那么好，有一点没落的感觉。她特别珍惜这些软烟罗，舍不得用，一直堆在库房里。表面上她笑称自己是老废物了，可姜还是老的辣，就在她一处处地讲典故的时候，大家能看出她的能干。

薛姨妈笑着说：“别说凤丫头不见，连我也没听见过。”“凤姐儿一面说话，早命人取了一匹来。”你看，凤姐多聪明，贾母在介绍软烟罗，她马上命令丫鬟去取一匹来证明，也让贾母觉得印证了她的话。

贾母说：“可不是这个！先时不过是糊窗屉，后来我们拿这个作被，作帐子，试试也竟好。明日就找出几匹来，拿银红的替他糊窗子。”“凤姐儿答应着。众人都看了，称赞不已。刘姥姥也觑着眼看个不了。”乡下人大概从来没看过这么细薄、透明的料子，念佛说道：“我们想他作衣裳也不能，拿着糊窗子，岂不可惜？”这又是乡下人的想法。贾母就跟她说：“倒是做衣裳不好看。”这是在讲布料的透明度，用它做衣服太透明了。

“凤姐忙把自己身上穿的一件大红绵纱袄子襟儿拉了出来，向贾母、薛姨妈道：‘看我的这袄儿。’贾母、薛姨妈说：‘这也是上好的了，这是如今的上用内造，竟比不上这个。’”现在皇宫里面用的内府造的东西，还比不上这个软烟罗。凤姐说：“这个薄片子，还说是内造上用的，竟连这个官用的也比不上了。”王熙凤的内衣料子竟然是皇宫里面用的东西，可见贾家声势之大，可是她还是有点抱怨说，当年的软烟罗不过是做官人家用的，可是比现在皇宫用的还要好，有点一代不如一代的感觉。

贾母说：“再找一找，只怕还有青的。若有时都拿出来，送这刘亲家两匹，做一个帐子挂。下剩的配上里子，做些夹背心子给丫头们穿，白收着霉烂了。”

软烟罗是贾家四代之前的珍藏，在仓库放了近一百年了，大概快烂掉了，贾母随手就给了刘姥姥。贾母似乎忽然有一种领悟，她决定不再收那些东西了，这些东西不拿出来用，就变成了另一种荒废与糟蹋。贾母此时有种很奇怪的感伤，荣华富贵四代之后，她忽然发现当年舍不得用的东西都快发霉了。从创业到巅峰，她看到了繁华，也隐约感觉到繁华的无常。她觉得生命不能永恒，至少不要把好东西白白糟蹋了。这当然是在讲物质，可是精神世界也是如此。无常的生命那么短暂，为什么要去糟蹋这个生命呢？她好像在鼓励这些年轻的孩子们在大观园里好好过他们的青春生活，而她自己也在借此回忆很多。

“凤姐忙答应了，仍命人送去。贾母起身，笑道：‘这屋里窄，再往别处逛去。’”刘姥姥就念佛说：“人人都说大家子住大房子。昨日见老太太正房，配上大箱、大柜、大桌子、大床，果然威武。那柜子比我们那一间房子还大、还高。”刘姥姥一连串用了好几个“大”字来形容贾母房间的气派。乡下人从来没想到柜子那么大，那个空间比例把她吓了一跳，因为乡下人的房了很局促，都是矮矮的，而贵族家里的柜子确实有非常大的。巴黎的东方美术馆有一个明朝的柜子，比我们现在的房子都高。

“怪道后院子里有个梯子。我想，又不上房晒东西，预备个梯子作什么？后来我想起来，定是为开顶柜收放东西，若离了梯子，怎么得上去呢。”乡下人的梯子的功能就是晒菜，后来她才知道，这些大柜子、大仓库，没有梯子是上不去的。“如今又见了这小屋子，更比大的益发齐整了。满屋里的东西都只好看，都不知叫作什么，我越看越舍不得离了这里。”刘姥姥发现了另外一种美，虽然她连名字都叫不出来，可是越看越舍不得离开。凤姐就说：“还有好的，我都带你瞧瞧。”说着，“一径离了潇湘馆”。

刘姥姥逛大观园就是一样一样的慢慢看，见到的都是她生命里没有过的东西。刚才看到的潇湘馆只是开始，等一下会去探春、惜春、宝钗的房间。借着刘姥姥，我们才真正看到了大观园。之前，大观园对我们来说只是一个很抽象的符号，我们并不知道潇湘馆里面有什么？秋爽斋有什么？蘅芜苑里有什么？如果让我们用文字来描述自己住的房间，你不见得能讲清楚，可是用一个外来者的眼睛去打量可能会更清楚，因为在陌生的状况里，人的记录与观察是有细节的。这是一个很精妙的文学手法。

鸳鸯与凤姐合谋

“远远的望见池中一群人在那里撑船。贾母道：‘他们既预备下船，咱们就坐。’一面说着，便向紫菱洲蓼溆一带走来。”紫菱洲这个地方是人工沙滩，旁边长了很多的蓼草，所以叫蓼溆。

“未至池前，只见几个婆子手里都捧着一色捏丝戗金五彩大盒子走来。”她们拿的是装食物的食盒，有点像现在的便当盒。“捏丝戗金”就是在朱色或黑色的漆地上，用针或刀尖镂划出纤细的花纹沟槽，再在沟槽里涂上胶，然后把金箔粘上去，就呈现出了金色花纹。“五彩”，是指上面有不同颜色的彩绘。

凤姐一看就知道，这是送早饭的盒子，忙问王夫人：“早饭在那里摆？”王夫人就说：“问老太太在那里，就在那里罢了。”王夫人一向是没有主张的，她底下有一个能干的王熙凤，上面有一个能干的贾母。贾母听见就回头说：“你三妹妹那里好。你就带了人摆去，我们从这里坐了船去。”意思是说你们走陆路到探春那里摆早饭，我们坐船过去。

“凤姐儿听说，便回身同了李纨、探春、鸳鸯、琥珀带着端饭的人等，抄着近路到了秋爽斋，就在晓翠堂上调开桌案。”秋爽斋就是探春住的书斋，里面有好几个房间，其中一个叫晓翠堂。

鸳鸯笑着说：“天天咱们说外头老爷吃酒吃饭都有一个篾片相公，拿他取笑儿。咱们今日也得了一个女篾片了。”清朝老爷们吃饭、吃酒时，要有一个人讲笑话的，叫“蔑片相公”。“今日也得了一个女篾片”意思是刘姥姥来了。“李纨是个厚道人，听了不解。凤姐儿却知是说的刘姥姥了，也笑说道：‘咱们今儿就拿他取个笑儿。’二人便如此这般的商议。”李纨笑着劝她们：“你们一点好事也不做，又不是个小孩儿，还这么淘气，仔细老太太说。”李纨不喝酒的时候就非常规矩，说话很厚道。鸳鸯说：“很不与你相干，有我呢。”

“正说着，只见贾母等来了，各自随便坐下。先有丫环端过两盘茶来，大家吃毕。凤姐手里拿着西洋布手巾，裹着一把乌木三镶银箸，按人数位，按席摆下。”我们现在用的毛巾，那个时候叫西洋布手巾，是要进口的，国产的布手巾吸水性没有那么高。贾府有很多东西是舶来品，钟、手巾、肥皂等等。“箸”是筷子，“三镶银箸”就是三面都镶了银的筷子。

贾母说：“把那一张小楠木桌子抬过来，让刘亲家近我这边坐着。众人听说，忙抬了过来。凤姐一面递眼色与鸳鸯，鸳鸯便拉了刘姥姥出去，悄悄的嘱咐刘姥姥一席话，又说：‘这是我们家的规矩，若错了，我们就笑话呢。’”鸳鸯对刘姥姥说，吃饭以前有一些规矩，要她按规矩行事，其实是在骗她。

“调停已毕，然后归坐。薛姨妈是吃过饭来的，不吃，只坐在一边吃茶。贾母带着宝玉、湘云、黛玉、宝钗一桌。王夫人带着迎春姊妹三个一桌，刘姥姥傍着贾母一桌。贾母平日吃饭，皆有小丫环在旁边，拿着漱盂、麈尾、巾子、帕物。如今鸳鸯是不当这差的了，今日鸳鸯偏接过麈尾来拂着。”“麈尾”是一种用鹿类动物的尾巴做成的赶苍蝇的东西，现在常常写作“拂尘”。《三国演义》里孔明手上早期拿的就是这个东西，后来才变成羽毛扇。

“丫环们知道他要撮弄刘姥姥，便躲开让他。鸳鸯一面侍立，一面悄向刘姥姥说道：‘别忘了。’刘姥姥道：‘姑娘放心。’那刘姥姥入了坐，拿起箸来，沉甸甸的不伏手。原是凤姐和鸳鸯商议定了，单拿一双老年四楞象牙镶金的筷子与刘姥姥。”别人是三镶乌木的银筷子，还比较轻，可是她用的是象牙镶金的四楞的筷子。

刘姥姥见了说：“这叉把子比俺那里铁锨还沉，那里犟的过他。”这是乡下人的粗话，说这个东西那么重，根本拿不动。“说的众人都笑起来。只见一个媳妇端了一个盒子站在当地，一个丫环上来揭去盒盖，里面盛着两碗菜。李纨端了一碗放在贾母桌上，凤姐儿偏拣了一碗鸽子蛋放在刘姥姥桌上。”

饭前哄堂大笑

“贾母这边说声‘请’，刘姥姥便站起身来，高声说道：‘老刘，老刘，食量大似牛，吃个老母猪，不抬头。’”这是鸳鸯骗刘姥姥说，我们家有规矩，吃饭以前，老太太说“请”，你就要站起来，因为你是客人，一定要应答，结果她就回答了这样一句。其实贾家没有这样的规矩。所有的人都没想到，等到想明白了之后大家哄堂大笑，简直没办法吃饭。

让我们看看作者是怎么写这个哄堂大笑的。曹雪芹简直像今天的电影导演，拿着摄影机扫过去：“史湘云撑不住，一口饭都喷了出来；林黛玉笑岔了气，伏着桌子叫‘哎哟’；宝玉早滚到贾母怀里，贾母笑的搂着宝玉叫‘心肝’；王夫人笑的用手指着凤姐儿，只说不出话来；薛姨妈也撑不住，口里茶喷了探春一裙子；探春手里的饭碗都合在迎春身上；惜春离了坐位，拉着他奶母叫揉一揉肠子。”

连续七八个场景，作者一个接一个地写过来。好的作者有一种冷静，别人哄堂大笑的时候，他可以描述。史湘云是心直口快的人，所以她反应最快，第一个就把饭喷出来了；林黛玉身体最弱，一下子呼吸不过来，笑岔了气；宝玉是最爱撒娇的，马上滚到祖母怀里去了。每一个人的反应都合情合理，完全是他们个性的流露。文学上，这样的场面很不好写，写不好就会显得有一点粗俗，流于闹剧。可是作者写出了这个场景的活泼，产生了非常好的戏剧效果。

“地下的无一个不弯腰屈背，也有躲出去蹲着笑去的，也有忍着笑上来替他姊妹换衣裳的，独有凤姐、鸳鸯二人撑着。”她们两个是导演，所以非常冷静，继续在捉弄刘姥姥，“还只管让刘姥姥”。

刘姥姥吃饭闹笑话

“刘姥姥拿起箸来，只觉不听使，又说道：‘这里的鸡子也俊，下的这蛋也小巧，怪俊的。我且肏攮一个。’”刘姥姥的乡下粗话出来了，她说的是：我要用筷子插一个蛋来吃。“众人方住了笑，听见这话又笑起。贾母笑的眼泪出来，琥珀在后捶着。”贾母笑道：“这定是凤丫头促狭鬼儿闹的，快别信他的话了。”凤姐儿笑着说：“一两银子呢，你快尝尝罢，那冷了就不好吃了。”

“刘姥姥便伸箸子要夹，那里夹的起来，满碗里闹了一阵，好容易撮起一个来，才伸着脖子要吃，偏又滑下来滚在地下。”鸽子蛋在碗里面转，怎么夹都夹不起来，怎么戳也戳不起来，怎么捞也捞不起来。等撮起来一个，她又不敢动筷子，生怕掉了，就伸长脖子去吃，结果蛋还是掉在地上了。这些都在形容刘姥姥的姿态和表情。“忙放下箸子，要亲自去捡，早有地下的人捡了出去了。”因为弄脏了不能吃，就有人收拾走了。刘姥姥叹道：“一两银子，也没听见响声儿就没了。”这是乡下人的反应，还没吃到就不见了，她觉得很可惜。

这场戏非常不好写，如果特地卖弄这些东西，就会变成闹剧，可是作者在写这种热闹滑稽的场景时，还保持着他的文学品格。这里面有一种冷静和节制，他一点一点地写出人们大笑的过程，而且写出人性以及人性中的某些分寸。

“众人已没心吃饭，都看着他取笑。贾母又说：‘谁这会子又把那个筷子拿了出来，又不请客摆大筵席。都是凤丫头指使的，还不换了呢。’”贾母是主人，刘姥姥是她留下来的，所以她要有主人的分寸。她虽然也觉得好笑，可是她的身份绝不能跟着起哄，必须要责备底下的人。

“地下的人原不曾预备送牙箸，是凤姐和鸳鸯拿了来的，听如此说，忙收了过去，也照样换上一双乌木镶银箸。”她们是为了逗刘姥姥的，可是也趁机让我们知道贾家的家常宴会是用乌木镶银的筷子，大宴会的时候大概才用象牙镶金的筷子。四十回有很多文物考证，软烟罗、筷子、船，这些大户人家玩乐的精致东西都在这一回出场，可以看到排场之大。刘姥姥就说：“去了金的，又是银的，到底不及俺们那个顺手。”她忽然觉得做乡下人蛮好，乡下人就用竹筷子，她觉得那个才好用、顺手。

刘姥姥在这里扮演了非常重要的角色，我们通过她的眼睛看到了所谓的富贵。她对环境不熟悉，才觉得处处都新鲜，富贵人家的讲究才得以呈现。而这个讲究也有一点反讽，吃饭用的象牙镶金、银的筷子，根本不好用，可见过了头的富贵，其实已经不再是享乐了，而是在给自己找麻烦。

凤姐说："菜里若有毒，这银子下去了，就试的出来。"因为银碰到毒的东西会变黑。刘姥姥说："这个菜里有毒，俺们那些都成了砒霜了。那怕毒死了也要吃尽了。"这个反应很有趣，把乡下人的个性全表现出来了。"贾母见他如此有趣，吃的又香甜，把自己的菜也端过来与他吃。又命一个老妈妈来，将各样的菜给板儿夹在碗上。"贾母从来没觉得这些菜这么好吃，因为她每天都吃。人的感觉其实并没有绝对的好或不好、珍贵或不珍贵，关键是你能不能感觉到。一日三餐都吃鱼翅，也会受不了。很多人是在把人生的酸甜苦辣咸都经验过以后，最后才觉得最平淡的味觉才是福。

刘姥姥进大观园，成为一个笑话，可是反过来说未尝不是如此。贾母如果有机会到刘姥姥家里去住几天，大概也要闹很多笑话的。

"一时吃毕，贾母等都往探春卧室中去说闲话。"他们在秋爽斋的晓翠堂摆宴，吃完早饭以后，就到探春的卧房里去聊天。

刘姥姥的豁达与智慧

"这里收拾过残桌，又放了一桌"，刘姥姥看着李纨与凤姐儿对坐着吃饭，就说："别的罢了，我只爱你们家这行事。怪道说'礼出大家'。"凤姐儿忙笑说："你可别多心，才刚不过大家取乐儿。"她在跟刘姥姥道歉。一言未了，鸳鸯也进来笑着向她道歉："姥姥别恼，我给你老人家赔个不是。"

刘姥姥笑着说："姑娘说那里话，咱们哄着老太太开个心儿，可有什么恼的！你先嘱咐我，我就明白了，不过大家取笑儿。我要心里恼，也就不说了。”

这话里透着一种豁达。在社会当中，贫贱富贵的对比常常会让人觉得恼怒与羞愧。可是很多时候并不是别人在侮辱我们，而是我们自以为比不上别人，觉得自卑。刘姥姥是豁达的，她知道一切都是为了让老太太开心，一下子就把问题给解决了，这也是刘姥姥的智慧，她知道该怎么跟人相处。可见智慧和知识是两回事，智慧是一门没有学分的课，是人生的历练和通达。在对人的担待与了解上面，刘姥姥也许超过了所有贾家的人。

鸳鸯骂丫头：“为什么不倒茶给姥姥吃？”鸳鸯是大丫头，她这样骂底下的小丫头，也是想让刘姥姥觉得体面。刘姥姥就赶快说：“才刚那个嫂子倒了茶来，我吃过了。姑娘也该用饭了。”鸳鸯这个时候其实是做给刘姥姥看，意思是说我们没有看不起你，这也是人与人相处的智慧。

“凤姐儿便拉着鸳鸯坐下：‘你和我们吃了罢，省的回来又闹。’鸳鸯便坐下了。婆子们添上碗筷来，三人吃完。”如果凤姐不拉鸳鸯，她是不敢坐下来的，因为她是丫头。刘姥姥笑着说：“我看你们这些人都只吃这一点儿就完了，亏你们也不饿。怪道的风儿都吹得倒。”鸳鸯便问：“今日剩的菜不少，都那去了？”婆子们回说：“都还没散呢，在这里等着一齐散与他们吃。”鸳鸯吩咐说：“他们吃不了这些，挑两碗给二奶奶屋里平丫头送去。”鸳鸯可以不管这个事，可是她想着她们在这边忙，平儿在帮王熙凤处理别的事，没能吃上饭。这里体现的是人对人的关心与照顾。

凤姐说：“他早吃了饭了，不用给他。”王熙凤是平儿的主人，所以她就这样跟鸳鸯解释。鸳鸯说："他不吃了，喂你们的猫。"她的意思是说，吃不吃没关系，我们的礼数要到。"婆子听了，忙拣了两样拿盒子送去。"鸳鸯又问："素云那去了？"素云是李纨的丫头。鸳鸯管这个事，是因为今天贾母做东，她要负责把每一房的人都照顾到。

李纨就回答她："他们都在这里一处吃，又找他作什么。"鸳鸯说："这就罢了。"其实她只是问她吃饭了没有。

凤姐说："袭人不在这里，你倒是叫人送两样给他去。"鸳鸯听了，"便命人也送两样去"。他们在游园，可是负责留守的那些人，不能不照顾到。鸳鸯又问婆子们："回来吃酒的攒盒可装上了？"婆子说："想必还得一会子。"鸳鸯就说："催着些儿。"婆子答应了。

鸳鸯要逗老太太笑，像一个导演似的安排刘姥姥这一场戏，现在她还要忙，一面吃饭，一面交代给谁送菜。真的是一个尽心尽力的丫头，难怪老太太离不开鸳鸯。

探春的个性

"凤姐儿等来至探春房中，只见他娘儿们正说笑。探春素喜阔朗，这三间屋子并不曾隔断。"探春不喜欢隔间，把房间全部打通了。作者在讲建筑，同时也在讲人。探春的性格很像男孩子，健康明朗，不喜欢受委屈，住处的风格反映了探春的个性。

"当地放着一张花梨大理石大案，上垒着各种名人法帖，并数十方宝砚，各色笔筒，笔海内插的笔如松林一般。""笔海"就是插毛笔的大筒子。"那一边设着斗大的一个汝窑花囊，插着满满的一囊水晶球的白菊。""汝窑”是全世界最贵的瓷器之一，在英国的拍卖市场，一个汝窑瓷瓶大概是几千万英镑，台北“故宫”大概有二十几件非常好的。“西墙上当中挂着一大幅的襄阳《烟雨图》”，“襄阳”就是宋朝的画家米芾，人称米襄阳，他画画的时候喜欢用很多水分，而且常常画江南烟雨，所以叫《烟雨图》。“左右挂着一副对联，乃是颜鲁公墨迹，其联云：烟霞闲骨格，泉石野生涯。”“颜鲁公”就是颜真卿。探春喜欢烟霞的自由、闲散，她要用这个东西做自己的骨骼，作为生命的本质。她喜欢住在山里面，追逐泉水、石头这种荒野的生命。对联表达了探春的生命态度。

“案上设着大鼎。左边紫檀架上放着一个大观窑的大盘，盘内盛着数十个娇黄玲珑大佛手。”“大观窑”是宋徽宗时代的官窑。“佛手瓜”是用来供佛的，非常香。“右边洋漆架上悬着一个白玉比目磬，旁边挂着小锤。”“磬”是一种石制的打击乐器，探春这里的磬是用玉石做的。“那板儿略熟了些，便要摘那锤子要击，丫环们忙拦住他。他又要那佛手吃，探春拣了一个与他说：‘顽罢，吃不得的。’”刘姥姥带来的这个孙子，本来很怕生，都不敢讲话，现在有点儿熟了，所以就要摘那个锤子来打磬。丫鬟赶快拦住了，因为那个东西很珍贵。

“东首便设着卧榻，拔步床上悬着葱绿双绣花卉草虫的纱帐。”什么是“拔步床”？如果你去鹿港的文物馆，会看到一种老式的床，除了平常睡觉的床板空间外，三边还有雕花的木头架子，上面有一个木顶，两边都是抽屉，床的下部、脚踏的地方也有抽屉，再讲究点的还有门，可以关起来，像一个小房间。以前女性的床里能藏好多东西，一层层的抽屉，里面可以放首饰、内衣什么的。纱帐就可以挂在床架上，探春床上的纱帐与潇湘馆素净的窗纱不同，上面绣有一点花卉草虫。

“板儿又跑过来看，说‘这是蝈蝈，这是蚂蚱’。刘姥姥忙打了他一巴掌，骂道：‘下作的夯子，没干没净的乱闹。倒叫你进来瞧瞧，就上脸了。’打的板儿哭起来，众人忙劝解方罢。”板儿是乡下长大的男孩，他认得出纱帐上绣的是什么虫子。刘姥姥觉得他没有规矩，就过来打了他一巴掌，这是非常传统的祖母教育。

作者在写很优雅的富贵人家的同时，也写刘姥姥和板儿，这里有一种对比，让文学的写法很活泼、不沉闷。“下作的夯子”，有的版本写成“下作的黄子”，大约三岁以下的孩子叫作“黄口小儿”。

“贾母因隔着纱窗往后院内看了一会，因说：‘这后廊檐下的梧桐也好了，就只细些。’”梧桐树是越老越漂亮，大观园是为迎接贾元春回来盖的花园，时间还不太久。“正说话，忽一阵风过，隐隐听得鼓乐之声。贾母问‘是谁家娶亲呢？这里临街倒近。’”贾母在看窗外的梧桐，好像也在想心事，忽然一阵风吹过，从风里传来一点音乐的声音。王夫人等人笑着回说：“街上的那里听的见，这是咱们那十来个女孩子们演习吹打呢。”隐隐听见的是芳官、龄官、文官等十二个女孩子正在演习的声音。

贾母便笑了，说：“既是他们演，何不叫他们进来演习。他们也逛一逛，咱们可又乐了。”贾母想两全其美，让这些女孩子也进大观园来玩玩，顺便可以看她们演戏。“凤姐听说，忙叫人出去叫来，又一面吩咐摆下条桌，铺上红毡子。”贾母建议说：“就铺排在藕香榭的水亭子上，借着水音更好听的。”大家看贾母多么懂享受，借着水的声音听戏，肯定是最好听的。她说：“咱们就在缀锦阁底下吃酒，宽阔，又听的近。”众人都说那里很好。

贾母跟薛姨妈说：“咱们走罢。他们姊妹们都不大喜欢人来坐，怕脏了屋子。咱们别没眼色，正经坐一会子，吃酒去。”这个老祖母很了不起，她知道自己坐在这里的话孩子们会很拘谨，就提醒说不要坐太久。贾母非常知道小孩子心里在想什么，她不迂腐，不顽固，很知趣，这是贾母身上通达的部分。“说着大家起身便走。”

“探春笑道：‘这是那里的话？求着老太太、姨妈、太太坐坐还不能呢。”贾母笑着说：“我的这三丫头却好，只有两个玉儿可恶。回来吃醉了，咱们偏往他们屋里闹去。”贾母故意说等一下吃醉了，偏偏往宝玉和黛玉屋里闹去。可是等一下喝醉了去闹的不是贾母，而是刘姥姥。

留得残荷听雨声

大家就都笑着出来了，“走不多远，已到了荇叶渚。那姑苏选来的几个驾娘，早把两只棠木舫撑来”。“荇叶”是一种水草，“棠木”也叫沙棠木，材质比较轻，既可以做木屐，也可以做船。“舫”，是指有彩绘的船。

“众人扶了贾母、王夫人、薛姨妈、刘姥姥、鸳鸯、玉钏儿上了这一只，落后李纨也跟上去。凤姐儿也上去，立在船头上，也要撑船。贾母在舱内道：‘这不是玩的，虽不是河里，也有好深的。你快不要，给我进来。’”凤姐说：“怕什么！老祖宗只管放心。”“说着便一篙点开。到了池当中，船小人多，凤姐儿只觉乱晃，忙把篙子递与驾娘，方蹲下了。”短短的几句，凤姐从利落到紧张就表现出来了。

“然后迎春姊妹等并宝玉上了那只，随后跟来。其余的老妈妈与众丫环，俱沿河随行。”宝玉说：“这些破荷叶可恨，怎么还不叫人来拔去？”宝玉觉得荷叶很讨厌，因为荷叶干了以后很难看，脏脏的，给人枯干的感觉。他一直在追逐春天与夏天的美。其实作者是在忏悔自己年轻的时候不知道会发生抄家的事，不懂得繁华的没落，所以他没有办法欣赏残荷的美。宝钗就笑着说："你瞧这几日，何曾饶了这园子闲了，天天逛，那里还有叫人来收拾的工夫？"

林黛玉说："我最不喜欢李义山的诗，只喜他这一句：'留得残荷听雨声。'偏你们又不留着残荷了。"李商隐的诗里说，要把残破的荷叶留下，听秋雨打在上面的声音。黛玉在提醒宝玉，人不要只懂得欣赏春天、夏天，也要懂得欣赏秋天的凄凉，因为繁华与幸福不见得会永久。林黛玉是成熟的，因为她在父母离世之后感受到另外一种人生境界。宝玉还没有到"听残荷雨声"的年龄与境界，可是黛玉却常常在晚上听夜雨打在潇湘馆竹叶上的声音。

宝玉说："果然好句。以后咱们就别叫人拔去了。"宝玉永远欣赏黛玉，对这个女朋友简直是赞为天仙，马上就说那就留着荷叶去听雨声吧。这其实是在向黛玉学习。

"说着已到了花溆的芦港之下，觉得阴森透骨，两滩上衰草残菱，更助秋情。"大观园里的落花会经过沁芳河，流到一个凹下去的地方，这个地方叫"花溆"，是专门欣赏落花的地方。秋天开满白芦花的地方叫"芦港"。"菱"是长在水边的茭白，也都已经残了。秋深以后，草都枯黄了，一派秋天凋零的景象。

嫌素净贾母赠梯己

"贾母因见岸上的清厦旷朗，便问'这是你薛姑娘的屋子不是？'众人道：‘是。’贾母忙叫拢岸，顺着云步石梯上去，一同进了蘅芜苑。”大观园每个馆的旁边大概都有小码头，可以停船，贾母就叫拢岸。“云布石梯”就是铺的石阶。

“只觉异香扑鼻。那些奇草仙藤愈冷愈苍翠，都结了实，似珊瑚豆子一般，累垂可爱。”蘅芜苑种的全部是香草。《红楼梦》大观园的设计中，有的馆是视觉的，有的馆是听觉的，有的馆是嗅觉的。黛玉的潇湘馆是常常听到风声、雨声的地方，宝钗的蘅芜苑则是嗅觉的。

“及进了房屋，雪洞一般，一色玩器全无”，古代大户人家喜欢摆饰，可是宝钗房子里却没有任何玩器古董。“雪洞”形容宝钗的房子素净到像大雪盖住的一个洞窟。“案上只有一个土定瓶中，供着数枝菊花”，“土定”是仿定窑瓷的品种之一，就是白瓷，这还是在讲“白”。宝钗的房间，外面是嗅觉上的扑鼻香味，里面是视觉上的全白。“并两部书，茶奁、茶杯而已。床上只吊着青纱帐幔，衾褥也十分朴素。”“茶奁”是煮茶用的一些工具。“青纱帐幔”就是素色的帐子，上面连花草都没有绣。

贾母就笑着说：“这孙女太老实了。你没有陈设，何妨和你姨妈要些。我也不理论，也没想到，你们的东西自然在家里没带了来。”薛宝钗从南方来，借住在贾家，贾母看到她的房间这样有点心疼。“说着，命鸳鸯去取些古董来，又嗔着凤姐儿：‘不送些玩器来与你妹妹，这样小器。’”她说怎么让一个住在我们家的客人房间里光秃秃的，哪里像一个大户人家的样子。王夫人和凤姐才笑着解释说：“他自己不要的。我们原送了来，他都退回去了。”宝钗的个性不喜欢这些东西。薛姨妈也笑说：“他在家里也不大弄这些东西的。”

贾母就摇头说：“使不得。虽然他省事，倘来一个亲戚，看着不像；

二则年轻的姑娘们，房里这样素净，也忌讳。”意思是说大户人家的年轻小姐，房间里应该热热闹闹的，不要这么素净。以前老人家常常会提醒，家里一定要插颜色多一点的花，穿衣服也不要那么素，否则会不吉利，年纪轻轻的就应该去追求热闹的东西。

“我们这老婆子，越发该住马圈去了。你们听那些书上戏上说的小姐们的绣房，精致的还了得呢。他们姊妹们虽不敢比那些小姐们，也不要很离了格儿。”意思是说，你们就是应该花花绿绿的，我们老了也许还可以素净一点，有现成的东西为什么不摆。

“若很爱素净，少几样倒使得。我最会收拾屋子的，如今老了，没有这闲心了。他们姊妹们也还学着收拾的好，只怕俗气，有好东西也摆坏了。”贾母建议摆些东西，当然并不是摆得品位全无、乱七八糟的。她想要给宝钗做室内装潢了。“我看他们还不俗。如今让我替你收拾，包管又大方又素净。我的梯己两件，收到如今，没给宝玉看见过，若经了他的眼，也没了。”因为她最疼宝玉，宝玉一要，贾母就给他了。

“说着叫过鸳鸯来，亲吩咐道：‘你把那石头盆景儿和那架纱桌屏，还有个墨烟冻石鼎，这三样摆在这案上就够了。’”贾母就拿了三样最好的而且也是最适合的东西给宝钗，因为她知道宝钗喜欢素净的东西：奇石盆景、小屏风和“墨烟冻石鼎”，这是一种石头做的鼎，石头里还有一丝丝的像烟一样的大理石纹。

贾母又交代：“再把那水墨字画白绫帐子拿来，把这帐子也换了。”鸳鸯答应着，笑说：“这些东西都搁在东楼上的不知那个箱子里，还得慢慢找去，明日再拿去也罢了。”贾母的记忆力很惊人，有哪些好东西，她全部记得。东西都有年头了，连宝玉也没看见过，大概真的是放了十年没拿出来。贾母就说："明日后日都使得，只别忘了。""说着，坐了一会方出来，一径来至缀锦阁下。"

行酒令鸳鸯当令官

"文官等上来请过安，因问'演习何曲？'"文官是这个戏班的领班，来请贾母等人点戏。贾母说："只拣你们生的演习几套罢。"意思说你们哪些戏还不熟，就演练给我们看，"文官等下来，往藕香榭去不提"。

"这里凤姐儿已带着人摆设齐整，上面左右两张榻，榻上都铺着锦茵绒毯，每一榻前有两张雕漆几；也有海棠式的，也有梅花式的，也有荷花式的，也有葵花式的，也有方的，也有圆的，其式不一。"茶几的面儿有的是方的，有的是三角形的，有的是雕成一个海棠花。茶几本身是小的东西，可以摆来摆去，所以它有不同的形式。

"一个上面放着炉瓶，一分攒盒；一个上面空设着，预备放人所喜食物。上面二榻四几，是贾母、薛姨妈；下面一椅两几，是王夫人的，余者都是一椅一几。"按伦理辈分，贾母和薛姨妈是首席，所以她们是两张榻、四张茶几；王夫人是因为婆婆在，所以只用一个椅子两个茶几；剩下的都是一张椅子一个茶几。"东边是刘姥姥，刘姥姥之下便是王夫人。西边便是史湘云，第二便是宝钗，第三便是黛玉，第四迎春、探春、惜春挨次下去，宝玉在末。李纨、凤姐二人之几设于三层槛内，二层纱厨之外。"李纨、凤姐要服侍婆婆，不能坐下来，席位虚设在有点像走廊的地方。

"攒盒式样，随几之式样。每人一把乌银洋錾自斟壶，一个什锦珐琅杯。"装食物的盒子的花样是跟茶几的式样配合着的：茶几是海棠花，上面放的食盒就是海棠花形状；茶几是梅花的，上面就是梅花的。“乌银洋錾”应该是西洋做的一种小酒壶。“大家坐定，贾母先笑道：‘咱们先吃两杯，今日也行一令才有意思。’”要行酒令了。酒令是以前民间非常普遍的一种游戏，现在玩的人越来越少了。我小时候还看见有人玩，叫作牌九，是把数字形象的东西拿来做酒令，有点像我们现在玩的扑克牌。

薛姨妈就笑着说：“老太太自然有好酒令，我们如何会呢，安心要我们醉了。我们都多吃两杯就有了。”行酒令输了，就要喝一杯，所以薛姨妈很担心。贾母笑着说：“姨太太今日也过谦起来，想是厌我老了。”薛姨妈笑道：“不是谦，只怕行不上来，倒是笑话了。”王夫人忙笑着说：“便说不上来，只多吃一杯酒，醉了睡觉去，还有谁笑话咱们不成！”薛姨妈点点头，笑说：“依令。老太太到底吃一杯令酒才是。”贾母笑道：“这个自然。”说着，就喝了一杯。行酒令要有一个令官，令官要先喝下门前的令酒。

接下来就是贾母行酒令，可“凤姐儿忙走至当地，笑道：‘既行令，还叫鸳鸯姐姐来行便好。’众人都知贾母所行之令必得鸳鸯提着，故听了这话，都说‘很是。’”因为贾母年纪大，记性不好，所以凤姐就拉鸳鸯来替贾母行酒令，等于贾母是令官，执行者是鸳鸯。

王夫人笑着说：“既在令内，没有站着的理。”行酒令的时候，阶级就打乱了，令官是最大的，所以鸳鸯虽是丫头，也要坐下来。“回头命小丫头子：‘端一张椅子，放在你二位奶奶的席上。’鸳鸯也半推半就，谢了坐。”鸳鸯还是觉得自己是丫头，不适合在这种场合里坐下来，但最终还是坐了。鸳鸯是令官了，也喝了杯令酒，然后笑着说：“酒令大如军令，不论尊卑，惟我是主。违了我的话，便要受罚的。”好，要开始玩了。行酒令牵涉到好多典故，鸳鸯不识字，可是她从小帮老太太玩酒令，最后就都学会了。以前大户人家的丫头其实很厉害，她们懂得那个文化里的整套东西。

王夫人等都笑说："一定如此，快些说来。"鸳鸯还没开口，刘姥姥就下了席，摆手说："别这样捉弄人，我家去了。"乡下老太太从来没见过这些东西，根本不会玩，就要走。众人都笑道："这却使不得。""鸳鸯喝令小丫头子们：'拉上席去！'小丫头子们也笑着，果然拉入席中。刘姥姥只叫'饶了我罢！'鸳鸯道：'再多言的罚一壶。'刘姥姥方住了。"

鸳鸯说："如今我说骨牌副儿，从老太太起，顺领说下去，至刘姥姥止。比如我说一副儿，将这三张牌拆开，先说头一张，次说第二张，再说第三张，说完了，合成这一副儿的名字。无论诗词歌赋，成语俗话，比上一句，都要叶韵。错了的罚一杯。"

"骨牌副儿"是用两张以上的骨牌配成一套，这个游戏里，鸳鸯指定三张牌为一副。游戏规则是鸳鸯抓三张牌，然后打开，玩的人看到这三张牌，要立刻反应出来第一张是什么，第二张是什么，第三张是什么。比如，第一张是天牌，天牌是上六点下六点，红绿色各半，你就必须要从这个形象中联想出句子。就像下面鸳鸯说："这是天"，贾母就要把"天"字用在句子当中，可以是诗、词，也可以是民间俗语。等到三张说完以后，合成一副，再喝过令酒才算结束。

众人都很赞同："这个令好，就说出来。"

金鸳鸯三宣牙牌令

鸳鸯说："有了一副了。左边是张'天'。"第一个得令的是贾母，贾母立刻说："头上有青天。"大家都叫好。《红楼梦》中打牌、作诗都在暗喻人的个性。贾母是这个家族中辈分最高的人，她讲到的是很辉煌、富贵、正面的东西，真的是"头上有青天"。大家可以从图像（见文后"牙牌示意图"）上了解什么是"天牌"。天牌也叫长六，鸳鸯可以讲天牌，也可以讲长六。如果讲长六，就要从"六"来押韵。如果讲"天"，就从"天"上押韵。

鸳鸯说："当中是个'五与六'。"贾母就对："六桥梅花香彻骨。"这张牌上面是五点，底下是六点，全部是绿色。"五"的形状像一朵梅花，所以形象地用梅花表示"五"；苏东坡在修建西湖的苏堤时，做了六座跨海桥，就用六桥，而且，苏堤上还种有很多梅花，所以是"六桥梅花香彻骨"，这样就把"五"与"六"全部合进去了。

鸳鸯说："剩得一张'六与幺'。"上面红点一个幺，六个绿点在底下，这又是一个形象。贾母说："一轮红日出云霄。"多漂亮的句子，这也反映了贾母的个性。贾母一生富贵，她追求的是生命里面的吉祥、富贵、荣华。

鸳鸯道："凑成便是个'蓬头鬼'。""蓬头鬼"是长六、五六、幺六这副牌的名称，这是非常不好的词，大家在担心贾母会不会不高兴。但贾母说："这鬼抱住钟馗腿。"钟馗是专门捉鬼的，还押韵。可见贾母根本不怕什么邪气，她有一种对生命很正面的追求。"说完，大家笑着喝彩，贾母饮了一杯。"

接下来，就是薛姨妈了。鸳鸯说："有了一副。左边是个'大长五'。""大长五"是上五点、下五点，全部是绿色的。薛姨妈说："梅花朵朵风前舞。"梅花又出来了，因为"五"就是梅花的象征，五点的排列方法构成了梅花。这个"舞"跟"大长五"的"五"还是押韵的。鸳鸯说："右边还是个‘大五长’。”“大五长”就是“大长五”，因为鸳鸯怕重复。薛姨妈说：“十月梅花岭上香。”五加五是十，她用了另外一个方法来讲，把“十”这个字镶进去。“当中‘二五’是杂七。”上二点下五点，都是绿色的，二加五为七，这个牌叫“杂七”。薛姨妈就说：“织女牵牛会七夕。”把“七”这个字镶进去了。

鸳鸯说：“凑成‘二郎游五岳’。”长五、二五、七五这副牌的名称是“二郎游五岳。”这里的“二郎”是指那个两点。“五岳”就是指其中的五个“五”，在旁边像是五个山一样的东西。行这个酒令的时候要找到每个牌的特征，其实是蛮自由的一种游戏方式。薛姨妈就说：“世人不及神仙乐。”“说完，大家称赏，饮了酒。”

鸳鸯又说：“有了一副了。左边是‘长幺’两点明。”“长幺”就是两个红点，上面是一，下面也是一。凡是上下一样的都可以用“长”这个字。湘云说：“双悬日月照乾坤。”鸳鸯说：“右边‘长幺’两点明。”湘云说：“闲花落地听无声。”“闲花”就像是“长幺”的两个红点，而“长幺”又叫“地牌”，所以称“落地”。湘云会写诗，语言越来越优雅。贾母和薛姨妈是不会写诗的，语言比较民间。鸳鸯道：“中间还得‘幺四’来。”上面是幺点，下面是四点，湘云说：“日边红杏倚云栽。”上面的红点象征太阳，底下四点象征红杏，因为杏花是红色的。鸳鸯说：“凑成‘樱桃九熟’。”长幺、幺四、长幺这副牌加起来是九点，所以说樱桃九熟。湘云说：“御园却被鸟衔出。”意思是樱桃被鸟从御花园里衔出去了，这句和上句是紧连着的。说完饮了一杯。她们在玩酒令的时候，把形状和数字的东西一一套进去了。

下面来看宝钗的，鸳鸯说：“有了一副。左边是‘长三’。”“长三”

是三点斜排，上三下三，像风里面的飘带一样。宝钗说：“双双燕子语呢喃。”“长三”两行平行斜排的六点有点像“双双燕子”。鸳鸯说：“右边是‘三长’。”“三长”和“长三”完全一样，是上三点下三点斜排的。宝钗就说：“水荇牵风翠带长。”因为三点是斜的，有点像飘在风里的水草。鸳鸯说：“当中‘三六’九点在。”宝钗对：“三山半落青天外。”这是李白的诗句，“三山”是指上面斜排的三点，“青天”指的是下面的六点。鸳鸯说：“凑成‘铁锁链孤舟’。”这副长三、三六、长三的骨牌名称就是“铁锁链孤舟”，其中的“三”是指铁锁，“六”就是指孤舟。宝钗说：“处处风波处处愁。”全部是押韵的诗句。“说完，饮毕。”

鸳鸯说：“左边一个‘天’。”黛玉说：“良辰美景奈何天。”这句话出自《游园惊梦》。黛玉和宝玉一起偷偷看《牡丹亭》、《西厢记》这些禁书，这是不能在大庭广众之下让人知道的。“宝钗听了，回头看着他。”宝钗很惊讶黛玉怎么能那么大胆，可这也正表明宝钗也偷看过了。

“黛玉只顾怕罚，也不理论。”鸳鸯说：“中间‘锦屏’颜色俏。”“锦屏”是上四下六，因为上红下绿很鲜艳，像彩色屏风。黛玉就说：“纱窗也没有红娘报。”这又是《西厢记》里的句子。“纱窗”是指下面的六个绿点，“红娘”指的是上面的红点。鸳鸯说：“剩了‘二六’八点齐。”“二六”，上二下六，全是绿色的。黛玉说：“双瞻玉座引朝仪。”鸳鸯说：“凑成‘篮子’好采花。”这副牌是由长六、四六、二六凑成，名叫“篮子”，其中红色的四点像花朵，所以说“好采花”。黛玉就说：“仙杖香挑芍药花。”“说完，饮了一口。”

鸳鸯说：“左边‘四五’成花九。”迎春说：“桃花带雨浓。”大家说：“该罚！错了韵，而且又不像。”接下来，所有的人都说错了，因为他们故意赶快通过，然后让刘姥姥说，大家都想看刘姥姥到底怎么说。

鸳鸯就说：“左边‘长四’是个人。”上四、下四是人牌，“天”、“地”、“人”牌的话，“天牌”是六，“人牌”就是四。刘姥姥听了半天，就说：“是个庄稼人罢。”她完全不会玩酒令，可是她也有她的本事，说出了这样一句话。大家大笑起来。贾母说：“说的好，就是这样说。”她在鼓励刘姥姥。刘姥姥笑着说：“我们庄家人，不过是现成的本色，众位别笑。”鸳鸯接着说：“中间‘三四’绿配红。”底下四点是红的，上面三点是绿色斜排。三点绿色斜排很像毛毛虫，她就说：“大火烧了毛毛虫。”大家都笑说：“这是有的，还说你的本色。”鸳鸯说：“右边‘幺四’真好看。”上面幺点，底下四点，都是红色。刘姥姥说：“一个萝卜一头蒜。”“四”很像蒜瓣，那上面的“一”就是萝卜。众人又笑了。鸳鸯说：“凑成便是一枝花。”“一枝花”是长四、三四、幺四这副牌的名称。“刘姥姥两只手比着，说道：‘花儿落了结个大倭瓜。’”众人大笑起来。

作者在这一回的结尾让富贵和穷困之间有了一种对话的关系。第四十回很容易被误认为写的是刘姥姥被捉弄的事情，事实上刘姥姥是《红楼梦》里一个重要的人物，通过她，我们有了看待贾府生活的另一种角度。刘姥姥用她自己的本色，表现出了一种生命力。作者在这一回里最想表达的，就是文化的优雅、讲究、精致必须经常回归到乡土旺盛的生命力中去。我们既希望民间文化有所提高，又希望精致文化能够到民间去获取一种活泼的生命力，这才是一种最有效的配合。

牙牌示意图(黑色代表红色，灰色代表绿色)

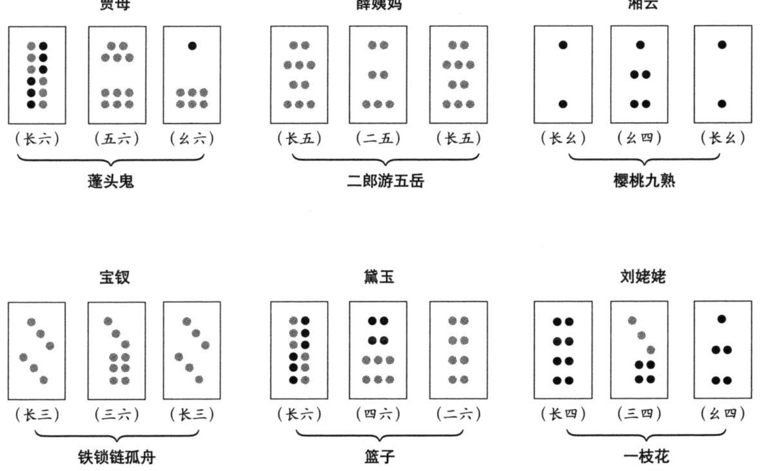